铁腿神枪

TIETUI SHENQIANG

董连辉 著

中国文史出版社

目 录
CONTENTS

1

铁脚万里踏幽燕

1938年仲秋的一天，蓟县马伸桥西北台头村山坡上，枪炮隆隆，硝烟弥漫，冀东抗日联军副总司令洪麟阁率部与日军激战。山坡战壕掩体内，儒雅威严的洪麟阁手持望远镜，神情忧虑。他对身边的作战参谋说："数月内，我们斩关夺隘，连克7座县城，应者云集，队伍多达10万人，抗日烽火在冀东大地熊熊燃烧……但西撤以来，我们遭到敌人疯狂围追堵截，现在看来，西撤不妥。但愿高司令的前头部队能顺利通过潮白河抵达平西根据地。要不惜一切代价突围，最大限度保留抗日火种！"

"是，司令请放心！"

飞弹不断倾泻在阵地上，突然，一颗炮弹落在洪麟阁附近，硝烟散去，洪麟阁头部、腿部血流不止，他抬头一看，身边的战士都牺牲了。

"司令，您受伤了，我背您走！"警卫员跑过来扶住洪麟阁。

"快撤，不要管我！"说着，洪麟阁推开警卫员，用枪指着他说："再不走，我就开枪啦！记着，日后把我和牺牲战友埋在一起，做个肉丘坟。"

警卫员含泪离去。洪麟阁转过身，将身上最后一颗手榴弹投向鬼子，十来个鬼子倒地毙命。

后边鬼子边射击边"嗷嗷"叫着冲上来

洪麟阁发现枪中只剩下最后一颗子弹，他果断举起枪，对准自己的头部扣动扳机，随着一声清脆的枪声，洪麟阁倒在山洼草丛中。

冲在最前面的鬼子举起枪刺欲割下洪麟阁的头颅，随即赶上来的鬼子军官摆摆手，"这是真正的支那军人，是我们的榜样！"

他率一众鬼子低头向洪麟阁和阵亡的战士行礼，表示敬意。

平西大撤退损失惨重，整个冀东抗联队伍最后到达平西根据地时只有1000余人。

保定涞水拒马河畔，河水清幽，山峦叠翠。

岸边上，匆匆走来一位商人打扮的年轻人。青年中等身材，身着青色马褂，头戴礼帽，手中提着一个提箱。青年看上去 20 多岁，英俊帅气，黝黑脸膛，棱角分明，高鼻梁，两道浓眉稍稍上挑，双目机警，透露出深邃与智慧。青年走起路来两腿生风，健步如飞，那双机警灵敏的眼睛，透露出一种军人或习武人的气质。

秋老虎发威，青年商人匆匆疾行，不时擦着额头汗珠。突然，他脚下被野藤杂草绊了一下，差点摔倒。

青年放下提箱，坐在路旁，清除粘在裤脚上的蒺藜和粘人草。粘人草的果实全是刺毛，占满整个裤脚和布鞋帮，清理起来很费工夫。

"这什么植物，喜欢'咬'我腿？嘿，咱这双铁脚神腿，子弹都不敢'咬'……"青年自言自语笑道。他摘着刺毛粒，卷起裤管，裸露出两条小腿。小腿黝黄泛红，分布着细微汗毛，像淬了油一般，闪闪发亮。而且，两条小腿轮廓清晰，跟腱修长，中间腿肚儿隆成球状，似乎蕴藏着一股超强爆发力。青年发达的小腿，隐隐呈现绑腿痕迹，显示着他特殊身份及不同寻常的经历。

停下步子，青年感觉两只脚板钻心般痛，脱下布鞋，发现脚掌磨起一层层血泡。他拾起一根小树枝，将血泡挑开，然后用布条简单包了一下。

青年拍着小腿肚子说："伙计，委屈你了，从穿皮靴到草鞋，乃至光脚板，你支撑我抗倭寇踏遍大半个中国，爬雪山，走草地，蹚泥水，如今又来到抗敌一线。争气啊，再给我立一功！"

这位俊朗儒雅的青年小伙子叫欧阳波平，赶往晋热察挺进军平西驻地。

欧阳波平是一名抗大毕业生，能文善武，多才多艺。他不仅是一位历经长征的红军优秀指挥员，而且曾任国军陆军排长，与鬼子鏖战黄浦江。战火的磨砺，让欧阳波平积累了丰富的实战经验，练成了一手百步穿杨的好枪法。

一路走来，欧阳波平目睹祖国大好河山被鬼子蹂躏着，更加激发到抗敌最前线的迫切愿望。此刻，他眺望着山中绚丽秋色，感慨万千，不禁诗兴大起，脱口吟道："荡寇海波平，铁脚踏狼烟。雪耻淞沪恨，浴血战燕山。"

6年前淞沪战场激烈拼杀的情景浮现在他眼前：

上海闸北一阵地，欧阳波平带领十九路军一连一排战士潜伏在掩体内，大家摩拳擦掌准备与敌人血战。忽然，一阵清脆的步枪声响起，紧接着，机关枪声密如连珠。日军在铁甲车掩护下，向我军阵地冲来。

"弟兄们，这就是杀我同胞占我土地的小鬼子，给我狠狠打！"欧阳波平一声令下，子弹雨点般向敌人倾泻，战士们第一次看到鬼子，一个个眼都红了，大家一边扫射一边高喊："杀啊！杀啊！"

"嗒嗒嗒"一阵机枪扫射后，前边鬼子倒了下去，后边鬼子仓皇失措。

铁甲车停下片刻后，又冲了过来，50米、30米，一排手榴弹雨点般飞出去，伴随震耳欲聋的巨响，一团团烟尘腾空而起。铁甲车转了头，鬼子争先恐后抱头鼠窜。欧阳波平端起机枪，"哒哒哒"刹那间，鬼子尸横遍野。

"拼刺刀！"欧阳波平大喊一声，带领士兵跃出战壕，向敌群猛虎般冲去，与鬼子展开肉搏。

手榴弹的爆炸声、喊杀声、大刀砍击声混在一起，欧阳波平冲在最前，连续撂倒几个四处逃窜的鬼子。突然，一颗子弹击中欧阳波平的左臂，他咬紧牙关继续射击，终于，鬼子狼狈撤退了。

打扫完战场，欧阳波平带领士兵返回阵地休整。他顾不上包扎伤口，命令士兵："鬼子受挫，必将发动更加凶猛进攻。抓紧构筑防御工事！"

"是！"

一个小时后，千余名鬼子在铁甲车掩护下，向一排阵地发起第二次冲锋。欧阳波平指挥士兵从容地将一颗颗手榴弹投向敌群，相继炸毁三辆装甲车。眼看大批鬼子冲到跟前，欧阳波平率士兵端着刺刀冲上去肉搏，敌人越聚越多，一排战士纷纷倒下。危急时刻，二排赶来增援，两个排合力再次将鬼子打退。

午后，鬼子多架飞机袭来，投下大量炸弹。顿时，阵地上硝烟弥漫，轰炸过后，鬼子又以铁甲车作掩护，出动数百人发起猛烈冲锋。装甲车机枪疯狂扫射着，士兵不断倒在阵地上，我军机枪手也倒下了。

欧阳波平抱起机枪，沉着应战。他一连几个点射，准确无误地将装甲车鬼子机枪手击毙。殖后，欧阳波平大喊一声"冲"端起机枪向鬼子冲去，士兵紧随其后。鬼子见这气势，惊慌失措，纷纷溃散。欧阳波平乘胜带领战士夺回失去的阵地。

傍晚，欧阳波平命令战士一边构筑工事，一边抓紧时间休整。

"兄弟们，不到一天工夫，我们打退敌人六次进攻。赶紧吃晚饭，后面还有硬仗！"

战士们深深折服于这位年轻干练的指挥员。

"排长，您这枪法太神了！一颗子弹都不浪费！怎么练出来的？"一个小战士问道。

"没什么？苦练！射击时一定要闹中取静，沉下心来瞄准目标。"欧阳波平擦着发热的枪管说，"东北沦陷，生灵涂炭，倭寇欺我中华无人，异常嚣张！这次，一定让他们在上海尝到中国军人铁拳头的滋味！誓与倭寇决一死战！大家有没有信心？"

"有！誓与倭寇决一死战！"阵地传来震耳欲聋的喊声。

正当战士们摩拳擦掌准备再次痛击鬼子时，通讯员跑来传达军部命令：中日双方军事代表开始谈判，要求停战。

"为什么要停战？"

"就是，我们要将小鬼子赶回老家去！"

"誓死为国家求独立！"

"誓死为民族求生存！"

阵地上群情激昂。

这时，张连长走过来，命令欧阳波平带队立即撤防。

"为什么？连长，我们牺牲那么多兄弟，战士打鬼子情绪正高涨，不能撤！"

"服从命令！这不仅是军部命令，而是委员长手谕！他对我们向日军开战非常不满！现在主要任务是剿灭共匪！"

"我不理解！"

"军人以服从命令为天职，不理解也得执行！马上撤离阵地！"

无奈，欧阳波平只好带领士兵离开战场。

一个多月后,国民政府全部接受日方提出上海市区 15 公里内不得驻扎中国军队、撤走十九路军和取缔反日运动组织等要求，签订了丧权辱国的《淞沪停战协议》，一场轰轰烈烈的浴血抗战就这样结束了。

随即，蒋介石下令十九路军三个师分别开赴皖、鄂、赣三省"剿共"前线，参加内战。

这天，欧阳波平在驻地接到连部开赴江西的指令。他听说去"围剿"红军，气得甩掉军帽，大骂道："国难当头，与日本屈辱求和，让我去打

内战！老子不伺候了！"说完，他将电报撕碎扔在地上。

"对，杀鬼子！"

"决不打内战！"

"我们找军长去！"

……

士兵们情绪激动。站在一旁的团部高参谋拔出手枪向空中鸣了一枪。

"镇静！政府与日本已经和谈了，围剿共匪是当前最紧迫的事情，攘外要先安内！这是委员长的指令！如今蔡军长已经开往福建，师部要求我们明天一早必须开赴江西前线。如有违抗者，军法从令！欧阳排长，别仗着你有战功就带头闹事！我可以马上关你禁闭！"

"那么多兄弟牺牲在战场上，尸骨未寒，不去找鬼子报仇却让我们去打红军，你就是枪毙了我也不干！"说着，欧阳波平敞开衣扣，拍着胸脯愤怒地说。

"我看你分明就是个赤化分子！把他抓起来送师部。"高参谋命令道，身后警卫想上前捆绑欧阳波平。一排战士不干了，他们端起枪怒吼道："谁敢动我们排长，我们先要他狗命！"

高参谋见对方人多势众，转了一下眼珠，狡猾地说："好！你们先好好考虑一下，明天咱们再商量！"说完，带着几个随从狼狈地溜出驻地。

深夜，欧阳波平一个人喝着闷酒。他没想到自己满腔热情报国竟落到如此下场。

"只解沙场为国死，何须马革裹尸还！山河破碎，国家何在？也罢，明天我就脱下这身军装。"说完，他端起酒盅一饮而尽。

这时，哨兵进来通报："排长，指导员来了！"

"请！"

"哦，我的神勇欧阳，咋喝起闷酒了？"说着，连队指导员李明走进来。

欧阳波平起身相近，打发哨兵出去。

"国家兴亡，匹夫有责，保家卫国乃我军人天职！波平从军第一天，就立下精忠报国之志，想不到……"

"波平啊，我和连长都很佩服你的勇敢与智慧！你是我们连最年轻的排长。淞沪战斗后，连部已经向上级打报告，准备提拔你为副连长呢！"

"指导员，不去打鬼子去打红军，别说副连长，这个排长我也不干

了！封侯非我意，但愿海波平。明天我就脱下军装回湖南老家教书去！"

"湘江子弟个个血性男儿，于波平弟尤显！"李明说，"这鬼子军事侵略势头有增无减，不赶走鬼子，教书也难啊！"

"这我清楚。指导员，小日本侵占我东三省，如今践踏我大上海，其狼子野心昭然若揭。我实在想不通，政府为什么放着日本人不打去打红军？这分明是手足相残啊！"

"现在形势很清楚，靠国民党是不行了！"

"那靠谁？难道靠共产党，靠那些草鞋兵？"

"对！共产党是未来中国的希望！红军是穷人的队伍，他们是仁义之师，抗敌救亡最坚决！"

"你不会是共产党吧？"

"兄弟，实不相瞒，我就是中共地下党，受党委派遣潜伏十九路军多年。"

欧阳波平有些吃惊，叹道："你们共产党真是无孔不入啊！"

"兄弟，加入共产党，参加红军吧！我们一定能够有机会和鬼子再干一场！"

"我很欣赏共产党的抗日主张，也钦佩共产党人和红军的顽强意志，只是没有机会接触你们……"

"太好了，波平同志，我做你的入党介绍人！"李明紧紧握住欧阳波平的双手，欧阳波平激动地点了点头。

"我们今晚就把队伍拉走！"

"不急，先随团部开赴赣州，争取多动员一些兄弟过去。十九路军除少数中高级军官被蒋介石收买，成为剿共急先锋，大多数中下级军官都已经和中共建立友好关系。包括军长和总指挥……"

一周急行军后，欧阳波平随团部赶到赣州剿共前线。在李明帮助下，他先后动员近一个营的士兵阵前起义。一个秋高气爽的深夜，欧阳波平和战士们脱下国军服装，缴了"围剿"红军的熊团长等主要军事指挥官的械，投奔到红一师怀抱，受到红军干部战士的热烈欢迎。

此后，欧阳波平跟随红一师转战皖赣边境。长征途中，欧阳波平山地伏击战突出指挥才能赢得部队首长赏识，他很快被提拔为红一连连长，而且在火线上正式加入中国共产党。一连指导员由李明担任，两人在十九路军中并肩作战，彼此熟悉，成为搭档后，更是配合默契。战火中，一连磨砺成尖刀连，在历次艰险突围中冲锋在前，立下赫赫战功。到达

陕北后，欧阳波平被选入红军抗大第一批受训学员。抗大深造，进一步坚定他那颗青春火热的红心。

全民族抗战爆发，红军改称八路军，要求干部战士戴上青天白日帽徽。起初，欧阳波平很不理解，"我们很多战友倒在他们的枪下。为了这颗红五星，我甩掉国军皮靴和那身皮多年……为何现在又让我摘下红五星？"

李明耐心劝说："波平同志，时值民族危亡之际，我们共产党人倡导建立全民族统一战线，一致对外。要顾全大局啊，给战士们做个表率。再说，只要我们这颗心永远是红的，穿什么军装都是人民的军队！"

"教导员，我懂了！"欧阳波平握着李明的手，激动地说："你真是我的引路人啊，我们一起到抗敌前线去吧！"

"好！很荣幸与你这位出色的年轻军事指挥员并肩作战！"

不久，欧阳波平、李明带领连队跟随一一五师东征，越过黄河，参加了著名的平型关大捷。战斗中，李明不幸牺牲。欧阳波平为失去好搭档、自己参加红军的引路人哀痛不已，几天吃不下饭。他决定到抗敌一线去，但部队首长安排他返回总部，到抗大继续学习。

一年后，欧阳波平抗大毕业，他写下血书，再次要求前往抗敌最前线。申请批下来后，欧阳波平带领数十位抗大毕业生靠两双铁脚板，昼夜兼程奔赴晋察冀军区。

大家山一程，水一程，风一程，雪一程，闯关卡，过白区，途中，欧阳波平听说冀东掀起轰轰烈烈的抗日大暴动，他挥笔写下："滦水起怒涛，燕山聚群贤。洪流雪国耻，平倭捷报传。"

此刻，欧阳波平恨不得飞到冀东，参与到暴动洪流中去。晚上宿营，欧阳波平常常想象着冀东战场的火热场面，他对冀东那片神奇土地充满无限向往，似乎，冀东就是自己的家乡。

这天，欧阳波平带领大家终于赶到晋察冀军区，迎接他们的是冀东大暴动失败的消息，欧阳波平痛心不已。

深夜，欧阳波平躺在土炕上辗转反侧。他坐起来，点燃油灯，提笔写道："山河失色狼烟急，壮志未酬憾无眠。秋风萧瑟花落去，星火燎原春又还。"诗句袒露他渴盼到抗敌最前沿的决心和抗战必胜的信念。

不久，晋热察挺进军随营学校在平西门头沟成立，亟须军事教员。军区首长看中欧阳波平过硬的军事素质，安排他赴平西挺进军任职。

这天傍晚，军区首长向欧阳波平宣布了命令。

"首长，据说冀东战场最残酷，我想到那里磨砺自己！没有赶上冀东大暴动很遗憾！"

"冀东暴动剩下人员大部分在平西根据地。到了平西，你就会有机会随部队挺进冀东开辟抗日根据地！"

"谢谢首长信任！波平定将不负重任，与同志们重返冀东，开辟出巩固的抗日根据地！"

"你好好休息一下，明天早晨出发！"

"我想现在就走！"

"也好，晚上更安全。我给你配个警卫员。"

"首长，部队人员紧缺，我一人前往即可。"

欧阳波平顾不上休整，乔装扮成商人模样，当晚离开根据地，孤身一人从阜平北上平西赴任。

一路上，欧阳波平凭着机警沉稳，顺利闯过多个据点，通过一个又一个封锁沟。他风餐露宿，终于来到涞水拒马河畔。

"咩咩——"河边传来一阵山羊叫声，一个老汉赶着一群羊走过来。欧阳波平的思绪回到现实。他重新穿好布鞋，来到河边，放下提箱，弯下身洗了把脸。

欧阳波平回到小路上，问道："老伯，这里距离门头沟还有多远啊？"

"没多远了，沿着河边小路，再翻两个山梁就到了！"

"谢谢老伯！"

告别放羊老人，欧阳波平提着皮箱继续前行。没走多远，突然，远处传来马蹄声，"有敌情"，他机警地从怀中掏出手枪，潜入路边草丛中。

果然，十几个伪军簇拥着一个骑马的鬼子军官，沿着河边小路大摇大摆地走来，看到鬼子军官身上的盒子枪，欧阳波平心中大喜，心想，"这真是送上门来买卖……"他伸出枪对准鬼子军官就是一梭子，伴随清脆的枪声，子弹正好击中脑门，这个鬼子军官没来得及吭一声就栽下马来。

前后的伪军顿时慌作一团，端着枪四处张望，却不知道子弹从哪里射来。欧阳波平跳出草丛高声喝道："缴枪不杀！"

伪军小头目刚要举枪射击，被欧阳波平一枪击中手腕，疼得直咧嘴，伪军吓得纷纷缴械。

欧阳波平审问伪军小头目得知，原来骑马鬼子军官是赴涞水县城据

点任顾问的。敌人特派一个伪军小队来护送，不想还没到任就被欧阳波平报销了。

"好汉爷，我们是被迫为鬼子办事的，饶了我们吧。"

"作为中国男人，你们却甘心当汉奸，替鬼子卖命，愧对祖宗！今天我先饶你们，下次再让我看到你们给鬼子干事，把你们都'突突'了！快滚！"

伪军从地上爬起来，狼狈溃散。

欧阳波平摘下鬼子军官尸体上的盒子枪，从地上捡起十来支步枪，然后翻身上马，直奔平西门头沟而去。

傍晚，欧阳波平赶到冀热察挺进军平西门头沟驻地。哨兵接过介绍信，迅速向上级汇报。

一会儿，司令部政治处李主任迎出来。

"波平同志，可把你盼来了！"说着，他上前握住欧阳波平的手。

"首长，这是我途中缴获的战利品，一并上缴吧，算我到平西的见面礼！"

"好小子，单枪匹马缴获这么多支枪！久闻你是个神枪手，果真是名不虚传啊！"欧阳波平咧嘴笑了，"您过奖啦！"

李主任吩咐警卫战士将枪支收好。然后，两人一起走进司令部办公室。

"赶快给欧阳同志准备晚餐！"

"首长，吃饭不急，我想知道何时动身去冀东抗敌前线。没有赶上轰轰烈烈的大暴动挺遗憾的！"

李主任迟疑了一下儿说："波平同志，司令部决定你担任挺进军随营学校军事教育科科长，你的任务是给大家上课！"

"什么？首长，我做梦都想到一线去打鬼子！"

"波平同志，要服从组织安排。主力西撤时，四纵领导在冀东留下三个八路军游击支队，分别在冀东的东部、中部和西部山地一带坚持游击活动。现在冀东形势非常严峻，干部奇缺，随营学校的主要任务就是为冀东培养、输送地方和军队干部。你早晚会到冀东战场杀敌的！"

"是！"欧阳波平两腿挺直并立，庄重行了个军礼。

功夫神技压群雄

旭日东升，门头沟一个山洞内，欧阳波平正在给数十名干部讲授山地伏击的军事要领。

"我叫欧阳波平，很高兴与大家一起探讨山地伏击战话题。我军面临装备较差、数量不足的困难，尤其重武器极为匮乏，若与日军在平原地区拉开架势正面交锋，必将处于极大劣势。冀东多山区，我们应随时准备展开山地伏击战，以己之长，克敌之短！选择伏击地区时注意下列几点：第一，有良好隐蔽点。我们能看见敌人，而敌人不易发现我们。第二，有良好地形。我们便于出击敌人，而敌人不便于攻击我们。我们要切记：阵而后战，兵法之常；运用之妙，存乎一心。有利地形加上出其不意的攻击，则一定能以少胜多，以弱胜强！"

台下听课的干部大多是参加冀东大暴动的地方干部。有些人聚精会神地听着、记着；也有些人窃窃私语，显然，他们没有把这位年轻教官放在眼里。

欧阳波平讲得起劲儿，不自觉地带出湖南腔。突然，一个叼着烟斗的中年汉子站起来，打断欧阳波平的话。

"我说你这年轻同志是啥地方的人啊？说话咋这么快？"

"就是啊，我们听不懂啊？"

人群一阵骚动。

欧阳波平抱拳致歉："对不住大家，我老家湖南的，语速快，兴致上来不自觉带出方言了！"

"入乡随俗，我们都是冀东来的，你要用冀东方言讲！"

"我刚来平西，对冀东方言还比较陌生。这样，我尽量放慢速度，给大家演示。"

"你不懂冀东话，来冀东干什么？南蛮话讲课跟鬼子讲话似的，岂不是误人子弟？"

这时，台下听课的一个小伙子站出来说道："大家不要为难欧阳老师了！十里不同风，百里不同俗。何况人家是几千里外的湘江客。我们要学会尊重，慢慢适应吧！"

小伙子叫马骥，天津蓟县人。马骥虽然也不习惯听湖南话，但他被欧阳波平的干练劲折服了。

"就是，欧阳老师远道而来，顾不上休息就给我们授课，大家不要挑剔了！"一个叫海瑞祥的冀东干部站起身来说。

烟斗干部叫胡山，鬼子入关前，胡山占山为王，集结一群无业游民在滦河两岸打家劫舍，后经中共地下组织改造参加冀东大暴动。大暴动失利后，胡山来到平西受训，部队改编后任总队第一大队长。胡山闯荡江湖多年，匪气霸气难改。

"小伙子，考虑你还没到过冀东，我们迁就一下你的语音。但听你意思老指望鬼子主动进入伏击圈，这现实吗？你以为鬼子都是傻瓜啊！能听你摆布？"胡山质问道。

"诱敌深入，攻敌必救。《孙子兵法》所言：'故善动敌者，形之，敌必从之；予之，敌必取之，以利动之，以卒待之。'我们要想方设法让敌人心甘情愿地进入伏击阵地。"

"我听不懂，你别酸啦！什么孙子兵法，我还爷爷兵法呢！老子就知道见着小鬼子来横的，你不怕死，他就熊啦！跑来跑去的，纯粹扯淡！"

"作为指挥员战场绝不可莽撞行事，特别要注意机动灵活，随机应变，不拘泥于原则，而是因势利导，抓住转瞬即逝的战机。"

"老子冲锋陷阵十几年，只知道硬碰硬，靠真家伙！"说着，胡山拔出手枪晃了晃，"年轻人，咱们比试一下枪法！如果你赢了我，你再给大家讲授，大家听得心服口服！"

"对！有本事跟胡队长比试一下枪法，胡队长可是滦河神枪手！"旁边一个壮小伙跟着起哄。小伙子叫侯天明，跟随胡山闯荡多年。

欧阳波平看这架势心想不露两手这课没法讲下去了，于是微笑着点了点头。

在大家簇拥下，欧阳波平和胡山一起走出山洞，来到山坡一片空旷地带。山地南侧是一排非柿子树，树冠上挂满了熟透的柿子，点金聚翠，迎风摇曳。

"我们射击目标就锁定百米外柿子树上的柿子，击中柿子就算赢！"

说着，胡山掏出手枪瞄准一会儿，然后扣动扳机射击，随着"啪"的一声，子弹将柿子打碎。

"好枪法！"

"牛！"伴随一阵喝彩，胡山瞟了欧阳波平一眼，得意地说："该你了，你要担心射不中，我让你一下，你往前移动十米远。"

欧阳波平笑着说："谢谢！我后退十米，在运动中将柿子完好击落！"

"你吹牛吧！你能打下一片树叶老子就服你！"

欧阳波平并不言语，他叫一名战士牵来白马，飞身上马向后退去。大家还没来得及看仔细，只见欧阳波平一手持枪一手收紧缰绳，两腿用力夹紧马腹，白马立刻飞奔起来。欧阳波平回身朝柿子树瞄准射击，伴随一声清脆枪声，子弹飞出，在场人还没有反应过来，远处树枝上黄澄澄的柿子完好落下。子弹不偏不倚，恰好击中柿子柄。

顿时，现场雷声轰动。

"这枪咋这么准？"

"真乃神枪也！"

"绝了！"

"承让！"欧阳波平向胡山抱拳施礼。

胡山脸上有些挂不住，涨得通红。这时，侯天明走过胡山身旁，低声说："队长，我来教训他！"

"这黑小子有两下子，注意点！"

"您就瞧好吧！"

侯天明来到欧阳波平面前，喝道："黑小子，光枪法好不行。小鬼子身强体壮，个个是拼刺刀高手，战场上还得靠力气。来，咱俩比试一下摔跤搏击术。"

说着，侯天明甩开上衣，露出发达的肌肉块儿。他跃跃欲试，根本没把欧阳波平放在眼里。

"嗨！"侯天明猛地冲上前，冲着欧阳波平胸口打来。欧阳波平机警地一闪身，躲过这一拳，然后，顺势抓住侯天明的右臂，轻轻一拍，侯天明打了个趔趄，差点没摔倒在地。

"兄弟，点到为止吧！"说完，欧阳波平转过身招呼大家继续回课堂授课。谁知这下侯天明惹火了，他冷不防从背后死死抱住欧阳波平，想用力摔去。欧阳波平两脚扣紧地面，像钉在地上一样，任凭侯天明怎么

用力也抱不起来。突然，欧阳波平一个转身，用肘部击中侯天明后背，侯天明立马摔倒在地。

大家被这干脆利落动作惊呆了，瞬间爆发喝彩与掌声。侯天明趴在地上，脸涨得通红，欧阳波平俯身搀扶他，突然，侯天明抱住欧阳波平的右小腿咬起来，欧阳波平疼得皱皱眉，随即坐在地上，微笑着说："随你咬吧，我这腿可是腱子肉，别把你牙咬掉了！"说得大家笑起来。

有人上来解劝，将两人从地上拉起来。

这时，司令部政治处李主任带着警卫员走过来。了解情况后，李主任将胡山和侯天明狠狠训了一顿。他郑重地说："太不像话了！你们欺负欧阳波平同志年轻吗？告诉你们，他可是经历过二万五千里长征的红军指挥员，早在'一·二八'淞沪抗战中就与鬼子血战过，平型关大捷神枪威震敌胆！他不仅是智勇双全的神枪手，而且是抗大毕业生，理论与实践非常丰富，是我军不可多得的优秀指挥员！胡山、天明，你们不认真听他讲授，反而带头胡闹，我代表司令部关你俩禁闭！"

"算了，首长，他们很多地方值得我学习。今天的事源于我讲课方式不太适合大家。"

"还不向欧阳老师道歉！"

胡山、侯天明从内心被欧阳波平的智慧与过硬的军事本领折服了，于是两人抱拳失礼表示歉意。

欧阳波平说："今后，冀东方言靠你们教我了，两位是我的方言老师！"

大家笑了，不仅钦佩欧阳波平军事技能，也被他的宽广胸怀感染着。

"这样吧，在讲理论课之前，我先教大家唱一首歌！就唱《五月的鲜花》吧。"说着，欧阳波平清了下嗓子，带领大家唱起《五月的鲜花》来：

> 五月的鲜花开遍了原野
> 鲜花掩盖了志士的鲜血
> 为了挽救这垂危的民族
> 我们曾顽强地抗战不歇
> 如今的东北已沦亡了四年
> 我们天天在痛苦中熬煎
> 失掉自由就失掉了饭碗
> 屈辱地忍受那无情的皮鞭
> ……

欧阳波平富有磁性的声音忧伤渗透着激昂，动人的旋律深深扣动着每个人的心弦。大家没有想到，眼前这个帅气小伙子竟然如此多才多艺！

欧阳波平幽默开朗的性格使他很快融入冀东干部队伍中，不管年龄大小，大家都愿意找他聊天，课堂上听起课来更是津津有味。欧阳波平清楚自己随时可能要带领这批干部投身冀东抗敌前线，他不失时机地研究冀东地形与敌情，熟悉冀东的风土人情，一有空就学习冀东方言。欧阳波平和侯天明成了无所不谈的好朋友。

午后，天气有些闷热，欧阳波平独自来到营地附近山脚下一条小河岸边。他先是打了一趟拳脚，然后在河滩上做起俯卧撑，训练完，他脱下军装，清洗满身征尘。欧阳波平见附近没人，索性褪去内衣，跳进齐腰深的溪水中，像鱼儿一样尽情畅游着。

欧阳波平自幼喜欢运动，在湘江岸边长大，与水结下不解之缘。少年欧阳波平是一个热爱生活、追求完美的大男孩，他曾经梦想成为一名职业运动员，在陆地上或水中驰骋奥运赛场，用速度证明中国人的力量，摘掉"东亚病夫"的耻辱称号。国家贫弱，奥运冠军梦破灭，欧阳波平自学研读中华武术。

"国人深受鸦片毒害，很多年轻小伙子身体羸弱不堪，此绝非我中华男儿形象！强国人人有责！先从健体做起！"

欧阳波平参军入伍，无论在国军，还是红军、八路军，他养成一个运动习惯，而且爱整洁、重仪表，只要条件允许，晚上宿营他都要做一些健身动作，然后清洗一下身子。当年十九路军驻扎上海，休息间隙，很多中下级军官热衷出入舞场寻找心仪的佳丽女郎，欧阳波平总是泡在训练场、健身馆、图书馆。每次出入繁华大都市，欧阳波平英姿帅气形象常常赢得很多芳龄女孩追求示好，他却不为所动。一些战友不理解，问其所求为何？欧阳波平说："适逢国家动荡之秋，男儿立志在疆场，大丈夫何患无妻！"

作为一名热血军官，他敏锐意识到日本侵华的野心，多次撰文呼吁："倭寇侵华蓄谋已久，中日必有大战！"平时，欧阳波平不仅注重军事训练，还广泛涉猎传统文化和西式教育等各种知识，他学贯东西，从内到外，无时不在雕刻着中国军人阳刚形象。当年，如果不是战事爆发，欧阳波平准备参加上海一家健身馆举行的健美比赛，战火打乱他的人生轨迹。参加红军后，环境更加残酷了，他以苦为乐，每天行军打仗是他最好的磨炼方式。

"我热爱祖国的山山水水，热爱这片土地上勤劳质朴的人民！哪怕明天光荣了，也要把中国军人阳刚威武形象留给世人！这是一种残酷环境下的生活态度，更是硝烟中一种精神力量！"欧阳波平在日记中写道。

游了一会儿，欧阳波平走上岸边，躺在河滩上晒着太阳，舒展着四肢。微风拂过，他感觉格外舒服。阳光映照在他黝黑健美皮肤上，闪闪发亮，八块腹肌轮廓分明，起伏有致，呈现出一个"王"字，透露着青春力量。

蓝天下，朵朵白云拂过，欧阳波平浮想联翩。

"什么时候到冀东去？那里的滦河水肯定是甜的，在滦河畅游一定舒服极了！对了，那里是抗日号角吹响的地方！大刀向鬼子头上砍去！雄伟长城魅力四射，在长城上打鬼子真过瘾！要是在长城上拍下一张照片就好了。"

欧阳波平想着想着，嘴角露出了微笑。

晚饭后，欧阳波平来到山洞请侯天明教他学习冀东方言，两人一直聊到深夜。

"欧阳老师，胡山大哥虽然是个大老粗，但他非常讲义气，打起鬼子特别勇敢。我小时候滦河两岸闹蝗灾，胡大哥收留了我。自从那次比武后，胡大哥非常佩服您！认为您是打鬼子的真爷们！"

"慷慨悲歌士，自古燕赵多。特别是冀东人民，顽强不屈，性格倔强。我始终对冀东这片热土充满向往！"

"欧阳老师，真没想到您不仅懂那么多军事理论，还会作诗唱歌。"侯天明羡慕地说。

"你还是叫我黑小子吧，听着舒服。"

"我没文化，您别见怪！能成为您的学生是我的荣幸！"

"梅逊雪三分白，雪输梅一段香。我们各有所长嘛。"

"您看上去儒雅清瘦，我这块头比您大，为啥摔不倒您？"

"光有蛮力气不行，要会借力！"

"借力，咋借？"

"抓住机会，寻找对方破绽，以其力制之！"

侯天明似懂非懂地点点头。

"不早了，赶紧洗洗脚睡吧！"

"哎呀，您真是太讲究了，脑袋掖裤腰带上，整天东奔西跑的，洗什么脚啊？再说，又没有女人睡在身边，真是假干净！"

"养成卫生习惯少生虱子，保持强健身体，多打鬼子！"

"虱子那是革命虫，谁身上没有？"

"你敢跟我打赌吗？我身上就没有。"

"我不信，你脱下衣服看看，我保准给您捉几个？"

欧阳波平被他这一激将，也上来孩子脾气，索性脱下上衣扔给侯天明。

"好，我衣服如果捉到虱子，就由你去！如果你衣服上捉到虱子，你必须听我的，养成卫生习惯！而且，今天谁败了给谁洗脚。"

"好，一言未定！"

侯天明也脱下上衣扔给欧阳波平。两人在油灯下开始寻找衣服上的虱子。很快，欧阳波平在侯天明的旧褂子上找出几个虱子。侯天明拿起欧阳波平的军装，瞪大眼睛找了好长时间，也没有发现一个虱子。他只好红着脸认输，打来一盆水准备给欧阳波平洗脚。

欧阳波平笑着说："天明，跟你开个玩笑。我午后到河边游泳，早洗过了。这么多年，不管到哪里，哪怕是战火纷飞，也要注意讲究个人卫生。我们后勤保障薄弱，有时衣不遮体，光着脚板打鬼子，但不能让敌人嘲笑我们八路军一身虱子两脚泡。一定要养成讲卫生的好习惯，少生病。有一个强健身体，才能更好打鬼子！"

侯天明盯着欧阳波平，越发对眼前的年轻教官产生崇敬之情。

这时，侯天明看着欧阳波平块垒分明的腹肌块，像发现新大陆似的叫道："欧阳老师，您这身材太棒了，怎么跟雕刻似的？"

"是嘛！"说着，欧阳波平特意深呼吸一口气，展示一个全身肌肉隆起的动作。侯天明几乎看呆了，他不由走上前抚摸起欧阳波平的腹肌块，感觉硬而有弹性。

"我今天是大开眼界了，长这么大从没见到您这么发达健美身材。可惜我不会作画，否则一定给您画出一幅像，估计好多美女会抢哩！"

"你这小子做梦都想找美女，说实话，摔打出一身腱子肉，有力气，这也是跟小鬼子拼刺刀的资本！我们的战士大多数营养不良，太瘦弱了！你算比较壮的，但身上肥膘太多，缺乏灵活性！"

侯天明认真地点着头。

"您是不是练过武？"

"略知一点儿，还谈不上会武术，但自小喜欢运动，磨炼出两条飞毛腿，晒出一身黑皮肤。"

"您这两条小腿忒发达了！"

"飞毛腿贵在速度与耐力。别看你山里长大，跑山路你肯定跑不过我。不过，你小子牙够硬的，那天架势好像要把我吃了，给我腿上留下的牙印半天也消不下去。"

侯天明脸有些发红，不好意思地说："欧阳老师，真是对不起，我这人糊涂鲁莽，您别跟我一般见识。开始总觉您是纸上谈兵的文人，没想到您才是真正有血性的军人！您的才学，令我佩服得五体投地。我正式向您道歉，要不，您扇我两巴掌！"

"没关系，这算什么？逗你呢，多少枪林弹雨没经历过？我是从死人堆里爬出来的。"

"对了，欧阳老师，您经历那么多战斗，身上却没有啥伤？"

"除了挨你咬外，战场上摸爬滚打，还真少有子弹或炮弹'咬'到我。肌肉发达了，身体灵敏度提高，子弹也躲着。"

"咱们是不咬不相识！就冲您这健美身材，今后到了冀东我要保护您，不让一颗子弹'咬'您！除非我不在了！"

"好兄弟，看来我这条腿没白让你咬！"

"欧阳老师，您有什么爱好？"

"爱好比较广泛。从军以来，最大爱好就是鼓捣枪。"

"难怪您打枪百分百中。今后，麻烦您教我打枪，我盼望像您一样成为神枪手！"

"好！一言为定！"

"我现在拜您为师，请收下徒儿！"说着，侯天明要给欧阳波平磕头。

欧阳波平赶紧拦住："我们是同志兄弟。我教你就是了，不要这样。"

侯天明咧嘴笑了，"我有的是笨力气，就不知咋使，在战场上就会投手榴弹，还没真正摸过枪呢。我做梦都想拥有一把冲锋枪，把小鬼子都'突突'了，那该多神气！"

"很快就会有的！"

"谁给？"

"到鬼子那里要去！"

"师傅，我一定缴一挺重机枪，您可得教我啊！"

"好！战场上要先发制人，一枪到位，敌人就没有机会还击，要机警，眼观六路，耳听八方。"

"师傅，徒弟铭记在心！"

"来吧，我的大力士，让我给你洗脚吧,谁让你是我的学生呢。"

看到欧阳波平如此随和可亲，侯天明倒也不客气，将双脚放进木盆让欧阳波平搓洗起来。

这时，马骥、海瑞祥走进屋子，见此情景，不住责备侯天明。

"天明，你太不懂事啦，怎么让欧阳老师给你洗臭脚啊？"

欧阳波平摆手示意，"我这是督促他养成卫生习惯！"

"小子，让神枪手教官给你洗脚，是不是太舒服啦！"胡山走了进来，故意问道。侯天明有些尴尬，赶紧站起来，"欧阳老师，我自己来吧！"

不过，欧阳波平的行为，也深深折服了胡山。

"欧阳教官，我算领教你的功夫与胸怀了，佩服！闯荡冀东这么多年，老子没服过谁！今后我和天明的命扔给你了，就听你指挥。希望你早日带领我们打回冀东去！老子最看不起那些夸夸其谈只会纸上谈兵的秀才！没料到你长着一副秀才相，却是响当当的血性汉子!我看走眼了，还请多海涵！"说着，胡山抱拳施礼。

"过奖。胡队长，冀东抗战还主要仰仗咱们本地干部，人脉广，地理环境熟悉。让我们共同抗敌，浴血长城，赶走小鬼子！"

"说得好！共同抗敌，浴血长城！"

"我们都期盼在欧阳老师带领下打回老家去，浴血长城！"

马骥、海瑞祥齐声说道。

"欧阳老师，麻烦再给我们讲讲你的传奇故事，白天没听够。"

"没什么好说的，我跟你们一样。只不过跟小鬼子早拼了两年。"

这时，司令部政治处李主任走了进来。

"哦，欧阳教官走到哪里都围着一群人。"

"我们在向欧阳教官学本领！"

"我找欧阳教官有事商量，大家先回吧。"

胡山等退出屋子。

"波平同志，战斗在冀东丰（润）滦（县）迁（安）一带的陈群、苏梅率领200余人来平西受训。明天上午你给他们讲第一课！"

"能见到他们太好了，谈不上授课，我要跟他们好好交流一下。"

"这些学员都是拥有冀东实战经验的同志，特别是陈群同志，也是一位老红军，注意向他学习。"

"是！"

夜深了，侯天明早已经睡下，打着均匀的鼾声。马蹄灯前，欧阳波

平还坐在炕角察看着冀东军事地图，研究第二天的课程。他翻阅在抗大学习的笔记，反复琢磨着。

朝阳冉冉升起，早饭后，欧阳波平早早来到山洞大讲堂内，等候听课的人员。

"这次听课人员都是驰骋冀东战场连以上干部、地方区级以上干部。我的讲授能否得到大家认可……"欧阳波平没有把握，毕竟他还没有真正踏上冀东战场。凭着扎实功底，他又充满自信。

听课人员陆续赶到，欧阳波平开始授课。

"同志们好！很高兴与大家一起探讨冀东战场话题。在座各位都是有着丰富山地伏击战经验的同志，有的同志长征时是我的老领导，我不过是个嘴上没毛的小伙子，还请大家多指教！"

低调的开场白一下赢得大家赞许的目光。欧阳波平清了一下嗓子，努力控制语速，接着讲下去。

"关于冀东战场得失我主要想听听大家的看法，提出一些建议。知己知彼，百战不殆。下面，我先讲一下自己经历的'一·二八'淞沪抗战。民国21年1月28日，日本帝国主义突然向闸北发动武装进攻，我上海爱国军民奋勇抵抗！淞沪战役历时一个多月，予日军以重大杀伤，迫使日军三易主将、四次增兵。痛心的是，最终我们却告失败了！"

欧阳波平仿佛又回到当年战场。

"那时，我在十九路军任排长，参加多次战斗。日军进攻闸北首战失利，攻打吴淞又遭失败，进攻江湾、庙行再遭失败。最终，日军在浏河地区登陆，守军全线撤退。整个过程，日军有以下作战特点，第一，逐次增兵，逐次用兵，这是日军轻敌心态所致。第二，重点突击，全线配合。在进攻中，他们重视海、空火力支援。第三，正面进攻与翼侧迂回相结合。以主力大胆在我军防御薄弱的翼侧登陆，使我军腹背受敌，结果以很小伤亡获得战役的胜利。我们失败的主要原因，其一，蒋介石妥协投降的不抵抗政策，幻想避免战争，战争爆发后，不派兵增援十九路军，反而停发军饷，与日寇勾搭，给其方便，这是失败根本原因。其二，我们的防御缺乏积极进攻思想，没有抓住日军进攻受挫、等待援兵的有利时机和逐次增兵、逐次用兵的弱点，实施有力反击，将其逐个消灭。其三，兵力不足，没有足够的预备队。发现日军在侧后登陆，无力阻击，使日军得以顺利迂回侧后，最后被迫全线撤退。其四，对侧后防御措施不力，准备不足。我们要善于对每次战例进行分析，积累经验教

训！"

大家很快被欧阳波平生动剖析吸引住了，他们没料到这个小伙子脑袋里装着这么多军事常识，对一场战役分析得如此透彻，俨然就是当年指挥淞沪战役的高级指挥官。

台下靠前石凳上坐着一位年轻的八路军干部。他身材魁梧，举止沉稳，两道浓眉下眼睛炯炯有神，聚精会神地盯着欧阳波平，不时赞许地点头。此人正是第一支队长陈群，冀东大暴动四纵和抗联全部西撤后，陈群带领一支队留守在丰润、迁安山地一带开展抗日游击活动。

陈群，安徽人，早年参加红军，战斗中英勇顽强，指挥果断，被提升为团长。红军改编为八路军后，陈群出师华北抗日前线，被编入八路军一一五师，率部参加平型关战斗。后任八路军第四纵队三十三大队副大队长，随邓华支队挺进冀东，攻占迁安县（今迁安市）城。

"冀东战场虽不同正面战场，但有些经验同样值得借鉴。分析一下冀东形势：第一，冀东战略位置对于敌我双方极为重要。这里是东北和华北结合部，交通便利，北宁（京沈）和平——承——满两条铁路环绕四周，渤海岸有秦皇岛和塘沽两大港口，公路纵横，连接大小城镇；战略资源丰富，如煤、铁、铜、金、盐、粮食、棉花等。日军必然将这里作为侵华兵站基地和军事跳板。第二，冀东沦陷早，日伪殖民统治稳固。全面抗战爆发后，日军速亡中国计划破产，陷入'长期作战'。他们不遗余力培植汉奸势力，借助汉奸政府和大量伪军，实行'以华治华'方针，实现'以战养战'目的。第三，冀东孤悬敌后，四面环敌，环境异常严峻。基于以上形势，冀东以大暴动形式开创根据地，挫败日军气焰，打击了汉奸势力。但是，大暴动后队伍全部西撤是不明智的。我们应借大暴动营造的有利条件，在敌人控制薄弱地带开展山地游击，巩固胜利果实。另外，日军骄傲狂大，速胜心切。我们要充分利用敌人这一弱点，注意发动群众，开展运动的山地伏击战，抓住有利时机，各个击破，消灭敌人有生力量，达到牵制敌人大量兵力、破坏日寇'以战养战'政策、从战略上配合其他根据地对日作战的效果。"

欧阳波平语气诚恳，分析清晰，言简意赅，台下响起热烈掌声。

授课结束，陈群大踏步走上讲台，紧紧握着欧阳波平的双手。

"波平同志，我叫陈群。课讲得太好啦！"

欧阳波平打量一下陈群，激动地说："陈团长，在长征途中久闻您的大名，终于与您相见了！"

两人边聊边走出山洞。

"波平，我以前只是听说你是神枪手，还以为是一名普通战士呢？没想到你的军事理论功底如此深厚。平西受训，听你一堂课，不虚此行！"

"过奖了！在您面前，我还是学生。"

"一支队与抗联部队要合编成第三十七大队，由我任大队长，重返冀东。我跟首长建议一下，你来大队任参谋长吧。"

"到冀东抗战前线是我梦寐以求的愿望，跟您并肩作战是波平的荣幸！"

"好！咱们一言为定！现在我就找首长去！"

说完，陈群径直迈向挺进军司令部。

司令部首长正在研究作战部署。警卫员见陈群走来要见首长，赶紧通报。

"哦，陈大队长来了，快快有请！"

"司令，我今天来有个请求，请您准予。"

"我的大英雄，别说一个请求，十个也答应你！冀东根据地主要靠你去开辟呢！"

"请把随营学校的军事教员欧阳波平同志调大队任参谋长，在前线能更好发挥他的军事才能！"

首长听了陈群的话，停顿一下说："这个有点困难，欧阳波平可是我们的宝贝。他既有正面战场的经验，又有游击作战的实战经验，在抗大积累了丰富的军事理论素质，战场上指挥干练，整个冀热察挺进军和地方干部都需要他培训啊！"

"以其他有经验同志替换他，我可以提供三个，换他一人！反正，这个人我要定了！"

"陈群同志，要有大局意识！"

"波平本人特别想到冀东前线去！首长应该尊重他个人意愿嘛！"

"老陈啊，波平也不是没毛病，他虽然英勇善战、肯于吃苦，但他出身国军，生活上有些孩子气，爱打扮，个性强，军党委曾想让他担任营长，找他谈话，他居然谢绝了，称想做一名狙击手。"

"他毕竟刚二十出头，爱漂亮有啥不好？再说，他想到冀东前线心情十分迫切！"

"这样吧，晋察冀军区将成立冀东军分区，你的大队肯定转为主力团，到时再让他给你当参谋长！"

"谢谢首长!"陈群敬礼致谢。

"你别高兴得太早,主力团成立前,他还需要留在新成立的教导队一段时间,专门培训冀东部队和地方的军政干部!"

"行!只要把他送给我就行!让他当团长,我给他当参谋长都行!这小子我算认定了!"

"你真是个伯乐啊!"两人哈哈笑起来。

陈群走出司令部,将这个消息告诉欧阳波平。欧阳波平兴奋得来个后空翻⋯⋯

欧阳波平将马骥、侯天明、胡山等一一推荐给陈群。无论白天还是夜晚,授课间隙,他经常与陈群一起聊冀东形势与未来作战任务,俨然成为三十七大队的编外参谋长。在欧阳波平建议下,陈群大队一举攻下门头沟煤矿,消灭伪军一个中队。

一年后,欧阳波平从挺进军随营学校军事教育科科长调任挺进军第十三支队教导队任队长,专门训练冀东军政干部。他一手拿枪,一手持笔,战斗间隙,热心为大家授课。经过欧阳波平培训的学员陆续返回冀东担任地方和部队要职。

这天,陈群带领大队返回冀东。临行,陈群握着欧阳波平的手说:"冀东军分区即将成立,大队改组主力团之际,就是你来任职之时!"

"大队长,波平听候调遣,按时向您报到!"

这时,胡山、马骥等走过来,也与欧阳波平话别。

"欧阳老师,这一年你教我们懂得很多革命道理。感觉你特别像我们迁安滦河岸边的一位教书先生,他叫李方州。你俩不仅长得像,做统战工作也相似。他是一位富家少爷,极富人格魅力。李家是迁安城北首富,我占山为王从未绑他家的票。李先生最早动员我走抗日正路,让我这个土匪头子重新做人。大暴动前,李方州带领我们跟随王平陆的抗日联军,激战长城线上的交通要塞清河沿。清河沿的枪声,惊醒了冀东千百万同胞。当年夏季,全冀东掀起抗日大暴动⋯⋯"

"请你牵线,盼望早日见到李先生!"

"好的,一定会。你双脚还没踏上冀东,就已经为冀东抗战做出巨大贡献了,你有很多学生冲锋在冀东战场,我代表冀东人民向你致敬!"

"谢谢胡兄,谢谢冀东人民,冀东就是我的第二故乡!我的心早已和冀东人民融在一起!"

"欧阳老师,你要注意休息,讲课别累着!"

"没关系，我这身板壮着呢，浑身有使不完的劲儿！"

"我们在冀东战场等候你！"

"大家多保重，战场见！"

"战场见！"

欧阳波平突然想起什么，问胡山："天明呢？"

"这小子说啥要留在你身边，他跟随我多年，让你给吸引过去了，还是你有魅力啊！"

欧阳波平吩咐身边战士将侯天明找来，严肃地说："天明，服从组织纪律，跟胡队长回去！"

"我想伺候您，给您做警卫员！"

"快回去，胡队长需要你！"

"我还想跟您学射击呢！"

看着侯天明不舍的样子，胡山说："欧阳老师，别难为他啦！这小子有把蛮力气，你就把他留在身边培养一下吧。冀东地形他熟得很，战场上可以给你做个向导，而且这小子记忆力特别好！"

欧阳波平只好将侯天明留下来。

看着大家远去的背影，欧阳波平不停地挥着手。

神枪霹雳白草洼

蓟县张家峪根据地会议室，冀东军分区召开军事整编会议，司令员李运昌正在讲话。

"根据上级决定，今天，我们晋热察挺进军第十三支队正式整编为冀东军分区！"屋子里立刻响起一片掌声。

李运昌沉稳持重，他接着说："主力向西转移后，陈群和苏梅同志率一支队活动于冀东东部地区丰润、滦县、迁安三县交界一带，孤军深入敌后，顽强坚持游击战争，为开辟冀东根据地奠定坚实基础。回平西整训以来，一支队改编三十七大队，苏梅同志调平北工作。经军分区党委研究决定，三十七大队正式组成八路军十二团，陈群任团长，军分区政治部主任刘诚光兼任政委，欧阳波平任参谋长，曾辉任政治处主任，何宜之任总支书记，下辖一个营，团直设通讯排。"

刘诚光站起来带头鼓起掌来，室内气氛热烈。

坐在刘诚光旁边的陈群也站起身来向大家挥手致谢。此刻，陈群心里最高兴的是组织终于将欧阳波平调到他身边。

刘诚光紧紧握住陈群的手。

"我们算老相识了，与你这位英雄团长搭档太高兴了！"

"军分区党委真舍得下本啊，把你这位有名的知识分子派来了，十二团必将战无不胜！"

刘诚光，湖北人，是一位经历长征的红军优秀政工干部。中等个，四方脸，两道浓眉，一只眼睛有点斜视，但不乏英气。全民族抗战爆发后，他与百余名干部以及数十名抗大学生随军开赴平西，担任冀热察挺进军第十三支队政治部主任。

随后，李运昌传达了冀热察军政委员会关于挺进军目前三大任务：

巩固平西，坚持冀东，开辟平北。

刘诚光介绍挺进军成立以来的党建工作。

散会后，李运昌对陈群说："老陈啊，十二团可是冀东军分区第一支主力部队，分区政治部主任都去给你当政委啦！你这支队伍战斗素质非常强，是咱们整个军分区的精髓！精兵必须强将带，给你们配备的主要干部可是咱们支队的家底啊，政委和参谋长都是抗大毕业生。"

"谢谢司令！"

"听上级首长说你早就看上欧阳波平，总想把他调过来。首长舍不得，这次算是破例了，我还没见过这小子，不知他有什么魅力这样吸引你们。"

陈群笑了，说："司令，波平这小子不仅军事素质强，还是个神枪手，特别随和，战士们也很喜欢他！"

"哦，是够厉害的！"李运昌转身指着一位年轻的指挥员介绍："这位是何宜之同志，'七七'事变前是清华大学地质系学生，从事救亡运动，在敌占区斗争经验丰富，很不简单！"

"向团长、政委报到！"

"欢迎啊！"

陈群握着何宜之的手高兴地说。

"司令，欧阳波平和曾辉同志什么时候到啊！"

"他俩在执行一项特殊任务，带领从平西受训结束的干部正往冀东赶呢，现在人员太紧缺了，曾辉也是我们向上级反复争取才要来的，有着丰富的政治工作经验。"

"谢谢李司令对十二团如此重视！"陈群说。

"我已经派战士和平北地下工作者去迎接你的参谋长和政治处主任了，尽快与你们会合。不过，他们徒步行军，每天要走近百里路，突破层层封锁线，估计两天后可赶到盘山。"

正说着，通讯员走进来，"报告！地下工作者传来情报。"

李运昌接过情报一看，沉思一会儿说："敌人又开始扫荡了！情况紧急，今晚分头行动。十二团主力迅速返回丰滦迁一带，司令部向北转移。"

说着，李运昌下达了部队分头转移的任务。

深夜，一支队伍行走在奔向蓟县盘山的山路上，大约200多人，有的身着灰色军服，背着长枪和背包，有的一副农民打扮。他们是在平西受训结束的地方干部，领头的正是欧阳波平。

两位八路军干部走在队伍后面，一位相貌魁梧，举止稳重，他就是冀东军分区参谋长曾克林。另一位儒雅和善，像个知识分子，他叫曾辉，十二团政治处主任。曾克林与曾辉不仅同姓，而且同是江西人，两人都是身经百战的老红军。

三人带领受训干部返回冀东，连日行军，与敌人周旋，大家很疲乏，有的几乎走不动了。

欧阳波平踏上冀东这片土地，仿佛回到故乡一样，他对冀东的山山水水有一种特殊的亲近感。欧阳波平心情激动，两腿生风，很快将队伍甩开一截。

警卫员侯天明气喘吁吁追过来。

"参谋长，您走得太快啦，大家跟不上了！"

欧阳波平回过头，星光下，整支队伍疲惫不堪。

欧阳波平来到队伍后找到曾克林，商量下一步行军计划。

"队伍多数是文职干部，战斗力弱，万一遇上敌人就麻烦了，我们先与老包会合，休整一下儿再继续东进吧。"欧阳波平建议。

曾克林点点头，说："好，我同意。"

"通讯员，从后向前传口令，加快行军步伐！再坚持一下，我们就到根据地了！"

"是！"

队伍浩浩荡荡向蓟县盘山根据地田家峪、芦家峪一带行进，准备与冀东军分区副司令员包森会合。

旭日东升，盘山山势雄伟险峻，峰峦秀丽，水石清奇。

在山顶一个山洞前，一位身材挺拔、相貌威严的八路军指挥员正在遥望云海松涛，两名警卫员守卫在两边。此人正是冀东军分区副司令员包森。

"多美的景色啊！难怪清乾隆皇帝慨叹'早知有盘山，何必下江南'"。包森感叹道。

"小李，把杨泽叫来！"

"是！"警卫员小李跑出洞去，不一会儿，小李将侦察员杨泽带到山洞口。

"司令，您找我？"

"交给你一项重要任务！去探察县城内日军动向！务必摸清敌情，你的侦察将决定我们行军路线。"

"保证完成任务！"

杨泽转身刚要离去，包森说："等一等，将大章带上！他别看人小，很机灵。你们以爷孙俩名义进城。切记，摸清敌情后连夜返回！"

"是！谢谢司令！"

这时，侦察员走来，"报告！"

"讲。"

"军分区曾克林和十二团欧阳波平两位参谋长带着平西受训干部回来了。"

"好！马上下山迎接他们。"

包森与侦察班战士回到盘山西麓的田家峪，他带着一营长杨作霖、一、六总队等干部走出村子，远远见到曾克林、欧阳波平等人走来。

两支队伍会合了，大家的手紧紧握在一起。

"波平同志，听说咱冀东很多干部都是你的学生，可惜我还没听过你的课！"

"司令，我哪敢给您讲课啊！谁不知道威震敌胆的包司令啊！"

"波平还是一名出色的神枪手呢！"曾克林介绍着。

"波平不会是曾参谋长的江西老乡吧？"

"我是湖南人！"

"好，湖南人霸蛮！我陕西人。为了打鬼子，我们从天南海北会聚到冀东，真是缘分啊！"

"对，是缘分！"

说着，几个人在村干部引导下走进村子。百姓家家户户烧水做饭，迎接新来的子弟兵。

杨泽带着14岁的小侦察员高大章，急匆匆行走20华里山路，午后来到蓟县县城，正好赶上大集。两人来到城门岗哨，扮成爷孙俩以到城里看病的名义，没费什么劲儿，就混了进来。

城内到处贴有"皇军一万，增兵蓟县"的大标语，两人神不知鬼不觉混进敌人营房附近详细观察。三五成群的伪军在街上闲逛，一队鬼子正将三门山炮拉进警备队。

杨泽心想，看来敌人应该不会有太大的军事行动。

侦察完敌情，夜幕降临了，城门哨兵正准备关城门，杨泽带着高大章跑过来。

老总，行行好，家里孩子奶奶病危亟须赶回乡下，麻烦放我们爷俩

出去吧。"

"不行！"伪军哨兵吼道。

大章灵机一动，假装哭了起来。

"再叫唤把你们送给太君！"

杨泽将一块银圆塞到哨兵手中，哨兵这才放两人出城。

踏着星光，两人向山里驻地疾行。走了一段路，大章走不动了。

"来！我背你走！我们必须在天亮前赶回驻地！"

说着，杨泽背起高大章沿着小路向前走去。

清晨，杨泽背着高大章来盘山东山口附近，大章执意下来自己走。走了一会儿，两人爬到一座山头上向四周眺望。突然，他们发现远处土路上尘土飞扬，一队日本骑兵正向山脚下进发。

"鬼子！鬼子！"大章惊叫着。杨泽不禁吃了一惊，他带着高大章迅速潜伏在路边草丛中继续探望。很快，70多个鬼子骑着战马飞奔而来。

"显然，这鬼子骑兵是冲盘山根据地来的。"

"我们赶紧跑回去送信！"

"来不及了！两条腿的人怎么也跑不过四条腿的马。"

"那该咋办啊？"

"尾随在他们后面，等待时机！"

"孩子，你怕不怕？"

"不怕！"

"好，如果敌人发现我们的驻地，我就开枪报警！你沿着北侧山坡向外跑。"

高大章点点头。

鬼子骑兵队从两人潜伏的草丛旁通过，两人悄悄地跟在骑兵队后面。鬼子骑兵到达盘山东麓后没有直接进山，而是闯进了莲花岭下的石佛小山村。进村后，鬼子强迫百姓做早饭、打水饮刷马匹。

看见鬼子骑兵停了下来，杨泽、高大章撒开两腿玩命地跑向盘山。两人跑回山洞，值班战士告诉他们军分区领导带领战士们集结在山脚下田家峪村。爷俩急忙向田家峪跑来。

包森与曾克林、欧阳波平等正在研究分头行动的行军计划。杨泽、高大章匆匆跑进来报告敌情。

"司令！我们回来途中发现一队骑兵向盘山开来，有70多个鬼子，就在附近石佛村！"

包森等先是一愣，然后盯着作战地图沉思着。

"我们手边正好集中足够多兵力，可以打它一下子！"欧阳波平建议。

"我们虽然人多，但武器配备上却不占优势。战士们每人仅有20发子弹，手榴弹数量少，而且威力小，杀伤力差。步枪多数为濒临淘汰的'汉阳造'和'老套筒'，射程近，精度不准。与这么多武器装备精良、作战凶猛的鬼子骑兵开战，还是头一次。"曾克林有些忧虑。

"这股鬼子应该是驻扎蓟县的骑兵。他们大部分是从伪蒙古联盟自治政府调来的伪蒙骑兵，行动时穿日军军装，虚张声势，战斗力并不强。"包森说。

"鬼子骑兵没法像步兵那样翻山越岭，要进入到盘山腹地只能走层峦叠嶂的盘山石海，而石海区域非常适合打伏击。敌人由莲花岭至田家峪，必经白草洼。我发现白草洼是一条窄长的南北向山沟，三面环山，沟内巨石嶙峋，尤其是遍布山洞，隐蔽物多，伏击步兵并不占优势。沟内道路崎岖，乱石横生，不利于马匹奔跑，骑兵无法发挥优势。如果在山上埋伏好，沟内的敌人很难跑掉，即使用石头砸，也能砸死不少。"欧阳波平分析说。

包森当机立断，捶了一下桌子，嘴里嘀咕了一句，"打个兔崽子！在鬼子骑兵行军途中，将其歼灭！"

曾克林、欧阳波平赞许地点了点头。考虑到鬼子骑兵行动迅速，已来不及向部队进行战斗动员，包森命令侦察员赶到白草洼南山制高点观察敌人行动，随时报告情况。

三位指挥员误判了鬼子骑兵的身份，这股骑兵是隶属关东军序列的武岛骑兵中队，武岛骑兵中队的日军都是在"一战"时入伍的老兵，战斗力极强，下级军官乃至士兵大部分是贵族。"九一八"事变后，武岛骑兵中队便被征调到中国东北，进犯江桥、热河，围剿抗联。"七七"事变后又被征调到关内作战，从黑龙江一直打到南京城，参与南京大屠杀。中队长武岛须田出身于武士世家，是一名军衔为准尉的特务曹长，因军龄近三十年，且"屡立战功"，在日军中地位相当高，佐一级见面接受完他的敬礼之后，都要以鞠躬方式向他还礼。武岛骑兵中队转战大半个中国，参战百余场，从未打过败仗，被日军视为标杆式偶像，是公认的"常胜军"。武岛中队被调到冀东后，驻扎在玉田境内大稻地村据点，大稻地村据点距离盘山有一百多里远。此刻，大家谁也没想到鬼子顶级精锐骑

兵会突然出现在盘山。

"从平西受训回来的干部多是政工干部，没有长枪且很多人连短枪都没配发，就不要安排他们参加战斗了。"欧阳波平建议。

包森点头同意："将他们转移到盘山深处，以防战斗失利。"

三位指挥员商定好作战计划，包森迅速召集连以上干部会议，部署战斗任务。

"克林同志指挥一总队一个连、分区直属特务连两个排，占领白草洼西山，由西山南端向东迂回，和十二团一营二连、三连合拢，共同从东南方向截断敌人退路。战斗打响后，除留少数兵力继续占领白草洼南山监视蓟县方向来敌外，其余部队由西、南方向白草洼沟内敌人发起攻击！"

"是，请司令放心！"

"波平同志率十二团一营二连、三连两个排加团通讯排，从白草洼北山东面向南沿舞剑台主峰西坡，占领白草洼东面山坡所有制高点。并派出一部分部队向白草洼南山迂回，和一总队、特务连合拢，切断敌人东南方向退路。战斗打响后，集中兵力由东、南面向白草洼沟内之敌发起攻击！"

"是！保证完成任务！"

"我指挥分区特务连一个排、十二团一营三连一个排、司令部警卫班，设伏于白草洼正北山头，将鬼子骑兵从白草洼向西北通往田家峪的去路堵死，由北向南对敌人发起攻击！曾辉、何宜之带领团直属队、随营学校毕业待分配的干部队，在东窝铺、田家峪建立包扎所，组织担架运送伤员，为部队准备饭、开水。"

包森部署完，各部队迅速行动，分三路跑步赶到白草洼。曾克林带领战士到达白草洼西山制高点。欧阳波平率战士由东沿舞剑台主峰侧坡向白草洼东面山头快速行进。到达白草洼东山，欧阳波平果断安排一营长杨作霖带领一部分战士向曾克林靠拢，与其形成左右夹击之势，彻底切断敌人的退路。

欧阳波平设好伏，特意吩咐警卫员侯天明带几名战士跟随曾辉做后勤保障工作。

早晨6时许，各路埋伏全部设好。半个小时后，武岛骑着战马带队大摇大摆地从东南方向越过山梁，向山口走来。走着走着，武岛命令队伍停下来，他注意到进入盘山的唯一通道白草洼极利于设伏。于是，他

命令一个老鬼子进沟侦察。老鬼子是个狙击手，军事素质极高，他骑马来到沟内，饿狼一样搜寻着。突然，老鬼子发现两名藏在西面山坡上的战士，他骑在马背上开了两枪，子弹击中两名战士头部，一声未吭就停止了呼吸。看到战友牺牲，战士们强忍悲痛继续潜伏。老鬼子见没有动静，迅速调转马头回来向武岛报告。

武岛瞪着鹰一样的眼睛，骄横地叫道："东面的山坡和北面的山头埋伏的有！'常胜军' 百战百胜，勇往直前！"

武岛观察完地形，派了一个骑兵回蓟县县城送信搬兵，然后率鬼子避开正北面的山头前进。突然，武岛"嗷"的一声拔出战刀，命令骑兵直接向山沟西侧的山坡冲来。

白草洼虽是两山夹一沟的地形，但是东西两侧山之间距离较远，鬼子没有进入山沟正中，而是集中扑向了西面山坡，这样就避开东面山坡和正北山头上的火力覆盖范围。而且，西面山坡坡度较缓，鬼子骑兵直接骑着马往上冲，这大大出乎包森等指挥员的意料。一场伏击战瞬间演变成一场激烈的阻击战。

眼看鬼子冲上来，埋伏在西山靠前山包上两个班的战士，从山包顶上冲下来，准备向鬼子骑兵集中扔手榴弹。鬼子骑在马背上端持小马枪"嗒嗒"地疯狂扫射着。二十多名战士还没冲到投弹距离内，便全部倒在鬼子骑兵射出的子弹下。

山坡上的曾克林看到疯狂出击的鬼子都留着大胡子，他意识到这次碰上最狡猾凶悍的"胡子兵"。"这像是关东军骑兵！"于是，他迅速命令战士集中火力射击！眼看十几个鬼子骑兵快冲到山顶，一个排的战士全部取出手榴弹，同时拉开拉环朝一个点扔了出去，伴随"轰轰"巨响，三十来颗手榴弹炸出一团巨大的火焰。谁知，狡猾的鬼子躲避及时，爆炸的手榴弹没能对鬼子造成杀伤。鬼子狂奔的战马由于紧急勒停，在爆炸惊吓中调转头往山下跑，进攻的鬼子骑兵只好退了下去。

很快，武岛发起二次冲锋。曾克林注意到，鬼子骑兵支援火力并不强，他命令两名机枪手，从山坡两翼集中火力对山下鬼子机枪进行火力压制，冲上来的鬼子纷纷落下马背，武岛冲到半山腰被压了回去。

武岛企图发起主动攻击反客为主的图谋失败，他眼珠子一转，下令冲出山沟脱离战斗。

武岛进攻西侧山坡时，包森发现山坡上的部队能顶住，没有下令东侧山坡和正北山头上的部队赶过去支援，保持住既定包围圈。此刻，欧

阳波平指挥东面山坡上设伏部队，分出一部分兵力堵住山沟南面出口，形成合围态势。

等武岛发现不好想往外冲时，包森下令发起围歼。司号员吹起冲锋号，嘹亮的号声响彻山谷，东山、北山设伏部队首先冲下山，紧接着，西山、南山设伏部队也冲下山，机枪、步枪一齐喷出火舌，手榴弹像冰雹一样飞向敌群，顿时，鬼子骑兵人仰马翻，抛下了多具尸体向沟底退去。

欧阳波平正带领战士冲向敌群，发现侯天明跟了上来。

"不是让你跟随曾主任掩护地方干部嘛！"

"听到枪响，我就手痒，再说，作为您的警卫员，战场上哪能离开您？"欧阳波平顾不上责备，嘱咐他注意安全。

白草洼山沟的出口在西北方向，地形相对狭窄，包森守卫在北方的部队抢在武岛前面阻击。武岛见势不妙，像没头的苍蝇，带领骑兵折回东南方向冲来。

面对凶悍骑兵的连续冲锋，欧阳波平带领战士在距离较远的情况下精准射击，鬼子骑兵队丢下二十多具尸体也没能冲出山沟。

连续遭遇两轮阻击伤亡近半，武岛见突围只能徒增伤亡，他当即命令剩下的鬼子骑兵下马应战。"依托沟内的山石的死守，等待援兵！"武岛号叫着。

沟底乱石丛生，鬼子有山石做掩体，战士们冲锋受阻，子弹不断从石块后面射来。性格急躁的侯天明站起身来想投手榴弹，欧阳波平一个箭步冲上前将他按倒在地，子弹从两人耳边擦过。侯天明躺在地上举起右脚骂道，"小鬼子，你还射呀！"话音还没落，一颗子弹从侯天明的鞋帮擦过，他浑身一哆嗦，骂道："这王八蛋枪法太准了！"

掩体内，欧阳波平抬起侯天明的腿，发现没有受伤，放心了，狠狠瞪了他一眼。侯天明吐了一下舌头，趴在地上老实了。

此刻，驻蓟县的大队日军随时可来增援。八路军无援兵，而且伤亡严重，尚能战斗的只剩下不到两个连的战士，更要命的是几挺机枪全打光了弹药，步枪弹药也所剩无几。包森意识到必须尽快结束战斗，他下令向残敌发起围歼。

十四五个鬼子爬进白草洼夹道石以南西山乱石丛中。这里怪石林立，鬼子躲在巨石缝后或石洞内，由东、北、南三个方向射击冲锋的战士，很多战士们没有来得及利用地形隐蔽好身体，纷纷中弹倒地牺牲。

包森率北面冲锋部队，从东窝铺南山向南经核桃沟一直冲到白草洼沟内北边的杨树行子，距对面西山乱石中负隅顽抗的鬼子不足300米，遭遇鬼子精准射击，冲锋战士伤亡惨重。包森的警卫员小孙背着皮地图囊、手枪、望远镜，夹在冲锋战士中间。突然，一梭子弹射来，小孙躲闪不及，正击中右眼，顿时鲜血直流，包森急忙命令战士停止冲锋，安排卫生员抢救小孙等受伤战士。

战斗进入胶着状态，我军三路设伏部队只有欧阳波平率领的战士伤亡较小。

这时，欧阳波平带领侯天明来到包森身边。

"司令，继续以密集火力杀伤和集团冲锋的战术攻击敌人，已经达不到迅速歼灭敌人的目的。我建议，组建突击队，选择地形，隐蔽迂回到一定距离内，从不同方向包围敌人！"

包森点了下头，命令大部分冲锋部队利用地形、地物迅速撤至敌人射程无效地带隐蔽待命。他从欧阳波平率领的十二团一营二连、三连各抽出一个排，与团通讯排及分区特务连一个排编为四个突击队。

"这次我们遇到硬茬了，老鬼子的枪法太准了！波平同志，该你这位神枪手出手了。你从各连队挑选出射击技术较好的战士，封锁敌人火力，掩护投弹组出击！"

"是！"

欧阳波平带着一营长杨作霖挑选出20名狙击手，集中弹药，组成了狙击分队。同时，他又选出侯天明等几个力气大的战士作为投弹手。

阵地上，欧阳波平做简短动员。

"同志们，咱们是突击队的先锋队！我们面临的是最凶悍的胡子骑兵，考验我们的时候到了！这是我们一营开进冀东第一仗，一定要打出士气，打出威风，给敌人一点颜色看看！这些凶残老鬼子欠下中国人民累累血债！务必全歼，不放走一个！"

"不放走一个，打出一营威风！"

一营长杨作霖东北人，也是一位勇敢善战的优秀指挥员，深深敬仰欧阳波平的军事才能与为人。

他说："参谋长，今天我们遇到的鬼子很厉害。您不要冲在最前啦，太危险！我带领大家上！"

"战士的血性和虎气靠指挥员带起来！冲锋时我们都是普通战士！论枪法，我在你之上！不能做无谓的牺牲，我率小分队上去，你组织投

弹！"

"不行，十二团刚组建，不能没有您！"

"少啰唆，服从命令！"

转过身，欧阳波平特意嘱咐侯天明不要盲目出击，投弹时看自己的信号。侯天明眼眶湿润了，"参谋长，您要保重，我还等跟您学射击呢！"

欧阳波平一马当先，带领小分队冒着敌人纷飞的子弹跃上去，杨作霖迅速率领侯天明等战士携带手榴弹跟在后。

狙击小分队迂回运动到距离敌人最近的位置，隐蔽好身体，从不同方向用步枪射击，封锁鬼子顽抗的火力点，掩护携手榴弹的战士接近敌人。

欧阳波平擦了一下额头汗水，骂了声："龟孙子，马上送你们上西天！"他伏在一块巨石后，手托三八式步枪，连续发几个点射，伴随一次次清脆枪响，一个个鬼子应声倒地。身边的战士不禁竖起大拇指，啧啧称赞，"参谋长这枪真是太神了！"

很快，敌人的火力被压制下来，欧阳波平发出投弹信号。侯天明等几名战士携带手榴弹，从左右冲上前将手榴弹连续投过去，在一声声巨响中，潜藏在石块后面和洞口的鬼子被炸上天。

埋伏在周边的战士再次发起冲锋，突然，沟内一个洞口老鬼子的机枪又"嗒嗒"响起来，冲在前面的战士纷纷倒下，欧阳波平跃到最前边一块巨石后，他用身边一个树枝支起军帽，帽徽刚一露出，鬼子机枪密集子弹射来。欧阳波平瞄准目标，迅速发出一个点射，子弹直射向鬼子机枪手头部，机枪顿时哑了。随即，几路突击队战士发起了"敢死队式"冲锋，抱着手榴弹扑向鬼子，不停地将手榴弹扔过去。一时间，硝烟弥漫，怪石后面的顽抗鬼子发出一声声惨叫。

凶悍不可一世的武岛骑兵中队，从来没有碰上过这种奇怪的战术，也从来没有碰上过这么玩命的中国士兵。鬼子有的死在狙击手精准射出的子弹下，有的被手榴弹炸飞。在"敢死队式"的冲锋中，欧阳波平始终冲在最前，一边精准射击，掩护投弹手向前冲；一边迂回在各种掩体中大吼"缴枪不杀"，以吸引鬼子火力。

太阳落山了，突然，欧阳波平发现趴在一块巨石后一个老鬼子站起身，想躲到附近山洞内顽抗。老鬼子腰挎一把指挥刀，欧阳波平意识到这一定是鬼子头，他屏住呼吸，端起步枪，狠狠射出一梭子子弹。子弹不偏不倚，正中老鬼子太阳穴，老鬼子身子晃了两晃，两手乱抓一番，

栽倒在地，不动了。

欧阳波平冲上前摘下军刀，朝着尸体轻蔑地吐了一口，"呸！你这个沾满中国人鲜血的老鬼子，终于受到应有惩罚！"

老鬼子正是武岛。

钻进山沟山洞中几个鬼子还在拼死顽抗。此时，十二团一营战士组成的突击队伤亡殆尽，战士们全都杀红了眼。包森大声命令："吹冲锋号！"

响亮的号声再次回荡在山沟上空，战士们四面出击，冲向敌人。侯天明猛地站起身，把满满一篮子手榴弹扔进了山洞里，随着"轰轰"巨响，最后顽抗的几个鬼子报销了。一个受伤鬼子拒不投降，用马刀豁开肚子自杀而亡。

欧阳波平来到包森面前，递上武岛的指挥刀。包森高兴地用拳头捶着他的肩膀说："久闻你的大名，神枪威震敌胆！今天算领教了，没想到你这儒雅的教员有这好枪法！神枪手名不虚传！今天你打死的鬼子最多，在整个战斗中，发挥作用最大，不愧为我们主力团的参谋长！这刀就奖给你吧！"

"这是指挥官的，司令才适合佩戴！"包森微笑着接过指挥刀，"那你让我奖励你什么啊？要不把这支王八盒子枪送给你！"

欧阳波平咧嘴笑了，说心里话，他对日军指挥刀并不感兴趣，作为双枪手，他很想拥有两把手枪，但他知道包森更需要这把枪。

"谢谢司令鼓励！今天取得白草洼大捷，主要是您和曾参谋长指挥得力，战士英勇顽强！手枪我到敌人那里取，我这不是有步枪嘛。"

"他不仅是神枪手，而且善于打伏击！到了冀东燕山一带，可是如鱼得水啊！另外，还有一个秘密，人家打鬼子资历可比咱们老，9年前的淞沪战斗他就跟小鬼子干过！"一旁的曾克林笑着补充说，包森一听说欧阳波平是国军十九路军军官出身，更加钦佩眼前这位年轻威武的参谋长了。

"难怪今天战场有如此表现，我真羡慕陈群团长，十二团有你这样的参谋长，能不打胜仗吗？主力部队开拔冀东先锋官，非你莫属！"

"是，首长！"

欧阳波平挺起胸，绷紧两腿，郑重地向两位首长敬了个标准军礼。

月光下，战士们抓紧时间清理战场，田家峪、芦家峪等村群众紧张地抬担架送伤员，为部队送水送饭。打扫完战场，共发现鬼子78具尸体，我方伤亡五十余人。

杨作霖发现缴获的三挺机枪有一挺不能使用，大骂："小鬼子太可恶了！"这时，几个战士也向包森汇报，五十支步枪有十几支不能使用。

"看来，这股骑兵像是关东军部队，受法西斯教育非常深，他们在最后被歼灭之前破坏武器，扔掉了零件！"

侦察员传来地下交通员的情报证实包森的判断，这股鬼子是临时驻扎在蓟县城东 25 公里外的玉田境内的大稻地村据点的关东军武岛中队。情报显示，这股鬼子几个月来在遵化、玉田、蓟县一带四面出击，疯狂扫荡，所到之处，烧杀抢掠极为残暴。当天早晨，他们由蓟县出发，长驱数十里，企图奔袭我盘山根据地田家峪。

掩埋战友尸体后，包森、曾克林迅速分散向平谷一带转移。欧阳波平带领一营及平西受训结束的干部继续向冀东挺进，与十二团团长陈群会合。

第二天，赶来增援的日军部队，吓得收完尸急忙撤出了盘山。

青纱帐里逞英豪

欧阳波平、曾辉带领平西受训干部昼夜兼程，向冀东腹地挺进。按照上级要求，受训干部原则回本地开展地下工作。每到一个根据地，欧阳波平都与地方负责同志做好交接，保障每位同志安全到位，然后带领余下同志继续前进。

行军途中，欧阳波平派出侯天明等人组成侦察班，负责在前面探析路况。白天，整个队伍分成几个小组分散行军；傍晚，各小组固定到某一地点集合，简单宿营调整后，深夜集体加快行军步伐。大家爬山路、绕小道，通过敌占区一个又一个据点。一路走来，没有遭遇大规模敌人，这完全受益欧阳波平根据地方情报确定的行军路线以及遇到突发情况时果断处置。无论一营官兵还是地方干部，无不对这位年轻指挥员的果敢劲儿佩服得五体投地。行军间隙，欧阳波平认真研究冀东的地形特点与风土人情。他感受到冀东人的热情、质朴。

傍晚，欧阳波平带队从玉田踏入丰润辖区，行进途中，遇到几个民工打扮的人走过来。

"有情况，注意警戒！"欧阳波平吩咐队伍散开。走到近前，双方几乎同时喊了起来："参谋长，总算把你盼来了！"

"是你，胡山大哥！"

原来，几个人是团长陈群派来接应欧阳波平的小分队，领头的是胡山、马骥。

"波平兄弟，听说尔带领受训干部来十二团，我们兴奋得觉都睡不着！这不，陈团长特意派我们来迎接你。这里距离团部驻地不远了！"胡山握着欧阳波平的双手说。

"是啊，欧阳老师。您神枪威震白草洼，全歼鬼子骑兵队的消息早

在战士中间传开了。"马骥也兴奋地说。

"是包司令和曾参谋长指挥得力！很高兴，我们终于在一起打鬼子了！"

队伍简单休整后继续前进。在胡山等人引导下，队伍行进速度明显加快，半天工夫连续穿越敌人几个据点，十几名地方干部顺利与地下组织接上头。

午后，欧阳波平带领二十几个人走在羊肠山路上。天气闷得喘不过气来，大家热汗直流。

"参谋长，这鬼天气太闷了，前面山坡上有一片松树林，休息一会吧，这里距离县城敌人据点比较远！"胡山建议，欧阳波平点头同意。

队伍来到松树林，欧阳波平命令大家原地休息。身上的干粮都吃完了，很多人张嘴喘着粗气。胡山解开上衣光起膀子来。

此刻，欧阳波平嗓子也渴得直冒烟，他安排好两名岗哨后，对侯天明说："天明，到附近给大家找点泉水解解渴。"

"是！"侯天明带着一个小战士向山下走去。

过了一会儿，侯天明与小战士兴冲冲跑回来，每人怀里抱着几个甜瓜。

"参谋长，水没找到，有甜瓜！这个解渴又充饥！"

还没等欧阳波平说话，饥渴难耐的胡山抢过一个甜瓜就啃了起来。

"哪里来的？"欧阳波平问。

"山下有一片瓜地，趁没人我们摘来的！"侯天明满不在乎地说。

欧阳波平从身上掏出一块银圆，递给侯天明，"去，将我们买瓜的钱给老乡送去！"

"参谋长，我们冒着生命打鬼子，吃老乡几个瓜算啥？你这不是小题大做嘛！"

胡山满脸不悦，大口地嚼着甜瓜。

"就是啊，参谋长，老乡也不知道是我们吃的！"

"同志们，我们是八路军，纪律明确规定，不要拿群众的一针一线！如果我们乱抢乱拿群众财产，那与鬼子、土匪有什么区别？钱必须送去，还要给老乡留下致歉纸条！"欧阳波平严肃地说。

侯天明搓着两手说，"参谋长，您忘了，我不识字！"

欧阳波平掏出一支笔，在一张小纸条上给老乡写下诚恳留言，交给侯天明。侯天明转身跑去将银圆和纸条放在瓜棚里，用石块压好。

　　侯天明返回松树林，见大家都在津津有味地啃着甜瓜，唯有欧阳波平拿着半块甜瓜坐在一棵松树旁。欧阳波平将甜瓜塞到侯天明手里，关切地说："快吃吧，跑来跑去，别中暑！"

　　"参谋长，您也吃啊！"

　　"我吃过了。"

　　这时胡山走过来，"我一直盯着参谋长，别人都吃了，就他一口都没吃！"

　　"同志们，比起红军长征，现在这点饥渴算什么！当年，在恶劣自然环境和敌人围追堵截下，我们吃草根、树皮，甚至喝自己的尿，很多年轻战士还是没有挺过来！"

　　胡山沉默了，侯天明眼眶有些湿润。

　　"天明，快吃吧，我不渴！我自小在南方长大，对酷热抵抗力强。你们看，我胳膊腿没多少汗毛，很少出汗。"欧阳波平微笑着说。

　　侯天明还是不吃，执意让欧阳波平咬第一口。

　　"你再不吃我不教你识字打枪了！"侯天明含着泪花，慢慢咀嚼着甜瓜。

　　"参谋长，对不起，我以前对你有误解，总以为你是个有洁癖的大少爷，今天，我才真正读懂你！"胡山惭愧地说。

　　"参谋长心眼太好了！"侯天明哽咽着说。

　　"好了，马上就到你们迁安了，这是我梦寐以求的圣地，别忘了打完鬼子，带我去登长城、游滦河。"

　　胡山点着头，"一定！"

　　"吃完瓜，我教天明打枪！歇息片刻就出发！"

　　"是！"

　　这天，欧阳波平、曾辉带领最后一批地方干部跋山涉水来到丰滦迁地区银子山一带根据地的山洞里，与团长陈群和政委刘诚光会合。

　　"参谋长，总算把你们盼来了！"

　　"团长，这些宝贵财富我一个不落给您带来了，大部分同志已到地方任职！"

　　"好的！我早就知道了，你刚到冀东就与老包打了白草洼伏击战！全歼关东军老鬼子武岛骑兵中队，威震冀东！你来得正好。我介绍一下，这位是团政委刘诚光同志！"

　　"刘政委，很高兴，我们又在一起并肩战斗啦！"

"波平啊，我们从抗大到挺进军，真是有缘啊！"

"怎么，你们认识？"

"何止认识，老朋友了！我们在抗大学习，一起睡过窑洞通铺呢！在挺进军，我任政治部组织科长，波平担任随营学校军事教育科科长。我没少听他的课！"

"有你们这一文一武，我这大老粗可不愁了！"

"波平可不光是军事教官，做政工工作也有一套！"

"说起政工工作，您和曾辉同志是老师，我头脑简单，四肢发达，除了能跑擅跳外，就爱鼓捣枪。"欧阳波平谦虚地说。

"你这'神枪飞毛腿'四肢发达不假，头脑更不简单啊！当年抗大训练场上，粗胳臂壮腿的战士谁也比不过你，论打鬼子，你一个顶十个！"

说着，三人哈哈大笑起来。

随后，陈群、刘诚光与曾辉等人一一见面。

"老刘，你跟两位介绍一下冀东情况。"

刘诚光开始介绍冀东抗战形势。

"目前，冀东主要根据地有包森副司令员带领十一团以盘山为中心，开辟出蓟(县)平(谷)密(云)游击根据地；李运昌司令员率领七总队以鲁家峪为中心，开辟了冀东东部根据地。我团主力巩固以潘家峪为中心的丰滦迁根据地。"

"参谋长，丰滦迁根据地下一步战略部署，谈谈你的意见。"

欧阳波平认真听完刘诚光的介绍，说："我们的装备、人数远远落后敌人，这种情况下在平原作战对我们很不利。我建议，向北部迁安长城一带推移，开展山地运动伏击！"

陈群点了点头，"北部沿长城一带，已经形成比较巩固的迁遵兴联合县，那里确实有利于我们立足。可按上级统一部署，我们要在这里牵制敌人，向南部开辟根据地。"

"南部乃唐山重镇，有敌人重兵把守，我们不是自寻死路吗？"

"这里交通纵横，是伪满洲国向华北乃至南方战场运送战略物资的交通要道，只有坚守在这里，才能给予敌人最大杀伤力！"

"消灭敌人要注意保存实力啊！我们要充分利用山地优势，在群众中壮大抗日力量！"

"这样吧，先派出一支小分队向北开辟！"

"让马骥去吧，他在平西受过训，部队与地方工作经验丰富。另外，

地方干部胡山一同前去，大暴动前胡山曾在滦河岸边落草为寇，是当地人，轻车熟路。"

欧阳波平建议，陈群、刘诚光点头同意。

"通讯员，通知马骥和胡山速来报到！"

"是！"

一会儿，马骥、胡山走进屋子。

"马骥，现在任命你为通讯排排长，胡山为副排长。你们带人向北挺进，到迁安滦河岸边开展地下活动，尽可能与迁遵兴三总区地方干部取得联系，争取数月内打开局面，将丰滦迁与迁遵兴联合县连成一片。"

"是！谢谢首长信任，保证完成任务！"

"迁遵兴滦东区区委书记叫石明，他真名叫李方州，是位知识分子！你们想办法与他取得联系。"

"请首长放心！李方州还是我走上抗日道路的引路人呢！为人处世与咱们欧阳参谋长非常相似。而且，他家开皮铺，是迁安城北最大的富户，为抗战几乎捐出全部家当！"胡山感慨地说。

"我也久闻李方州的大名，是一位优秀地方干部，他最早就在滦河岸边、长城脚下扛起抗战大旗，可惜一直没有机会相见！"

欧阳波平听到大家聊到李方州，也很想见见这位长城脚下的抗战传奇人物。但身居团参谋长要职，他需要随团直属队行动，协助团长对全团战局负责。

"都说跟我长得相似，相信我们一定会有机会在一起战斗的！"欧阳波平想。

马骥、胡山走后，陈群与欧阳波平等人彻夜研制配合百团大战的作战方案。

"总部将在华北地区集中发动破击大战，我们研究一下作战部署，在短时间内，分头出击北宁（京山）铁路日伪据点，我带领一营一连及团直属队奔袭开滦赵各庄矿；刘政委、曾主任带领二营一连、二连奔袭唐家庄矿和古冶车站；欧阳参谋长带领一营二连及干部排袭击卑家店车站，攻打马家沟据点。我们任务主要是破坏铁路，适时消灭敌人有生力量。"

"大家有没有信心完成任务？"

"保证完成任务！"

夜里，欧阳波平率一营二连和干部排百里急行军，赶赴卑家店车站。

海瑞祥等地方干部也编入欧阳波平的突击队。突击队绕开敌人层层封锁线，午夜，到达卑家店北宁铁路附近。

趁着星光，欧阳波平带领战士们挥舞锹镐，刨的刨，铲的铲，侯天明有了用武之地，一探身，就将一根铁轨搬离原来位置。欧阳波平向他竖起了大拇指。一刻钟工夫，数百米铁路全部被破坏。

"撤！"欧阳波平带领战士迅速潜伏到路边青纱帐里。

子夜时分，一辆鬼子供给运输车从山海关方向缓缓开过来。鬼子押运队小队长发现铁路被破坏，只好停车向据点求援。谁知，电话拨不通，他刚要发作，"打！"欧阳波平一声令下，子弹、手榴弹从铁路两边的青纱帐倾泻下来，瞬间，铁路上火光冲天，硝烟弥漫，鬼子死的死、伤的伤，四处逃散。

激战中，欧阳波平不断靠前指挥，侯天明紧随其后。欧阳波平弓着身子来到机枪射手旁，接过机枪，透过高粱秆之间缝隙向铁路上的鬼子瞄准射击，鬼子纷纷倒在铁轨上。

"参谋长，您这枪法真神了！"

"射击时要控制好呼吸，尽量屏住呼吸或均匀呼吸，避免枪抖动，枪面平正，三点一线，再瞄准默数三个数，选择最佳的射击时间。"

欧阳波平一边讲授，一边击毙鬼子，阵地俨然成了课堂。这时，鬼子小队长从瘫痪的货车跳下来想溜，欧阳波平眼疾手快，端起枪瞄准射击，子弹正中鬼子小队长额头，他头一歪倒地毙命。

"参谋长太厉害啦！"

"神枪！"

侯天明和机枪手几乎看呆了。欧阳波平下令冲锋，随着嘹亮的冲锋号响起，埋伏在青纱帐里的战士们猛虎般冲向敌群，很快将整个押运队的鬼子全部歼灭。

"抓紧时间打扫战场！"欧阳波平命令海瑞祥带人将缴获的物资和大量枪支弹药及时运往潘家峪根据地。然后，他带领战士一鼓作气，将卑家店车站及马家沟据点一起端掉，据点的伪军在睡梦中乖乖做了俘虏，负隅顽抗的鬼子除少数逃到唐山据点外，大部分被歼灭。

与此同时，陈群、刘诚光率领的第一、第二突击队也大获全胜。一时间，破击战遍地开花，北宁铁路陷于瘫痪。

踏着黎明的曙光，陈群、欧阳波平等带领战士携带战利品返回潘家峪根据地。潘家峪的乡亲们载歌载舞，迎接子弟兵凯旋。

潘家峪，坐落在燕山山脉腰带山东麓，明代永乐二年建村，距离丰润县城（今丰润区）28公里，这里群山环抱，溪水长流。冀东大暴动失败后，潘家峪青壮年和西撤受挫回来的抗联战士很快将潘家峪建成抗日堡垒村。在地方干部指导下，村子建立起党支部、青年报国会、妇救会、儿童团。十二团指战员们打完仗，总愿到潘家峪休整，战士们就像回到自己的家。

朝阳冉冉升起，村西矗立着一棵老槐树，苍劲挺拔，树干需要四个人合抱才能围过来。古槐前是一片空地，洒满金色阳光。早饭后，干部战士和乡亲们聚集到老槐树前空地上庆祝胜利。十二团一营、二营挑选出各连射击技术精湛的小伙子，不分职务，开展军事比武，由陈群担任总裁判。

比赛激烈进行着，一名战士打出最好八环成绩，赢得热烈掌声。最后欧阳波平上场，十环满中，看得大家目瞪口呆。瞬间，传来惊呼声，"好！"

"太棒啦！"

"真是神枪啊！"人群沸腾起来。

部队选手竞争激烈，看得潘家峪青年报国会小伙子们两手痒痒的，也跃跃欲试。村青年报国会主任潘明不仅个子高，力气也大，他挤过人群来到陈群身边，"团长，我叫潘明，跟小鬼子多次过招，射击技术还可以，请允许我当着大伙儿演示一下。"

陈群点头同意。谁知，潘明一上场，十环脱靶六环，弄得他好不尴尬。欧阳波平走上前耐心指出他射击过程中存在的问题。

"射击切忌心浮气躁，一定要静下心来，端平枪，盯准目标，三点一线。"潘明点着头，但心里有些不服气。

随后，欧阳波平结合案例，给大家深入讲解射击要领。这时，村粮秣委员潘府庭向陈群建议："团长，射击我们比不过咱战士。军地来一场拔河比赛如何？潘家峪后生有的是力气！"

"好啊！"陈群笑着说，"不过，我看，还是让他们一营、二营比吧，这些战士，初生牛犊不怕虎，浑身都是劲儿！"

潘府庭不服，执意要比。陈群只好答应，特意嘱咐战士随机上场，在人数上要少于报国会成员。在一片加油声中，战士、民兵两支队伍拉紧绳索僵持十几分钟，最后，又是战士队获胜，现场欢欣鼓舞，气氛热烈。

陈群将欧阳波平叫到身边。

"参谋长，今天大家好好放松一下，把你看家本事都拿出来吧，让大家见识见识！"

"团长，这不合适吧！"

"有什么不合适？军民同乐嘛！服从命令！"

"是！"

陈群站在老槐树下，高声对大家说："乡亲们，大家静一下，我介绍一下，这位射击冠军是我们的神勇参谋长，他叫欧阳波平，不仅枪打得准，摔跤搏击术、游泳、打篮球、踢足球都相当棒。限于场地设施，球踢不了，让他再给大家表演一下搏斗术，两个对他一个，谁能将其击倒在地，即胜出。"

人群顿时安静下来。欧阳波平也来了兴致，他走到场正中，抱拳施礼。

"乡亲们，战友们，波平在此献丑了！"

侯天明和一营王连长第一组上场，两人靠着一身蛮力气，连续出击。欧阳波平面不改色，闪展腾挪，一个鹞子翻身，首先将侯天明撂倒。王连长乘机从身后将欧阳波平抱住，刚想用力抢起，欧阳波平一个右伸绊腿，随即左拳跟上，王连长猝不及防，一下摔倒在地。

不到半个小时工夫，欧阳波平击倒12组对手，人群中掌声雷动。

潘明因前面比赛失利，总想将潘家峪青年报国会小伙子面子找回来。他在报国会中挑选出膀大腰粗的青年潘黑子，让他与自己一起上场与欧阳波平比试。

"团长，欧阳参谋长确实智勇双全，功夫了得！不过，很多战士都是他的部下，对他心存敬意，用力不够，我们俩代表报国会上场与欧阳参谋长比试一下，如何？"

"好，我倒想看看报国会两位勇士的本领！"陈群笑着说。潘明悄悄嘱咐潘黑子，"这黑小子力量没你大，一定将他放倒，为咱报国会争口气！"潘黑子点了点头。"瞧好吧！咱这大力士称号不是吹出来的！"

两人甩开褂子，露出虎背熊腰，特别是潘黑子，十分彪悍，肌肉隆起，胸部挂满浓密的汗毛，壮得像头牛。欧阳波平见状，笑了，也毫不拘束地解开衣扣，将上衣脱下扔给侯天明。

当欧阳波平露出精干的肌肉时，立马惊呆了众人。大家没有料到这位温文儒雅的小伙子有这样健美的身材。只见他腰细、肩宽、背阔，八块腹肌线条格外清晰，像雕刻一样。

双方施礼后，开始过招。潘明和潘黑子左右夹击，一招狠似一招，潘黑子尤其勇猛。欧阳波平清楚，拼力气自己不占优势，必须智取……这时，潘明一个飞身健步冲上来，挥拳照着欧阳波平胸部猛击。欧阳波平躲闪之际，潘黑子从后侧猛虎般扑过来，来个泰山压顶之势，双掌猛劈欧阳波平的肩部，欧阳波平一探腰，躲过前后拳掌夹击，顺势转身来个黑虎掏心，一拳重击潘黑子的前胸，潘黑子躲闪不及，重重摔倒在地。潘明一愣神工夫，欧阳波平来个横扫侧边腿，将其撂倒在地。

"好！"

"太精彩了！"场内爆发雷鸣般的掌声。

欧阳波平赶紧上前搀扶潘明和潘黑子，两人羞愧难当，当场跪在地上想参加八路军拜欧阳波平为师傅。

"使不得，快起来！"两人站起身后，欧阳波平拍着潘黑子的胸脯说："你这身肌肉块很结实，力量要比我大！但格斗场上要用巧劲，以四两拨千斤之力破对手之强势！靠蛮力气硬拼，战场上要吃亏的！"气喘吁吁的潘黑子不断点头。

这时，陈群走过来，拍着欧阳波平肩膀说："我们参谋长这身肌肉精干，脑子更灵活，干什么都麻利！"欧阳波平咧嘴笑了，露出洁白整齐的牙齿。

一位老大娘端着一壶茶水走来。

"快歇会儿吧，喝点水！别累坏了身子！村里后生逞能，首长们别见怪。"

"谢谢大娘！"欧阳波平接过水碗激动地说。

陈群转身喊道："潘家峪青年都是好样的！将来我都把你们招入十二团打鬼子！"

"参加八路军！一起打鬼子！"大槐树下，青年报国会的小伙子欢呼雀跃。

"团长，这次部队开拔就把报国会成员都带走吧！"潘明说。

"地方民兵武装建设同样重要啊。先留在村里，迟早会把你们充实到主力部队的。"

"是！"

陈群带领几名干部回村里临时团部。欧阳波平却脱不了身，一群儿童继续缠着他要学功夫。

欧阳波平笑着说："孩子们，今天叔叔太累了，明天再教你们好不好？"

"不行，明天找不到您了。"一个小男孩指着欧阳波平起伏的腹肌块，说："叔叔，您肚子上这几条道道咋这整齐呀，是刀割的吗？那该多疼啊！"

"不是，是长的，不疼！"

"叔叔，我咋长不出这些道道，别人的肚子都是圆的，您的肚子是平的，还有整齐的道道，好像豆腐块。"

"不是豆腐，这是个'王'字，欧阳叔叔是枪'王'！所以长出个'王'字！不信，大家摸摸叔叔的肚子，一定很结实！"一个男孩喊道，大家争着想摸欧阳波平的腹肌块。

看着这些可爱的孩子，听着天真的话语，欧阳波平十分开心，仿佛回到自己的童年。他索性躺在草地上，一会儿绷紧肌肉一会放松，任凭孩子的小手在肚子上挤捏，孩子们摸过后惊讶地喊：

"太结实啦！"

"里面全是硬块！"

"不，很柔软！像豆腐！"

"是'王'字！"

……

孩子们争论不休，欧阳波平坐起身，笑着说："孩子们，为什么你们感觉不一样？这叫刚柔相济！"

"叔叔，啥叫刚柔相济？"

"就是刚强柔和结合在一起。我们打鬼子就是要靠刚柔相济，智勇双全！"

"叔叔，您的肚子太神奇了！"

"欧阳叔叔，我也想肚子长'王'字，当'枪王'，打鬼子！"

"叔叔，是不是肚子长'王'字就成了神枪手？我也想当'枪王'！"

"我知道一个秘密，叔叔的肚子刀枪不入，还会说话，所以跟别人不一样！"孩子们再次沸腾了。

欧阳波平温和地说："孩子们，你们相信叔叔的肚子会说话吗？"

"相信！"

"好！让它亲自告诉你们吧！"

说着，欧阳波平特意做几个深呼吸动作。随着八块腹肌一起一伏，一个小男孩将耳朵靠近欧阳波平的腹部认真倾听起来。

"没有声音！叔叔的肚子不会说话！"

"对！叔叔跟大家一样，肚子不会说话，也怕疼。其实啊，'王'字也好，八个块块也好，像铠甲一样，确实有助于叔叔射击打鬼子，但当神枪手不一定肚子长'王'字。叔叔肚子上块块叫腹肌，我们每个男人肚子都有这样的肌肉块儿，很多人因营养不良太瘦不明显，也有人被皮肤和脂肪盖住了。"

"叔叔，啥叫脂肪？"

"脂肪就是肥肉。经过摸爬滚打苦练，大家都可以长出这个'王'字！当神枪手也一样，只有经过千锤百炼，才能百发百中！你们现在还小，长大了比叔叔更棒！"

"噢，叔叔，我们懂了！今后一定苦练杀敌本领，长大跟您一样！"一个年龄稍大一点的男孩说。

"好孩子，你叫什么名字？"

"叔叔，我叫潘顺子！是儿童团团长！"

"好样的，顺子将来一定成为神枪手！"

"请叔叔给我们讲打鬼子故事！"一个小个子男孩喊道。

"叔叔很累，我们不能打扰他了。"潘顺子说。

"与大家在一起，叔叔突然不累了。这样，我教你们唱一首歌吧！"说着，欧阳波平系好上衣，教孩子们唱起《儿童抗日歌》来。

不远处，一位年轻的姑娘将一双布鞋递给村粮秣委员潘府庭，潘府庭接过鞋，故意问："给我的？"

"想得美！"说着，姑娘指了指大槐树下教孩子们唱歌的欧阳波平，示意他赶紧送去。

年轻姑娘叫潘凤，是村妇救会主任，不仅人长得漂亮，而且心灵手巧，农村家里活样样精通，因为眼光高，没有哪个小伙子能走进姑娘的心里。欧阳波平几次来村里，俊朗的外表和干练劲儿深深打动了姑娘的芳心。这次，她通宵赶制出一双厚厚的布鞋，准备亲手送给欧阳波平。她犹豫再三，还是叫潘府庭来帮忙。

"我说呢，你总让我打听欧阳参谋长的脚有多大，原来为这个。真看上他啦？也难怪，郎才女貌嘛！"潘府庭一句话说得潘凤脸发红，"你真讨厌！"说着，潘凤转身向村子走去。

望着潘凤的背影，潘府庭笑着摇着头，说："好！我给你们牵线，到时可别忘请我喝喜酒啊！"说完，他揣起布鞋向大槐树下走来。

欧阳波平与孩子们唱得正带劲儿，见潘府庭走过来，问："府庭，有

事吗？"潘府庭点点头，吩咐孩子们说："顺子，带领大家站岗去！我和欧阳叔叔有重要事商量。"

孩子们一下跑开了。

"参谋长，孩子们跟您在一起咋这开心？"

"咱村孩子太可爱了，不仅人好，这里的山水风光都让我留恋，就像这棵古槐，就是一本书啊！"欧阳波平抬头看着遒劲挺立的老槐树，感慨地说。

"说起这棵老槐树，老人讲它是潘家峪的建村树，自明朝永乐二年植根在此，有五百来岁了。它目睹了这个小村庄所发生的一切。对了，参谋长，这棵树也是抗战功臣呢，树干上有一个不起眼的树洞，是我们存放情报和机密文件的好地方。"

"要注意隐蔽，保护好这棵树！这是英雄潘家峪人民抗击日寇的见证！"

"好的！参谋长，你认识我们村妇救会主任潘凤吧！"

"熟啊，她很能干！"

"这潘凤啊，可是我们村的大美女，不仅相貌漂亮，而且有文化，手特别巧！十里八村到她家提媒的把门槛都踢破了，可人家就是不同意。说心里话，我早就看上她，可人家看不上我！"

"府庭，有什么事直接说吧！"

"她喜欢上你啦！这不，熬夜做出一双布鞋，让我交给你！"

说着，潘府庭从怀里掏出布鞋递给欧阳波平。欧阳波平黝黑的脸有些发红，他看了看鞋塞回潘府庭的手里，"谢谢姑娘好意，这鞋我穿不下！"

"这是比着你脚做的。做鞋前，她让我量了你鞋子的尺码。快试试吧！"

"府庭，我脚上这双布鞋不是很好嘛，给别的战士穿吧。"

"参谋长，你太不近人情了，人家给你做的，你送给别人会伤了姑娘的心？"

"可我不能满足姑娘心愿收下鞋岂不是更伤她的心？"

"你这话什么意思？难道人家潘姑娘配不上您！"

"不是！"

"那是为什么？"

"部队不允许在地方谈情说爱！"

"我看你就是自命清高！"

"部队确实有规定！"

"什么破规矩？我去找团长理论去！"说着，潘府庭气嘟嘟地向团部走去。

一会儿，陈群的警卫员跑来，将欧阳波平叫到办公室。陈群板着面孔指着桌子上的布鞋训斥道。

"怎么？本事大了就不认人了！部队规定战士不能在驻地随便谈情说爱，但到你这个职务、年龄是可以的嘛，你又不是不知道？找什么借口！心里有别人啦？"

"团长，您误会了！我们脑袋掖在腰带上，确实不便考虑个人感情问题。我曾发誓，不赶走小鬼子不结婚！我不想让一位无辜的姑娘为我担惊受怕。"

"波平啊，你也老大不小了，人家潘凤要相貌有相貌，人品又好，你就答应了吧。万一我们哪天牺牲了，总该留个后吧，对家里老人也要有个交代啊！"

陈群转变语气，语重心长地劝说。

"团长，您不是也没谈嫂子嘛！"

"这小子，这你也比啊！"

"总之，这事我想以后再说，暂时不考虑。"

"生活上，你就是个长不大的孩子！真拿你没办法。不管怎么说，别寒了人家潘姑娘的一片心，先将鞋收下！"

欧阳波平只好收起布鞋。

日军驻唐联队部，第27师团第27步兵团第一联队联队长田浦竹治大发雷霆，要求集中所有驻唐日伪军进行大规模扫荡。

田浦竹治长着鹰爪似的鼻子，留着胡须，黑框眼镜下，两双小眼睛眨个不停。

"集合各部队，挖地三尺，也要将冀东八路找出来！他们太狡猾了，又袭击了我们的运输队！据情报探析，八路匪中有一个叫欧阳波平的神枪飞毛腿，十分厉害，不久前，帝国优秀的关东军骑兵中队长武岛君被他击毙！我们要与关东军密切配合，成立狙击小分队对付八路神枪队，一定要活捉这个欧阳！"田浦竹治叫嚷着。

"嗨！活捉八路匪欧阳！祭奠天皇勇士！"

"消灭八路匪！"

冀东各县鬼子驻军头目纷纷表态。

日军驻丰润县（今丰润区）公署顾问官佐佐木满脸横肉，一双三角眼闪着凶光。他恶狠狠地说："大佐放心，我一定将欧阳波平活捉，亲自砍掉他的双手双脚，然后摘下脑袋，来祭奠我们的武岛君和众多献身的天皇勇士！"

"哟西，佐佐木君乃大日本皇军的表率！捉到八路匪首欧阳波平之际，就是给你庆功之时！"

"嗨！谢大佐！"

老槐树下花未开

　　午后，马骥、胡山带领 20 名战士穿过敌人几道封锁线，来到迁安县（今迁安市）城西南 40 里远的马蹄峪。两人决定分头行动，马骥带一部分战士活动在新集一带，胡山带队继续北上。

　　黄昏，马骥带领战士来到孙家峪村，街上没有一个人影儿。他们轻轻拍拍这家门，又拍拍那家门，没有一家有人应声。

　　"老乡，我们是平西来的八路军，是打鬼子的，请把门打开好吗？"马骥耐心地说着，但仍然没人开门。

　　"老百姓可能怀疑我们不是八路军，所以才不敢接近我们。从现在开始，谁也不准再敲老百姓家的门。"

　　"是！"

　　大家走了一天一宿，一直没吃到东西，又饿又乏。于是，坐在街头一家门口休息。院内一个小伙子正躲在院门口，他叫孙占全，是村中抗日积极分子，听了门外的话很受感动。

　　"如果是八路军，可不能慢待人家呀！"孙占全心想，他将信将疑打开门，请马骥和战士到屋里坐。

　　马骥说："小同志，谢谢你！我们是从平西来的八路军，我是排长马骥。请帮我找一下你们村办事员好吗？"

　　孙占全还不敢确定他们是八路军，回答说："我们村很小，没有办事员！"马骥看出他心存疑虑，说："小兄弟，今天我们太饿了，就住你们村了，请你费心给安排一下吧。"

　　"我们村是山地，没有细粮。"

　　马骥说："我们都是农家出身，吃惯了粗粮，家里有什么就吃什么吧。"

孙占全做了半锅小米饭，也没什么菜，马骥和战士们吃得津津有味。

"若是土匪、汉奸，这么个招待法早就掀桌子了！"孙占全暗想，他悄悄打量着眼前十几个小伙子，发现他们年龄都在 20 岁左右，个个平头、便服、短枪，文质彬彬，很像刚毕业的大学生，聊天都是有关抗日的。

孙占全趁大家吃饭之机，走出家门向村办事员孙瑞汇报。

孙瑞询问一些细节，也感觉像八路军，便和武装班长一起来到孙占全家察看。当弄清马骥等人八路军身份时，孙瑞乐坏了。

"误会，实在是误会，村民以为你们是土匪，纷纷逃进大山。没来得及跑出的都把门关了起来。占全，赶紧招呼大家回村，迎接子弟兵！"

"好嘞！"

时间不长，村民们从大山里陆续回来，跟战士们握手拥抱。马骥情不自禁地唱起跟欧阳波平学的抗日歌曲《五月的鲜花》，在场的人也跟着一起唱起来，气氛热烈。

深夜，马骥向孙瑞了解附近据点敌情，他决定端掉新集鬼子据点岗楼。

"我们兵分两路，一路由从新集南山坡进攻，一路从北街进攻。"

夜静悄悄的，鬼子据点岗楼上挂着一盏小油灯，两个哨兵晃来晃去。埋伏在南山坡上的战士离岗楼不过 30 米远，上面一举一动看得清清楚楚。马骥发出袭击暗号，一名战士一枪击中岗楼上一个哨兵，小油灯落在地上。据点里的鬼子立时慌了手脚，步枪、机关枪四处扫射……这时，从北街冲来的战士摸到据点门前，一个战士向院子里扔了两颗手榴弹，随着"轰隆"巨响，岗楼上机关枪成了哑巴。马骥带领战士冲进岗楼，击毙几个负隅顽抗的鬼子。收拾好枪支弹药后，大家迅速撤回孙家峪。

新集镇鬼子炮楼被端后，附近村庄大快人心，百姓纷纷奔走相告，称大暴动时的八路军又打回来了！迁安城西地带打开新局面。

由胡山率领的另一支八路军五人小分队也顺利潜入迁安城北马兰庄一带，这里属于我抗日政府迁（安）遵（化）兴（隆）正在开辟的地区。坐落在滦河附近的马兰庄据点日伪军经常横抢滥夺，周边村庄百姓叫苦不迭。

深夜，胡山带着小分队绕开马兰庄据点炮楼，从龟口处渡过滦河。踏上家乡的土地，胡山感慨万千。

"多么熟悉的地方啊，可惜还让小鬼子霸占着！"

不知不觉，他们来到滦河东岸一个小山庄，这是胡山的老家。胡山

让大家隐蔽在村西杨树林，自己独自回家探望。离开家一年，他急切想看看老母亲和妻子、孩子，"儿子应该会喊爸爸啦"！

胡山悄悄潜入村西那个熟悉的宅院大门，发现院门紧闭。他敲了敲门，里面静悄悄的，没有任何回应。胡山爬上墙头，跳入院子，院子里长满了荒草，胡山有一种不祥预感，快步走向堂屋，屋门紧锁着。他推开门，借着月光一看，东屋、西屋空无一人。"妈、翠花，你们在哪里！？"

胡山急出一身汗，他赶紧敲开邻居的院门。油灯下，邻居曹大爷见到胡山，老泪纵横。

"胡山啊，你来晚了，他们娘仨都走了。"

"什么，你再说一遍？"胡山好险没背过气去，"我是跟随侯横当过几年土匪，但那也是生活所迫，没干什么伤天害理之事啊！是谁对他们下了毒手？"

"哎，都是小鬼子害的！"

随着曹大爷讲述，胡山逐步弄清事情经过。原来，自从胡山跟随暴动队伍西撤后，滦河两岸陷入血雨腥风的白色恐怖中，驻马兰庄、罗家屯、太平寨据点的日伪军疯狂进行扫荡，抓捕抗日暴动志士及家属。一天，马兰庄据点鬼子小分队在汉奸引领下来到村子，声称村里有八路，不交出八路及其亲属就将全村村民杀掉。因为有汉奸指认胡山，胡家老太太主动站出来，求鬼子放了百姓，穷凶极恶的鬼子硬是把老人活活烧死了。

"乡亲们本想掩护你媳妇和孩子，但孩子哭着喊奶奶，娘俩被鬼子从人群中拽出来，用刀挑了，鬼子撤走后，乡亲们含泪埋葬了这娘仨，也不知道你在哪里，一年了，没法通知你！"

"娘啊、翠花、儿子，我来晚了，对不起你们，我一定给你们报仇！"

胡山捶胸顿足，热泪直流。

"山儿，你总算来了，他们娘仨安葬在村东山坡下，你到坟前看看吧！"

"大伯，谢谢你关照！我现在已经是八路军的排长了。这次从平西根据地返回冀东，就是找小鬼子复仇的！"

"对了，娘仨遇害后，曾有八路军干部带着警卫员来祭奠过他们，听村干部说叫什么石明。"

"石明是我们这片根据地的领头人，我这次就是要去找他！"

胡山告别曹大爷，匆匆来到村东母亲和妻子、儿子的坟前，一边烧

着纸，一边发誓要报仇。

胡山擦干眼泪，回到村西杨树林，这个刚强的硬汉没有跟大家说出实情，只是说没有找到吃的，迅速转移。

"我们找石明书记去！"

石明是迁遵兴滦东分区区委书记，肖家庄人，真名李义香，号方州。李方州早年是迁安知名的教书先生，其父亲李庆合民国初年开"三合兴"皮铺，李家成为迁安城北首富。长城抗战失败后迁安沦陷，李方州毁家纾难，高举抗战义旗，在长城脚下、滦河岸边播撒抗日火种，动员胡山等数百人参加冀东大暴动。主力部队西撤后，李方州继续坚守在险恶的环境中，秘密开展地下抗战工作。

黎明时分，胡山等五人悄悄潜入肖家庄。他们直接来到李家大院，院门口两侧竖着一对威武的麒麟石像。胡山曾经来过李家，轻车熟路，他敲了敲门。开门的是一个帅小伙子，小伙子个子不算高，一米六有余，圆脸膛，鼻梁端正挺立，耳轮分明，浓眉下，双眼皮，一双大眼睛目光清澈，透出一股特有的机警与质朴。胡山一看，是李方州的警卫员肖启明。肖启明也认识胡山，赶紧将胡山等人领进门。

正房西卧室油灯还亮着，灯光下，一个相貌儒雅清秀的年轻人坐在炕头，批阅着各村交通员传递过来的情报，此人正是李方州。

肖启明将胡山等人领到客厅等候，来到西卧室向李方州汇报。

"先生，胡山回来了！"

"好啊！他在哪里？"

"在客厅等候。"

"上级早有情报过来，八路军主力部队返回冀东。胡山受训一年，应该是八路军干部了吧，他迟早要来的！"

说着，李方州和肖启明一起走出里屋，来到客厅。

"先生！好想您啊！"

"胡山！终于把你盼回来啦！"

两人的手紧紧握在一起。

李方州看到大家一脸疲惫，吩咐肖启明准备饭菜，肖启明应声去了。

胡山见到李方州，像没娘的孩子见到亲人一样，一股脑地诉说一年的经历。"家里的事我都知道了，这回没牵挂了，我要和小鬼子死磕到底！"

"我没有保护好他们啊！"

"先生，您能坚守在这里就是创造奇迹了！告诉您一个好消息！主

力部队已经开到丰滦迁交界一带，我这次来主要任务就是与您接头，配合地方开辟新区！我现在是八路军十二团一营一排副排长了。今天这些兄弟都是我带来的战士。"

"太好了！有主力部队武力配合，必将打开滦东新局面！我没看错你，继续努力！为咱冀东子弟争光！"

"从土匪到八路，没有您引导，我哪里有今天，我总是遇到贵人相助，在老家有您指点；在平西有一位八路军参谋长让我受益匪浅。说来也巧，他跟您长得很相似！"

"哦，是吗？他叫什么名字？"

"欧阳波平！"

"这个名字如雷贯耳啊，听说他是位神枪手！"

"对，我亲眼见到的，他那个枪法真是太准了，没得说！"

"欧阳参谋长总想亲自带队来咱这里开展游击战，遗憾的是上级安排他在潘家峪一带活动。这次是马骥排长带我们过来的。不过，我跟参谋长提过您，他也很佩服您！"

"我们一定会并肩战斗的！"

正说着，肖启明端来几碗热乎乎的面条，胡山等五人大口吃了起来。饭后，李方州询问："老胡，马骥排长呢？"

"他现在在县城以西杨店子一带活动，我跟您接好头，他就带人过来！"

"你们来了多少人？"

"有二十多人吧，不过枪支弹药、鞋袜等都非常紧缺！"

"物资方面没问题，我带领地方同志负责筹集！我们要趁机打击一下滦河岸边敌人的气焰！马兰庄守敌主要是伪军，战斗力相对薄弱，就从这里突破！"

"我也是这个意思！"

"好！你尽快跟马排长取得联系，请他带人迅速北上，我负责提供情报！"

说着，李方州转身对肖启明说："启明，明天你去马兰庄敌人据点侦察一下！"

"是！"肖启明应声答道。

"我也去吧！"胡山说。

"你带领大家好好休息，启明一个人就够了！"

胡山领教过肖启明的功夫与机警劲，他"嘿嘿"憨笑两声，"启明就是厉害！"

第二天，肖启明化装成卖油条的小贩，以找水喝为名进入马兰庄据点并跟岗哨聊天。他趁伪军狼吞虎咽嚼油条之际，迅速掌握了据点内的情况。

肖启明回来将侦察情报汇报给李方州。

"据点由一个伪军中队驻守，共有76人，有步枪75支、短枪两支。据点外有一条六七尺宽、深的壕沟，壕沟内侧有七八尺高的院墙，墙头上有铁丝网。整个院子只有一个大门，门口有个岗楼，两丈多高，白天有两个哨兵站岗。伪军军纪很差，除了跑操、军训，就是推排九，打麻将。"

"太好了！侦察得很细！你又立了一功！"

"谢谢先生鼓励！"

李方州写好一封信交给胡山，让他迅速将情报传递给马骥，准备端掉马兰庄伪军据点。

"你带人傍晚与马排长在马兰庄附近会合，晚上行动，注意智取！我带领地方区小队同志在马兰庄至罗家屯、马兰庄据点至县城据点公路上警戒，战斗打响后切断电话线路，阻击两个据点增援敌人。"

"是！"胡山等人立即行动。

黄昏，马骥率队和胡山在马兰庄村西会合。马骥感叹地说："石明书记提供的情报非常及时，他考虑问题太周到了！"

晚上10点，马骥命令战士放好梯子，一个战士越过外壕后，放下吊桥。其他战士迅速摸到门口，没有发现敌人岗哨，隐约传来敌人赌钱的吵叫声。

马骥暗自惊喜："看来，站岗的也都赌钱去了，敌人毫无防备，准备出击！"

"是！"

这时，从西面来一个人，战士上前将其捉住。此人是敌人安置在村西头的岗哨，回来叫岗。马骥通过这个"舌头"了解到，伪军中队长刚结婚不久，没有在据点，住在村子里的新房。

马骥问明了口令，带领战士以迅雷不及掩耳之势冲进据点，把正在赌钱和睡觉的敌人分别堵在屋里。

赌钱的伪军分了两摊，加上看热闹的，有四十多人，黑压压挤了一

屋子，多数没有带枪。

"有八路！"一个伪军看到持枪的战士惊叫一声，大多数伪军还没回过神来，战士们早已经用枪将他们顶上了，吓得伪军纷纷举手投降。

伪军小队长摸枪企图抵抗，胡山手疾眼快，"叭"的一枪，小队长倒地死去，伪军再也没有敢动的了。

在屋里睡觉的二十多个伪军都被堵在被窝里，乖乖成了俘虏。

马骥安排胡山带领战士押着被俘虏的伪军哨兵，他带一名战士来到村子，将正在睡觉的伪军中队长从被窝里抓了出来。

不到三十分钟，战斗结束，七十多个伪军无一漏网。马骥向这些俘虏进行教育后，就地释放。他本想带队向北渡过滦河与李方州相聚，侦察员报告滦河岸渡口有鬼子小队把守。于是，马骥带着缴获的长短枪迅速向马兰庄南侧迁安城西一带转移。

深夜，潘家峪根据地临时团部住址，陈群召开营以上干部会议。

"我冀东八路军配合总部开展的破袭战，远远超出预期。5 个月内，华北各根据地共有 105 个团参战，给日军以沉重打击。晋察冀军区、冀东军分区对我团战果给予表彰。北方局和分区指出，冀东敌我力量悬殊，要巩固已有的游击根据地，创造新的更多的小块根据地。部队力求联系各级地方武装，进而形成大块区域。今后，敌占区工作应该提到特别重要的位置。"

"这次大规模的军事行动，必然招致敌人疯狂报复，我们一定要注意隐蔽自己，化整为零，分散行动。"欧阳波平发言建议。

团政治处高副主任反驳道："我认为有必要乘胜追击，坚守平原游击破击战，扩大战果！"

正争论着，军事参谋将军分区一份急电交给陈群，陈群接过一看，原来是军分区要求欧阳波平速返回西部游击区，上面写着：目前，随着根据地进一步扩大，冀东部队、地方急缺军事干部，为了培养训练部队干部，提高干部军政素质，军分区决定再次成立教导队，欧阳波平同志丰富的军事理论与实践赢得军分区领导一致认可，分区决定欧阳波平兼任教导队队长。欧阳波平速回盘山！

"波平同志，团部正需要你的时候却把你调走，你看看吧！"

欧阳波平接过电报心里很纠结，此刻，他极力想说服团主要领导率主力挺入北部山区开展游击。

"军人以服从命令为天职，我服从组织安排！"

　　散会后，陈群特意将欧阳波平留住，动情地说："波平同志，自从你来冀东后，丰滦迁根据地不断扩大，抗日局面焕然一新，我总算轻松一口气，真舍不得你这员有勇有谋的虎将啊！"

　　"团长，几个月跟随您并肩作战，我学到很多东西，您是一位有魄力的指挥员，更是全团的老大哥。讲课算我的老本行，不过说心里话，总觉得没有在一线打鬼子过瘾！"

　　"我要给军分区打报告，教导队成熟运转一段时间后，你马上回到我身边，我这个团长不能没有你这个参谋长。"

　　"感谢团长对波平的信任！"

　　"你在全团挑选几个射击技术好的战士吧，跟随你一起回去。"

　　"我一个人回去就行，人多目标大。"

　　"怎么也得带个警卫员，有情况好有个照应啊！"

　　"那就让侯天明跟我去吧。这小子总缠着我学射击，顺便教教他。"

　　"好，他本来就是你的警卫员嘛。"

　　"什么时候出发，明天清晨。"

　　"好，我让司务长备好两匹快马给你们牵到房东家。明早我要给地方干部开会，就不送你啦！"

　　"好！您注意休息！团长，我还是建议部队尽快北上。冀东多山区，平原地带沼泽多，不适合挖地道，无法像冀中一样开展地道战。重返平原作战，与强敌去争夺城镇，等于将我们的劣势暴露给敌人，是十分危险的！另外，潘家峪根据地虽然巩固，但这里已经成为敌人眼中钉，一定要嘱咐地方干部做好情报侦察工作，遇到敌人讨伐及时掩护群众转移！如果马骥、胡山小分队北上打开局面，应该继续推进，将丰滦迁、迁遵兴两个联合县根据地衔接在一起，您带领主力挺进长城沿线，那里打伏击条件要好些。"

　　陈群点了点头，"好的，多保重！我在长城上等你回来！"

　　"您也多保重！"

　　子夜时分，欧阳波平和侯天明回到住处，房东潘大娘还没有入睡。

　　潘大娘烧了热乎乎一盘水，端进屋。

　　"孩子，又忙了一天，天冷了，快洗洗脚，睡个好觉！"

　　欧阳波平看着大娘头上的白发，想起自己的老母亲，他握着大娘的手，激动地说："大娘，部队住在这里，又吃又喝，让您受累了！"

　　"没关系，自打你们来，又扫院子又挑水，可把你们累坏了，八路

军可真是老百姓的亲人啊！可惜我那老头子死得早，不争气的儿子在鬼子进关那年被国军抓了壮丁，至今也没个音信，他要是当个八路多好啊！"

"大娘，我们都是您的儿子，再说，很多国军将士正在前线与鬼子浴血奋战，我原来也当过国军。"

"是吗？你这么好的人也当过国军？"

"大娘，国军不是汉奸伪军，很多将士和八路军一样不怕死，他们在打鬼子！"

潘大娘将信将疑地说："我那儿子要是打鬼子就好了，只要他回来，我一定让他跟随你们八路军打鬼子！"

"好！大娘，明天我和天明就要走了，到盘山去一段时间。今晚，请允许我为您尽一次孝，给您洗洗脚。"

说着，欧阳波平扶老人坐在板凳上，帮老人脱了鞋袜，俯下身子耐心搓洗起来。

潘大娘看着欧阳波平的后背，泪花模糊了双眼。

欧阳波平帮潘大娘洗完脚，潘大娘发现欧阳波平和侯天明的上衣和裤子都裂了缝，她让两人脱下来，戴上老花镜，在油灯下耐心缝补着。

第二天清晨，欧阳波平和侯天明化装成商人，与潘大娘等告别。潘大娘将两人的衣袋塞满了煮熟的鸡蛋，"记住，别忘了吃！"

"谢谢大娘，您多保重！"

二人翻身上马刚走到村西老槐树下，这时，潘凤挎着一个篮子跑过来。

"等一等！"欧阳波平见是潘凤，有些难为情，自打上次潘凤送军鞋后，他一直在刻意回避着潘凤。

侯天明见潘凤来了，会心地笑了。

"参谋长，我在村外等您！"说着两腿夹紧马腹一溜烟似的跑了。

欧阳波平跳下马来，"哦，这么早就起来了！"

"你要走也不告诉人家一声！我去潘大娘家送饭才知道你要走了！"

"对不起，军分区昨晚来的命令，让我回盘山组建教导队培训干部。太急了，没时间跟你说。"

"哼，都是借口，这么长时间你也没找我！"

"你也知道，每天除了训练就是打仗，太忙了。"

"那双鞋为什么不穿上？"

"哦、哦，我舍不得穿啊，再说脚上这双不是很好嘛！"

"我又给你做一双棉鞋，放篮子里啦，带上吧！你什么时候回来？"

"这说不准，也许很快，也许明天春天。凤，非常感谢你，鞋送给其他战士吧。"

潘凤抬起头，盯着欧阳波平，终于，她鼓起勇气，深情地说："波平，你真不理解我对你这份感情吗？我爱你！"

此刻，她渴盼欧阳波平拥抱自己亲吻一下。欧阳波平满脸涨得发红，手足无措，"凤，我想认你做亲妹妹！"

"我不想给你当妹妹，我想给你生个娃！"

"咱们、咱们的事，等打完鬼子再说，好吗？"

"欧阳波平，你会后悔的！"

潘凤将放好棉鞋和烙饼的篮子扔给欧阳波平，头也不回地跑回村子。

欧阳波平望着潘凤的背影，心里责怪自己不会说话。他将烙饼和棉鞋分装在两个布袋内，转身跨上马背向村西头走去。

侯天明见欧阳波平骑马过来，打着怪腔说："参谋长，享受幸福时刻了吧，搂美女啥滋味？真羡慕您到哪里都有漂亮女孩追求。可惜我没这份福啊，至今还是个光棍！哎，我做梦都想抱着一个女人睡，要是让能享受一下那销魂时刻，死了也值！"

"别说了！"欧阳波平生气地打断侯天明。

"怎么啦？参谋长！我可从没见过您发脾气。"

"我又伤凤姑娘的心了。"

"参谋长，不是我批评您，您眼光太高，别再挑了！"

"天明，你不理解我，感情靠缘分，不仅要志同道合，还要彼此自然吸引，任何时候都不能欺骗对方，婚姻更是意味着责任。有时，我真想变成两个自己，给心灵深处留一份自由。"

"我听不明白您的话，有文化人就是勾当多。美女嫁好汉，瘸驴配破磨，不就是这个理嘛！"

"我不想让一个爱我的女人为我守寡一辈子，那样太自私！"

"您的枪法这么准，小鬼子的子弹都绕着您走！谁牺牲您也不会！"

"战场瞬息万变，谁也拿不准！总之，不赶走小鬼子，绝不谈婚论嫁！"

说着，欧阳波平双腿夹紧马肚子，枣红马风驰电掣向前奔去。

"驾！"侯天明也吆喝一声跟上去。

　　欧阳波平刚走，马骥、胡山带领战士来到潘家峪驻地，见到团长陈群，汇报了数月北进战果特别是智取马兰庄据点的经过。陈群非常高兴："就用你们缴获来的 70 多条枪，将通讯排扩编为十二团特务连，马骥、胡山分别担任连长、副连长，跟随团部活动！"

　　"谢谢团长信任！"

　　"不要谢我，要谢得谢欧阳参谋长，是他的战略眼光成就了你们！加之你们的机智勇敢，取得这样的战果！"

　　"是啊，我这些举措都是在平西课堂上和挺进冀东路上跟随参谋长学的。对了，参谋长哪里去了？怎么不见他。"

　　"我恨不得变成几个波平，哪里都需要他啊！这不，分区成立教导队，参谋长兼任教导队队长，回盘山了。不过，我跟司令讲好了，只是借用，教导队组建完毕，波平马上返回东部地区，继续履行团参谋长职责。"

　　"团长，我这次深入迁安城西、城北一带，发现这里民众的抗日热情高涨，地下组织完善，很适合主力进入，扩大滦河一带基本区。"

　　"欧阳参谋长也是这个意见，但分区有的领导和团部一些干部都愿意扩大百团大战战果，坚守平原袭击敌人。不过，我们迟早会北上长城挺进迁安的！"

　　"团长，我们已经与迁遵兴滦东分区石明书记取得联系，这次智取马兰庄据点，没有他提供情报、阻击其他据点援敌，也不可能这么轻松取得胜利。说心里话，挺对不起他的，没给地方留下一支枪。"

　　"等我们主力开过去，一定好好感谢石书记！"

　　这时，通讯员送来军分区电报，陈群以为是关于队伍北上长城的请示得到批复。打开一看，原来是要求主力十二团向丰润、玉田交界一带转移的命令。

　　时近中午，陈群带领干部战士，与潘家峪的乡亲们依依不舍告别。临行，他再三叮嘱地方干部，密切监视敌情，随时将乡亲们转移到潘家峪附近的山上。

英雄泪祭潘家峪

　　欧阳波平返回盘山后担任教导队队长，并兼任军事教员。斗争环境残酷，战事异常频繁，教学条件很差，他悉心编研教材，钻山洞，趴田埂，顶严寒、冒酷暑，坚持边打仗，边教学，迅速培养出一批军事干部，部队战斗力明显增强。

　　入冬以来，日伪军加紧对丰滦迁根据地扫荡。在反扫荡中，军民武装不断壮大。

　　这天下午，日军驻丰润县城守备队司令部秘密召开围剿潘家峪的军事会议。日军驻丰润县公署顾问官佐佐木主持会议，日军驻丰润县宪兵队长森本等军官及伪县长凌以忠等伪职人员参加会议。

　　满脸横肉、留着八字胡的佐佐木瞪着一双三角眼，站起身训话。

　　"最近，八路共匪十分猖獗，丰润通往唐山及邻县的多条公路干线被破坏，通讯也经常处于瘫痪状态。现已查明，潘家峪就是八路匪窝！刚刚接到军部命令，要求我们清剿潘家峪！这次扫荡潘家峪，军部调动遵化、玉田、迁安等县主要兵力同时出发，配合我们的行动，务必彻底剿灭八路匪，严惩老百姓！"佐佐木恶狠狠地说。

　　"嗨！"

　　"嗨！"

　　"嗨！"鬼子汉奸大小头目应声答道。

　　"共匪八路大大地狡猾，他们四处乱窜。这次，我们要撒下一张大网，将潘家峪团团围住，不能让一个人逃跑！"

　　佐佐木说完，将一封信递给身边的伪县长凌以忠。

　　"凌先生，把这封信交给潘惠林，让他速转交其胞弟，诱骗潘家峪的百姓回村里过年，将其一网打尽！"

"是！太君，您放心，属下即刻去办！"

潘惠林是潘家峪大地主，为逃避八路军清算，一年前跑到唐山市区居住。

自从十二团撤走后，为防止鬼子报复，潘家峪村干部带领乡亲们转移到村西山洞里。数九寒天，山上越来越难住了，村干部每天派人回村了解情况。

傍晚，山上回村放风的民兵回来，说潘惠林给乡亲们带来好消息，由于他说情，日本人答应春节期间不再扫荡潘家峪，乡亲们只管回家安心过年，保证太平无事。

"这一定是圈套！大家不要轻易相信！"村粮秣委员潘府庭说。

村报国会主任潘明也说："对！一定是圈套，潘惠林不会安好心！"

开始，大家没有相信。一天、两天、三天都相安无事。深夜，乡亲们又开始议论了。

"潘惠林再坏，也不至于把亲弟弟往火坑里推啊！"

"是啊！潘惠林还能一点儿良心也没有？"

于是，村民试探着陆续回到村里，准备过年。

丰滦迁抗日政府及时获取日军即将围剿潘家峪的情报，半天内，连发三封鸡毛信，通知潘家峪村干部火速组织群众转移。三封信转到潘家峪村武装班长潘善纯手里，他没有看一眼，塞在兜儿里，只顾在邻居家耍钱。

1941年1月25日·农历腊月二十八拂晓，佐佐木指挥丰润、遵化、玉田、迁安、滦县、唐山等地的1000多鬼子伪军，杀气腾腾地向潘家峪奔来。敌人从四面八方将潘家峪围个风雨不透。

天蒙蒙亮，耍一宿钱的潘善纯起身上厕所。突然，他想起从昨天下午到晚上传来的三封信，赶紧掏出来看。当他打开纸条，顿时吓得目瞪口呆，"妈呀，鬼子来扫荡啦！"

此刻，鬼子开始进庄挨家逐户搜查，砸门声、吼叫声充斥着全村。不论男女老少、残疾病人，都被强逼到村头集合。八旬潘奶奶走不动，被鬼子一棒打死。儿童团长潘顺子和母亲藏在柜底下被鬼子搜出。一个老鬼子上前将小顺子母亲击倒在地。小顺子发疯似抱住老鬼子胳臂咬着不放，老鬼子抽出战刀，一刀将小顺子砍成两截。

很快，全村1400多人都被驱赶到村西一个大坑里。大坑长30余米，宽10余米，坑周围是一人多高的石坝，下面是厚厚一层冰雪。大坑四周

布满了鬼子伪军，并架设起机枪。这时，鬼子拉出30名妇女为他们去烧火做饭。

佐佐木龇着金牙，按着腰间的蓝穗战刀叫嚷着。

"今天，皇军前来肃清八路共匪，是为了保障大家平安过年！只要说出村子谁是八路军？八路机关在哪里？粮食藏在哪里？皇军大大的有赏！"

人群一片沉默，处处是充满愤怒的目光。

"快说出来吧，八路匪根本不管大家的死活，皇军才是咱们的大救星！只要说出来，家家户户吃肥肉过年！"伪县长凌以忠吐沫星子乱溅地附和着。

"呸，狗汉奸，绝不会有好下场！"人群中有人小声骂道。

突然，几十个鬼子军官几乎同时拔出东洋刀狂吼起来："说不说，死啦死啦地！"

人们站立好长时间，脚下的冰雪化成了泥水，冻得直哆嗦。鬼子军官拔刀恫吓，人群涌动起来。

佐佐木担心屠杀时不易控制，他转身跟伪县长凌以忠低声耳语一番，选定潘家大院作为杀人场。很快，鬼子从西大坑到潘家大院排成两排，举枪架起一条刺刀胡同。

"这里冷得很，我们换个暖和的会场。"

佐佐木说完，命令鬼子逼着村民从排满刺刀的胡同走进潘家大院。

潘家大院是地主潘惠林的宅院，分东、中、西三院，前后三层房，四周院墙一丈多高。此刻，墙上站满了荷枪实弹的鬼子，土墩和平房顶上架着机枪。鬼子在院内铺满厚厚一层秫秸、茅草、松树枝等易燃物，上面浇了煤油。

村民被赶进院子后，佐佐木站到凳子上又"哇啦哇啦"地嚷叫一番，显得不耐烦。汉奸翻译说："你们这里，老百姓统统的通八路，今天统统的死啦！"

接着，凌以忠站在院子南边大石头上吼道："你们这些刁民敬酒不吃吃罚酒！今天皇军来教训你们，完全是自己惹的祸，谁让你们一贯通八路，与皇军作对！"吼完，凌以忠陪着佐佐木退出大院。随着"嘎"的一声，大门被关上了。

人们揣摩大难临头，开始骚动。潘明见势不妙，喊了声："乡亲们，鬼子要杀人！快冲出去！"人群外侧三个村民往外跑没几步，被院墙上的鬼子开枪打死。紧接着，十多个青年从人群中挤出来，想冲出大门，还

没到院门口，就被把守在那里的鬼子一一刺死。

这时，欧阳波平留宿的房东潘大娘挺身而出，央求鬼子放过妇女和孩子们。一个老鬼子狞笑着，靠近潘大娘手起刀落，砍下她的头颅，鲜血从老人的躯体中喷出很高，人群中传来怒骂声，有的抓起地上的砖石瓦块准备与鬼子拼命，鬼子一窝蜂似地冲进人群，照准脑袋就砍，对着胸膛就刺，一场惨绝人寰的大屠杀开始了。

东院二门外，鬼子点燃洒过煤油的柴草，背墙的鬼子点燃中院大围栅。顿时，整个大院浓烟四起，西北风呼呼地刮着，火借风势，腾起一丈多高的火苗。同时，敌人机枪步枪喷着火舌，一起向人群疯狂扫射，成束的手榴弹扔了下来，在人群中爆炸。鬼子架设在大院东南 20 米远南沿子山坡上的掷弹筒也不断向人群轰击，手无寸铁的村民陷入浓烟烈火和枪弹包围中，哭喊声、咒骂声混在一起。瞬间，人群成片倒在枪林火海中。

活着的人东冲西突。村粮秣委员潘府庭大声喊："快去开门！"他带着一群青壮年冲向大院门口。鬼子机枪疯狂扫射着，潘府庭倒下了，后面的人拥上来，倒下，又拥上来。

50 多岁的潘国生甩掉着了火的棉衣，瞪圆眼睛大吼道："没死的跟我来！"他迎着火舌蹿到机枪前，咬紧牙，飞起一脚踢翻了鬼子机枪射手，随即双手攥住发红的枪管，狠狠朝鬼子砸去。潘国生刚要端起机枪向鬼子射击，突然，一颗子弹从院墙顶上飞来击中头部，他摇晃了一下，倒在血泊中。

"大叔！"附近的潘黑子大吼一声，也甩掉棉衣，踢开一个鬼子的长枪，将其举起来砸向墙角石块上，另一个鬼子端着刺刀扑过来，潘黑子躲开刺刀，顺势一脚将鬼子踹倒在地，用拳头猛击这个鬼子头部，鬼子脖子一歪死了。

潘黑子趁机带领几个青年冲到东院北门口，大门已经用砖垒死。

"快拆砖！"几个青年怎么也推不动，情急之下，潘黑子大吼一声，使出浑身力气将砖墙撞开。"快走！"几个青年冲出大院。断后的潘黑子没来得及跳出院子，被一群鬼子围住。潘黑子举起一块砖想砸鬼子，一颗子弹击中他的右臂，砖块掉在地上。鬼子冲上来，十几把刺刀同时扎进潘黑子的前胸后背，刺得潘黑子血肉模糊，潘黑子晃了晃，瞪大眼睛挺立在碎砖垛前。

村民潘国奎等十几个人跑到东院门，冒着敌人的密集子弹，用双手

和木棍在北墙扒开一个洞，冲出大院。大家跑到路北一个院子，一群鬼子端着刺刀追赶过来。最后一个青年刚跨进门槛，一个鬼子的刺刀已经逼近他的后心。潘国奎等紧急关门，挡住敌人扎来的刺刀。鬼子刺刀穿进铁皮门扇，一时拔不出来。十几个人乘机跨过院子，一口气跑到北山，逃出虎口。

潘凤带领几名妇女冲到西院藤萝架下，一颗手榴弹滚落过来，"嘶嘶"地冒着黄烟。潘凤猛地推开身旁妇女，抓起冒烟的手榴弹扔向鬼子，炸得敌人鬼哭狼嚎，潘凤等人被逼进门房内，见鬼子点着柴草，就支起窗户往外冲。一名妇女刚迈过窗台，就被鬼子刺刀挑死，潘凤抱起点着火的秫秸往窗外冲，吓得院内鬼子急忙躲闪，"姐妹们，快翻墙跑！"

潘凤掩护两个姑娘翻过院墙，自己被鬼子逼到墙角。两个鬼子见她长得漂亮，扔下枪饿狼般扑上来，他们撕开潘凤的衣服，轮番在她身上发泄着兽欲，潘凤痛苦地挣扎着、怒骂着，最后，她一头撞向墙角的大石块。

一群老人和儿童也在与鬼子搏斗着。一个儿童团员从大火中跑到西墙下，因为个子矮，几次攀登猪圈平房都没上去。一位老人奋不顾身冲过来，用力将孩子托出墙去，老人刚想攀上墙，突然，一梭子子弹击中后背，老人摇晃着倒在墙角下。

大院里，冲杀的人越来越少。

"把这些刁民斩尽杀绝！"佐佐木一边挥舞着指挥刀，一边号叫着。鬼子轮番枪杀、刀砍，放火焚烧后，又从尸体堆里搜索尚未死去六个村民。佐佐木接过身边鬼子手中的机枪，对着六人"突突"了一阵，柴草房和住屋之间夹道里，躺着四个孕妇，几个鬼子用刺刀将孕妇腹内已经成形的胎儿挑出来戳烂。

潘家大院东墙下，佐佐木带着几个鬼子挡住了一位母亲和她两个女儿去路。两个鬼子从母亲怀里夺过四岁的妹妹，孩子在鬼子手中挣扎着，哭叫着，"妈妈！妈妈！"

"畜生，还我孩子！"母亲拼命扑上去，佐佐木开枪射击，母亲栽倒在地。八岁的姐姐趴在母亲尸体上痛哭。

突然，鬼子举起妹妹，恶狠狠向墙上摔去，摔得孩子脑浆迸裂，墙上一片血红。姐姐站起身，跳着脚怒骂。佐佐木恼羞成怒，恶狼般扑上来将女孩按倒在地，踩着她的一条腿，手拽着另一条腿，用力一劈，随着一声惨叫，鲜血喷了佐佐木一脸，可怜的孩子被撕成两半。

　　从西大坑被拉去做饭的30多名妇女被鬼子推下白薯窖蹂躏,窖里哭嚎怒骂声不停。过了一会儿,声音慢慢低哑了,随后是一声声惨叫。

　　鬼子爬出窖来,点着几捆玉米秸往窖里扔,顿时,窖口冒出滚滚黑烟。最后一位七旬老大娘带着小孙女给鬼子伪军做完饭,祖孙俩刚走出院子,一个鬼子冲上来用战刀将老人的脑袋一劈两半,点着一堆玉米秸焚烧老人尸体。随即,鬼子又举起老人的小孙女,扔入火堆。

　　村报国会主任潘明从浓烟烈火中只身越墙冲出潘家大院,刚跑到村西七亩地里就被守卫在村外的鬼子发现。两个鬼子冲过来,左右夹击,将潘明按倒在地。

　　一个胖鬼子抽出刺刀,扎向潘明胸膛。潘明拼命挣扎着,他用尽浑身力气,双臂一甩,两腿一蹬,一个鲤鱼打挺,腾地立起来。胖鬼子的刺刀扎在地上,一时拔不出来,只顾撅着屁股拔刺刀,潘明飞起一脚,踢掉身边鬼子的刺刀,上去一拳击中他的眼睛,随即将其踹个仰面朝天。这时,从地上拔出刺刀的胖鬼子又气势汹汹逼上来。潘明身子一闪,纵身跳上一个坝坎,他搬起一块石头朝胖鬼子头部砸去。伴随一声惨叫,胖鬼子倒在地上。后边的鬼子吓得目瞪口呆,潘明乘机跑上后山。

　　这时,潘家大院再没有怒骂声了,到处是尸体。佐佐木命令鬼子在院内洒上煤油,施放硫黄弹。瞬间,大火腾空而起。

　　大门外,一个穿红兜肚的孩子哭喊着找妈妈,两个鬼子跑过来将他压在一大块锤布石下。孩子在石头下挣扎着、喘息着,鬼子围在跟前开心地狂笑着。

　　佐佐木离开宅院,又命令鬼子在全村进行搜捕。鬼子见人就杀,见房就烧,村西口那棵饱经沧桑的老槐树未能幸免,整个潘家峪硝烟弥漫,火光冲天。

　　一队鬼子搜完村里来到村外南山坡,隐藏在山坡土坎下面32名村民被搜出,鬼子用刺刀强迫他们去潘家大院。走到南崖上,大家看到院中腾起熊熊大火,再也不肯往前走。

　　"乡亲们,横竖是死,跟鬼子拼了吧!"一个村民喊道。鬼子端起明晃晃的刺刀刺向手无寸铁的村民,很快,32个村民被一一挑下石崖。鬼子屠杀完,在尸体上架上松枝、干草,洒上煤油,点火焚尸。

　　太阳落山后,佐佐木有些心慌,他带领鬼子狼狈退出潘家峪。一路上,鬼子有的挎着胳膊,有的跛着腿,有的捂着脸,有的衣服被撕得稀烂,有的脸被熏得乌黑,就像一伙失魂落魄的土匪。

敌人一撤走，潘明、潘国奎等少数逃生的村民就跑回来，附近村庄村民也赶来灭火救人。大家从成堆的遗体下救出尚存一息的乡亲。大院里一片火海，死尸盖着死尸，冒着几尺高黄绿色的火苗，水泼下去，人肉发出"吱吱"细响，焦臭味弥漫着潘家峪上空。

潘明在东院粮仓里发现20多个被烟呛昏过去的村民，他们有的手中握杆秤、秤砣，有的握着板斧、笸子。原来，混乱中，这些村民跑进粮仓，他们用粮食缸等重物顶住粮仓屋门，准备与鬼子拼命。这间房屋和其他房屋不相连，房子是泥顶，窗子用土坯封着，鬼子在宅院放火，此屋幸存下来。

惨案第二天，冀东地方党政负责人来到潘家峪慰问，迅速向十二团团部传递鸡毛信。

清晨，欧阳波平带领教导队与十二团一连正活动玉田一带，接到潘家峪遭敌人洗劫的情报，团部命他火速赶往潘家峪处理善后。欧阳波平顾不上吃早饭，带着战士骑马向潘家峪飞奔而来。

一路上，欧阳波平心急如焚，他恨不得飞到乡亲们身边。

"天明，通知大家，快马加鞭！争取天黑前赶到村庄！"

"是！"

傍晚，欧阳波平和战士们翻过一道山梁，遥望到群山环抱的山村。山坡野地，看不见昔日的羊群与拾柴草的孩子，也没有一个下地的人。此时，距离惨案已经过去三天了。

欧阳波平带领战士们走近村头，白粉墙上刷着"潘家峪"三个引人注目大字，道旁大树上钉着两块长方形松木牌，上面写着："排共彻底""亲日和平"。大家向村里一看，都惊呆了，满眼都是坍塌的房屋、破墙、瓦砾、草灰、焦炭，没有一丝炊烟。

夕阳笼罩着山庄，大家迈着沉重步伐慢慢向村子走去。沿途小河沟的冰雪染得通红。过了村头石桥，岩石下有一个不到二尺宽三尺深的小岩洞，塞满着苍绿的松枝，洞外散乱一地未烧尽的玉米秸。拿开松枝，战士们吃惊地看到四具焦黑的女尸。石桥边就是潘惠林家大院，洋灰门墙非常坚固，一进门，恶腥气味迎面扑来。宅门右手石槽上一具女尸，赤身裸体，半个脑壳儿被炸得血脑殷红，右手搭着槽沿，左手向上屈伸，背贴着砖墙。一个孕妇模样的焦黑尸体肚子被刺刀划开，肠子翻露出来，两只焦炭小手抱着小头，横在母亲的肚肠上。

孩子的尸首更是难以数清。那些弯曲污黑的小手，焦黑模糊的小头，

焦炭似的小腿、小棉鞋，大院里随处可见。欧阳波平走近孩子的尸体，他肺几乎气炸了，无比的愤怒绞痛着他的内心，痛彻心扉。在那些半焦黑的孩子尸身上还能发现三八式刺刀的戳伤，带有血污，无法辨认哪个是男孩，哪个是女孩。一个孩子，肚皮崩裂，下半截焦黑，拖在地上的肠子冻硬了。一个孩子尸体头、四肢、身子、肠肺、心脏全被烧没了，只剩下一块约一尺长不到三寸宽的灰色肉背。

欧阳波平再也看不下去了，他仰天怒吼："畜生！恶魔！请军区快派记者来，揭发这惨无人道的法西斯罪行！"

"小鬼子，我×你祖宗！"战士们也怒骂不止。

潘明等活下来的村干部听说八路军回来了，气喘吁吁跑来。潘明一见欧阳波平，像个孩子似的号啕大哭。

"参谋长，都没了，都没了！"

欧阳波平紧紧抱住潘明，不住安慰他。

"我来晚了，对不起乡亲们，血债血还！这个仇一定要报！"

潘明哭诉了惨案的经过，"这次带队的鬼子头子就是杀人恶魔佐佐木！"

"不杀此贼，我誓不为人！"欧阳波平强忍怒火，攥紧拳头。

欧阳波平带领战士伫立在院门口，摘下军帽久久致祭哀悼。他眼前浮现乡亲们为子弟兵烧火做饭情景，浮现妇女们汗水淋淋为战士们赶做军鞋的情景，浮现老大娘油灯下为战士们缝补衣裳情景，浮现自己教孩子唱着儿歌的情景，这位刚强硬汉热泪直流，失声痛哭。

战士们看见曾经给他们烧水暖炕、亲如父母的老大爷老大娘现在都被烧成焦炭、骨灰，个个顿足捶胸。整个大院一片啜泣声。一个战士认出自己房东大娘的尸体只剩个头颅，他抱着烧焦的头颅号啕大哭。

北风吹来，大院弥漫着一片异样恶腥的气味，焦布片、人发、尸灰在北风中旋舞起来。

欧阳波平擦干眼泪，踏着瓦砾，深入大宅院里。他想寻找潘凤、房东大娘、小顺子等人的尸体，但怎么也找不到，除了一堆堆炭状骨头，就是残缺不全的尸块。迎面站着一个男尸：两手直伸，黑眼洞，龇着灰色牙齿，全身赤体，污黑，拖着肠肚。

欧阳波平走进屋里，瓦砾缝里冒着恶腥的黑烟，窗台上一只精瘦黑猫蜷缩着身子，在啃着焦黑的白薯，一见人来，黑猫突然立起，瞪大绿色眼珠。欧阳波平倍感凄凉。

欧阳波平带领战士从黑烟瓦砾钻出来，来到大门外。一位白发老奶奶正站在夕阳里哀号："那是我的侄儿，那是我的妞嘞，你们烧得人不像人，骨头也不像骨头，你们烧得我也认不清了！"

欧阳波平不知道怎样安慰老人，"大娘，请原谅，我们来晚啦！"

夜幕降临了，丰滦迁联合县等地方干部赶来。欧阳波平与几位主要负责同志商量，决定将潘家峪幸存的人们及受伤村民安置在临近村庄。他与地方干部带领战士、潘家峪仅存的青壮年民兵及附近百姓连夜清理尸体。从潘家大院扒出的尸体已无法辨别姓名和年龄，只能在辨认出的男尸身上写"男"字，女尸身上写个"女"字，童尸上写个"童"字，有些男女也无法辨认，只好把尸骨集中起来，一堆四肢、焦肉、肚肠，一堆骨头，一堆人头。然后，以芦苇席为棺，一领席包一两具尸体。当夜，大家把尸体按性别和年龄分成四座大坟，安葬在松柏常青的南山脚下。

"这场震惊中外的大屠杀，初步统计共有1230名潘家峪百姓遇害，被圈进杀人场得以生存的仅有276人，其中96人受伤。1100多间房屋被烧毁，美丽富饶的山村，一日之间变为焦土。"

星光下，大地含悲，丰滦迁联合县县政府和十二团联合为遇难群众举行了公葬。

深夜，连续三天两夜没睡觉的欧阳波平心如刀绞，没有一丝困意。他独自一人来到烧焦的老槐树下，想起潘凤送自己的一幕幕，他拿出那双崭新的布棉鞋后悔不迭，"凤，我对不起你啊！你能原谅我吗？"欧阳波平用头撞着树干。

北风呼呼作响，老槐树残存的树枝在寒风中摇曳着，像在低声啜泣。欧阳波平猛地解开上衣，敞开胸怀，他不住地捶打着自己的胸脯，任凭刀割一样的寒风吹在身上，"凤，我对不起你，今生欠你一个拥抱！"

突然，天空飘起了雪花，洁白的雪花纷纷落在欧阳波平的头上、身上。

欧阳波平直挺挺地站在老槐树下，回忆起比武训练的火热场景。

"叔叔，我也想长出您肚子上的'王'字，当枪王杀鬼子。"幼嫩的童音在回荡，仿佛孩子们围在自己身边，他想起自己在这里教孩子唱歌的情景，禁不住泪如雨下："孩子们，叔叔来晚了，叔叔该死！没能保护好你们！"

寒风中，雪花在欧阳波平的头上、肩上很快凝结成冰碴，他全然不觉。

凌晨，欧阳波平来到房东潘大娘残破不堪的院子，他在雪地上长跪

不起，任凭眼泪扑簌簌落下，半晌才说出话来："大娘啊，出发前那天夜里，您还给我和天明补了半宿衣服，临走，您嘱咐又嘱咐，叮咛又叮咛，怕我冷着、热着。您现在怎么就没了呢？"

身后传来啜泣声，原来侯天明担心欧阳波平的安全，又不敢打扰，一直默默跟在他身后。此刻，侯天明也跪在院子一角失声痛哭。

"天明！"

"参谋长！您要保重身体啊！"

两人搂在一起泪如雨下。

第二天清晨，雪停了，在地方干部引导下，欧阳波平带领战士深入潘家峪附近村庄，挨家挨户慰问，安抚居住在这里的惨案幸存村民，给他们送来粮食、衣物、药品等，并安排医生为伤者疗伤。

返回潘家峪，旭日东升，雪后的村庄在阳光映照下显得洁白耀眼。欧阳波平站在老槐树下，攥紧拳头："日寇又欠下中国人民一笔血债！血债必须用血来还！我们要化悲痛为力量，誓死给大娘报仇！给孩子们报仇！为所有死难的乡亲们报仇雪恨！"

寒风中，战士们纷纷举起铁拳，庄严宣誓："誓死为死难的亲人报仇雪恨！"

"一定讨还血债！"

"为乡亲们血恨，不打倒日本帝国主义，誓不罢休！"

潘明等潘家峪活下来的乡亲们也庄严宣誓："此仇不共戴天！向鬼子讨还血债，为死难亲人报仇！"

"杀鬼子！报仇！"

伴随着呐喊声，老槐树残枝上的雪花飘落下来。声音冲向云霄，像雷霆一般在山谷震荡着。

宣誓完毕，潘明对欧阳波平说："参谋长，这棵老槐树是潘家峪山庄的象征，如今被烧成这样，不可能活了！我们的家园彻底被毁啦！"

"不！这棵抗日功勋古槐烧不死，它一定会重生！我们的家园一定能够重建！"欧阳波平抬头望着古槐，坚定地说。

"参谋长，我们活下来的青壮年要参加八路军！"潘明郑重地说。

"好！"欧阳波平点点头，他嘱咐地方干部说："潘家峪幸存青年要带头成立复仇青年队，将来动员邻村青年参加，进一步巩固扩大！这不仅是生者的愿望，也是潘家峪千余名遇难亡灵的期盼！"

地方干部认真地点了点头。

损兵折将捍团魂

　　丰润火石营村十二团临时驻地，欧阳波平走进陈群的房间，向他汇报了潘家峪惨案善后工作。陈群不停地抽着旱烟，眼前浮现潘家峪乡亲们热情招待子弟兵的一幕幕。

　　"为了潘家峪死难乡亲们报仇，区党委决定再次发起'破交战'。波平同志，你今后既要做好教导队的培训工作，也要协助我考虑全团的军事工作。来，我们商讨一下'破交战'的具体打法。"

　　"好！"两人铺开地图，开始研究下一步军事部署。

　　十二团在地方配合下，掀起了轰轰烈烈的"破交战"，冀东基本区内日伪修建的交通线和通信网络一度全部陷于瘫痪状态。"破交战"中，潘家峪幸存青年成立复仇青年小队，邻村青年纷纷参加，队伍不断发展壮大。战斗间隙，欧阳波平经常深入复仇青年小队进行军事指导。

　　这天，冀东军分区在火石营村召开军民大会，军分区政治部主任兼十二团政委刘诚光宣布："潘家峪复仇团成立，潘明担任第一任连长，随十二团活动，由欧阳波平同志任军事顾问！"现场响起热烈的掌声。

　　随后，潘明带领复仇团成员进行杀敌宣誓。

　　会议结束，陈群兴奋地对欧阳波平说："波平，军分区同意我们挺进长城啦！由你带领一部分战士深入迁遵兴一带，配合地方干部开展活动，重点是迁安口内滦河东地区！"

　　"太好了，我马上就动身！"

　　"不急，今天双喜临门，怎么也得庆祝一下吧！"

　　"团长，等我们到滦河东庆祝吧！"

　　"你这个急性子，好像滦河东是你的家，归心似箭！以后就在迁安找个媳妇吧，多生几个小八路。"欧阳波平笑了。

"这次到滦东，与地方干部一定要搞好团结，多听听他们的意见！滦东区的书记叫石明，是个知识分子，跟你长得很相似！"

"我听说过，马骥、胡山他们接触上了。袭击马兰庄据点，石明同志给部队提供很大帮助！"

"相信你这员虎将到了那里一定会迅速打开局面！"

"请团长放心！"

日军驻唐联队部，第 27 师团第 27 步兵团第一联队联队长田浦竹治召开驻唐各县军官参加的军事会议。

"今年以来，虽然我们取得清剿潘家峪共匪八路老巢的重大战果，但狡猾的八路在冀东依然十分猖獗，不断破坏我们的供给线及通信设施。在冈村宁次将军亲自关注下，第 27 师团、独立第 15 旅团、关东军五个独立守备步兵大队、'满洲队''治安军''警备队'等正规伪军，总兵力 7 万余人，实施第一次'治安强化'军事行动，一举消灭冀东八路军，彻底摧毁冀东根据地！"

"嗨！"

"嗨！"日伪军官头目纷纷站起来表态。田浦竹治扶了一下黑框眼镜，示意大家坐下。

"下面，请参谋长介绍一下具体军事部署！"

联队司令部参谋长小野指着军事地图说："我们把主力部队秘密集结在机动位置，完成对冀东抗日根据地的四面包围。北面：西起古北口沿长城线至冷口；东面：北起喜峰口沿滦河南下经滦县达侉城；南面：自滦县城起，沿北宁铁路西经唐山、芦台、宁河至宝坻；西面：从燕郊、潮白河和平古路至古北口。"

会议结束，田浦竹治特意强调鬼子狙击小分队训练及情报工作。

"一定要挑选最优秀的皇军射手，抓紧时间培训，务必及早抓住八路匪神枪手欧阳波平，为武岛君报仇！关东军大本营对此很不满意。"

"嗨！欧阳波平匪首行踪不定。"

"你们情报侦察工作大大地差！注意收买支那人，要重奖诱惑，那些怕死的支那人见钱眼开，只要给好处，什么事都会干！欧阳的存在，对皇军威胁太大了，以至于我们外出视察都心惊胆战。抓不住活的，就地击毙！"

"嗨！"

"嗨!"鬼子汉奸头目齐声表示。

很快,日伪收紧包围圈,利用公路、河流、山脉形成十多条军事封锁线,寻找八路军主力进行决战。由于内线组织不健全,冀东军分区司令部主要领导没能及时察觉敌人的作战意图和具体作战行动计划。司令部要求活动在丰润一带的陈群部以及迁安地区的欧阳波平部迅速南下丰滦迁地区,然后转移到玉田南部地区,靠近活动在蓟县的十三团,寻找战机,合力歼灭敌人。 这一决定,使得八路军主力部队十二团被日军压缩在玉田和蓟县南部,这里水网密布,坑渠众多,交通十分不便。

入夏的深夜,大雾弥漫,军分区司令员李运昌率十三团、十二团一部和教导队,由蓟(县)玉(田)边界的杨家套、杨家板桥一带转移到蓟县十棵树、张庞庄一带。由于对周边情况不明,被迫就地隐蔽。李运昌随一营在张庞庄宿营,住在一家地主大院里。

清晨,一股鬼子侦察兵摸进张庞庄。浓雾中,鬼子找不到八路军,八路军也找不到鬼子。李运昌听到附近有异常脚步声,他带领警卫员向大门外走去,刚到大门口,几个鬼子向他们摸了过来。李运昌举枪撂倒一个鬼子,警卫员也开始射击。

听到院内响起枪声,欧阳波平、杨作霖紧急集合部队前来增援,与鬼子展开激战。

此刻,在十棵树村宿营的军分区直属队,还没有完成宿营布防任务,就与鬼子遭遇。二营、三营分别在各自驻地与鬼子交上火。各部陷入鬼子分割包围中,相互中断联系,处于各自为战状态。

"杨营长,我带教导队留下掩护,你速率一营掩护司令向村北突围!"

"参谋长,我留下掩护!"

"少废话,快走,司令不能有任何闪失!"

"是!"

在欧阳波平掩护下,李运昌带领一营和警卫班战士冲出张庞庄。看到李运昌等冲出包围圈,欧阳波平也率领战士趁着大雾冲出村子。

此时,十棵树方向的枪声异常激烈。欧阳波平立即带领战士杀进村子。军分区副司令包森镇定地指挥战士还击,见到欧阳波平带领战士增援,他非常高兴,"波平同志,敌众我寡,难以退敌,部队伤亡很大……李司令那边怎样?"

"包司令,您放心吧,李司令已经成功突围。围困张庞庄敌人都被

吸引过来了。刚才从俘获的伪军口中获悉，鬼子90多辆汽车由蓟县和上仓镇运来三千多名增援部队，正源源不断开向十棵树。趁下雾，您赶紧带领直属队突围，我率领教导队来掩护！"

"不行！要走一起走！"

正说着，大雾开始减退，鬼子援兵赶到。欧阳波平急切地说："司令，再不走就来不及了！"

他命令警卫员硬是将包森拖下阵地前沿。包森望着欧阳波平说："波平同志，多保重！我在李四庄一带等你！"

欧阳波平点点头，敬了个军礼。

"教导队同志们，跟我来！"说着，欧阳波平带领战士冲向残垣断壁。

炮声隆隆，弹片横飞。欧阳波平指挥留下的少数干部、战士，凭借被炸毁的残垣断壁为依托，与鬼子展开鏖战，鬼子始终不能前进一步。

这时，鬼子的枪炮声停了下来。侯天明跑到欧阳波平身边报告："参谋长，包司令带领大家已经突围，我们也赶紧撤吧！"

"两位司令是我们冀东抗战指挥枢纽，不能有任何闪失，我们多坚持一会儿，他们就多一份安全感！"

侯天明点了下头。

"参谋长，鬼子咋停火了。"

"小鬼子在想毒招，想活捉我们！万一突围不出去，最后一颗子弹留给自己，坚决不当俘虏！"

"是！坚决不当俘虏！我陪您一起死！"

"天明，你家里还有老人等着尽孝，你必须活着出去！一会儿我和受伤战士留下来，掩护你们几个年轻战士突围！"

"那哪行啊。我们拼死也得掩护您突围！"

"天明，听话，我的枪法好，能多杀几个鬼子！你要替我完成回滦东的心愿！替我为潘家峪的死难乡亲们报仇！"

"您不走我就不走！"

"好！咱们一起突围！"

正说着，敌人开始施放瓦斯弹、毒气弹。顿时，空中毒气弥漫，战士们咳嗽不止，有的战士抽搐着倒在掩体里。

"毒气弹！快捂住鼻子！"欧阳波平一边命令战士，一边继续射击。侯天明赶紧将毛巾撕成两片，拿起水壶倾倒，谁知一滴水也没有了。情急之下，他解开裤子，撒了一泡尿，将毛巾浸湿后捂住口鼻。看到欧阳

波平还在冒着毒气向敌人射击，他冲上前将另一块湿毛巾捂在欧阳波平的口鼻。

烟雾中，欧阳波平注意到东南方向敌人火力相对薄弱，他命令战士将手榴弹集中甩过去。趁着浓烟，欧阳波平带领战士冲上来，他挥起驳壳枪射个不停，鬼子瞬间倒下一片。

突然，天空下起雷阵雨，欧阳波平乘机带领侯天明等战士向村东南口冲去。鬼子带着防毒面具从其他三方向汇拢过来时，欧阳波平早已带领战士跑远了。

司令部和教导队转危为安，突出重围，欧阳波平松了一口气，率战士们来到一片青纱帐里。这时，欧阳波平觉得一股臊味直袭口鼻，他问周围战士："这是什么味道？"

"报告参谋长，这是尿味。我听说尿能解毒，就把尿撒在毛巾上了，我知道您特讲卫生，这次对不起了，实在找不到一滴水！"侯天明红着脸说。

大家忍不住哈哈大笑起来。

"小子，刚见面你就咬我腿，这次你又占了便宜！"

"我撒尿挺费劲的。"

"不过，还得感谢你！"欧阳波平笑着说，"走，我们去与包司令会合！"

在李四庄，欧阳波平见到李运昌、包森。两位司令看到大家突围出来，非常高兴。

"战士身体疲乏，枪弹几乎耗尽，再战将有全军覆灭的危险！"欧阳波平冷静地分析着。李运昌决定，战士化装就地分散，插枪潜伏，干部可以携带短枪突围，敌人扫荡高峰过后再集结。

"我率一营向北转移，突破封锁线，向蓟县北部地区转移，然后转入雾灵山。包司令率二、三营及军分区直属队向南转移。波平同志带领教导队，向东部挺进。"布置完，大家分头行动。

十棵树战斗后，冀东日伪军兴高采烈地庆祝胜利，大肆宣扬"十万精兵扫荡冀东"的辉煌战果。日本华北方面司令官冈村宁次认为冀东共军主力基本被消灭，他在天津设宴招待第27师团长富永信政、田浦竹治等负责扫荡冀东的中高级指挥官，对其加以褒奖。

历经艰难跋涉，突破层层封锁，陈群带领十二团主力逐步集中到丰润、玉田南部。他没想到，鬼子从汉奸处获悉八路军十二团的行踪，正

尾随其后，寻机包围。

这天，陈群率战士转移到玉田县孟四庄一带，团部和特务连驻在孟四庄，三个营分散驻在几个邻村。陈群安排好驻防后，他不放心，带领一营教导员魏顺礼和一名警卫员来到村口北面一个小山包上，拿起望远镜观察着。

突然，陈群注意到村东、北面出现鬼子大队人马，"有敌情！"话还没说完，远处敌人也发现他们，用掷弹筒射来两发炮弹，正落在三人身旁。巨响过后，陈群腹部受了重伤，魏顺礼和警卫员当场牺牲。闻讯赶来的侦察战士迅速将陈群背回村子。

全团干部听到陈群负伤的消息后，都急忙赶到团部临时驻地。卫生员正紧急抢救着。团政治处主任曾辉和各营营长，焦急地守护在昏迷不醒的陈群身边，大家含着眼泪，一声连一声地呼唤着："团长，团长！"

直到黄昏，陈群才微微睁开双眼，环顾大家，叮嘱说："同志们、我、不行了！不要让、全团、知道，团长一职由欧阳参谋长代理，你们去找他，让他带好部队、指挥、战、斗。"

说完，陈群闭上双眼，屋子里一片抽泣声。

傍晚，村外传来密集枪炮声，曾辉含泪嘱咐地下党工作人员妥善隐藏陈群的遗体，日后安葬。曾辉命令："以营为单位，趁着夜色分头突围！"

这股鬼子是从玉田县城据点来孟四庄一带扫荡的。鬼子来到孟四庄村口，发现魏顺礼和陈群警卫员的尸体。鬼子大队长秋野吩咐士兵上前搜寻。士兵在警卫员衣袋里搜出了陈群的印章，急忙跑到秋野跟前，将印章递上去。秋野让汉奸翻译，汉奸惊叫一声，跳了起来："报告太君，我们逮住一条大鱼啊！这是我们做梦都想抓到的八路匪首陈群的印章！"

"哟西！将尸体运回拍照留念，然后割头悬挂城门据点示众！"

"是！"

鬼子像得到宝贝似的将警卫员尸体运走。

曾辉带领十二团三营、团直属特务连，在丰玉遵基干队掩护下，星夜朝北部山区转移。队转移到于辛庄，与另一路讨伐鬼子遭遇，激战一天，鬼子增援部队不断涌上来，战士们伤亡惨重。曾辉知道走不了了，他嘱咐基干队队长田心说："我和受伤战士掩护，你带领同志们突围！"

"冀东战场不能没有八路军主力部队，我带领游击队掩护！"

"服从命令，地方同志突围出去，同样是十二团的火种。"

"不行，要死死在一块儿！"

正争执着，一阵大风刮来，电闪雷鸣，瞬间暴雨倾泻，街道积满了水。日军脚下都穿着皮鞋，踏上泥泞街道拔不出脚来，只好集结到村外坟地大道上。

曾辉和田心将四个院内的战士迅速集结到马家大院，冒着暴雨，由于辛庄村地下党员领路，分三批从村南苇坑中突围。

这天，欧阳波平带领教导队及团直一连，转战到玉田北部一块麦田地。六月里的田野，麦子已经发黄，地里干得冒烟。附近是一片窑坑地，一人高的芦苇遮不出一片阴凉，窑坑里没有一滴水。

欧阳波平正与几位连职干部商量下一步行动。

"我们与团部、司令部失联一个月了，情况有些不妙！"欧阳波平忧虑地说。

这时，侯天明从县城侦察回来，拿着一张伪《冀东日报》哭道："参谋长，团长牺牲了！"

欧阳波平大吃一惊，他接过报纸一看，只见上面标着一行醒目标题：八路十二团匪首陈群被击毙！上面还配有一张尸体照片。欧阳波平仔细辨认照片后，冷静地说："这是鬼子故意迷惑人！照片不是陈团长，我看像他的警卫员。"不过，欧阳波平心里没有底，他清楚警卫员是不会离开团长的。他为陈群的安危捏了一把汗。

"通知大家，尽快与陈团长取得联系，分头向北部山区转移！"

正说着，侦察员来报："前边发现数百个鬼子，正向我们围拢过来！"

"敌人这次孤注一掷而来，看来是一个多月追剿合围的总行动。白天向外冲，恐怕困难。我看先撤到有利地势和敌人打一阵儿，等夜间再突围。"欧阳波平果断决定，"部队迅速撤到麦田南边的窑坑地，准备战斗！"

"是！"

欧阳波平带领战士来到窑坑地，这里中间是五个破砖窑，周围分布着十几个大坑。进入阵地之后，欧阳波平吩咐战士们占据有利地形。

战士们趴在地上，湿地晒得发烫，火烧火燎。每人脸上挂满了汗珠子，瞪圆双眼，注视着前面。

鬼子穿过麦田向窑窖走来。一百米、五十米，"打！"随着欧阳波平一声口令，守在窑坑中的战士射出一排排子弹，鬼子丢下十余具尸体撤了回去。

"鬼子很快会再次进攻，抓紧时间，加固好掩体和工事，注意隐蔽！"

欧阳波平舔着干裂的嘴唇，两眼注视着前方，握着手枪的手，一动不动地贴在胸脯上，静静地等候敌人卷土重来。

突然"轰隆"一声，一颗炮弹在西面窑坑南侧爆炸了。紧接着，一发发连珠炮弹在两个窑坑里炸开，几个战士被炸得血肉横飞，敌人借着炮火掩护，重新发起冲锋。欧阳波平望着窑坑里滚滚的浓烟和流着鲜血的战友，他紧咬牙齿。一颗炮弹飞来，在欧阳波平附近炸响，瞬时硝烟弥漫。

"参谋长！"侯天明跳了过来，扒开被废墟掩埋大半个身子的欧阳波平，哭喊着，"参谋长，您可不能丢下我走啊！"

欧阳波平抖了一下身上的尘土，说道："小鬼子没那么容易要我的命，这子弹还没打完呢！"

侯天明高兴得流下眼泪。

这时，一连连长胡山跑过来说："参谋长，敌人火力太猛，我掩护你突围！"正说着，鬼子的狙击手射来一颗子弹，"参谋长，快闪开！"胡山一把将欧阳波平推开，子弹正中心脏。胡山晃了两晃，倒在地上。

"胡连长，"欧阳波平赶紧抱起胡山，喊道："卫生员、卫生员！"胡山摆了摆手说："参谋长，能为你挡子弹，值了！"说着，鲜血从嘴角涌出。

这时，侯天明也跑过来哭喊着："师傅，"胡山看了侯天明一眼，费劲地说："天明，一定保护好参谋长！"侯天明点点头。

"参谋长，我不能陪你打回老家去了。石明书记盼望你带队打回滦东去！"

"老胡，你一定要挺住！"

"这支枪还给你！"说着，胡山举起右手中的枪，欧阳波平刚接过枪，胡山的手就垂下去了，安详地闭上双眼。

"胡大哥！"欧阳波平顾不上悲伤，放下胡山的遗体，拿起胡山的枪，与自己手中的枪一齐射击。欧阳波平不断变换着位置，一枪报销一个鬼子，弹无虚发。

"嗒嗒嗒！"

"轰隆，轰隆——"又是一阵密集的轰击，鬼子大队长秋野举起战刀狠狠一劈，发出狼一样的吼声，命令鬼子占领窑坑阵地。

"同志们，节省子弹，鬼子靠近再打！"

"是"

鬼子马蜂似地拥上来，五十米、三十米、二十米，突然，欧阳波平扬起右手，果断扣动扳机，一枪将秋野击毙。随即，战士们的步枪一齐射击，手榴弹在敌群中爆炸，鬼子四处逃窜。

欧阳波平手中两支驳壳枪子弹打完了，他从机枪射手里接过机关枪，跳出战壕向敌人横扫起来，顿时，鬼子倒下一大片，剩下几个狼狈逃走。

夕阳西下，欧阳波平带着战士打扫完战场，他将牺牲的战士简单埋在芦苇丛中。

"参谋长，参谋长！"从重伤员那边传来低微的呼唤声。欧阳波平走过去一看，原来是侦察班战士张峰，他腹部被洞穿，鲜血直流，此刻正吃力地从内衣兜里掏出一个饽饽，恳求说："您拿去，多吃些，冲出去好多杀鬼子！"说完，张峰微笑着合上了双眼，霞光映照在那张娃娃圆脸，隐隐露出两个小酒窝。

欧阳波平热泪盈眶，泪珠落在张峰的脸上，他记得这个年轻的孩子父母都已经被鬼子杀害，在十棵树突围时执意要跟随自己打鬼子。没想到，青春之花就这样凋零了。

欧阳波平撕下一块毛巾，耐心地擦着张峰身上的血迹，帮他整理好军装、军帽，随后，欧阳波平与侯天明一起擦洗胡山的遗体，小心翼翼地将遗体与其他牺牲的战士放在一起。大家在牺牲战友遗体前久久伫立着。

月亮从慢慢散开的云缝中洒下清辉，夜风轻轻地吹拂着芦苇，仿佛在亲吻着牺牲战士的遗体。

"同志们，把重伤员背上，有一口气也要冲出去！让我们踏着烈士的鲜血前进！"欧阳波平说。

出发前，欧阳波平吩咐侯天明："给各营发报！目前，鬼子重兵围剿，情况万分危急！我团各部继续在平原低洼地带与敌周旋，有被敌人分割包围的危险，各营迅速向北部山区集结，与地方干部保持单线联系。白天注意隐蔽，晚上行军，每天都要变换宿营地点！"

盘山田家峪根据地，冀东军分区几位主要领导获悉陈群阵亡，悲痛万分。

"仗不能这样打了，唐山附近一马平川，日伪重兵把守，要求一营、二营向东北部山区转移。军中不可一日无主帅，我建议由欧阳波平代理团长。"

"我同意十二团主力由丰滦迁向迁遵兴一带集结，欧阳波平同志可以出任团长一职。"

"我不同意，欧阳波平同志虽然智勇双全，但他太年轻，有时还有孩子气。冀东斗争形势残酷，他不适合担任这么重要的职务！"

"对，欧阳同志毕竟是国军出身，据一些基层官兵反映，他身上小资产阶级情调很浓，比如他有'洁癖'，到了驻地就洗澡、洗脚。又好打扮，仗着有几分长相，自命清高，不能很好地处理地方姑娘的追求，给部队带来不好影响！"

"乱弹琴，简直是戴高帽！欧阳波平注意形象，这不正说明他热爱生活嘛！至于个人情感生活，爱情自由，我们无权干预。其实，你们不理解波平，他心思完全用在杀鬼子上，哪有工夫考虑儿女情长啊？"

"波平同志多才多艺，是我们不可多得的将才啊。生活中他流露孩子气，但战场上，他表现非常沉稳，处理问题特别果断。"

"好吧，考虑波平同志兼任教导队的工作，培训干部任务也很重，团长一职日后再定，十二团军事行动暂由分区参谋长统一调度。"最后，李运昌说。

傍晚，杨作霖带领一营战士转移到丰润县（今丰润区）西南部的韩家庄一带宿营。

"我们与敌人周旋一个月了，大家很疲乏，今晚在这里好好休息一下！"

"营长，参谋长要求我们宿营一天换一个地方！尽快向北部山区转移！"

"韩家庄一带群众基础好，这里没问题！陈团长牺牲后，参谋长可能过虑了。再说，丰滦迁是我们最巩固的根据地，坚守这里是军分区首长的意思！"

第二天上午10时许，哨兵急匆匆跑到杨作霖身边。

"营长，有敌情！鬼子从东面乘三辆汽车扑来，估计二百多！"

"打他一下！"

杨作霖立即组织还击。经过一个小时激战，鬼子大部分被歼灭，余下逃到县城据点。

中午，一营官兵正要吃饭，侦察员跑来报告："赶来增援的鬼子田岛大队及伪治安军重重包围了村子。"

　　这时，杨作霖意识到情况严峻，他火速命令部队分头突围。

　　"韩家庄紧靠泥河西岸，其东南十几华里便是油葫芦泊，也是鬼子的主要封锁线。我率领一连、二连从这里突围，引诱敌人主力。三连及营部向东北方向突围！"

　　"营长，您率营部先走，我们一连留下阻击敌人！"

　　"我们二连留下！"

　　"三连留下！"

　　三个连长纷纷请战。

　　"不要争了，执行命令！三连和营部突围后，到三女河等候会合。"

　　三连长邢玉德带领战士沿着大漫港村东的河埝向北移动，鬼子像狼一样从泥河东扑来。三连战士冲入河中，利用河埝作掩护，边打边撤，很快摆脱了敌人。

　　在东南方向，鬼子占领了泥河东岸的南青坨村，集中所有火力，将一连、二连压在泥河东岸的洼地里，洼地前面是一片高粱地。杨作霖率领战士们隐蔽在高粱地里向鬼子射击。鬼子占据南青坨村西一个砖窑，用掷弹筒猛烈轰击，战士们纷纷倒在泥河两岸的河堰上。杨作霖率领剩下的战士坚守在高粱地里，连续打退鬼子多次进攻。

　　鬼子越聚越多，逐步缩小包围圈。很快，高粱秸被打平了，战士们没有任何屏障，敌人从四面围拢过来。

　　眼看突围无望，杨作霖对一排长张顺和警卫员说："我对不起大家，没有及时落实参谋长的意见，轻敌了！"

　　"营长，不怪您，情况复杂，上边没有明确参谋长担任团长，有时感觉指挥系统不统一。"

　　"参谋长不仅是神枪手，他更是打伏击的行家，跟随他打仗，那才叫过瘾！如果你们能冲出去，替我向他道歉，就说我不配做他的部下。"

　　眼看鬼子冲到跟前，杨作霖一声高喊："宁死不当俘虏！跟小鬼子拼啦！"他带头向敌群冲去，一颗子弹射来，正中胸部，他怒目圆睁，头向前倒下去，张顺和警卫员跑过来抱起杨作霖。

　　"快带战士走，给一营留下几颗种子，通知三连速北上与欧阳参谋长会和！"

　　"营长，我背您走！"

　　"再不走我就开枪了！"杨作霖用枪指着张顺说。张顺眼含热泪，带着十几名战士向敌人薄弱的北方杀去。杨作霖转身命令警卫员赶紧走。

"营长，我跟随您这么多年，与您死在一起，我感到幸福！"

警卫员说什么也不肯走，杨作霖无奈，眼含热泪紧紧拥抱了一下警卫员。

杨作霖再次组织受伤的战士，顽强阻击敌人。突然，又一颗子弹飞来，正中杨作霖头部，他晃了一下身子栽倒在地上，警卫员抱起杨作霖，杨作霖脸色苍白，"下辈子、我们做兄弟。"说完双手垂了下去。

"营长，等等我！"说完，警卫员放下杨作霖的尸体，端起枪向鬼子猛射，一下将火力吸引过来。伴随着机枪的"嗒嗒"声，密集子弹击中警卫员的胸腹部，他栽倒在杨作霖身边。

战士们杀红了眼，子弹打光了，有的拔出大刀，有的端起长枪，迎着敌人呼啸的子弹冲上前，准备与鬼子肉搏，但还没有冲到鬼子跟前，一个接一个倒下，一个小战士子弹打光后，手握唯一一颗手榴弹，将拉环套在手指上，准备冲进敌群同归于尽，不料被一个鬼子狙击手冷枪击中，他没有来得及拉下拉环倒在地上，鬼子好长时间不敢走上前，鬼子大队长田岛挥起指挥刀，命令伪军在前边试探，确认阵地上再没有能够反击的战士后，鬼子才饿狼一般扑上来。

田岛用皮靴踢着小战士的遗体，发现他右手仍紧握手榴弹，恶狠狠举起指挥刀将战士的右臂砍下。

六名受伤的战士，被鬼子集中捆在一片洼地上，鬼子残忍地用刺刀剖开战士的胸膛，将心脏挖出来，挑在刺刀尖上，狂笑不止。

傍晚，一连、二连突围出来的20多人在一排长张顺带领下，来到三女河。此刻，三连长邢玉德和战士正等候杨作霖的到来，见到张顺，他焦急地问：

"营长呢？"

"全牺牲了！"顿时，一片啜泣声。

"我们该怎么办？"

"杨营长让我们去找参谋长，可到哪里去找呢？"

大家正处于一片茫然中，通讯员来报，"连长，有救啦！您看谁来了？"地下交通员带着几个人走过来，邢玉德抬头一看，走在前面的正是欧阳波平。欧阳波平带领教导队突出重围北进过程中得知一营被困情报，他派人率教导队与团政委刘诚光会合，自己带领团直一连火速前来救援，没想到还是来迟了一步。

"参谋长，你可来了，一营没了，杨营长牺牲了！"

欧阳波平没有料到损失如此惨重。他与一营兄弟们感情深厚，特别是杨作霖，两人多次并肩作战，带领一营奔袭伏击鬼子。他强忍泪水，坚定地说："一营还在！你们是一营的火种，我永远和你们在一起，为陈团长和杨营长及全团所有牺牲弟兄们报仇！"

"报仇！"

"报仇！"战士们呐喊着。

踏着星光，欧阳波平带领数十个战士，在地下交通员引导下，悄悄通过敌人几道封锁线，返回韩家庄战场为战友们收尸。此刻，鬼子火化掉数百具同伴尸体后早已撤走。泥河两岸洼地上到处是战士们的遗体。牺牲战士保持着各种搏斗姿势，有的紧紧抱着鬼子的大腿，有的咬着鬼子的耳朵，还有的战士紧紧攥着刺刀，瞪大双眼。欧阳波平流下热泪，他迅速组织战士和百姓清理战场，共找到包括营长杨作霖在内一共247具战士遗体，没有一具是完整的。

"多好的战士啊！"欧阳波平缓缓地说，他让侯天明等战士打来一盆盆清水，俯下身子，逐一为每位战士清洗遗体，哪怕只剩下一条胳膊或一条腿，他也要认真擦洗一遍。欧阳波平久久抱着杨作霖的尸体，轻轻放在地上，帮他合上双眼，然后，用白布蘸着清水小心翼翼地清洗着他身上的血迹，从头部一直擦到脚，随后，将一套崭新的军装穿在他身上。这位东北汉子的音容笑貌回荡在他眼前。

"参谋长，您一定带领我们打回东北老家去！"

"一定打回东北老家，那是我们最肥沃的领土之一，岂能让小鬼子肆意践踏！"

欧阳波平再也忍不住内心悲痛，眼泪顺着脸颊落在战友安详的脸庞上。

"参谋长，杨营长牺牲前说对不起战友们，对不起您，不配做您的部下，没有及时按您的要求转移！"张顺走过来，哭泣地说。

"营长是好样的，他是优秀的指挥员，我们一定要替他报仇！替陈团长报仇！替所有牺牲战友报仇！"

"报仇！"

"报仇！"

现场群情激昂。

大家清洗完战友残缺不全的遗体后，简单就地掩埋。欧阳波平吩咐电报员将一营损失情况上报军分区。然后，他率队踏着夜色向东北山地转移。

智勇奇袭扭危局

午后，冀东区党委和军分区在遵化县（今遵化市）大张屯村召开分委扩大会议，会上总结反"扫荡"的教训。

"这次反扫荡失利是空前的。冀东八路军主力遭受重创，十三团二营、三营大部人员失散，只剩一营还有战斗力。十二团损失尤为惨重，这支冀东最早的主力部队牺牲包括陈团长在内的连级以上干部8人，战士伤亡1500余人，失散1000多人，一半以上武器损失，弹药枯竭。全团一营全部阵亡，三营遭重创，我们多年苦心经营的部队只剩欧阳波平同志带领的教导队和团直一个连以及十二团二营完整保存下来。"军分区参谋长曾克林痛心地介绍着，"我们有的指挥员轻敌思想严重，不熟悉平原作战特点，情报侦察滞后，传递不畅等，这是造成部队失利的重要原因，有些地方干部统战工作搞得不好，将原本一些中间势力推到我们对立面，也是导致部队失利的原因之一。痛定思痛，大家一定要认真反思，深刻汲取教训。"

欧阳波平发言说："作为团参谋长，我对十二团的一些军事行动失误承担责任。没有保护好团长，我很自责，请求分区党委给予我处分！我们指挥系统上存在战略性错误，失利原因关键在于对冀东地区特殊战略地位所决定的战争长期性和残酷性认识不足，不能避敌锋芒，主力部队集中狭长的平原水网地带。缺乏内线侦察，忽视隐蔽发展和秘密工作，在大扫荡来临时，仍处于敌情不明的状态，以至于对形势做出错误判断，遇到强敌袭击，撤退被动无序。"

一旁的曾辉用脚碰了欧阳波平一下，暗示他不要讲了。欧阳波平没有在意，继续说道，"我们部队内部、部队与地方之间要团结一致，密切配合，这是我们战胜小鬼子的重要保障！冀东处于伪满和华北之间特殊

地位，且资源丰富，日军必将确保该地区稳定。今后，冀东抗战会更加残酷！"

听着欧阳波平恳切的言辞，多数与会者赞许地点头。坐在一旁的政治部副主任高明沉不住气了，"你这是攻击军分区主要领导在军事上是逃跑主义，建议将欧阳波平撤职！"

"撤吧，我正想当一名战士呢！我说的是肺腑之言，请你不要乱扣帽子！"欧阳波平回应道。

"好了，别争了，波平同志言之在理，继续说下去！"曾克林说。

"我们虽然在兵力和装备上处于绝对劣势，但干部战士顽强意志是我们的优势。我再次建议，部队化整为零，分散行动，回避平原伏击，转向北部山区，开展山地游击战！"欧阳波平郑重地说。

"好！波平同志的建议分区党委将认真研究。今天会议就开到这里，大家回去认真反思一下。"曾克林宣布散会。

欧阳波平走出屋子，曾辉跟了过来。

"波平，你太不成熟了！今天的发言会得罪部队和地方很多领导的，我暗示你还不听劝！"

"老曾，我说的都是实话！这么多战友的鲜血还不值得警醒吗？有错必纠是我党的优良传统啊！"

"我知道你说得对，但说话要注意方式和场合，你这样讲会让主要首长难堪。"

"我就这直性子，说出来痛快，对得起死去的战友。"

深夜，军分区主要领导聚在一起，讨论重新组建十二团有关干部人选问题。

"我们遭遇重大失利，军分区主要领导都有责任！波平同志不仅无错误，而且有功！在团长、一营长等多位军事指挥员牺牲后，他代理团长职能，力挽危局，为十二团保留下来火种。假如当时我们认真考虑他的意见，也许不会造成现在这种被动局面。而且，波平同志勇于解剖自己，敢于承担责任，大家应该向他学习！我建议十二团团长一职由欧阳波平担任！我们太缺乏波平这样的军事干部啦！"副司令员包森说。

"我不同意欧阳波平担任团长，他嘴上没毛，办事不牢！政治上不成熟，军事上爱搞专断，目中无人，今天他发言直接向我们开炮，大家别忘了，他可是国军出身的小军官！"政治部副主任高明情绪激动地说。

"波平同志是经得起考验的，是我军不可多得的优秀指挥员，他发

言态度很诚恳，事实证明他的建议是正确的嘛，要采纳。考虑波平同志比较年轻，我提议，十二团长一职由克林同志兼任，波平任一营长，迅速恢复一营建制！请大家举手表态。"司令员李运昌说。

参加会的几个人相互看了一下，举手赞同。高明见大家都举起手，也慢慢举起手。

李运昌接着强调说："今后，十二、十三团以营为单位，紧密依靠地方，分散秘密活动。先利用青纱帐季节，积极打击日伪军，恢复部队士气，推动地方工作，秋后开辟热南地区！同志们，困难是暂时的，烈士的血不会白流，只要我们团结一致，一定能走出抗战低谷！为牺牲战友报仇！"

"团结一致，为牺牲战友报仇！"

第二天，军分区政治部主任兼十二团政委刘诚光，军分区参谋长兼团长曾克林代表军分区找欧阳波平谈话。

"波平同志，军分区党委经过深思熟虑，决定由你担任一营营长！同时免去分区教导队队长职务。"

"团长、政委，只要到一线打鬼子，我任什么职务都行，当一名普通战士也可以！"欧阳波平爽快地说。

"你可是长着一颗统率三军的脑袋啊！"欧阳波平咧嘴笑了。

"以你的军事指挥才能，完全胜任团长一职。把你安排到基层带兵，也是迫不得已啊。一营是冀东最早组建的正规部队，是核心部队，你长期与一营同志战斗在一起，是一营的战魂，营长这一职务非你莫属。更重要的是，一营重建任务困难重重，你现在几乎是个光杆营长，军分区、团部没有正规兵员补充，没有武器，完全靠你自己来解决。"曾克林语重心长地说。

刘诚光问道："有没有信心在最短时间将一营建起来？"

"有！坚决完成任务！请团长、政委放心！"

"军分区已经采纳你的建议。随着部队东进北上，我们与地方同志协调一下，适时将迁青平基干队、丰滦迁基干队骨干补充一部分兵员。另外，广泛宣传我党抗日救国政策，就地征集冀东子弟。你要带领一营余存的十几人杀出一条血路来，重振冀东八路军士气！"刘诚光嘱咐说。

"太好了！感谢军分区首长和团长政委对我的信任！为了打鬼子，我从十九路军投奔红军，足迹遍布大半个中国。冀东就是我的家，一定要将小鬼子赶出冀东！赶出中国！"欧阳波平握紧拳头激动地说。

曾克林说："波平同志，别忘了，你还有参谋长重担在身啊，团部整体作战需要你筹划。你文武全才，一营政工工作你也兼起来吧！我们干部奇缺，除一营留下来马骧、邢玉德、张顺三位同志，没有新人员给你补充。另外，你带出的老兵侯天明同志继续担任你的警卫员！"

"是！波平一定带领大家杀出一条血路，重整一营雄风！"

"担子这么重，可别把我们清瘦的波平压垮呀。"刘诚光笑着说。

欧阳波平也笑了，小声说："政委，垮不了！我看上去瘦，浑身可都是肌肉。"说着，欧阳波平攥紧拳头，展示了一下右臂。曾克林、刘诚光哈哈笑起来。

随即，三人一起商讨军事计划，决定在恢复和巩固原有地区的同时，着力开辟新区，扩大回旋余地。部队化整为零，以营为单位，分散活动，向东北一带山区挺进。

"波平率一营余存人员恢复玉田一带基本区工作后，迅速北上迁遵兴，配合地方干部，转入山地游击战，巩固扩大长城沿线根据地。"

"是！"

欧阳波平走出院子，来到村口战士宿营地，准备简单动员一下即刻出发。营地上，马骧等人听说欧阳波平不再代理团长一职，大家很不理解，为欧阳波平抱不平。

"欧阳团长被免职啦！他出生入死，论战功谁比得上？作为团参谋长，接任团长顺理成章，怎么又派来新团长？"

"就是嘛！听说任一营营长，这不是降格使用参谋长吗？"

"据说教导队队长一职也给免了！"

"没有咱参谋长力挽危局，恐怕十二团番号都没了！我们跟军分区领导反映去！"

几个人正嘟囔着，恰巧欧阳波平走过来，听到他们的谈话，立刻严肃地说："住嘴，不要胡说！曾团长是军分区参谋长，资历比我老，军事素质特别强，红军时期就战功累累，他担任团长是我们的荣耀！"

欧阳波平耐心地开导战士们，"我们八路军是老百姓的军队，一定要严守纪律，服从大局，不要计较个人得失，当兵绝不能为了个人升官发财！我当年脱离国军追随红军就是看不惯国军腐败。我担任什么职务并不重要，重要的是战场上永葆冲锋战士本色！哪一天我倒在战场上，活下来的同志在我的碑上写上'抗战捐躯八路军战士'就够了！"

听了欧阳波平的话，大家愈发敬仰眼前这位打起仗来像猛虎，对待

战友随和得像邻家大哥一样的神枪指挥员。

这时，团政治处主任曾辉等三名政工干部陪着冀东战地记者雷烨走过来。

"波平同志，雷记者前来采访你！"

走到近前，曾辉介绍说："雷记者，这就是大名鼎鼎的神枪手欧阳营长！"

欧阳波平热情迎上去，握住雷烨的手说："雷记者，您好！"

"欧阳营长，奉军分区领导指示，给您在《救国报》刊发一篇长篇报道，讲述您在反扫荡过程中如何保留下十二团火种的事迹，请您详细说说一枪击毙鬼子指挥官的传奇故事。"

"我很平凡，没什么好说的。我建议您多写写牺牲的陈团长、杨营长和那些无名烈士！"

见欧阳波平怎么也不肯说，雷烨只好说："这样吧，我给欧阳营长拍张照片吧！"

"曾主任，咱们一起拍吧！"欧阳波平提议。

"好啊！与你这位神枪英雄合影是我们的荣耀！"

曾辉等三名政工干部与欧阳波平一起站在青纱帐前。突然，欧阳波平意识到这是自己到冀东第一次拍照，于是说："等一会儿，我洗把脸！"

"不用了，你全副武装，我们四个数你最帅气！你这是想把冀东漂亮姑娘都迷住啊！"曾辉戏谑地说，欧阳波平不好意思地笑了。

雷烨快速按下镜头，留下欧阳波平身着戎装的威武镜头。

日军驻唐指挥部，第27师团第27步兵团第一联队联队长田浦竹治召开庆祝会议。

"今春以来，我部大日本皇军神勇征战，剿灭八路共匪主力部队。据报告，最令我们头疼的十二团神枪飞毛腿欧阳波平和匪首陈群都被我们击毙，李运昌、包森犹如丧家之犬逃窜到长城以北，我们终于彻底解决了冀东问题。承蒙在座各位鼎力相助！皇军战无不胜，大东亚共荣圈指日可待！天皇万岁！"田浦竹治翘起胡子叫嚷着。

"天皇万岁！"

"大东亚共荣万岁！"

田浦竹治喝了一口茶水继续说："今后，皇军主力部队要撤离冀东，将派驻冀东政府治安军进入冀东，务必建成稳定后方！"

"谢谢太君栽培！"驻冀东各县伪治安军主要头目点头哈腰献媚。

深夜，欧阳波平踏着月光，带领侯天明等20多人进入玉田鸢子港一个芦苇荡宿营。战士们急行军一天，筋疲力尽。

"同志们，抓紧时间休息！"欧阳波平说完，带着侯天明来到渠口侦察情况，见一切正常，他布置好岗哨，然后坐在芦苇地上松了一口气。

"营长，我真替您抱不平，您带领教导队救了军分区首脑机关。团长牺牲后，您挑起大梁，保存了十二团的火种。这倒好，立了功非但没有提升团长，反而降为营长，太不公平了！"侯天明噘着嘴嘟囔着。

"天明，我们参加革命绝不是为了升官！如果留在国军，我可能早当上团长了，做亲者痛仇者快的事，就是让我当司令也不会干！这次反扫荡，多少优秀同志牺牲了，陈群团长、团总支书记何宜之，一营营长杨作霖，二营营长江士林……他们都献出了宝贵的年轻生命。我们活着就是要完成他们未竟的事业，彻底将小鬼子赶出去！作为一名党员，更要坚决服从组织决定！重建一营任重道远啊！"

"营长，我明白了！以前我误解您，觉得您像个富家少爷，太讲究了，看到您为牺牲战友清洗身体，根本不嫌脏，您是最有情义的人！"

"作为军人，我们的生命早已不属于自己了，只解沙场为国死，何须马革裹尸还！我来到冀东，随时做好牺牲的准备，只是不知道哪一天以什么方式捐躯！"

"营长，您是神枪手，是战神！鬼子的枪弹不敢碰您！只要我活着，决不让您受半点伤害！"天明急切地说。

欧阳波平摇摇头，说："好兄弟，谢谢！烽火乱世，生命不属于自己。战争残酷，我们每个人都面临牺牲。我光杆一个，没有太多的牵挂，也不能给亲朋留下什么。天明，如果哪天我倒下了，不被敌人的炮弹炸没，你将我遗体清洗一下，让我干干净净融入冀东这片热土。把我使用的枪、身上的军装鞋袜都留给活着的同志。"

侯天明瞪大眼睛说："营长，您咋这样想？"

"部队物资和装备太匮乏啊，找一块布，包好遗体即可。没有布，就用树叶、野草掩盖，培上土，不暴尸荒野让狼吃掉就够了，记住我的话。"

"营长，我记住啦，您心眼太好了，什么时候都想着别人！"

月光下，侯天明眼中闪着泪花，激动地说，"万一您走在前边，我就把您的遗体保留下来！听说得道高僧身后肉身不烂，您这么好的人，肌

肉这样发达，肯定能永存！我要守护您一辈子！"

"傻兄弟，肉体哪能永存！我身上除腱子肉多些，与别人没啥不同。"

看着侯天明的认真劲儿，欧阳波平笑了。

"兄弟，肉体不能永恒，精神可以传承。你要替我多杀鬼子！"

"放心吧！在您悉心指导下，我的枪法提升很快哩！"

"天明，说心里话，我身后最大的遗憾是没有留下子女，我相信这种奉献精神能够延伸下去！后来人总会踏着我们开辟的道路，创造属于他们的幸福生活！"

"我们冀东女人长得水灵，您早点找个嫂子成家吧！"

听了天明的话，欧阳波平一阵伤感，他想起了潘凤。

"国之不存何以为家？我真渴望在冀东收获亲情！"

"那是一定的！冀东老百姓都是您的亲人，包括我！"

正聊着，欧阳波平突然发现前面闪过一道手电光。

"有情况！"两人迅速沿着河塘边包抄过去，潜伏在芦苇丛中。

亮光近了，原来是附近窝口据点的伪军小队长带着几个伪军骑自行车走来。一路上，小队长骂骂咧咧地说："你们这些笨蛋，抓几个民夫都抓不来，害得老子大半夜跟你们受罪！明天是最后期限，再不完工太君来视察，我们脑袋都保不住！"

"队长，各村青年男壮劳力都整完了，实在不好找人！"

"老人、孩子、女人都他妈的给我抓来！我就不信他们敢违抗命令！"

欧阳波平发出信号，芦苇丛中飞出一个石块，正中小队长后背，他从车子上重重摔下来，后边几个伪军也摔在一起。

"不许动！我们是八路军！"欧阳波平和侯天明一起用枪顶着他们。小队长吓蒙了，跪在地上磕头求饶。

"八路爷饶命，我们可没干啥坏事！"

"没干坏事，你们给鬼子修工事就是与人民为敌！说，将据点布防情况都交代清楚！"

小队长哆哆嗦嗦地将情况讲出来。欧阳波平让伪小队长写下三封征集民工的介绍信，然后吩咐侯天明，"将他们绑上，嘴塞紧点！等咱们端完鬼子据点再处理他们！"

"是！"侯天明找来绳子，将几个伪军串在一起绑好。

欧阳波平根据伪军提供的信息，迅速召集大家部署军事行动。

"敌人对这一地区统治十分严密，碉堡林立，鬼子伪军、特务横行，

给新区开展工作造成很大威胁。为扫清障碍，必须拔除这几个据点，但是我们人员有限，不能硬拼，只能智取。根据刚截获的信息，鬼子正在抢修工事，我们化装成民工，分三路冲进去，打他个出其不意。"

大家赞许地点点头，为营长的缜密思维与智慧赞叹不已。

凌晨，欧阳波平和战士化装成农民样子。侯天明联系上田庄办事员，由田庄及邻村借来12辆大车。欧阳波平将战士们分成三个小组坐在车上，装扮成修工事的民工，分三路直奔尖窝口、黄各庄、艾林口三个据点。

欧阳波平带领侯天明等五名战士乘两辆大车直奔尖窝口据点。驻守尖窝口据点的是伪军一个中队，有70多人，配有日军顾问官。靠近据点城门口，侯天明跳下车来到伪军岗哨下面。

伪军哨兵见有人走来，端起枪喊道："干什么的？"侯天明回答："我们是田庄的，按小队长和王保长吩咐来修工事，这是证明信，快开门吧！"

侯天明递过伪军小队长写下的介绍信。

伪军哨兵没好气地问："为什么不早来？这么晚！太君正发火呢！"

侯天明说："老总，您看这几个都是精壮的小伙子，一个顶仨，两天就完活！"

哨兵说："等着吧！"说着，哨兵走下炮楼打开城门。

欧阳波平带领两个战士迅速上去将哨兵按在地上绑了起来，警告说："不要乱喊，叫你说什么说什么，否则崩了你。"

哨兵只好乖乖在前面引路，后面的战士赶着车进入城里。

大车来到城里炮楼，伪军中队长正陪着鬼子顾问官监视修工事的几十个农民干活。鬼子顾问官不时挥鞭子抽打动作稍慢的民工，民工敢怒不敢言。

"站住！这车是干什么的？"伪军中队长看到哨兵引来两辆马车，拔枪喝道。还没等哨兵发话，欧阳波平从身上抽出手枪将鬼子顾问官击毙。伪军中队长想反击，也被欧阳波平击中手腕，枪掉在地上，他疼得直咧嘴，刚想命令伪军射击，欧阳波平一个健步冲上去，飞起一脚将他踢倒，用枪顶着脑门喝道："命令你的部下赶紧缴枪，我们是八路军！"

伪军中队长吓得直打哆嗦，"长官哪，千万别开枪，你们要啥，好说！"

"让你的人到院里集合，枪架在西边，人站在东边。"

伪军中队长不敢耍猾，吩咐身边士兵传达命令。不一会儿，队伍集合好了，欧阳波平让伪军中队长打电话将副官骗到工地上，也绑了起来。

这时，其他几名战士从四面将工地上的伪军围住。

欧阳波平手提两支手枪，走到伪军队伍面前，说："大家不要怕，八路军优待俘虏。我是十二团营长欧阳波平，这次来，主要是摧毁这个工事。今后再为鬼子卖命，欺压百姓，决不饶恕！你们要痛改前非，做一个本分人，做一个有良心的中国人！"

随后，欧阳波平遣散了这支伪军队伍，包括伪军中队长，据民工反映罪恶不算太大，教育一番也放他回家了。

欧阳波平给民工们讲了一番抗日道理，民工们纷纷踊跃报名参加八路军。伪军中也有几个甩掉黄军服，表达加入八路军打鬼子的愿望。

"这身狗皮我早穿够了！老百姓在后边指着脊梁骨！只要贵军不嫌弃，我们跟随你们打鬼子！"

"好啊，热烈欢迎！"欧阳波平兴奋地说，他吩咐战士放火烧掉据点炮楼。顿时，火光冲天，一片欢呼沸腾声。

与此同时，一连连长马骥、三连连长邢玉德带领另两支小分队也成功夺取黄各庄、艾林口两个据点。清点战果，欧阳波平发现，这次智取三个据点，一营官兵无一人伤亡，缴获步枪 200 多支，短枪两支，子弹 5000 多发，手榴弹两大箱。一营扩编一百余人。当晚，战士们赶着 12 辆大车，装满战利品转移到根据地田峪村。

恢复玉田基本区首战告捷，附近乡亲们杀猪宰羊，从数十里以外的地区赶来慰劳一营。一位老人握着欧阳波平的手说："自打陈群团长牺牲后，小鬼子汉奸狗腿子四处宣扬八路匪被剿灭了。他们一面假装亲善，一面又烧杀抢掠，乡亲们度日如年，现在总算把咱们的队伍盼来啦！"

"老人家，鬼子是兔子尾巴长不了的！有大家的支持，我们一定将小鬼子彻底赶出全中国。"

"老伯，这位是咱们大名鼎鼎的神枪手欧阳营长，他的神枪令鬼子闻风丧胆！"一旁的区干部介绍说。

"怪不得啊，这小鬼子近期不敢出来扫荡了，敢情是他们都吓得龟缩到据点和炮楼里了！"

"他们躲跑楼里也要揪出来！这不，不到半天工夫，欧阳营长带领大家一下端掉敌人三个炮楼！"

"欧阳营长，让我孙子也跟随您一起打鬼子吧！"

"好啊，大爷，我们热烈欢迎！"

第二天清晨，欧阳波平带领战士们告别田峪村乡亲们继续东进。队

伍行军到李官屯遭遇一股鬼子小分队，欧阳波平当机立断，迅速组织一场伏击战，全歼鬼子小分队。战斗中，一排排长张顺缴获了鬼子一挺重机枪。

大家转移到小树林，兴奋得忘记吃饭。欧阳波平抱着机关枪给张顺等几个主要射手讲授机枪的使用方法，大家听得入了迷。

"要是咱们营多几个这家伙还怕他小鬼子不成？只是我们的武器太差了。"张顺无奈地说。

"没有枪，敌人给我们'送'嘛；没有手榴弹，我们自己造嘛！"欧阳波平自信地说，"我们声东击西，忽南忽北，即打即离，夜间行动，这就是游击战的最好体现！"

不到一个月，在地方工作人员配合下，欧阳波平带领战士不仅恢复了玉田县城以北一带的原来基本区，而且开辟出新区。一营驰骋玉田、丰润一带，附近各村青壮年纷纷踊跃参军，一营发展了 200 多人。

随着人员规模扩大，欧阳波平特别重视战士的思想政治学习和军事培训，他抓紧一切间隙，给大家讲授抗日救国道理、八路军的严明纪律及伏击战术的军事要领。部队不敢久留一地，每天都像流水和疾风一样，迅速转移位置，想方设法迷惑敌人。芦苇丛中、高粱地里、小树林、砖窑洞、山洞里都成了欧阳波平的讲台，有时，阵地上也成了他向战士讲授射击技术的场所。欧阳波平开启了边打仗边教学的独特实战培训模式，部队战斗力在短时间内突飞猛进。同时，欧阳波平带领一营战士每次转移到游击区或基本区村庄，就发动战士和老乡，找来香烟盒、罐头盒，装上自制的黑炮药，安上雷管、药捻儿，造成了"点火"手榴弹和地雷。随着装备增强，人员素质提升，一营在丰润、玉田一带不断伏击鬼子小分队或伪军据点，炸得鬼子血肉横飞，狼哭鬼嚎。

这天，驻唐山日军 27 步兵团第一联队联队长田浦竹治大发雷霆，将各县驻屯鬼子军官及伪治安军团以上军官叫来一顿臭骂。

"混蛋，你们口口声声说八路共匪主力已被消灭，怎么又一支主力部队从天而降，将我们打得稀里哗啦！你们却连部队番号及军事主官都不清楚！"

"大佐阁下，八路匪十二团包括匪首陈群确实被我们消灭了，这可能是八路匪首包森带的队伍！"

"不，据准确情报，八路匪首李运昌、包森被皇军围困在长城以北雾灵山一带，他们根本没过来！"

"这支队伍有个狙击手，行动迅速，枪法精准！每次与其交火，对方射向皇军指挥官的子弹总是一枪毙命，太可怕了！建议大佐派狙击小分队随大部队行动！"

"这个神枪手是谁？难道飞毛腿欧阳波平没有死？"田浦竹治瞪着一双小眼睛问。

各县鬼子伪军丈二摸不着头脑，因为以前宣扬欧阳波平被击毙是玉田伪治安军头目在日本人面前邀功编造的谎言。鬼子、伪军军官们面面相觑，回答不上来。

"限你们一周之内查清这支军队的来历，挖出他们的神枪手，把他的人头给我送来！"

"嗨！"

"嗨！"

欧阳波平将一营分成三路小分队，从玉田开始向东部丰润挺进。三支小分队一路受到沿途各村老百姓热情迎接。

傍晚，欧阳波平带领战士与其他两支队伍在玉田、丰润交界处田各庄会合。这个村子距离日伪据点比较远，群众抗日热情高，欧阳波平没有让司务长进村号房子，他命令全营官兵在村外宿营，各连文化教员开展抗日宣传。

"在晋察冀每一个村庄里，都住着八路军的父母兄弟，八路军保卫自己的家乡，八路军和老百姓永远在一起……"

霞光映照，在村庄一个开阔的场院路旁，战士们在文化教员指挥下，一排排坐在自己的背包上唱起《八路军和老百姓》《五四青年歌》《王二小放牛郎》《延安颂》等歌曲，一下吸引村民围观，抗日青年救国会、妇女救国会成员、儿童团员也跟着唱起来。

最后，欧阳波平给大家唱起了《五月的鲜花》，富有磁性的音调和深沉的曲调一下将现场气氛推向高潮，很多青壮年当即表达参军意愿。

唱完歌，乡亲们争着拽欧阳波平和战士们到家里吃饭，都被欧阳波平婉言谢绝。

"乡亲们，我们不便打扰大家，习惯睡在青纱帐和田野里，这天气正适合。"无奈，乡亲们只好端来热气腾腾的小米饭菜。

地方干部知道指战员和战士们长期过着行军战斗的紧张生活，难得遇到休整机会，吩咐民兵给部队挑来一桶桶清水。

"让战士们好好休息一下，洗洗被衣，抓抓'革命虫'（虱子）！"

"谢谢同志们！谢谢乡亲们！"

欧阳波平握着区干部的手激动地说。

吃过晚饭，欧阳波平又单独给潘家峪复仇团全连官兵集训。

"同志们，军分区、团部格外重视我们连的建设。半年多，大家奋勇杀敌，成长很快！每当看到你们，我就想起潘家峪惨死的父老乡亲，没有保护好乡亲们，我很痛心、自责！如果带不好你们，我就是失职！我们一定寻找战机，活捉杀人恶魔佐佐木，为乡亲们报仇，血债血还！"

"报仇！报仇！"

"血债血还！"

大家群情激奋。

这时，侯天明拿着一份电报进来。欧阳波平接过电报一看，原来是团部要求一营采取化整为零方式，向迁遵兴长城沿线地带挺进，配合新成立的迁青平联合县巩固扩大根据地。

清晨，太阳还没有露脸，欧阳波平带领战士们与田各庄根据地的地方干部和乡亲们话别。临行，区干部吩咐民兵将每个战士背包上插上一双厚底板的新布军鞋。

"这是全区妇救会姑娘做的礼物，穿在子弟兵脚上，一定会杀更多鬼子！"

"穿百家鞋，吃千家饭，走万里路，永远做人民的子弟兵！向乡亲们致敬！"

欧阳波平和战士们庄重地向送行的村民行着军礼。然后，队伍缓步向村北小路走去。

欧阳波平带领全营官兵经过半天急行军，再次来到潘家峪，大家首先来到墓碑前，祭奠半年前遇害的乡亲们。

潘家峪活下来留守村民及附近各村村民听说亲人来了，纷纷走出家门迎接。

队伍集结在村西老槐树旁。老槐树枝繁叶茂，像一个大帐篷傲立着，乳白色的槐花散发着醉人的芳香，很难想象曾经遭鬼子焚烧过。

"营长，不出您所料，老槐树果然长出新枝绿叶！"潘明兴奋地说。

"这棵英雄树是烧不毁的！中华民族是不可战胜的！"

"营长，潘家峪重生啦！我们在焦土上建起了新家园。"地方干部汇报了潘家峪抗日工作恢复情况。

"乡亲们，我们任务在身，今天顺路看看大家。你们放心，我们一

定会打回来的！再次回来一定将佐佐木给你们抓来！"

随后，欧阳波平嘱咐地方工作人员妥善安置好各村村民，严密做好地下情报侦察与传递工作，确保在敌人扫荡之前将村民转移到安全地带。

"您放心吧！我们绝不再让乡亲们遭受鬼子蹂躏了！"

这时，一位拄着拐杖的老大娘挎着篮子走过来，老人拉着欧阳波平的手说："孩子，这篮子鸡蛋你带上，给战士们吃，多杀几个鬼子！"

"大娘，这鸡蛋还是留给您和乡亲们补补身子，我们这些小伙子，身板壮着呢！"老人见欧阳波平不肯收，有些着急，说："你们一定要带上，这是乡亲们的一片心意！这些遭天杀的鬼子把鸡都杀掉吃了，22个村子攒下这篮子鸡蛋！今天如果不带，我，我这孤老婆子真没用，我那地下的老伴、儿子儿媳、孙子都会哭的，等你们报仇呢！"说着，老人抹起眼泪。

欧阳波平只好收下篮子，握着老人的手："大娘，我们都是您的孩子，一定给乡亲们报仇！请您多保重，打完鬼子，我再来看您！"老人破涕为笑了。

送行的村民恋恋不舍，走出村子很远一段路。

"列队，向乡亲们敬礼！"

踏着黎明的曙光，欧阳波平告别乡亲们，带领战士向北部滦河迁安一带挺进。

正午，欧阳波平带领战士们百里急行军，赶到迁安城南松山峪，与先期赶到的一连连长马骥会合。松山峪一带是陈群在地方干部配合下开辟出来的根据地，欧阳波平命令大家在村口进行短暂休整。

乡亲们听说八路军主力回来了，纷纷走出家门，来到战士们宿营的村西田野里，送来西瓜等水果。

"孩子们，天闷，快吃西瓜解解渴。"

"终于把你们盼来了，狗日的小鬼子扫荡附近几十个村子，房子被他们烧了一半。"

大家拉着战士们的手嘘寒问暖。丰滦迁一区区委书记老张命令区小队赶紧号房子、派饭。欧阳波平摆摆手说："张书记，天黑前我们要渡滦河赶到迁遵兴滦东一带，配合地方干部扩大滦东根据地。就不麻烦这里的乡亲们啦！"

"通往滦东地区敌人据点很多，碉堡林立，我安排向导给你们带路。"

"多谢！"

告别松山峪乡亲们，欧阳波平带领战士顺利通过杨店子、马兰庄等敌据点，来到滦河西岸的侯台子。

午后，欧阳波平让战士们潜伏在山坡栗树行子里。他与侯天明打扮成商贩进村联系地下交通员。

交通员老赵接到上级情报，知道十二团主力开过来，他准备将情报传递给迁遵兴滦东区区委书记石明。

"鬼子在滦河几座桥上都设置哨卡，滦河水突然上涨，咋把情报赶紧送过河呢？"老赵正在发愁，欧阳波平、侯天明走进院子。

"这是十二团欧阳波平营长，我们奉分区命令，武力配合巩固扩大滦东根据地！"侯天明上前介绍。

"子弟兵真是神速啊！我刚接到上级情报，正准备到三区送情报，这么快你们就到啦！"

"兵贵神速，地方同志们辛苦了！部队需要尽快渡滦河，有办法搞到船只吗？"

"罗家屯、马兰庄、太平寨据点的鬼子连续扫荡，滦河西沿岸村庄的船只都被他们毁了！"

"走，我们到滦河岸边看看！"

三人来到岸边，滦河从西岸到东岸，有百余米宽。河水清澈透底，由北向南奔腾不息，有节奏地拍打着河岸，飞溅起串串晶莹的水珠。

欧阳波平第一次看到滦河水，仿佛回到自己的家乡，想起童年湘江戏水的情景，回想起红军突围激战湘江的场面，他感慨万千：

"好一条大河！郦道元在《水经注》中记载：滦河古称濡水，这是冀东人民的母亲河啊！"

"欧阳营长这么了解滦河？灾荒乱世，滦河经常闹水灾，今年夏季还不错，没发水。"

"我们的战士大多不习水性，要过河，必须找船。"

"滦河东岸的桑园村过去是渡口，那里船只多，可能还保留着！"

"好！你们回村等候，我过河尽快与石明书记见面！"

"您咋过去？"老赵问。

"游过去！"

"滦河水流湍急，太危险了！"

"没事，我在河边长大的，水性非常棒！"

"营长，我跟您一起蹚过河！"侯天明说。

"天明，你是旱鸭子，下河危险，赶紧回去告诉几位连长，让他们带领战士就地隐蔽好。找到船我就回来。"

"您一定保重！"

"放心，最迟明天早晨一定归队！"

说着，欧阳波平准备下河。

"欧阳营长，等一下儿，我回家去给您找一件替穿衣服！"老赵说。

"别麻烦了，我不会让衣服沾湿的。老赵同志，失礼了！"

说着，欧阳波平脱掉衣服，与手枪放在一起用塑料袋包好，然后用草绳绑在背上。

"没什么好害羞的，都是男人。"老赵说。

阳光下，欧阳波平古铜色皮肤闪闪发亮，胸肌健硕、肩宽腰细，八块匀称的腹肌块垒分明，与两条粗壮有力的腿相得益彰，雕刻一般，散发出一股青春的活力。

"营长，您穿军装英姿飒爽！其实这身肌肉才是您最好的衣服！如果中华男儿都有您这样体型，谁还敢说我们是东亚病夫！"侯天明羡慕地说。

"这体型是行军打仗磨砺出来的！小鬼子也算成全我，经历这么多枪林弹雨，至今身上还没留一块明显的疤痕。"欧阳波平感慨地说，"雕刻一副好身材能培养自信坚毅的性格。个人如此，一个民族也一样，我们这个饱受磨难的民族，从外到内，亟须甩掉羸弱病态的包袱。"

老赵听了欧阳波平的一番话，被他直率的性格与深刻认识感染了。

"这哪儿像高高在上的指挥官，分明是一个热爱生活的大男孩，多好的孩子啊！"老赵内心叹道，打量着这个相貌帅气、满身活力的小伙子，感受到一股雄浑的力量，心中升起抗战必胜的希望。

"欧阳营长，一定小心啊，河面中央水很深！"

"放心吧！仰泳、蛙泳样样精通，能与鱼儿比一下！"欧阳波平自信地说。

说着，他跳入滦河中，奋力向前游去。

欧阳波平在水中双臂左右滑动，两条腿像鱼儿一样上下摆动，很快就游到河中央。突然，一个浪头打过来，欧阳波平不小心呛了一口水，他感觉水好像是甜的。

几分钟工夫，欧阳波平游到河东岸。

老赵和侯天明看到欧阳波平顺利上岸，摆摆手，转身回了村子。

"滦河是我生命中第二条母亲河，长城脚下是我梦寐以求的地方，今后我要在这里浴血奋战了，小草小树，你们欢迎我吗？"

欧阳波平没想到自己以这种原始自然状态第一次触摸滦河东迁安的热土。

岸边山坡上树木花草在风中摇曳着，飘来浓郁的栗花香，满山的杨树叶子、栗树叶子哗哗作响，仿佛在唱着歌欢迎欧阳波平的到来。

欧阳波平随手摘下一束栗花，闭上眼睛尽情地深呼吸着。栗花香沁人心脾，他仿佛看到枝头挂满咧开嘴的板栗，童年的欧阳波平特别喜欢吃板栗，想象着香甜的板栗滋味，他陶醉了！

随后，欧阳波平又俯下身子，抚摸着一朵粉红色的小野花，这是一个含苞欲放的花骨朵，没有绽放，"见着我咋害羞了，我不会动你的！"欧阳波平悄悄地说。

这时，欧阳波平感觉小腿肚子隐隐作痛，原来刚才在水中用力过猛，腿肚子抽筋了。他坐下来一边按摩着，一边欣赏着岸边葱茏美景。微风拂过，欧阳波平索性仰面躺在沙滩上，任凭清风亲吻着挂满水珠的全身肌肤。硝烟散尽，洗去征尘，他感到一种从没有过的轻松，尽情享受着大自然带来的愉悦。回忆起少年求学畅游湘江的一幕幕，他仿佛回到母亲的怀抱。

"滦河岸边，长城脚下，一定有我的家！"

过了一会儿，欧阳波平回到现实，他知道这里距离罗家屯、马兰庄据点不太远，责怪自己有点大意了。烽火在燃烧，还不是享受生活之际。他赶紧穿好衣服，疾步向凤凰山方向走来。

浴血长城战迁安

夕阳西下，迁安肖家庄村西口的山路上，来了一个挑担子的货郎，他来到街上，开始叫卖起来，响亮的声音略夹杂着南方口音。此人正是欧阳波平，他在凤凰山向村民借来一副担子，装扮成货郎，顺利通过播鼓台伪军哨卡，来与迁遵兴滦东区区委书记李方州（化名石明）接头。

"杏仁了——上好的杏仁了——"

街头行人不多，欧阳波平拦住一个村民问："老乡，请问到'三合兴'皮铺怎么走啊？"

村民抬手向村中心指了一下，"往东走 200 米，再向北走，过两个路口就到了！"

欧阳波平来到李家大院，大门轻轻掩着，他走上前，有节奏地敲了几下。李方州在院子听到暗号，知道是内部同志来了，赶紧来到院门口，打开院门，将欧阳波平让进东厢房。

欧阳波平抬头一看，不禁有点惊讶，心想此人长得咋像自己啊。只见李方州中等身材，仪表堂堂，皮肤黝黄，长方脸，轮廓分明，高鼻梁，浓眉下双目清澈有神，流露出一种自然亲和力。

李方州看到欧阳波平，也暗暗称奇，感觉眼前小伙子长相与自己颇为相似，身板挺直，浓眉微挑，目光沉稳坚定，像是一位久经沙场的指挥员。

欧阳波平摘下草帽，握着李方州的手说："您就是石明书记吧，我是十二团一营营长欧阳波平，按军分区领导提供的联系暗号及接头地点，终于找到您了。今后，我营主要活动在滦河沿岸一带，配合地方干部，进一步扩大滦东新区根据地！"

"欧阳同志，可把你盼来了。"李方州点着头，兴奋地说，"'神枪手'

‘伏击王’，你的大名在根据地可是如雷贯耳啊！”随即，他吩咐家人烧水做饭。

两个人在屋子里畅谈起来。

“石书记，与您共同战斗，是我的荣幸！谁不知冀东反奴化教育赫赫有名的李方州先生啊！今日见面，头次发现世上还有长得这么像我的人！”

“是啊，刚开始，我还以为来了个双胞胎弟弟。看来，我们俩真是有缘分啊。”

“对，缘分！”

“今夏以来，先是陈群团长在玉田牺牲。随后，一营在丰润大韩庄被日军包围，杨作霖营长等 200 多名干部战士牺牲。这次反扫荡失利是空前的，冀东八路军主力受到重创。”

“他们都是优秀指挥员，忠诚的共产主义战士，永远活在冀东人民心中！烈士的鲜血不会白流，我们一定要复仇，完成他们未竟的事业！”

“对，一定要复仇！杨营长牺牲后，团部决定我担任一营营长。此次战役后，鬼子认为已经彻底解决了冀东问题，主力部队撤离冀东，派伪政府大批治安军进入冀东，以其建成稳定后方，军分区要求我们，迅速走出抗战低谷，军地密切配合，采取机动灵活战术，对敌人进行猛烈打击！”

“好，这正是根据地壮大发展的机遇！我们一定全力保障部队物资供应，及时提供准确情报！”

“方州书记，我跟您就不客气了。今天找您，就是麻烦您帮忙，一个是人的问题，一个是物资问题。一营是冀东老部队第一支正规部队，是核心部队，现在兵员需要得到补充，八九百号人是最近两个月召集来的，培训任务非常重；另外，由于每天辗转奔波于崇山峻岭之间，他们基本上都光着脚板呢！”

说着，欧阳波平抬起脚，有些自嘲地说：“你看，这脚前头露‘枣’，后头露‘梨’了，战士们都是这个样儿！”

李方州这时才注意到，欧阳波平脚上的布鞋不仅前后踢破了，鞋掌也快掉了下来。李方州转身回到里屋，拿出一双白球鞋，递给他。

“欧阳营长，这是我在天津买的运动鞋，一直没舍得穿，今天送给你，赶紧换上吧！”

“还是您留着穿吧！”

"别客气了，你千里迢迢来到冀东，冒着生命危险帮冀东人民打鬼子，这双鞋正适合你穿啊！"

欧阳波平接过白球鞋，如获至宝，将鞋穿在脚上。

"真舒服！这鞋号正好！方州书记，太感谢您了！"欧阳波平激动地说。

"不久前，迁遵兴东部地区划出迁青平联合县，原滦东区升格为迁青平三总区，我任总区书记。由于我们注意广泛建立民族统一战线工作，这里形成了巩固的根据地。你带队开入滦东，一定能为地方打开新局面！现在，滦东一带群众的抗日热情非常高涨，每个村都有青年报国会组织，为部队补充兵员没问题，需要多少人你说一下，确定好时间，我派区基干队负责同志将人带过去，由你挑选！战士们的鞋袜，我组织全区妇救会同志连夜赶制，三天内做出八百双鞋袜应该没问题。至于枪械弹药也不用愁，我再将家里余下的地卖掉，购置枪支弹药。"

"方州书记，我早就听说过您和李老伯的抗日义举，毁家纾难！"

"三总区来了你这员虎将，我心里踏实了，小鬼子很快就会滚出冀东啦！"

"还有一件事需要麻烦您。"

"一家人，不客气！"

"部队现在集结在滦河西岸，需潜入滦河东岸与地方部队一起行动。滦河大桥被鬼子占据着，封锁严密，没有船渡河。我今天就是游过来的，可战士们大多数是旱鸭子！"

"波平同志，你放心吧，船我早就准备好了，桑园、凤凰山等村抽调10艘大船隐蔽在河东岸，部队可随时过河。为安全起见，最好深夜过河。"

"太好了，方州书记，您想得可真周到！"

"为了让你如虎添翼，我准备将我的警卫员让你带走，他叫肖启明，身怀武功。今天启明去执行任务了，等他回来就去找你报到！"

"这可使不得，您的安全更重要，需要他保卫！"

"十二团与滦东人民早已融为一体了，你这位令鬼子闻风丧胆的神枪手可不能有任何闪失。另外，启明到部队有更大的用武空间。"

"不行，方州书记，地方工作很重要，让他先留在您身边，这事以后再说！"

欧阳波平紧紧握着李方州的手激动地说，这位湖南血性汉子的眼眶

湿润了。

这时，李方州的三嫂王氏端来炒好的花生栗子走进来，倒在炕上。侄女小丛艳端着茶壶，给欧阳波平倒了一杯水，怯生生地说："叔叔，请喝茶！"

欧阳波平蹲下身子，抚摸着小丛艳的头说："孩子，真乖！几岁了？"

"11岁。你们聊吧，我去帮妈妈做饭去啦！"说着，小丛艳跑出屋子。

"这是三嫂和侄女，全面抗战爆发以后，三哥困在天津，生意基本处于停顿状态了。唉，三嫂照顾老又照顾小的，也不容易。以前，并没有告诉家里人我的身份，但父母三嫂他们还是猜到了，几次帮我成功掩护县区干部脱险。他们都是深明大义的人！"

欧阳波平点着头，对李家老少的敬意之情油然而生。

一会儿，王氏端来热气腾腾的水饺和一盘小葱炒鸡蛋。

"赶快趁热吃，本想多炒几个菜，这两天没上镇买肉，就将就着吃吧！"

"谢谢三嫂，您和孩子也吃吧！"

"我们都吃过晚饭了，让义香陪着你吃吧！"

想到欧阳波平是湖南人，喜欢辣味，李方州特意到厨房找来几个辣椒。两人坐在餐桌旁，边吃边聊着。

饿了一天的欧阳波平许久没吃到这样香喷喷的水饺，一边吃着一边说："好口味儿，战场上不多杀几个鬼子，对不住三嫂做这么好的水饺！"

饭后，欧阳波平想连夜返回滦河西岸的部队。李方州说："欧阳营长，这里还是比较安全的，村口、院门我都安排了岗哨。你也够疲乏的，就在这儿住一晚吧，明儿一大早，我送你渡河！"

欧阳波平走了一天的路，两腿酸痛，见李家如此盛情，于是决定住一宿。

欧阳波平站起身，看到柜子上一本字帖，是李方州誊抄的岳飞诗词《满江红》。

"这小楷字简直比印刷的还棒，真是字如其人啊！"

欧阳波平禁不住提起桌上的毛笔，挥手写下文天祥的诗句："人生自古谁无死，留取丹心照汗青！"端庄秀气的楷字苍劲有力。

"你的字也很漂亮嘛！"李方州笑着说。

确实，两人不仅相貌相似，连书法也宛若同出一个师门。

深夜，两人开始畅谈，从国际时局到国内战况，从文化到军事，大有相见恨晚之感，不知不觉整整聊了一个通宵。

天蒙蒙亮，欧阳波平扮成商人，与李家人告别。王氏将几个煮熟的鸡蛋塞进欧阳波平的衣袋里。李方州亲自送欧阳波平到滦河岸边，安排地下交通员将他送过河。

目送欧阳波平上岸消失在青纱帐里，李方州直奔长城脚下马井子朝阳洞召集会议，为一营筹集物资及募集兵员。

滦河附近罗家屯据点是日军大队部，大队长中鸠将伪治安军1团长于得水一顿臭骂。

"废物，滦东地区共匪活动日趋猖狂，你们连匪首头目叫啥都不知道！"

"太君，共匪太狡猾！他们总是装扮成老百姓，暗中与我们作对！"

"治安军要在滦东地区各村发展密探，全程监视！滦河沿线各据点联合行动，昼夜讨伐！"

"是！属下这就去安排！"于得水说完走出办公室。

在李方州精心安排下，欧阳波平带领一营战士秘密过了滦河，潜入滦东地区。

傍晚，欧阳波平回到榆木寨营部驻地，警卫员侯天明递来一份地下交通员送来的情报。

"报告营长，这是地方送来的情报，100余名鬼子伪军扫荡回来，将途经大岭峪，距离驻地20华里！"

"好！这块肥肉送到嘴里来了，我们来个伏击，给石书记送个见面礼！马上集合，挺进大岭峪！"欧阳波平命令道。

部队急行军，很快来到大岭峪。进村后，欧阳波平首先安排百姓紧急转移，然后将三个连分三个方向埋伏起来。村里有一条大道，由东往西直穿村中心。战士们埋伏在大道两边的农家院子里，有的站在门口从门缝里向外瞄准，有的跷着凳子隔墙向外瞄准，墙高的地方就搭上门板。

拂晓，一队鬼子伪军从西往东开过来，他们打着旗，唱着歌，枪没上刺刀，罩着枪衣，掷弹筒、小炮也用衣罩着，一副洋洋自得的样子。

村子里静悄悄，战士们屏住呼吸，目不转睛地盯着大道上鬼子伪军的一举一动。

敌人走到村中，欧阳波平高声喊："打，狠狠打！"

"砰、砰、砰！"欧阳波平指挥枪声一响，子弹雨点般地射过来。敌

人队伍一下混乱起来，瞬间撂倒一大片。

"杀啊！"欧阳波平率先带领一连战士从北侧冲上路中间，开始与鬼子伪军拼刺刀。紧接着，二连、三连也迅速从西南方向包抄过来，呐喊声、刺刀的碰撞声响彻村庄。不到半个小时，100多个鬼子全报销了。

侯天明连续拼死7个鬼子，最后从一个鬼子手中缴获一挺机枪，他兴高采烈地将机枪递给欧阳波平。

"你小子还真行，我算服了！简直就是一只老虎。这挺机枪就奖给你用吧！"欧阳波平笑着说。侯天明顾不上包扎受伤的手，抱着机枪甭提多高兴了。

"营长，我有一身蛮力气，光有机枪不行，还得请您给我吃点偏饭，教我射击技术呗！"

"好！我教你！"

"一言为定！"

"一言为定！"

"不过，我培养你做机枪射手，就不能做我警卫员了。"

"您不要我了……有了机枪不是能更好保护您吗！"

"你到部队不是专门保护我的。为了打鬼子，我想把你这块好钢用在刀刃上！"

"我宁可不做机枪射手，也要跟您在一起！"

"你不想杀敌立功吗？要服从命令！再说，做机枪射手咱们同样在一起打鬼子。好兄弟，听话。"侯天明默默点了头。

战士们打扫完战场，欧阳波平带领大家迅速返回榆木寨山洞休整。这时，留守战士跑来报告，"营长，昨晚，石书记带领地方工作队为我们送来800双胶鞋和200斤粮食。还从各村报国队选来50个精壮小伙子。因地方事务繁多，他留下物资和人，带领警卫员连夜返回了。"

"石书记的效率太高了！赶紧把我们打胜仗的消息告诉他！"

"是！"随后，欧阳波平吩咐司务长将胶鞋发给战士们，50名报国队队员分别补充到三个连队。

夜里，欧阳波平查完岗哨，回到山洞。油灯下，他拿出地图仔细端详着，思考着下一步行动。侯天明走进来，说："营长，这里距离老家十八盘只有几十里，我想趁部队休整期间回家看望一下老母亲。"

"好！替我问候老人！十八盘一带是鬼子扫荡重点区域，一定要注意安全，天亮前必须赶回来！"

"是！"

"营长，这把机枪先放在您这里，回来记得教我射击啊！我如果将您的神枪术学一半，就能端掉鬼子一个炮楼！"

"一定教你！把这个带着，路上充饥！"说着，欧阳波平将一块玉米馍塞到侯天明手里，"速去速回！部队说转移就转移！"

"是！"侯天明行完军礼转身走了。

深夜，侯天明趁着星光回到十八盘。村子静悄悄的，各家各户的灯都已经熄灭，乡亲们进入了梦乡。一晃离开家两年了，老母亲和弟弟天亮生活咋样？侯天明不禁一阵感慨，他来到靠山脚下熟悉的草屋，敲了一下门，"谁啊？"屋内传来警觉的问话。

"娘，是我，天明回来了！"

"哥哥回来了！"屋子里，侯天亮从炕上跳下来，跑到堂屋打开房门。

侯天明一跨进屋门，哥俩紧紧抱在一起，"哥，可把你盼来啦！"

"弟弟，娘呢？老人还好吗？"

"哥，我对不起你，没有保护好娘。鬼子伪军来讨伐，老人遭他们暴打一顿，悲愤交加去世了。"

"哎呀！娘啊，孩儿来晚了！"侯天明听后好险没摔倒在地。

"娘遭鬼子蹂躏时，我上山砍柴了，否则我一定和他们拼命！"

"天亮，不要莽撞，敌强我弱，报仇要讲智慧！"

天亮点了点头，说："哥，几年不见，发现你不仅壮了，而且做事沉稳了。"

"都是跟我们营长学的，他是神枪手。"

"娘曾嘱咐我去找你，参加八路打鬼子。"

"正好，这次我们营长带领主力一营全部开过来了！"

"太好了！"

油灯下，哥俩有着说不完的话，不知不觉，窗外传来鸡叫声。

"兄弟，拾掇一下，乘天还没亮，我们赶紧走！"

"哥，前两天鬼子扫荡，家里已经没有什么粮食了，就剩下点红薯，咱们带上吧，分给战士们。"

"好！"兄弟俩收拾好行装，沿着村北侧一条山间小路向东走去。

兄弟俩正走着，突然，前边山沟里冒起滚滚浓烟。侯天明爬上路边一棵大栗树，发现不远处的石门峪小村庄房子着火了，村口大柳树下聚集着一些村民，周围站着荷枪实弹的鬼子。

"小鬼子又在扫荡，我去救乡亲们！你赶紧回村通知咱村的乡亲们迅速转移！"

"哥，鬼子人多势众，你一个人太危险了，我跟你一起去！"

"少啰唆！记住，带领乡亲们转移后，咱俩到大岭峪会合！如果午前我没到，你就去榆木寨一营驻地找欧阳营长！记住，欧阳营长是我们亲人，我万一回不来，你替我掩护他的安全！"

"哥！"

"快去！"

侯天亮只好一跺脚跑回村子，挨家挨户通知十八盘的乡亲们向村后山洞转移。

侯天明拔出手枪，悄悄摸进石门峪村口。这时，太平寨据点的鬼子小队长山本正带着鬼子伪军审问被围在大柳树下的村民，柳树下放着一把铡刀。

"快说，粮食的藏哪里啦？八路共匪在哪里？不说死啦死啦的！"山本号叫着，村民怒目而视。突然，山本从人群拽出一个中年妇女，撕开她的上衣想当众强暴，人群一阵骚动，一个中年男子冲上前吼道："不要动我的女人！"

山本抽出指挥刀朝中年男子狠狠劈去，中年男子倒在血泊中。妇女哭喊着扑过去，山本拔枪射击，妇女倒在丈夫身边。

人群沸腾了，一位老人从地上拾起石块，高喊道："乡亲们，跟小鬼子拼啦！"山本红着眼睛，晃动着带血的指挥刀吼道："杀！"侯天明眼疾手快，一梭子子弹正击中山本的胳臂，指挥刀落地，他吓得趴在地上。

侯天明没等鬼子伪军反应过来，复仇的子弹连续射向敌人，他一边射击一边高喊："小鬼子，老子是你八路爷爷！有种冲老子来！"

愣过神来的鬼子、伪军很快集中火力向侯天明射击，乡亲们乘机四处逃散。

侯天明边射击边向村外撤去，一不留神被一颗子弹击中大腿，他栽倒在一个废墟上。这时，鬼子从三个方向包抄过来，侯天明趴在残垣断壁上，举枪向敌人射击。很快，子弹打光了，侯天明用石块砸毁手枪。

"抓活的！"山本恶狠狠地叫着。鬼子围上来，侯天明被捕了。

山本命令鬼子将侯天明捆绑起来，推搡着押回大柳树下。此刻，几十个村民除少数逃出去外，大多数又被鬼子圈住。

山本右臂挎在胸前，审问侯天明，"你的，叫什么？八路主力在哪

里？"

"老子就是你们要找的八路爷！你把百姓都放了，我带你去找八路军主力部队。"

狡猾的山本眼珠子一转，说道："只要你告诉我八路主力，我就放了他们！你打死了皇军，我既往不咎！"

"你先放人，我就带你们去！"山本打了个手势，几十个村民被放了。

"带路！"侯天明见乡亲们走远了，招呼山本靠前。

"我告诉你八路主力在哪里？"

山本凑上前，侯天明上前一口咬住山本右耳，山本顿时疼得"嗷嗷"直叫，他挣扎着拔出手枪对侯天明射击，子弹射进侯天明的腰部。旁边的鬼子乘机用刺刀扎进侯天明的后背，侯天明摇晃了几下倒了下去。

山本捂着受伤的耳朵吼道："割下他脑袋！切下四肢！"

几个鬼子上来将倒在地上的侯天明抬到铡刀旁，"你到底说不说！再不说就把你铡成碎片！"

"呸！小鬼子！你们切不断我的骨头！长城脚下遍地八路，饶不了你们这些王八蛋！"侯天明怒骂着。

山本恼羞成怒，命令鬼子行刑。一个鬼子上前将侯天明的右臂按在锋利的铡刀上，另一个鬼子提起刀柄然后狠狠压下去。伴随一声惨叫，侯天明的右臂被切下来，顿时疼死过去。

山本命令行刑鬼子用凉水将侯天明浇醒。山本蹲下身，拽起侯天明的衣领，狞笑着吼道："你的，还不说？我还要卸掉你的脚！"

"呸！小鬼子，爷爷死也不饶你们这群畜生！"侯天明痛苦地挣扎着，喊道："营长大哥，我先走了，不能保护您啦，下辈子还做您的警卫员！"

山本一挥手，两个凶神恶煞般的鬼子将侯天明的两条小腿从膝盖处切下，侯天明再次疼死过去，鬼子朝他身上浇了一桶凉水，他苏醒过来，依然对山本大骂，嗓子发出声音越来越微弱。

山本和鬼子、伪军被侯天明的顽强生命惊呆了。

最后，山本残忍地切下侯天明的头，命令鬼子将人头挂在村头一棵柳树枝上，让汉奸翻译写上"此乃与皇军对抗八路匪的下场"的字条贴在树干上。

随后，山本带着鬼子伪军扬长而去。

鬼子撤走后，四散逃走的乡亲们陆续回村。大家含泪收拾好遇害村民的尸体。看到侯天明支离破碎的遗体时，很多村民失声痛哭。

"这位八路战士死得太惨了，他是为救我们牺牲的。"

侯天亮通知十八盘的百姓掩护好，他来到大岭峪山脚下，看哥哥没有按时来到这里，感觉情况不妙。于是，他撒开两脚跑到榆木寨一营驻地向欧阳波平汇报情况。欧阳波平马上集合队伍，在侯天亮引导下，抄近道火速赶到石门峪。此刻，鬼子屠杀刚刚结束，乡亲们正在清理侯天明和遇难村民的遗体。看到侯天明残缺不全的遗体，侯天亮失声痛哭，"哥哥！"

欧阳波平差点没晕过去，想起侯天明跟随自己一路征战的一幕幕，看到眼前的惨状，他心如刀绞。

"这位战士太坚强了，他为了救我们才被小鬼子抓住，被这些畜生一刀刀切成这个样子！"一位老大爷含泪讲述。

"一定为天明报仇！"

"杀尽鬼子！报仇！"

"报仇！"

战士们怒吼着。

在乡亲们帮助下，欧阳波平和侯天亮将侯天明的遗体清洗完毕，将头、四肢与躯干缝合在一起。端详着侯天明蜡黄的脸庞，欧阳波平轻轻帮他合上圆睁的双眼。这位刚强汉子热泪簌簌落下，正好落在侯天明的脸上。

"好兄弟，你不是答应给我料理后事吗？我还没教你机枪射击呢！"

欧阳波平抱起侯天亮的头紧紧贴在胸前。

许久，欧阳波平缓缓放下侯天明的遗体，小心翼翼地给他穿上一套新军装，将遗体放进村民捐送的一口棺材里。然后，大家一起将侯天明遗体掩埋。

欧阳波平让战士们在村口长城垛口休整，他来到垛口外山坡上查看下一步行动路线。

"营长，给我一支枪！我要去找这群畜生给我哥报仇！"

这时，侯天亮从身后走到欧阳波平面前。

"孩子，我们一定为你哥报仇！他不仅是我的警卫员，也是我的兄弟！这一路走来，我们无所不谈，他的牺牲，我非常痛心。但是，敌强我弱，报仇不能蛮干！"

说着，欧阳波平转过头，命令一名战士拿来侯天明生前缴获的机枪，他亲自将机枪递给侯天亮，"天亮，这挺机枪是你哥从鬼子手中夺过来的，

他还没有来得及用，我承诺教他射击，做机枪射手。今后，你就是咱营的机枪射手。"

"是！营长！"侯天亮接过机枪，喜欢得不得了，"哥生前跟我说您是神枪手。我太荣幸了！一定不给您丢脸，不给哥哥丢脸！"

欧阳波平将侯天亮紧紧搂在怀里，"好孩子，现在我就教你射击！记住，踏着你哥的足迹，完成他未竟的事业！"

说着，欧阳波平端起枪，指导侯天亮射击技法。

"做一名狙击手不仅身体棒，有过人的胆识意志和绝对信心，还要心细，沉住气，集中全部注意力。在一个地点击毙敌人后，要迅速变换地点，决不能在一个地方开三枪以上，尤其在与对方进行激烈对决时，要灵活运用地形。如果第一枪没有击毙敌人，在对手没有变换地点前，你迅速选择另一个狙击点，出其不意将其击毙。"

欧阳波平一边耐心讲解着，一边演示着，侯天亮听得入了迷，认真记录着。

随后，欧阳波平又拿起一把大刀，传授侯天亮搏击刀术。不知不觉，已过午夜。

"天亮，今天就说到这儿，你赶紧休息，明天早晨部队要出发。"

"是！您也早点休息！"

侯天亮抱着枪靠在山洞一角困着了。油灯下，欧阳波平铺开军事地图，详细了解附近地形，研究下一步行动。

拂晓，欧阳波平刚闭上眼睛准备眯一会儿，这时，山洞口哨兵带着一个人走进山洞，听到脚步声，欧阳波平警觉地睁开眼睛，"营长，石书记派人来啦！"

欧阳波平抬头一看，哨兵旁站着一个身体强健的小伙子。只见他留着平头，圆脸膛，鼻梁挺立，浓眉下，闪着一双机灵大眼睛。小伙子身着短褂，裤管卷过膝盖，裸露着发达小腿，脚蹬一双运动鞋。欧阳波平心中赞叹，这小伙儿真帅。

"营长，您好！我是石书记的警卫员肖启明。"

"启明，石书记跟我说过你。他还好吗？"

"营长，先生一切安好！他又给部队筹集了一些干粮和鞋袜，我全带来了！"

"太好了！转达我对石书记的深深谢意！"

"营长，我还带来一个重要情报。今天上午，太平寨山本小队到擦

崖子村庄一带扫荡，这是敌人据点我地下情报员给先生送来的。"

欧阳波平打开地图，思考片刻，果断地说："我正想找他们报仇呢，前天他带领讨伐队在石门峪扫荡，屠杀百姓，回乡探亲的战士侯天明也被他们残忍杀害了！北辛庄是到长城沿线擦崖子一带必经之地，那里四面环山，地形险要。我们就在北辛庄打他个伏击！为百姓报仇！为天明报仇！"

"可这里距离敌人擦崖子据点太近啊！"

"擦崖子据点主要是伪军，这些家伙贪生怕死，战斗力不强，只要我们速战速决，没有问题！"

"我做向导！"

"这里我已经很熟悉了，你先回去，告诉石书记将百姓转移好！"

"是！"

欧阳波平和战士们简单吃过早餐，迅速集合队伍，沿山路向擦崖子口急行军。部队很快赶到北辛庄。此刻，李方州早已将村中百姓转移到长城将军帽山主峰上的神仙洞，派区小队一部分战士埋伏到村北山梁上，以备打起来拖住擦崖子据点伪军。

山坡上，李方州大踏步走过来，欧阳波平迎上前，两双有力的大手紧紧握在一起。

"欧阳营长，我们已经安排就绪，就等你排兵布阵了。"

"方州书记，太感谢您提供的情报了。自从到了滦河东，战士们衣食无忧了！"

"军民一家亲嘛！"

欧阳波平与李方州商量一阵儿，迅速部署作战任务，他安排二连战士分别在东西山头隐蔽。李方州带领区小队与三连埋伏在村南山口，截住敌人退路。欧阳波平带领一连一排隐蔽在北侧山头，正面迎击鬼子。

临近中午，山本骑着褐色马，鬼子讨伐队紧跟其后，大摇大摆地踏进北辛庄山坳。

等鬼子讨伐队全部进入包围圈，欧阳波平一声令下，机枪、手榴弹从东、西、北三个方向射向敌群，鬼子顿时人仰马翻。

山本惊魂未定，他拔出指挥刀，"嗷嗷"直叫，命令鬼子伪军抢占北山头负隅顽抗。

"太君，我们中八路主力埋伏了，赶快向擦崖子据点求援吧！"汉奸翻译哆哆嗦嗦地说。骄傲不可一世的山本并没有将八路军放在眼里，他

命令一队鬼子迅速架设起小钢炮，向北部山头猛轰。

敌人炮弹倾泻到山坡上，一营阵地火光冲天，三八大盖子枪愈发没有用武之地。鬼子借优势炮火掩护，一群群猛扑过来。欧阳波平冷静地组织战士有效射击。侯天亮为哥哥报仇心切，端起机枪站起来想射击缓慢向前移动的小钢炮，被欧阳波平按在掩体内，"天亮，把机枪给我！"

欧阳波平接过机枪，瞄准敌人小钢炮射手，连着几个点发，鬼子射手被击毙，小钢炮成了哑巴。

"射击移动目标物，反应要灵敏，果断开枪，关键是掌握时间，即扣扳机那一刹那。"

欧阳波平边射击边给侯天亮讲解着，激烈的战场仿佛成了军事训练课堂。

随后，欧阳波平将机枪递给侯天亮，拔出王八盒子一挥，越出战壕，带领战士们冲向敌群。

战士们和鬼子开始肉搏。一时间，刀光剑影，血肉横飞，喊叫声，手榴弹爆炸声响成一片。侯天亮正用机枪扫射敌人，冷不防被一个鬼子从后边抱住，两人拳打脚踢，口咬手掐，在地上扭打着。终于，侯天亮占了上风，他用枪托猛砸下去，小鬼子脑袋一歪不吭声了。突然，一个鬼子端着刺刀向侯天亮后背刺去，欧阳波平手疾眼快，一枪击毙这个鬼子。侯天亮端起机枪继续向鬼子射击。

这时，埋伏在东西两侧的战士听到冲锋号声，也冲下山来。山本见大势已去，带着几个鬼子往回跑，被迎头赶来的李方州、肖启明截住。肖启明上前一阵拳脚，将几个鬼子报销。山本犹如困兽，举枪向肖启明射击，李方州挥枪击落山本手中的枪。杀红眼的山本"嗷嗷"叫着，拔起指挥刀扑向李方州。肖启明一个鹞子翻身，跳到山本身边，紧接着一个扫堂腿侧踹，将山本踢出五米远。山本重重摔在一块岩石上，随即滚到地上，肖启明来到李方州跟前，兴奋地说："先生，这几个鬼子都报销了！"

"好样的！启明。"

两人正说着，哪知山本并没有摔死，他从地上捡起一把枪，爬起来举枪向李方州后背射击。肖启明发现大叫一声，"先生，快闪开——"他将李方州推到一边，两眼一闭，随着"啪"的一声，肖启明以为自己中弹了，但没有一点儿疼痛感，他睁开眼睛一看，只见山本拖着肥大的身躯晃悠两下，栽倒在地。

原来，欧阳波平从后边追来，正赶上山本偷袭。此刻，李方州也惊出一身冷汗。

欧阳波平走过来，确认山本已死，才站起身微笑着说："启明，你的腿脚功夫很厉害！对小鬼子不要留情，战场上一定要谨慎！"

"营长，感谢您救了我一命。"

"你勇于为方州书记挡子弹，倒是令我感动啊！"

"营长，您这枪打得太准了，这么远都能一枪命中敌人！"

"咱欧阳营长不仅能打伏击，而且是令敌人闻风丧胆的神枪手！"李方州笑着说。

"营长，教教我呗！"

"战场多实践，训练勤琢磨！你也会成神枪手的！"

欧阳营长命令战士们打扫战场，缴获大量枪支弹药。鬼子讨伐小队全部被消灭，一个中队的伪军也伤亡大半，余下的全部成为俘虏。八路军、区小队除个别受伤的，无一人阵亡。欧阳波平宣布，投诚伪军愿意参加八路军的留下，剩下没有多大罪恶的全部打发回乡。

"波平同志，这一仗对擦崖子据点震慑不小，他们不敢轻举妄动了。附近村庄多是我们的根据地，将部队拉到神仙岭，我组织地方同志们好好犒赏大家一下吧。"

"方州书记，这次伏击战多亏区武装队相助以及情报后勤保障及时，部队不便麻烦地方了。"

"这就见外了。我们借机来个军民联欢，还等你给大家讲授军事课呢！"

欧阳波平清楚战士们连续行军、战斗，确实很疲乏，也有必要休整一下，于是点了点头。

李方州马上安排肖启明通知附近各村地下工作人员，为子弟兵做上一顿丰盛午餐，送至长城神仙岭，军民举行联欢活动。

剑吼长城聚双雄

　　欧阳波平、李方州带领一营和区小队的战士来到长城神仙岭，闻讯赶来的村民挑着开水和西瓜等早早等候在这里。

　　朱家沟办事员姜玉田走过来向李方州汇报。

　　"石书记，听说子弟兵打了胜仗来这里休整，我们先行送来水果，让战士们解解渴。各村正在做饭，一会儿就送到。"

　　"好！让我们好好庆祝一下！"

　　正说着，附近各村村民陆续送来午饭，小米干饭炖粉条、炒鸡蛋，好不丰盛。

　　欧阳波平端起饭碗，激动地说："我代表十二团、代表一营，感谢方州书记，感谢三总区的父老乡亲们！吃下这小米饭，我们打鬼子更有力气！来，让我们一起吃！"

　　"客气了，子弟兵保卫我们的家园，永远是亲人！大家趁热吃吧！"

　　午饭后，李方州对欧阳波平说："波平同志，给大家讲讲军事课吧！"

　　"方州书记，久仰您在冀东的大名，文武全才的教书先生，还是您给战士们讲一下文化课吧！"

　　两人正说着，一连长马骥走过来，说："两位都是冀东抗敌名将，就别谦虚了。我看咱们活跃一下气氛，借这长城大好风光，来个军事大比武！"

　　"你胡说什么！方州书记教书出身，这不是给人家出难题吗？"欧阳波平批评马骥。

　　"营长，这您就不清楚了，我比您先来迁安与石书记打交道。人家石书记不仅善于做政治工作，而且武装工作搞得有声有色，他枪法很厉害，身边藏龙卧虎。"

李方州笑了，说："我这两下子哪比得上波平同志，他才是百发百中的神枪手！足迹踏遍大半个中国，久经沙场。今天这仗，没有他部署、指挥，能打得这么漂亮？"

"对，比射击！"

"就比射击！营长和书记一组，战士和民兵另外分组。"战士、区武装队员也跟着起哄。

"我们要把子弹留下来打鬼子。这样吧，我们比试一下搏斗吧！一营乃至全团战士大多来自冀东，在与鬼子拼刺刀实战中吃不少亏，我们正好训练一下。"欧阳波平被大家的情绪感染着，"登上这万里长城，我想起当年国军十九军鏖战敌寇的情景……"

"大刀向鬼子砍去，喊出一个民族被蹂躏后的怒火！喜峰口、冷口、古北口都打出了国人的志气与中国军人的血性！这喜峰口、冷口就在附近。"

大家达成一致意见，部队和地方各出代表，比拼搏斗技巧。

这时，肖启明噘着嘴站起来，"你们都知道先生教书出身，非得比试这体力活！我代表三区挑战一营，比刀枪棍棒，比拳术都行！如果一营有人将我打败，我们全部参加八路军！"

肖启明这一张口，立即引起一营指战员和战士不服，看着眼前这个帅气的小个子，竟如此口出狂言。年轻气盛的欧阳波平也被肖启明逗乐了，决定要试试这小子到底有多大功底。李方州瞪了一眼肖启明，但看到官兵被他激将起来，也不好再阻拦了。

"我先来！"大家回头一看，是一个身材魁梧的小伙子，他四方脸，高鼻梁，厚嘴唇。小伙子叫杨海，擦崖子村武装班长，跟随李方州读过书，是李方州重点发展的地下工作人员。

杨海在山脚下长大，腰粗腿壮，行动敏捷。他手持木棍跳到长城垛口下一片开阔的平地上。一营战士王龙手持长枪上来与杨海比试起来。

伴随着"咣咣"的撞击声，两人步步紧凑，攻来挡去。很快，王龙体力有些不支，杨海使了个绊脚，将王龙击倒在地。

"好！"场上响起一阵欢呼声。

站在一边的侯天亮按捺不住了，他手持大刀冲上来，使出欧阳波平传授的刀术，与杨海搏斗起来。只见刀片划过，白光闪闪，劈刺处铿锵有声，杨海不断后退，一不小心，被侯天亮一脚踢开木棍，随即掀倒在地。

"太厉害了！"

杨海站起身，红着脸退出场地。

在一片加油声中，肖启明赤手空拳跳到比武场，他扎好马步摆开架势。侯天亮转身从战友手中拿起一把大刀，走上前递给肖启明。肖启明没有接，说："实不相瞒，我在少林练武学艺多年，如果也持刀，对你不公平。不管谁上，我都赤手空拳！"

肖启明这样一来，战士们更不服气了，"天亮，加油！"

"给这小个子点颜色看看！"

在一片助威声中，侯天亮挥刀劈过来，肖启明轻轻一躲，两人比试起来。

侯天亮像他哥哥侯天明一样，力气大，大刀片在他手中挥舞得虎虎生风。只见肖启明猴子似的翻来跳去，刀片根本靠近不了他。很快，侯天亮累得气喘吁吁。肖启明瞅准机会，躲过侯天亮劈来的刀锋，绕到其后，轻轻一推，侯天亮一个仰八叉摔在地上，刀也磕出去，侯天亮败下阵去。

接着，一营一连大力士王体壮端着长枪冲上来，没过两个回合，就被肖启明掀翻在地。不到半个小时，肖启明赤手空拳将持刀或枪的十余位精壮战士和两名班长、两名排长逐一撂倒。这下，一营官兵再也不敢小瞧肖启明了。

二连长张顺脸上挂不住了，他索性扔掉大刀，赤手空拳冲上来。

"小子，别太猖狂！有本事你撂倒我！"张顺人高马大，智勇双全，多次与鬼子肉搏。此刻肖启明褂子已经被汗水浸透，他抱拳施礼，"得罪了！"

张顺趁肖启明抱拳之际，以迅雷不及掩耳之势，一个虎扑扑到他跟前，当胸就是一拳。肖启明收胸躲过，张顺随即双拳弹簧一般向肖启明头部击过来，肖启明猫腰闪过，乘机用力向外一搡，张顺站立不稳，倒退三步。

张顺攥紧拳头，瞪着眼睛，额头冒出青筋，再次发起进攻。这次，他抄起地上一根木棒，像猛虎一般扑上来，使劲戳、打，肖启明左躲右闪，累得喘起粗气来，张顺暗喜，他左右夹击，大棒雨点般砸过来，肖启明连连后退。突然，肖启明纵身一跃，跳到张顺右后侧，用力击打其上臂。张顺来不及回身，木棒落地，肖启明乘机伸出右腿一绊，张顺重重摔倒在地。

肖启明赶紧上前搀扶，谁知，下不来台的张顺冷不防扑上肖启明，用右臂死死夹住肖启明的脖子，肖启明也搂住张顺的大腿，两个人扭在一起。突然，肖启明一个绝地绞杀动作，头部从张顺的右臂下方挣脱出来，他使出浑身力气，"嗖"地站起身，硬是将张顺抢起来。

"住手！"旁边的李方州见状忙喊道，肖启明慢慢将张顺放在地上。

张顺脸涨得通红，甘拜下风。

旁边观看多时的欧阳波平被肖启明的功夫惊住了，他没有料到眼前这个个头不高的小伙子居然有如此功夫。

"难怪方州书记想让他来部队，看来，我今天弄不好也得栽他手上。"欧阳波平想着，他内心越发喜欢这个小伙子了。

"就到此为止吧！启明这孩子幼稚。"李方州劝道。

血气方刚的欧阳波平并不甘心，决定要亲自与肖启明比试一下，毕竟自己也练过几招。

"启明，好样的！今天我也要领教一下你的功夫！你先休息一会儿！"

"接着来吧！欧阳营长，与您过招我感到荣幸。"

肖启明劲头正足，他索性甩开被汗水浸透的上衣，露出块垒分明的六块腹肌。欧阳波平也像个孩子似的甩掉上衣，露出更加匀称的八块腹肌。两人还没比试，膀宽腰细、雕刻一般的身材就把大家镇住了。阳光下，两人皮肤闪闪发光，一个黝黄，一个黝黑，那轮廓似乎一个模子刻出来一样。两人一过招，可谓是棋逢对手，一个雄鹰展翅，一个猛虎掏心，掌声、喝彩声此起彼伏。在古老城墙的映衬下，两人将中华武术的阳刚雄浑展示得淋漓尽致，大家看得眼花缭乱，大饱眼福。

半个小时过去了，依然没有分出胜负。突然，肖启明来个大鹏展翅，挥掌扫来，欧阳波平一探身，躲过旋风掌，乘机伸腿将肖启明绊倒在地，随即将他扑在身下。肖启明来个海底捞月，紧紧搂住欧阳波平的两条小腿，欧阳波平也乘机用双腿将肖启明的头紧紧夹住，使之动弹不得。两人从拳、腿上功夫搏击转到地面绞杀，场内助威呐喊声不断，僵持好长一阵工夫，由于肖启明连续作战，体力渐渐有些不支，一松手，欧阳波平乘机拔腿站起身来，用双手将肖启明举过头顶，然后，缓缓放在地上。

"好！"

"太棒了！"场内立即传来喝彩声和雷鸣般的掌声。

肖启明躬身拜在欧阳波平面前，"营长，我终于遇到对手了！感谢您手下留情，如果是在战场，我会被摔得粉身碎骨。"

"启明，你没有败，你是有意先松手的，我们以车轮战与你搏斗，对你来讲不公平！"

"好了！启明练武出身，难免幼稚鲁莽，今天有点儿逞强！失礼之处请大家多包涵！不过，他说过话一定算数，他和射击技术比较好的区武装队员全部参加八路军！"李方州走上前说。

"先生，我不能离开您！刚才是我无知夸下海口。"

"这样吧，咱们今天是庆祝胜利，不要太认真。启明参加部队以后再议。"

欧阳波平一边穿着上衣一边说。

有调皮战士开始打趣，"营长，启明来部队，一营就两个'腹肌王'了！"

"是啊，以前只是知道营长是打鬼子的'伏击王'，没想到营长身怀功夫，还有这么漂亮的腹肌！"

"营长光着膀子，比穿军装还帅，赶紧找个冀东嫂子吧！"

战士们你一言我一语，欧阳波平将他们赶走。

这边，一群战士们围着肖启明品头论足，"启明，你咋练出这身功夫的！"

"我曾经是少林和尚！"

"怪不得啊！对了，启明，练不来你这身功夫，能练出你这腹肌块儿也行，太漂亮了！"

"光中看不行，还是练功夫打鬼子才实用！不过，说起这腹肌块，对于力量、耐力确实有帮助！想练吧，现在就跟我一起做俯卧撑！"

很多战士开始跟随启明做起俯卧撑来。

夕阳西下，欧阳波平与李方州站在长城烽火台上，沿着垛口望上去，两人心潮起伏。

"方州书记，我今天有点孩子气，赤膊上阵与启明斗狠，有失一名八路军基层指挥员的体统，让您见笑了！"

"很好嘛！这才是阳刚血性、纯真性情的表现，我欣赏！说实话，没想到你还会武术，雕刻出这么好的健美身材！真是名副其实的全才啊！"

"嘿，只是参军前练了一阵儿，那时早晚训练都是连续做几百个俯卧撑。到了部队，行军打仗间隙，总不忘擒拿格斗训练，有时爱在战士面前炫耀一下。"

"有毅力！"

"我到冀东总有一种到家的感觉，冀东人民反抗性最坚强！每次到登上长城，我都有一种特别的感受！"

"从戚继光抗倭到长城抗战、御辱图强的抗战精神生生不息，在这里体现最充分！国军在喜峰口、冷口与小鬼子肉搏场景经常浮现我眼前，多少军人的血肉铸就了我们民族的精神长城，唤醒了沉睡的国民！"

"方州书记，您认可国军抗战？"

"中华民族最危急关头，任何武装部队站出来打鬼子都是好样的！很多国军中下级军官和普通士兵都是民族英雄，可惜，他们的一腔热血常遭遇国民政府的冷水。"

"方州书记，我跟您透露一个秘密，其实我最初参加的是国军，在十九路军当排长，参加了'一·二八'抗战，淞沪停战后，蒋介石让我们去围剿红军，我不满，就投奔了红军，长征结束后，到延安入抗大学习；全国抗战爆发，来平西挺进军；组建八路军十二团，被任命团参谋长。"

李方州听着欧阳波平的讲述有点惊讶，他仔细端详眼前这位帅气儒雅、谈吐干脆的年轻小伙子，觉得在意料之中，内心对欧阳波平丰富的军旅生涯特别是抗战贡献更加充满敬意。

"没想到，你有这么传奇的经历！"

"谈不上传奇。不过，这一路走来我命够大的，无数次遇险，总能化险为夷。"

"天助英雄！你来到三区，是我李方州之幸、迁安百姓之幸啊！"

李方州紧紧握着欧阳波平的双手说。

"方州书记，我也很高兴与您并肩作战！您是我到冀东见到党内最有学识的地方干部！"

"浴血长城，我就是你的炊事员、情报员！"

"不，您是政治指挥者、军事智多星！"

"波平，听说你的警卫员遇害了，这次将启明带上吧！战场上、赛场上他的身手你也看到了，绝对忠诚、机灵！"

"小伙子确实非常棒，正是这样，他更需要留在您身边。"

"到部队，这孩子用武空间更大！"

"再等一段时间吧，反扫荡彻底结束后，让启明来部队！"

"战场上你总是冲锋在前，身边要及时配备一名靠谱的警卫员！"

"放心吧！"

欧阳波平、李方州谈兴正浓，彼此愈发倾慕对方的学识。

长城郁郁葱葱，晚霞浸染的烽火台显得更加雄伟、壮观。

深夜，欧阳波平告别李方州，带领战士返回长河川驻地。

第二天，团政治处主任曾辉、副主任刘财与迁青平地方干部前来开展锄奸工作。见到欧阳波平，刘财一脸不高兴，"欧阳营长，别让胜利冲昏头脑！听说你在三区地方干部及基干队员前又炫耀你的本事啦！"

"军地密切配合取得胜利，庆祝一下，搞了个军事比武，融洽感情嘛！"

"有你这样庆祝的吗？光着膀子炫耀，别忘了你是个营长！赤身斗狠是江湖土匪的做法，影响八路指挥员的形象！"

"我觉得这没什么不妥！展示力与美有啥不好？"

"你这样做影响部队形象！"

"男人就应展示阳刚的一面，军人就该培养血性和锐意进取的精神！外表的强悍能激发内部蕴藏的力量，我不过是给战士们做个尚武示范。残酷战争环境下，我们的战士需要自信心！"

"你肌肉再发达能扛得住鬼子的枪挑刀刺吗？你两条腿跑得再快能超过鬼子的子弹、炮弹吗？据了解，你不止一次这样做，有时还在妇救会女同志前光着膀子训练！你的动机究竟在于训练还是想找女朋友？这不仅是道德问题，更是政治问题！"

"刘主任，你言重了！我问心无愧，从来没有什么非分想法，没有伤害任何姑娘！"

"有同志反映你冷漠拒绝一位地方姑娘的好意！"

"感情这东西来不得一点虚的，再说，每天都在打鬼子，哪有工夫考虑儿女情长！"

"你不要仗着枪法好就目中无人！另外，你要注意配合好地方锄奸工作，不能随便让投降伪军参加八路，对一些可疑分子要坚决镇压！"

"锄奸工作要避免扩大打击面，不能犯'左倾'错误！有些治安军兄弟是被动给鬼子做事的，经过教育，完全可以吸收到我们的队伍中来。"

"欧阳波平，我警告你！你身上国民党军官习气很重，生活上有洁癖，爱打扮，这样下去很危险，我担心你立场有问题。"

"你乱扣帽子！我心胸坦荡，永远跟党走！时间会证明一切！至于生活习惯是我真性情流露，只要不违反纪律，我不会强迫自己去改变。我的青春生命乃至我身后的一切，都可以献给党和人民，献给我热爱的

这片土地！"

说着，欧阳波平敞开褂子，露出胸腹部。

"欧阳，你、你太过分啦！"

"都别吵了！"一旁的曾辉上前劝解。

欧阳波平甩开房门，走出屋子。

曾辉追了上来："波平同志，老刘受军分区高主任器重，他这人不仅保守，而且做事鲁莽。他的话你别上心去。你刚到滦东地区就不断取得伏击战胜利，战功显赫，有些心眼小的同志心存嫉妒，难免打小报告。我们一定要以大局为重，注意维护团结！"

"老曾，你懂我，我心里挺苦的，为啥总有人拿我的国军身份说事，我在十九路军杀的都是鬼子，从没有伤害一位红军战士！而且，我经历了长征考验，脑袋掖腰带上与小鬼子拼杀无数次，难道还不信任我吗？我真希望哪天我捐躯后，将我的心掏出来，让他们看看是不是红的？有没有一丝黑斑点？"

欧阳波平越说越激动，这位刚强汉子眼中噙着委屈的泪花。

"好兄弟，你的战功大家有目共睹，在这么短时间内恢复壮大一营，你带出的战士个个都是好样的，不仅军事素质过硬，而且政治立场坚定。同志们介绍你的警卫员为掩护乡亲转移牺牲了！"

"他叫侯天明，牺牲很壮烈，被小鬼子残忍肢解了！"

"在全营挑选最好战士，及时配备新警卫员，身边要有个照应！"

"战士是打鬼子的，不是伺候干部的！我习惯自己照顾自己！"

"可这是战斗需要啊！"

"好，曾主任，你放心吧！"

"波平同志，冀东战场不能没有你！军分区主要领导认可你！冀东百姓拥护你！我回去一定做党内一些人的工作，抛开固有成见，团结抗日！"

欧阳波平点了点头。

午后，欧阳波平带着侯天亮来到河边训练射击。

"营长，哥哥生前让我保护您，是不是我就是您的警卫员啦？"

"不是，你是咱营的机枪射手。"

"为啥不让我做您的警卫员？我要完成哥哥的夙愿，他还没来得及报答您呢！"

"我答应你哥哥培养他做机枪射手！他不在了，你正好来接替！"

"我还是愿意做您贴身警卫，这样不仅可以保护您安全，还能伺候

您！"

"天亮，想不想为哥哥和乡亲们报仇？"

"想啊！"

"那就好好训练射击，做一个合格的机枪射手！"

"是！"

欧阳波平边讲解边示范，侯天亮用心地听着、记着。

杨树林里，一连连长马骥、二连连长张顺、三连连长邢玉德等干部正商量给营长物色一名警卫员。

马骥说："营长的安全非常重要，他身边必须有个得力警卫员。天明牺牲了，我们要给他挑选一个，人不仅机警，而且要有过硬的军事素质！"

张顺补充说："还要考虑思想政治坚定！"

邢玉德说："最好挑选冀东本地的，特别迁安人，熟悉人情风俗、语言与地理环境，有利开展地下工作！"

马骥建议："我们连的陈涛吧。他在滦河岸边长大，贫苦孩子，战场上特别勇敢！"

"欧阳营长的脾气咱们非常了解，他始终把自己视为一名冲锋在前的战士，很少考虑自己的安全问题。我们应该征求一下他的意见！"张顺说。

正说着，欧阳波平走过来。当大家将情况说明后，欧阳波平说："同志们，作为八路军干部，不能有任何特权，只有牺牲在前。一定要爱护每位战士，不管他们有什么缺点，都要把他们培养成一名信仰坚定的优秀战士！"

"全营干部战士的安危系于您一身，哪有营长身边不配警卫员的。这是对部队负责啊！"

"好！你们介绍的陈涛可以给我做一段时间的警卫员，随着战场形势需要，他随时可以返回连队！"

"是，我现在通知陈涛同志向您报到！"马骥行了个军礼，转身去连队找陈涛。

热浪滚滚，敌人疯狂"围剿"抗日部队，整个冀东一片白色恐怖，滦河一线是敌人封锁最严密的地段。欧阳波平带领一营战士们辗转奔波在滦河西的崇山峻岭和青纱帐中，与敌人周旋。

正午，侦察战士带着地下交通员来到一营水峪岭临时驻地。欧阳波

平打开交通员送来的情报，原来是李方州请他商讨摧毁滦河东岸岗哨的军事计划。

夜里，马井子佛面山朝阳洞，马灯下，李方州正在秘密召开总区委扩大会议，讨论加强党务工作。区长马玉华、区委组织委员刘青、粮秣委员刘香普、区基干队队长郑香林及各分区主要负责人均到会。

"目前，抗日进入关键时期，县委要求我们要从思想、政治上巩固党的工作，纯洁组织，增强党的战斗力。为全方位提升党员干部素质，争创抗日模范区，区委做出如下决定：第一，加强政策教育和民族气节教育；第二，严格组织生活，支委必须参加小组，过组织生活；第三，巩固工作从实际斗争中进行，支部定期检查检测；第四，整理支部，重新登记党员，区委审查支部，支部审查小组党员。"

李方州郑重地宣布区委决定，大家认真记录着。

"条件成熟的村子迅速建立党支部，成员三五人，要单不要双，入党必须有两名介绍人，将我们三区打造成抗日模范区，早日将鬼子赶出冀东，赶出中国！同志们有没有信心？"

"有！"大家异口同声地回答。

随后，马玉华、郑香林就军事工作先后讲了具体意见。

大家开始讨论反扫荡工作。

肖启明来到李方州跟前，悄悄地说："先生，欧阳营长来了！"

李方州眼睛一亮，"快叫他进来！"

欧阳波平、区小队队长赵冬青及三位战士一起走进山洞，李方州上前紧紧握住欧阳波平的手，"波平！"

"方州书记！"

两人拥抱在一起。

"接到你们过河的情报，派冬青同志带人去接应，没想到还是让你们受惊了！"

"今天在肖家庄多亏三嫂和大娘掩护我们脱险。"

"军民鱼水情，不说两家话。"

"波平，你来得正好，我们正在下一步讨论军事行动，需要咱一营啊！我介绍一下目前滦东总体情况。"

欧阳波平听完李方州的介绍和大家的发言，冷静地说："滦河龟口处地势险峻，我们可以在龟口打一个伏击战，拔掉滦河东岸鬼子哨所！"

李方州赞许地点点头，"好！地方负责提供准确情报！"

"波平，三区主要干部都在这里，你有着丰富的游击战术，来给大家讲讲。"李方州建议，欧阳波平笑着点点头。

"同志们，欧阳营长是一位身经百战的老红军，军事理论素质与实战经验非常丰富，被誉为'伏击王''神枪手'，欢迎他给我们上一课！"

在一片热烈的掌声中，欧阳波平讲起了游击战要诀。

"游击战的精髓是敌进我退，敌退我进，敌疲我打，敌逃我追。遵循合理选择作战地点，快速部署兵力，合理分配兵力，合理选择作战时机，战斗结束迅速撤退五项基本原则的作战方式。针对山区和平原的不同地形，要以破袭战、地雷战、麻雀战、伏击战、围困战等不同形式，在运动中歼灭敌人。"

灯光下，欧阳波平理论结合实例，生动地讲解着，大家神情专注地听着、记着。

"欧阳营长真是个才子！"

"喂，我发现，他与咱们石明书记长得挺像，好像哥俩似的！"

"可不是，两位领导不仅长相相似，而且那干练劲儿、说话语气都一样！"

"不过欧阳营长的语速太快了，听语调欧阳营长是南方人！"

"据说是湖南人。近期，欧阳营长一直在武力配合我们三区扩大滦东地区的根据地。"

"我们三区有这一文一武两位经验丰富的领导，还愁打不败小鬼子？"

"那当然！"

听课的区干部小声议论着。

"欧阳波平没什么了不起的，他那点战术，都是别人玩剩下的！打鬼子就得硬拼！你们不要像石明那样被他纸上谈兵迷惑住！冀东抗战的领导权要牢牢掌握在我们当地人手中！小心地方武装被八路主力吞了！"刘青冷冷地说。

"就是，刘主任所言极是！"三分区长于啸在一旁恭维着。

欧阳波平讲完课，大家各自隐蔽到山下村庄休息。

临别，李方州将刘青介绍给欧阳波平。

"欧阳营长，这是抓组织工作的刘青同志，是一位老党员，有着丰富的对敌斗争经验！"

"您好！很高兴结识您！"欧阳波平爽快地伸出手。

刘青嘴角微微一撇，说："哎呀，我这山区农民的手握不起'伏击王'的手啊！欧阳营长，你刚才讲的游击战我觉得在这里行不通！我们滦东地区都是响当当的硬汉！只知攻城夺镇冲锋在前，决不做缩头乌龟猫在山沟里！冀东大暴动震惊全国，那是靠打出来的，就因为逃跑才弄得损兵折将！想必欧阳营长有所耳闻吧！"

"刘青同志，你太过分了！"

"没关系，有不同意见我们可以探讨！"

"我还要入村发展党员，恕不奉陪了！"

说着，刘青带着警卫员下山了。

看着刘青远去的背影，欧阳波平摇了摇头。

"这个刘青，脾气暴躁，个人主观意识特别强！"李方州说。

"一个地地道道的'老左'，这样的人带兵会很危险，没想到，部队、地方都存在这样的人！"

"他还年轻，我以后多做他工作。好了，咱不聊他了，谈谈下一步工作吧！"

"为粉碎敌人围剿计划，团部要求以营为单位，分头行动，我带领一营继续活动在迁安城北至长城一带，配合地方扩大游击区，巩固基本区。"

"太好了！三区抗日工作要掀起新高潮！"

李方州与欧阳波平留在洞里秘密商讨部队与地方如何联合行动的计划，一直谈到午夜。随后，李方州陪同欧阳波平一起查看了隐藏在山洞里侧的武器弹药器械，他当即吩咐肖启明两天内安排队员将一部分弹药配给一营官兵。

"方州书记，你们源源不断输送兵员，保障我们吃的、穿的，还全面武装我们，真是全包了！我代表团长向三区人民表示崇高敬意！"

说着，欧阳波平两腿一并，郑重地行个军礼，李方州举手还礼。

"波平啊，军民本是一家嘛！没有你们来到冀东支援迁安抗战，我们不知还在黑暗中摸索多久呢。你们在前线打了胜仗，冀东老百姓就高兴。"

"方州书记，您放心吧。我们携手并肩作战，一定不辜负冀东人民的厚望！"

"方州书记，问您一个私人问题，我几次到李家，总也没有看到过嫂子和您自己的孩子！"

"唉，我与你嫂子结婚两年，她还没生下一个孩子就病逝了，她是一位贤惠女人，因投身救亡工作，我对她照顾不够。"

"对不起！"

"没什么！"李方州擦了一下有些湿润的眼角。

"那您没想再娶一位？哪个富家少爷像您这样，连个照看家的女人都没有！"

"波平同志，我是一名共产党员，不是什么富家少爷！亲朋多次让我再续一房，说无后不孝。我发过誓，不将小鬼子赶出中国，我决不会再娶妻！不能让一个无辜女子为我担惊受怕，甚至守活寡！"李方州认真地说。

听着李方州的话，欧阳波平感觉从没遇上如此与自己志同道合的人，他心中越发敬仰这位老大哥。

"对了，波平，说说你的情况吧，当爸爸了吗？"

"嘿，赤条条光棍一个！我十几岁就参加革命，从湖南跟着队伍转战大半个中国，最后从延安来到冀东打鬼子，脑袋掖在裤腰带上，哪里有时间谈情说爱啊！也许有一天我们长眠在地下，不仅身后孤寂，没有后人还要承受着不孝的骂名，也许我们最对不起的是父母，唉！"

"国家危难之际，我们的选择，老人们会理解的！不过，我倒是希望你赶紧找一个，多生俩小八路！凭你这精干劲儿，一定会生壮小子！冀东女人贤惠，有机会，我给你介绍一个！"

说着，两人笑起来。

"方州书记，您和李家对我有救命之恩。滦河岸边，长城脚下，撒满我们共御外敌足迹，我深深热爱脚下这片土地，真想将来生活在这儿！"

"好啊！滦河儿女欢迎你！"

皎洁的月光洒在山林中，望着远处微茫的群山，李方州说："我们脚下这个山洞叫鹰窝崖朝旭洞，传说戚继光当年遭受朝廷奸臣陷害，深陷囹圄，在这里避难出家。一代抗倭名将、响当当的民族英雄竟落得个如此凄凉结局。"

"古来英雄皆寂寞，从岳飞到袁崇焕，悲歌不断，这是历史的悲剧！"

"好在历史永远真实地存在着！"

"对，历史是公正的，千秋功过，后人自会评说！"

"戚继光精忠报国、刚正不阿，曾以诗言志，'封侯非我意，但愿海波平！'"

"我非常敬仰戚继光的磊落胸怀和报国志向！"

"波平，燕山历史文化非常深厚，'老马识途'，'伯夷叔齐宁死不食周粟'，很多历史典故都起源于此，我们身边这段长城，是万里长城唯一一段大理石长城，这里刻录着鬼子烧杀抢掠的血腥罪恶，也见证着冀东人不屈不挠的抗争精神！"

"我小时做梦都想登上雄伟的长城！踏上冀东这片热土，让我的生命融入其中，血洒燕山肥劲草，不破倭寇誓不还！"

"波平，你这湘江血性男儿早已是冀东一员了，为了民族自由和国家完整，我们在这里浴血奋战！

"长城作证！我们生死相依，共抗倭寇！"

"长城作证！我们生死相依，共抗倭寇！"

望着月光下蜿蜒起伏的雄伟长城，两个人的手紧紧握在一起。

驱倭荡寇滦水边

　　滦河西岸的芦苇丛中，一位戴着草帽农民打扮的青年正仔细观察两岸地形。青年身材精壮，浓眉，隆鼻，目光炯炯有神，显得干练沉稳。这时，他身边一个小伙子悄悄将一个望远镜递过来。

　　此人不是别人，正是八路军十二团一营营长欧阳波平。小伙子是他的警卫员陈涛。

　　欧阳波平带领战士驻扎在滦河西岸的侯台子村，他准备在龟口打一个伏击战，拔掉滦河东岸鬼子哨所。

　　草丛不远处就是滦河龟口，峡谷不足 30 米宽，两壁陡峭，怪石林立。右岸磨石中，一条黄褐色的石线蜿蜒曲折，酷似一条巨龙，谷中烟雾缭绕，欧阳波平被眼前壮观景色震撼了。

　　"气势雄浑，冀东山河景色太美了，我们岂能让小鬼子霸占！？"

　　陈涛在滦河岸边长大，他悄悄地说："传说玉皇大帝下令让滦河改道，一条黄龙主动请战。本来限定三天三夜改好滦河道，黄龙立下军令状，鸡鸣三声就打开山口。由于中了龟丞相的诡计，它误信了龟丞相伪装成鸡发出的鸡鸣声，匆忙中倾尽全身力气，用龙角把大山撞开一个豁口。因用力过猛，黄龙活活累死了。"

　　"小子，你知道还蛮多的。"

　　"小时候听老人讲的。凤凰山、擂鼓台、岫松园，这里每个村庄都有动人的传说。"

　　"走，我们先回村，等候石书记的情报过来再行动！"

　　滦河东岸，肖启明奉李方州命令前来侦察哨所敌情，配合欧阳波平的军事行动。此刻，他打扮成一个卖炸饼的货郎蹲在滦河桥头。

　　连接龟口东西两岸横跨滦河的大桥通往罗家屯和马兰庄据点，桥两

头有哨兵把守，严格盘查过往行人。

"果子片，新炸的果子片啦！"

肖启明不断叫喊着，偶尔有过往行人停下来买上几张。

桥头东南向是一座山头，日伪军的哨所坐落在山头黄龙庵里。肖启明故意朝山头叫卖着，观察山上哨所动向。

终于，从山上下来一个伪军，他扛着枪来到肖启明跟前，喝道："小子，赶紧将炸饼给山上皇军送去！"

"好嘞！"肖启明挑起担子跟随伪军来到山上的哨所。在黄龙庵庙门口，两个鬼子拦住肖启明。

"八格牙鲁，什么的干活！"

"太君，大家饿得慌，龟田小队长想犒劳一下兄弟们！"伪军解释着。肖启明凑上前，"刚出锅的果子片，味道好着嘞！"

鬼子哨兵盯着肖启明打量一下儿，突然吼道："你的，八路的干活！"

肖启明镇静自若地说："太君，您真是冤枉我了，我是大大的良民啊！咋说我是八路呢？"

"人不能进去，东西留下！"

肖启明心想，不入虎穴，焉得虎子。

"我去里边见你们长官评评理！"

鬼子和伪军将肖启明带到黄龙庵大殿内，这里是龟田的指挥所。肖启明仔细观察四周，暗暗将鬼子指挥所的地形和大殿外炮楼射击口的位置、鬼子伪军人数记在心上。

龟田坐在椅子上饿得不耐烦。

肖启明见到龟田小队长，故意装出一副孩子般的委屈样子。

"太君，他们说我是八路，我可是良民啊！"

鬼子哨兵在龟田耳边嘀咕了几句，龟田站起身抓过肖启明的手仔细看了下，奸笑着说："没有老茧，不是摸锄的手，是摸枪的手！你的，农民的不是，肯定是八路！"

"太君，我是地地道道的农民啊！春雨惊春清谷天，夏满芒夏暑相连，秋处露秋寒霜降，冬雪雪冬小大寒……"肖启明流利背起二十四节气歌。

狡猾的龟田猫头鹰似的小眼珠闪着贼光，上下打量着肖启明，突然，他猛地扯开肖启明的褂子，咋呼道："你的，身上枪伤的有！"

肖启明索性脱下褂子，弯腰卷起裤腿，龟田和鬼子被肖启明全身的

腱子肉镇住了。

"我耍过杂技，在饭店做伙计，后来做炸油条的小买卖。"

说着，肖启明熟练地翻了两个跟头，然后走上前，"太君，不信您闻一下我身上，满身油味哩！"

龟田耸着鼻子嗅了一下，果然一股花生油的味道扑鼻而来。

"这小子浑身都是肉（油），诚实的有！"龟田笑着。

龟田抓起炸饼想往嘴里放，突然，他将炸饼递给肖启明，示意他先吃。

肖启明接过炸饼，故意津津有味地嚼着。龟田立马狼吞虎咽地吃了起来。旁边的鬼子伪军瞪着眼，直流口水。

龟田吃好后，打着饱嗝，将剩下的炸饼扔给部下。几十个鬼子伪军狼崽子一般冲上来，瞬间将肖启明挑来的两笼炸饼抢食而尽。

鬼子吃饱喝足后，并不给银两，龟田龇着牙说："以后，每天早晨、晚上，你的定时给皇军送炸饼来！皇军不会亏待你！"

肖启明故作委屈，但也不分辩。

"皇军辛苦了，我愿意效劳！"

说着，肖启明担起货担子走出黄龙庵，快步下山来到滦河岸边，他扔下货担子，一个猛子跳进滦河中，像鱼儿一样迅速向滦河西岸游去……

肖启明上了岸，很快来到侯台子村地下党员老李家，见到欧阳波平。

"欧阳营长，先生派我给部队送来情报，我已摸清敌人哨所的情况，共有一个鬼子小队及伪军一个排。"

说着，肖启明详细介绍对岸鬼子黄龙庵指挥所的火力布防情况。

"太好了！启明，你立了大功！"

欧阳波平拍着肖启明的肩膀高兴地说。

"谢谢营长，这次深入敌人哨所有点遗憾，看到他们那个狼吞虎咽的熊样，如果给他们下点老鼠药，药死这些家伙，我们就省子弹了！"

欧阳波平听肖启明介绍深入虎穴的经过，心中暗暗赞叹肖启明的机警。他明白李方州多次想让这个棒小伙子给自己做警卫员的苦心。

"都说强将手下无弱兵，方州书记手下的警卫员就是厉害！"

这时，欧阳波平看到肖启明浑身湿漉漉的，头上还滴着水。

"警卫员，拿来一套灰军装，让启明换上。"

"是！"

肖启明脱下湿漉漉的褂子，露出雕刻般的健美体型，欧阳波平说：

"你小子这身材跟我一样，真是当兵的料！"

肖启明不好意思地笑了，"我要有营长的头脑更好！"

穿上军装的肖启明，显得更加英武帅气。

欧阳波平根据肖启明送来的情报，迅速召集连以上干部会议，连夜部署战斗任务。随即，欧阳波平带领战士潜伏在侯台子村紧邻滦河的山地上。

黎明时分，伏击战打响，黄龙庵敌人指挥所遭到突然袭击，瞬间，一片大乱，黄龙庵内鬼子炮楼里的机枪开始猛烈射击。同时，鬼子传令兵不时摇动着小旗，指挥滦河滩上的鬼子伪军向西岸战士射击。

滦河水面雾气重重，从侯台子距离黄龙庵 1500 米，机枪射手侯天亮几次射击不能击中鬼子传令兵。欧阳波平接过侯天亮手中的枪，当鬼子的传令兵刚出现在墙头时，他端着机枪只一个点发，鬼子传令兵立刻栽下去。

"营长，您太厉害了！"侯天亮伸起大拇指。

"继续努力吧！"

欧阳波平命令侯天亮几位机枪手火力掩护，战士们乘渡船过河。

肖启明一马当先跳入水中，最先游上岸。他抄后面山路爬上黄龙庵，将炮楼内鬼子机枪手打死。

这时，欧阳波平带领战士们渡过滦河，全歼滦河滩上的敌人，从正面杀上山。

战斗很快结束了，除龟田小队长和一个鬼子逃往龟口滦河大桥岗哨外，整个炮楼 50 个鬼子伪军全部被歼，缴获 50 余支步枪，三挺机关枪，一支驳壳枪，及大量弹药。

欧阳波平本想一鼓作气拿下龟口滦河大桥鬼子的岗哨，侦察员来报。

"报告营长，罗家屯、马兰庄敌人据点增援敌人到了龟口大桥西！共有一个大队及一个团的伪军！"

欧阳波平考虑敌强我弱，命令部队迅速向北部长城一带转移。

临行，欧阳波平将缴获来的驳壳枪和一支长枪交给肖启明。

"启明，驳壳枪送给方州书记，长枪是奖给你的！"

"谢谢营长，我替先生向您深表谢意！营长，这里距离肖家庄只有几华里路，您还是到家坐一下吧！先生可盼望您来了！"

"我必须带队转移，有机会我一定去拜见方州书记！"

"您多保重！"

罗家屯据点，日军中鸠大队长将各中队、小队头目及伪治安军团长集中到一起训骂。

"你们的，统统饭桶，太平寨山本小队刚被歼灭，黄龙庵炮楼也丢了，你们连个匪首是谁都搞不清！连日来，八路一股悍匪闯入滦河一带，其中有一名神枪手，打死多名皇军优秀狙击手！军部情报部门已查清，此人叫欧阳波平，是八路军的一个营长，非常厉害！近期就活跃在长城内外和滦河两岸！这个家伙非常狡猾，总是闪电式突袭皇军后就不见踪影，司令部一直在悬重赏捉拿他！"

"对啦！少佐阁下，这次攻打黄龙庵炮楼的八路中有一个枪法特准，像长了眼睛一样，专打脑袋，准是这个欧阳波平！"龟田低头介绍。

"少佐阁下，在下以为，滦河一带一定来了八路军主力部队，这支部队的指挥官用兵如神，就是八路匪首欧阳波平的部队！我们应向迁安守备队乃至唐山司令部请求支援！"鬼子小队长真方建议。

中鸠点了点头，"司令部要求我们与关东军密切配合，一定要将其活捉，砍下他的头颅祭奠被他杀的皇军勇士！"

"嗨！"

中鸠冲着伪治安军团长于得水说："限你三日内，查清匪首欧阳波平的行踪，否则撤你的职！"

"哎，是！"于得水哆哆嗦嗦地应承着，心想："就是要我的命，我也没办法，去哪儿找这些神龙见头不见尾的八路天兵啊。"

这天，欧阳波平带领部队驻扎在滦河西岸附近一个山洞里休整。由于连日急行军，与敌人周旋，部队疲乏不堪。司务长汇报，"营长，全营一点干粮都没有了，战士们已经饿三天了，只靠吃草根、树皮。"

欧阳波平看着战士们一个个干裂的嘴唇，转过身来跟教导员说："老杨，部队靠近三区根据地就好办了。你带好队伍，我去找石明书记，战士们不能这样饿下去啊！"

杨教导员点头同意。

"我们前不久拔掉龟口哨所，滦河桥敌人把守更加严密，化装过桥风险很大，不如找水浅地方蹚过去！"

"老杨，你忘了游泳可是我的强项啊！"

杨教导员笑了，对陈涛说："小陈，一定要保卫好营长！"

"是！"

欧阳波平带着陈涛，来到滦河岸边。

连日降雨，滦河水暴涨，由北而南奔腾不息。

"小陈，会游泳吗？"

"还可以，只会狗刨。"

"好！我带你游过去！"

说着，欧阳波平解下绑腿，一头系在自己胳膊上，一头系在小陈身上。然后，两人脱掉衣服，一起跳入波涛汹涌的滦河，同没顶的洪水搏斗。

两人用力游着，终于登上岸，顾不上穿好衣服就钻进青纱帐。

欧阳波平与陈涛从青纱帐走出，穿过三抚公路，绕开擂鼓台伪军炮楼，途经新立庄奔肖家庄走来。

正午，两人来到新立庄村南。地里、路上、村口一个人也没有，静得出奇。

"情况不对，注意警戒！"

欧阳波平心存疑惑，悄悄叮嘱陈涛。

"天气这么热，乡亲们可能正歇晌呢。"

两人悄悄向村子走去。在烈日下的青纱帐里走了大半天，几天没吃上一顿饭，两人肚子饿得直叫唤，嗓子渴得冒烟。

"快了，到方州书记那儿就有吃的喝的了。"欧阳波平说。

进村后，还是不见一个人，两人正纳闷，突然，后面传来喊声："站住！"

"抓八路！"

原来，罗家屯据点鬼子伪军的真方讨伐队埋伏在村口。

"快撤！"

欧阳波平说着，拔出枪和陈涛撒腿向村南口跑去。

子弹在耳边"嗖嗖"地飞，两人跳进路边的沟子，向敌人猛烈还击。

敌人越聚越多，这时，南侧也冲来一群伪军，敌人南北夹击，向两人合围过来。

"营长，你向东侧突围，我掩护！"

"要走一起走，要死一起死！最后一颗子弹留给我们自己！"欧阳波平命令道。

"抓活的！"

敌人一边吼着，一边放着枪，渐渐围拢上来。

"八路，快出来吧！缴枪不杀，皇军优待俘虏！"

"妈拉巴子的！"

欧阳波平举起双枪左右开弓，将走在前边几个鬼子一起撂倒。他瞄准旁边一个鬼子头目扣动扳机，枪没有响，没子弹了。此刻，陈涛枪中的子弹也打完了。

"小陈，你参军几年了！"

"两年，从十二团组建起，我就一直跟着您，只是给您当警卫员没多久。营长，我不怕死！"

"好样的！我们决不做俘虏！把枪毁掉！"

说着，两人用石头砸毁三支手枪。

"跟他们拼了，杀一个够本，杀两个赚一个！"

两人握紧石块站在马路正中，与鬼子怒目相对。

瞬间，鬼子围上来，真方奸笑着，"你们无路可走了！"

"去你妈的！"

欧阳波平将走在最前的鬼子踹个仰八叉，然后用石块狠狠向真方砸去，因用力太大，石块砸偏了，没砸中真方，击中旁边的一个鬼子头部，这个鬼子一声不吭倒地。

欧阳波平上前一阵拳脚，将几个鬼子撂倒，他刚要夺枪，突然，一颗子弹射向欧阳波平，"营长，闪开！"陈涛扑上前，子弹正好击中陈涛的胸部，他打了一个跟跄倒了下去。

"小陈！"欧阳波平大喊一声，一个箭步跨上前，抓起一个鬼子，狠狠摔去！随着"嘭"的一声，鬼子笨重的身躯砸倒后边几个鬼子、伪军。

气急败坏的真方拔出手枪对准欧阳波平就是一梭子，子弹正好击中欧阳波平的右小腿，欧阳波平倒地，敌人趁机扒下他的衣褂，将他捆绑在路边一棵大杨树上。

"太君枪法好准！这个家伙身手不错，一定有来头！看样子是一个八路军官！"汉奸翻译邱作星向真方谄媚道。

"哟西，八路穷途末路，被我们困在山里多日，没想他们还有这么强的体力，撬开他的嘴巴！"

说着，两个鬼子抡起枪托雨点般打下来，阳光下，欧阳波平黝黑发亮的皮肤顿时绽起道道血痕，浑厚的胸肌和块垒分明的腹肌组合成的倒三角身材迸发出一股坚韧力量。

欧阳波平怒视着敌人，一声不吭。

打了一会儿，真方突然想起日军驻唐大本营多次悬赏欧阳波平的通告。他走上前示意行刑鬼子停下来，拍着欧阳波平的胸脯说道："你的，八路的干活！大部队藏在哪里去了？八路神枪手欧阳在哪里？只要你说出来，我可以饶你不死！"此刻，真方并不知道眼前就是他和主子做梦都想抓住的欧阳波平。

"呸！老子就是你八路爷！八路遍地都是，早晚收拾你们这些狗强盗！"

欧阳波平一口唾沫吐在真方脸上，真方恼羞成怒，"打，给我往死里打！"

这时，邱作星走上前献计："太君，这是个八路头儿，要想让他招，必须从那小个子入手！"邱作星向真方低声耳语着。

"哟西，邱先生妙计大大的！"真方咧着嘴狂笑起来。

真方一挥手，命令鬼子将躺在地上的陈涛拖到欧阳波平前。此刻，受重伤的陈涛躺在地上喘着粗气，真方拔出指挥刀架在陈涛脖子上，指着欧阳波平吼道："说，他是谁！你们去干什么？"

"不知道！"

真方突然挥起指挥刀，恶狠狠向陈涛的心脏扎去。

伴随一声惨叫，陈涛停止了呼吸。

欧阳波平的肺都气炸了，一边破口大骂，一边挣脱着绳索。

杀人不眨眼的真方在白手套上擦了一下刀尖上的血迹。

"我看看你们究竟在吃什么？是怎样挺过来的！"

真方吼着，挑开陈涛的短裤，对着陈涛的腹部一阵乱割，陈涛的五脏六腑全部被挑出来。

"小鬼子，畜生！"

欧阳波平气得青筋爆裂，他痛苦地闭上双眼。

鬼子发现陈涛的胃里除了没有消化的树皮草根外，一点食物也没有，顿时惊呆了！

真方瞪着血红的双眼，将明晃晃的刺刀顶住欧阳波平的腹部，吼着："赶快说出八路主力部队到哪里去啦，滦河东共匪头子在哪里？否则，我要将你的肚子一刀刀割开，就像他一样！"

"小鬼子，操你八辈祖宗！给爷爷来个痛快的！"

欧阳波平骂着，真方攥着指挥刀在欧阳波平的胸前轻轻划动着，瞬间，欧阳波平胸部渗出道道血痕，他咬紧牙关，怒视着鬼子。

真方狞笑着说："看来，你是不招了。我试验一下，你这健壮体格能承受我几刀！我要将你大卸八块，让你慢慢死去！"

"呸！你把我剁碎，也休想从我身上获取任何信息！我的战友饶不了你们这群恶魔！"

欧阳波平怒目圆睁，一口带血的唾液正吐在真方脸上。真方大怒，举起明晃晃的尖刀向欧阳波平腹部挑下去，突然，一颗子弹飞来，正击中真方的手腕，真方指挥刀落地，疼得"嗷嗷"直叫。

这时，敌群后面枪声大作。原来，李方州带领区基干队队员从东面杀来，远远看到一个鬼子指挥官正在行凶，他手疾眼快，举枪击落真方扬起的指挥刀。

冲在最前面的李方州和肖启明，左扫右射，如猛虎一般，瞬间，鬼子倒了一大片。

真方被打蒙了，以为是八路军大部队杀来，放了几枪后，丢下欧阳波平仓皇逃窜。

由于这里距离罗家屯据点较近，李方州命令停止追击，打扫战场迅速转移。肖启明赶紧上前给欧阳波平解开绳索。

"方州书记——大哥！"欧阳波平不由自主地改了称呼。

"波平兄弟！"

两人紧紧抱在一起。

"我来晚了！"

大家含泪将陈涛的遗体拼在一起，就近掩埋。

欧阳波平伤心过度加之腿上的伤，他昏了过去。

"担架，快将欧阳营长抬回去抢救！"

肖家庄李家大院正房西屋李方州的卧室，昏迷不醒的欧阳波平静静地躺在炕上。

李方州派人从镇上请来地下党组织的一位医生为欧阳波平疗伤。这位喝过洋墨水的医生看过欧阳波平的腿伤，发现右小腿后上部被子弹洞穿且伤口已化脓，建议截肢，以保住性命。

李方州思考了一会儿摇摇头，医生表示不截肢自己无能为力。

李方州太了解欧阳波平这位战友了，如果截掉他的一条腿，即意味着他不能再赴战场杀敌，这个倔强硬汉是无论如何也不能接受这一现实的。

李方州打发走医生，决定亲自给欧阳波平的伤腿做手术。

凭着读师范前自学的医术，他坚信只要将子弹取出，防止感染，伤口就能痊愈。

李方州吩咐肖启明准备好器械，连夜做手术。

"黑子，你带人在院门口及各进村入口放好哨，我给欧阳营长做手术，不能有半点闪失！"

"是！"李方州收养的孤儿、区基干队队员李黑子走出屋子。

没有麻药，李方州担心意识半昏迷状态下的欧阳波平忍受不了手术剧痛，他正犹豫着。这时，欧阳波平睁开眼睛，向李方州点了下头。李方州找来一块新毛巾让他用牙咬住。

马蹄灯光下，李方州动作熟练、谨慎，汗珠不断从额头流下来。欧阳波平紧紧咬着毛巾，没有发出一声，很快又晕过去。

半个小时后，李方州终于将欧阳波平腿上的子弹取出来。

"没事了！"

李方州摘下口罩，长出了一口气。

"多么坚强的汉子啊，他的足迹踏遍大半个中国。为了赶走小鬼子来到咱们冀东浴血拼杀，如果无法保住这条腿，我一辈子对不住他！"

李方州认真清洗完欧阳波平胸部腿部伤口周围的瘀血，轻轻点上消炎药，又小心翼翼地裹着一层层纱布。

"启明，倒一盆温水来，我们给欧阳营长擦洗一下！"

"好哩！"肖启明打来一盆温水放在炕沿。灯光下，李方州、肖启明小心翼翼地将昏迷不醒的欧阳波平全身擦洗干净，盖好被子。

"先生，不早了，您休息一会儿，我来看护欧阳营长。"

"好，我去查一下岗哨！"

李方州检查四个村口岗哨，一切正常。回到房间，李方州让肖启明回厢房休息。看着欧阳波平安静地睡着了，他开始审阅各村转来的信件。

早晨，阳光照进屋子，欧阳波平醒过来，李方州露出欣慰的笑容。

欧阳波平掀开被子，发现自己全身赤裸，黝黑的脸膛有些发红。

"没关系，到家了！"李方州笑着说。

欧阳波平挣扎着坐起来，"方州大哥，小陈的遗体！"

"别动，你还需要好好疗养一段时间。放心吧，小陈的遗体我安排厚葬了，滦河儿女永远会记住他的，我们一定要报仇！我已经安排区基干队同志将最近筹集的粮食转运过去。你放心吧，现在重要的事就是安心养伤。"

欧阳波平紧紧握着李方州的双手，激动得说不出话来，这位刚强的汉子流下两行热泪。

"谢谢，方州大哥，几年了，从长江到黄河，再到长城，爬雪山、过草地，睡山洞，我从来没有睡过一夜舒服觉，今天死了也值了！"

这时，李方州三嫂王氏端来热气腾腾的饺子和鸡蛋汤走进屋子。

"欧阳营长，你终于醒了，可把义香吓坏了，他不仅亲自为你做手术，而且陪你到半夜。"王氏说。

"三嫂，你话真多！"

欧阳波平注意到李方州双眼布满血丝，他心头一颤，泪珠顺着脸颊落下，握紧李方州的手久久说不出话来。

"方州大哥，兄弟不仅这条腿，这条命都是你捡来的！"

"你不也救过我吗？为了赶走小鬼子，全国劳苦大众都过上美好生活，我们的生命早就融为一体了！"

欧阳波平穿上衬衣，坐起来，靠在枕头上。由于饿得难受，他端起满碗饺子大口吃了起来，吃了一半工夫，欧阳波平突然停下来，问："方州大哥，你和伯父伯母、三嫂为什么不吃？"

"我们都吃过了！"

看着欧阳波平将饺子吃完，李方州拿着碗走出里屋，他来到客厅，与父母、三嫂一家喝起玉米粥。

"老叔，我半年没吃着饺子了，真想吃一口。"李方州大侄儿李丛林说。

"欧阳营长在咱家养伤，需要补充营养。我们就艰苦点吧，等把小鬼子赶走，我天天让你吃饺子。"李方州微笑着说，看着消瘦的侄儿、侄女，他心中很不是滋味。自打全面抗战爆发以来，县区武装干部、八路军领导经常留宿李家，加之保障部队物资供应，李家早已失去昔日富裕殷实之家的伙食了。

"敌人扫荡不断，一定要保障欧阳营长的安全！"李方州父亲李庆合说。

"爹，您放心吧！欧阳营长的命比我重要，我不会让他有任何闪失。"

说着，他吩咐李丛林，"你带领儿童团员24小时不间断站岗，外边有任何动静，迅速传递暗号！"

"好的，老叔！"

李方州还是不放心，他亲自到街头转了一圈，发现村口民兵哨岗均

正常，才回到屋子里。

李方州将肖启明、李黑子叫来，"启明、黑子，今天我交你俩一项重要任务，进山给欧阳营长挖草药！欧阳营长的伤很重，我们除想方设法从镇上搞到西药外，还要运用中医土办法，使他尽快恢复健康！"

"先生，您放心，保证完成任务！我们对山上的远志、红根等各种消炎草药熟悉着呢！"

"好，一定要注意安全！"

肖启明、李黑子上山去挖草药了，李方州回到房间。

这时，欧阳波平静静地坐在炕上，翻阅着李方州的几本日记。

"砖的长城，肉的长城，我们要把胜利的旗帜，飘扬到东北天空。冲破黑暗，震醒人心，枪口朝向外，我们的心是战鼓，我们的喉是军号，保卫国土，把我们的血肉筑成我们新的长城！"

欧阳波平读着日记，不禁热血沸腾。

"方州大哥，品味你的抗日誓词，真让我佩服得五体投地！从你身上，我读懂一名知识分子的忧国忧民情怀！中国要是多些你这样的血性汉子，还愁打不败小鬼子？"

"过奖啦，波平，我哪儿比得上你这个经历长征的红军战士！你的革命经历比我丰富啊！"

"'五岳峙方州，台峰争鼎辟'。大哥，名号言志，你心系苍生，胸怀像大地一样宽广。化名'石明'寄寓着你救国救民的'使命'！是不是？"

"知我者，波平弟也！北宋欧阳修名句曰：'残霞夕照西湖好，花坞苹汀，十顷波平，野岸无人舟自横。'弟的名字想必得来于此？烽烟四起遭蹂躏，山河破碎战火急。弟明志则在于'封侯非我意，但愿海波平'。"

"正是，您太了解兄弟了！今生得方州大哥一知己足矣！"

"波平水阔荡方舟……今后滦东地方抗战工作，全仰仗兄弟了！"

"血沃冀东骨亦香，与义香大哥并肩作战感到自豪！"

"波平，在反'蚕食'斗争中，你率领全营指战员，连克数镇，所向披靡，粉碎了敌人无数次的围攻和扫荡，说说你来冀东的经历吧，以前来去匆匆，咱哥俩没有机会长聊。"

"每次胜利都离不开大哥与地方人民的全力支持啊！在平西我任冀热察挺进军随营学校军事教育科科长，后随军挺进冀东，开辟抗日根据地，曾任冀东军分区教导队军事教员，与地方干部接触颇多，您给我印象最深。"

"哦，原来你也是教员出身！冀东干部大多数是到平西培训过的，看来，你早就播撒冀东抗战的火种了。"

"跟大哥比差远啦！去年，冀东军分区为提高干部军政素质，增强部队战斗力，建立了教导队，让我兼任军事教员。由于战事异常频繁，我就利用战斗空隙编研教材，以山洞田埂做教室，边打仗，边教学，我们的干部战士多来自冀东，他们作战勇敢，就是文化素质薄弱一些。"

"是啊，军阀混战，民不聊生，冀东沦陷比较早，国民太需要提升文化素质了！波平，你练出了一手好枪法，是团里有名的'神枪手'，弹不虚发、百发百中。谈谈你印象比较深的以少胜多战斗，总结一下经验。"

欧阳波平谦虚地笑了。

"那是一个夏季深夜，军分区司令部主要领导率十三团和教导队，由蓟(县)玉(田)边界的杨家套一带转移到蓟县十棵树村宿营。次日凌晨，部队遭到数千名日伪军袭击。敌人炮火猛烈轰击，民房被毁，浓烟滚滚。随即，敌人施放瓦斯弹。空中毒气弥漫，部队伤亡惨重，战士们以被敌炸毁的残垣断壁为依托。与敌展开了鏖战，没有让敌人前进一步，掩护司令部冲出了敌人的包围圈，狭路相逢勇者胜！战场上既拼实力，也拼锐气！"

李方州一边认真记录着，一边思索着。

"三湘子弟坚韧、勇敢、血性的霸蛮性格，于兄弟身上尽显。国家积弱，民众麻木，列强输送鸦片，诱惑国民吸食，他们长期在精神和肉体上摧残国民，改变国人的体能不是一朝一夕的事啊！在敌强我弱情况下，我们要智取，扩大回旋余地，部队化整为零，分散活动！"

"对，战场上不仅靠体力，更要靠头脑！"

欧阳波平兴奋地讲述着，眼里泛出亮光，李方州赞许地点着头。

听着欧阳波平略带湖南腔的文雅谈吐，注视着他那沉稳刚毅的面孔，李方州对这位年轻的指挥官的敬意油然而生。

傍晚，肖启明、李黑子背着一筐的草药兴冲冲回来，李方州亲自选择几种，交给三嫂王氏，为欧阳波平熬药。

李方州来到院子，看到侄女小丛艳和二侄儿小丛生正在喂鸡。几只芦花公鸡"扑啦啦"地跑过来，两个孩子一起将手里的几只大蚂蚱扔在地上，说："花花，快长肉吧，好给亲人熬汤！"

李方州蹲下身子，抱起两个孩子，亲切地问："菊儿，生儿，你们说给谁熬汤啊？"

"给欧阳叔叔！"

"妈妈说欧阳叔叔是打鬼子受的伤，我还想给他下河抓鱼呢！"

"好孩子，真懂事！"

李方州用脸贴了一下两个孩子的脸蛋。随后，他走出院子去查村口岗哨。

夜幕降临了，王氏端着冒着热气的鸡汤和炖鸡肉走进屋子。

"他叔，你趁热先把鸡汤喝了。"

"三嫂，别费事了。中午米饭炖肉，晚上又炖鸡，您让我往哪儿吃啊？"

"你身子很虚，需要好好补一下！"

"咱全家一起吃吧！"

"我们都吃过啦！"

"不行，我要与大家一起吃饭。"

说着，欧阳波平挣扎着想下炕，王氏赶紧拦阻，"他叔，你别忘了，李家在迁安也算得上有名的富户，吃饭不成问题的。你伤养好，重返战场杀鬼子，这是大家的共同心愿。"

感受着亲人般的温暖，欧阳波平端起饭碗。

"药煎好了，饭后注意服用。"王氏说着，将药放在炕上。

看着欧阳波平吃过晚饭，服过中药汤，王氏欣慰地笑了，悄悄退出屋子。

李方州布置好院门及全村各路口岗哨，返回屋子，他拿出一支驳壳枪递给欧阳波平。

"这把枪跟随我多年了，你拿去防身吧。"

"方州大哥，您的安全更重要，枪我会想办法搞到，您放心。"

"枪是你的生命，作为一名神枪手，一名军事指挥员，不可一日无枪。"

"那您咋办？"

"我还有一支，你送的啊！"

欧阳波平收起枪，与李方州又聊了起来。夜很深了，两人依然谈兴正浓。

"大哥，你们这样照顾我，如果我住上一个月，李家再富，也得被我吃穷了！说实话，我活这么大，还没享受过这么丰盛的饭菜。"

"放心吧，皮铺、杂货店生意都还行！你是冀东抗战功臣，给你补

好身子，身板壮壮的，多杀几个鬼子，也算支援抗战嘛！"

"我天生偏瘦，没有一点儿脂肪，这几天明显感觉长起肌肉来了！"

"确实，像你这样强健的男儿不多见。国家贫弱，国人不仅文化素质差，体质也很弱啊！大多数士兵面黄肌瘦，体能素质不及鬼子！"李方州语气沉重地说。

"小鬼子的拼刺刀技术很强，在与敌人的肉搏战中，经常是杀掉一个鬼子牺牲七八位战士的生命！"欧阳波平痛心地说。

"是啊，没有富强的中国，一切都无从谈起！"

说到这里，李方州的眼眶湿润了。

突然，李方州想起欧阳波平还没吃西药，他赶紧倒来一碗开水，让欧阳波平将消炎药服下。

"波平，时候不早了，先休息吧！"

说着，李方州给欧阳波平端来一盆温水，轻轻为他擦拭着双腿和双脚。

"波平，你这体型跟启明一样，精干，肌肉线条匀称，如同雕刻一样，启明可是少林和尚出身，练武十几年呢！"

"不瞒大哥，我小时候登山打柴是常事，也曾跟一位师傅练过几招。到部队常年徒步奔波，走泥丸，踏荆棘，磨出一副铁脚板，小腿肌肉最坚实！另外，行军打仗间隙，我都不忘记做俯卧撑，团里谁也做不过我！"

"怪不得如此厉害，这腿上腱子肉太发达了，所以伤好得也快！"

"大哥过奖了。我养成一个习惯，每到宿营地，只要有水，都要泡脚，洗冷水浴。就因为这个，团里有人说我有洁癖，国民党小资产阶级习气重，我才不管他们咋说呢，该坚持还坚持，反正身上没一个虱子。"

"讲究卫生也乱扣帽子，这人太没素质啦！"

"方州大哥，在李家这几天，是我一生最幸福的生活，你们对我太好了，不知为什么，我对长城脚下、滦河岸边这片土地有一种特殊的感情，当我躺在炕上的时候，找到一种童年生活的感觉，在您面前感到特别轻松自然！"

李方州轻轻地拍了欧阳波平的肩膀，"到家了，别再称'您'啦！"

"好！方州大哥，我有一个请求，如果你不嫌弃，我想与你结拜为兄弟！"

"我们是党内同志，就做革命兄弟，不过，我求之不得有你这样一位弟弟啊！"

"愿我们为抗战同生死！"

"共患难！"

"大哥！"

"小弟！"

说着，两人握紧双手。

"抗战胜利后，我来肖家庄定居！"

"好，将老家的老人接来，我们共同抚养四位老人！"

"父母一生勤劳本分，我离开家时外出谋生的父亲下落不明，母亲重病在身，十多年了，不知他们是否还在世。"

"没事的，好人自有天助！"

李方州握着欧阳波平的手，郑重地说："兄弟，战场子弹不长眼睛，冀东日伪统治根深蒂固，汉奸丛生，我们都要做好牺牲的准备。只是放不下我们的亲人，特别是老人，如果哪一天我不在了，你……"

"哥，不要说了！我们命硬着呢！小鬼子不赶走，我们决不能牺牲！"欧阳波平打断李方州的话。

"我说万一。李家我这一代哥四个，我与大哥、二哥是同父异母，与三哥是同父同母。大哥年长我几十岁，早就去世了，二哥夭折，三哥是个本分商人，常年在天津打理商铺，天性善良胆小怕事。我闹革命、打鬼子，不仅日本人恨之入骨，汉奸恶霸怀恨在心，让我忧虑的是我们党内也存在一股'左倾'歪风，有的地方干部对富户心存成见，利用完后不分青红皂白进行残酷打击！李家毕竟曾为迁安首富，将来……"

"哥，你放心！别说你不会有事，万一你真有个三长两短，有我在，不管出现什么局面，决不让李家受到半点伤害！今后我是你亲弟弟，你的父母就是我的父母，你的亲人就是我的亲人，我生死都是李家人！"

"好兄弟！"两人紧紧拥抱在一起。

长城内外巧突围

在李方州和李家人精心照料下，欧阳波平的腿伤渐渐好转，他准备归队。

"哥，这些天，除了吃炒鸡蛋就是炒瘦肉，还有我最爱吃的板栗，瞧，这条腿早痊愈了，浑身都是劲儿。我该回去了！"

李方州说："我带启明出去一趟，等我回来送你走！"欧阳波平点点头。

李方州和肖启明跨出院子时间不长，驻罗家屯的日伪军又来村子讨伐。李方州父亲李庆合将欧阳波平藏进炕洞，与搜索院子的鬼子汉奸巧妙周旋，总算将他们打发走了。李庆合为欧阳波平的安危捏了把汗，他吩咐管家李忠把好门，然后与老伴苏氏走进屋子。

这时，欧阳波平从炕洞里钻出来，看到大汗淋漓的李庆合，他上前"扑通"一声跪在两位老人跟前："爸、妈，您二老受惊了，请受孩儿一拜！"

欧阳波平的举动让两位老人愣了一下，但他们很快笑了。

"快起来，我们很高兴，多了你这么个好儿子！"

"说实在的，我第一眼看到你，觉得你与方州长得跟哥俩一样，这是上天的缘分啊！"

李庆合与老伴乐得合不拢嘴，将欧阳波平扶起来。

"我又多一个亲叔喽！老叔好！"

李丛林跳着脚喊起来，欧阳波平抚摸了一下李丛林的头，然后抱起李丛艳、李丛生两个孩子亲了一下。

"等老叔回来，咱照个全家福！"李丛林嚷着。

"什么事啊，这么高兴！"

李方州带着肖启明从外边走进来。他们进村时，发现敌人刚撤走，李方州担心欧阳波平的安全，匆匆赶回李家大院。

"好险，刚才鬼子又来搜家了！方州，欧阳营长也是咱家一员了！"

"爹，我们哥俩早就成兄弟了！因分别是部队和地方负责人，当众只能叫同志。波平，这是哥给你买的礼物！"

说着，李方州将一个包裹递给欧阳波平。欧阳波平打开一看，原来是一双崭新白色"双钱"运动鞋。

"我知道你喜欢穿这个牌子的运动鞋，又买一双！"

"太好了，谢谢哥！"

欧阳波平接过鞋，端详了一会儿，将鞋穿在脚上。

"舒服，正合适！"

"我们是手足兄弟，这脚上的礼物有了，手里也不能缺。"

说着，李方州从衣袋里掏出一支精致的袖珍钢笔，递给欧阳波平。

"兄弟，这是以前我在天津估衣商业街买的，今天送给你！"

欧阳波平接过笔，爱不释手。

"哥，你想得真周到，让弟弟送你什么礼物？"

"你的礼物我早收下了。"

说着，李方州从衣袋里拿出一颗子弹头。

"这是从你腿上取出来的，我留下作纪念。看到它，就会想起英雄弟弟浴血疆场的情景！"

"大哥！"

欧阳波平抓紧李方州的手，激动得说不出话来。

欧阳波平将钢笔别在衣袋上，穿着运动鞋走来走去，不时照着镜子，李家一家人开心地笑了。

"今天中午，我们好好庆祝一下！"李庆合说。

"爸，我离开部队多日，敌人疯狂扫荡，我得赶紧回去！"

说着，欧阳波平向李方州递个眼色。

"是的，爹，情况严峻，波平在这里时间长了也不安全，他该归队了，部队离不开他。我现在就送他进山！"

李方州吩咐家人给欧阳波平准备一个装好干粮的褡裢。

欧阳波平与李家依依话别，苏氏将十几个煮熟的鸡蛋和炒熟的板栗仁装进褡裢里，塞给欧阳波平。

"孩子，等打完鬼子，我们一定要吃个团圆饭！"李庆合说。

欧阳波平点了点头，说："等将小鬼子赶出中国，我一定将二老接到湖南，游览一下湘江风光。二老就是我的亲生父母，我盼望有机会咱们照张全家福！"

欧阳波平再三嘱咐老人保重身体，然后一步一回头地迈出李家院子。

担心欧阳波平的一路安危，李方州执意亲自送欧阳波平通过五重安伪军炮楼。

两人打扮成商人模样，来到五重安伪军据点城楼门口。两个伪军正盘查每个过往行人。

"干什么的？出示良民证！"伪军哨兵拦住李方州和欧阳波平。

李方州拿出两张通行证在哨兵眼前晃了一下，"老总，我们去建昌营商铺取点货，路过贵地，请行方便！"

哨兵接过良民证看了一下，刚要放行，尖嘴猴腮的伪军班长走过来。

"站住！我看你俩不像商人！"

"我们是'三合兴'皮铺的！"欧阳波平连忙说。

"'三合兴'皮铺我们都知道，是迁安城北最大的商铺。我咋没见过你？听口音你不像迁安人，给我抓起来！"

李方州上前挥起手掌一巴掌打在伪军班长脸上，斥责道："你瞎眼了吗！他是'三合兴'皮铺三少爷李井香，常年在天津经商，乡音有些变了，这有什么新奇的！戈你们所长去！"

伪军班长被这一巴掌打蒙了，他刚要发火，旁边的哨兵凑上前低声说："班长，这是'三合兴'皮铺少掌柜李方州，连所长都怕他三分。李方州确实有个哥在天津经商。"

伪军班长余怒未消，拔出手枪，瞪着三角眼打量着李方州，他听说过李方州如何厉害，久闻"三合兴"皮铺在迁安商界的影响。

此刻，李方州凛然态度和威严目光令伪军班长心里发虚，他晃着手中的王八盒子说："对不起，李少爷，现在皇军要求加强戒备！如果放过一个八路共匪，我的脑袋就搬家了！"

说着，伪军班长转过身仔细端详着欧阳波平，发现两人相貌虽然相似，但皮肤明显不同，李方州黄麦色，欧阳波平黑脸膛。

狡猾的伪军班长皮笑肉不笑地说："李少爷，您说这位是您哥哥，但你们皮肤颜色相去甚远啊！"

欧阳波平解释道："老总，我在天津经商期间习武多年，担任一家武

馆教练，常年赤膊训练，晒了一身黑皮肤。"

说着，欧阳波平敞开褂子。阳光下，欧阳波平线条分明的肌肉黝黑发亮。伪军班长听说欧阳波平会武功，再看那身结实的肌肉块儿，顿时像霜打的茄子。

旁边一个伪军小声嘀咕说："班长，咱们别惹麻烦，到头来吃不了兜着走。"

李方州担心时间拖下去巡逻鬼子过来，扔给他们两枚铜币，说："给兄弟们打壶酒吧！"

伪军班长接过铜币，连忙赔笑说："李少爷，息怒，小的有眼不识泰山，你们请便吧！"

李方州带着欧阳波平顺利通过五重安镇两道哨所，在村东小山头上，两人话别。

"哥，今天多亏你的智谋才得以脱险。这些汉奸够狡猾的！"

"我这一巴掌不如兄弟这身精干的身材厉害，他们被你镇住了！"李方州幽默地说。

"这黑皮肤还差点惹麻烦，如果我也拥有你这黄麦色该多好！"

"那我们简直就是双胞胎了！波平，往前走不足十华里就是小关村，那里有我们的同志接应你，直接送你到部队驻地。天凉了，别着凉！"

说着，李方州给欧阳波平系好褂子上的纽扣。

"结实着呢！"欧阳波平紧紧握着李方州的双手，"哥，多保重！我会常来看你的！"

"兄弟，珍重！进一步扩大滦东区根据地就靠我们俩啦！秋后，我将启明送到部队做你的警卫员！切记，身边的人一定要靠得住！启明到你那儿，我心里踏实。"

"你心里踏实我不踏实，他离开你，你咋办？"

"弟弟，启明不是咱俩的保镖，他是咱俩的兄弟，我们都有责任培养他，到部队更能锻炼他！再说，我身边还有黑子，他也很机警，跟随我多年了！"

欧阳波平点了点头。

湛蓝的天空飘浮着朵朵白云，远处的长城蜿蜒起伏。欧阳波平走在山路上，不时转身向李方州挥手告别。

看着欧阳波平消失在崎岖的山路上，李方州转过身，大踏步向肖家庄走去。

入冬的一天，鬼子驻唐联队部大院军乐响起，日军第 27 师团第 27 步兵团第一联队联队长田浦竹治举行盛大欢迎仪式，欢迎步兵团司令部移驻唐山。

兵团长铃木启久在一群军官簇拥下走下轿车，这个鬼子指挥官身材魁梧，脸色乌黑，戴着一副金丝眼镜。

铃木等走进指挥部，立刻训示："一年来，田浦联队长担负冀东防务，剿共取得很大成绩，但尚未达到司令部剿匪的目标！治安军配合皇军，担任着治安和剿灭八路军的重要任务，皇军拿出大批武器和弹药予以援助，但是治安军战斗力欠佳，士兵对八路十分恐惧。今后，司令部将陆军预备役大佐派进治安军本部，中、少佐派进各旅做顾问，密切监督，务必使其在皇军组织下加重讨伐！"

"嗨！"

"嗨！"鬼子、治安军头目挺起身子叫道。

铃木推了一下金丝眼镜接着说："目前，团以下各队军风纪一般尚好，大东亚战争在各个战役中取得辉煌战果，令人庆幸。对广大南方地区来说，确保中国大陆，关系着将来战果。所以，驻京津地区将士负有重大责任，望全体官兵加倍奋勉！司令部根据目前情况，把重点放在冀东地区，确保治安！下面请田浦君说辖区治安情况。"

田浦竹治汇报说："今年以来，八路军小部队活动猖狂！联队外出经常碰上地雷爆炸，致使交通中断。夏季，唐山至丰润间'河北交通'汽车运行途中，数次遭到八路军袭击，数十联络兵被打死，文件被夺走。"

铃木听后，审视着墙上悬挂的作战地图，命令："立即将兵力重点指向北部山区！"

"嗨！"

这时，鬼子电报接收员给铃木递过来一份电报，铃木看完兴奋地说："大本营刚收到无线电广播：大日本皇军袭击美国珍珠港湾获得极大战果！整个支那我们唾手可得啦！大东亚共荣圈指日可待！"说完，他一阵狂笑。

"天皇万岁！大东亚共荣万岁"

田浦竹治跳起来高呼，黑框眼镜掉在地上，他慌忙拾起重新戴上。

鬼子军官、治安军头目跟着狂呼不止。

欧阳波平回到一营驻地，带领战士们采取声东击西的战术，在滦河两岸开展山地游击，摧毁鬼子、伪军多个炮楼。部队来无影去无踪，霹雳伏击打得鬼子、伪军丈二和尚摸不着头脑。不久，一营与十二团主力部队成功会合在丰滦迁交界一带。

唐山日军步兵团司令部，铃木急得像热锅上的蚂蚁，他急于向师团长邀功，可自从司令部从天津移师唐山，两个月过去了，迁安滦河两岸经常传来鬼子据点遭袭击、炮楼被端的消息，各县鬼子伪军连八路军的影子也找不到。

深夜，铃木将田浦竹治和驻迁安沙河驿据点的第三联队队长小野叫到自己的办公室。

"冀东治安令人忧虑，你们要密切配合，调动治安军战斗力比较强的几个团，想方设法把治安搞好，尤其是迁安地区！要首先把八路军的地下组织彻底肃清，摸清他们主力部队的行踪！"

"是！请将军放心！"田浦弯腰表示，"据探子获取的情报，冀东八路军最大头目叫李运昌，此人很狡猾，我们几次获取他的行踪去围剿，他都逃脱了，不过，八路最厉害的是一个叫欧阳波平的营长，皇军吃了不少亏！"

小野介绍说："这个欧阳不仅善于打伏击，还是个神枪手！他一日不除，冀东不得安宁啊！"

铃木拉下黑脸，阴险地说："利用支那人，发展情报，施以重金！一定将主要八路匪首活捉！"

"是！您放心！"

田浦介绍说："八路军徒步行军速度快，行军力强，他们巧妙利用地形，打伏击战或山地运动战，而且，部队随时随地从居民征集给养，没有医疗机构，伤员托付在农民家里。这些土八路虽然重武器匮乏，但射击准确，手榴弹投掷又远又准，他们时而分成小股，时而集成大部队，非常灵敏，捕捉实为困难。"

铃木说："这其中的原因是八路军有地下工作。按八路军地下工作强弱，我们要划为治安区、准治安区和非治安区三个等级，采取不同政策，扩大治安区。治安区采取怀柔政策，准治安区采取威胁，非治安区采取恐怖政策。另外，八路没有钢盔和防毒面具，阵地战中要用瓦斯攻击！"

"嗨！"

"我听说过八路匪首欧阳波平。情报显示，他的伏击战打法令皇军

捉摸不透，他的枪法百发百中，非常厉害！曾在白草洼击毙帝国最优秀将士武岛队长，一定要将其活捉，割下头颅祭奠殉难他手的优秀帝国将士！"

"嗨！嗨！将军明鉴，属下定将竭力去办！"

1942年1月中旬，军分区司令员李运昌、团长曾克林、营长欧阳波平率领十二团进发到迁安县（今迁安市）杨店子据点西侧一带村庄。

傍晚，李运昌在杨店子西侧的贯头山村召开会议。

"入冬以来，敌人不断扫荡，我们要打击敌人的嚣张气焰！不久前，包司令率部在遵化果河沿全歼治安军第四团，取得重大胜利！为了进一步巩固基本区，军分区决定攻打杨店子据点！守敌是伪治安军第20团，这个团官兵大部分是地富子弟，受日寇奴化教育较深，装备精良，号称'天'字治安军。我冀东主力部队打这样规模的攻坚战还是第一次，因此，必须打好这一仗！"

作战命令传达到各基层连队，战士们摩拳擦掌。

深夜，李方州接到十二团攻打杨店子的消息，立即组织区基干队队员及各村报国会成员，星夜兼程赶赴罗家屯、建昌营、县城通往杨店子的主干道，用锹镐刨毁公路数百里，将电话线一一掐断。

1月20日下午四时许，指挥部下达攻击命令，顿时，轻重武器一起朝杨店子据点开火。

"轰轰"！迫击炮呼啸着飞进据点。守敌在一片慌乱中开始还击，镇内火光四起，浓烟腾空。

黄昏时分，冲锋号响了，欧阳波平率一营突击部队发起进攻。敌人一边用火力拦截，一边将据点外的鹿砦浇上煤油点着。突击队战士们冒着枪林弹雨、顶着浓烟烈火冲进镇里，枪声、手榴弹爆炸声混杂在一起，喊杀声山呼海啸。

"喂，喂！"伪军团部，惊慌失措的伪军团长不断拨打县城和罗家屯据点日伪军的电话，但怎么也拨不通。

残垣断壁间，战士们与敌人展开激烈巷战，喊杀声、刺刀撞击声响成一片。肖启明冲在最前，他赤手空拳，接连撂倒几个伪军。一个伪军从身后持刀劈来，肖启明一探身，右脚后退一步，来个"浪子踢球"，将这个伪军踢出老远。

突然，肖启明发现一个伪军躲在墙角举枪向正在拼杀的欧阳波平射

击，他一个腾空翻，来个"鹞子钻云"，飞起一脚，将伪军手中的枪踢掉，随即再来个"大鹏展翅"，将这个伪军打得直咧嘴。

欧阳波平看到眼里，伸起大拇指。他觉得这个功夫小子眼熟，跨上前一看，原来是肖启明。

"启明，你什么时候来队的！方州书记同意吗？"

"营长，我到咱部队一个月了，是先生亲自送我来的！他让我在战场上保护好您！"

由于战事紧张，一营分散行动，肖启明来到十二团跟随一营杨教导员率领的二连行动，杨教导员没有来得及跟欧阳波平汇报。

听了肖启明的话，欧阳波平心里暖乎乎的。

"启明，保护好自己！"

说着，两人又冲进阵地，与敌人展开肉搏战。

此刻，一营突击队被敌人困在镇里，五连冲进去又包围治安军，双方形成犬牙相错的胶着状态。

午夜，杨店子据点两翼的王庄子、殷官营据点被二营攻克，残敌窜进杨店子，战士们乘胜追击。杨店子大街小巷杀声震天，敌我双方逐院逐屋进行争夺，治安军尸横遍地。天渐渐亮了，攻城部队会集在一起，向伪军团部发起猛攻。这时，鬼子增援飞机从东南方向斜冲过来，向地面猛烈扫射。团部命令攻城部队暂时撤出战斗，立即转移。

伪治安军20团损兵折将，在援敌掩护下，伪军团长带领残敌放弃杨店子据点，向迁安县城（今迁安市）逃窜。

罐头山山坡松树林，十二团在此进行休整。团长曾克林给战士们做总结。

"拔掉了杨店子据点，对扩大滦东区有着深远影响。杨店子大捷，地方武装配合十分默契，没有三总区地方同志破交，切掉日伪军外援，物资保障到位，我们取得胜利是不可想象的！"

站在队伍里的肖启明听后笑了，暗想："先生，真棒！您领导的三区又受表扬了！我也不会给您丢脸的！"

欧阳波平也格外开心，"方州哥，真为你骄傲！今后我要与你竞争杀敌，兄弟共同驰骋滦东战场！"

晚饭后，欧阳波平来到战士宿营地，将肖启明叫出来。

"启明啊，今天亏了你救我一命！"

"营长，别客气，咱俩谁跟谁啊！我长这么大最佩服的只有两个人，

一个是方州先生，一个就是您！您不仅是神枪手，还当过军事教员。"

"那是战士们抬举我。"

"营长，跟您走个后门，有空给我讲讲军事知识呗！"

"你这嘎小子，本事比我大多了！"

欧阳波平用手指刮了一下肖启明的鼻子。

"先生送我来部队，是让我给您做警卫员的，专门保护您！"

"先生送你来部队，就是想更好发挥你的武术特长。启明，给你讲一下我经历的战场故事。一次，我带领一个连的战士遭遇小鬼子包围，我们与他们肉搏，没料到一个小鬼子的拼刺刀技术十分厉害，几个战士连续惨死在他的刺刀下，最终杀掉这个鬼子，付出 8 名战士的生命，至今让我心痛。"

"营长，我一定为牺牲的战友报仇！"肖启明瞪大眼睛说。

"我们的士兵虽然具备一定军事素质，有勇气，但因国家贫弱，大多数战士童年期营养不良，在体能素质上远不如小鬼子。启明，你身体素质特别棒，而且功夫深厚，我想让你带头组建尖刀突击班！由你在全营挑选精壮士兵，利用战斗间隙，教大家少林功夫，以减少肉搏战中战士们的伤亡！"

"忒好啦！营长，您放心，我一定带出一支真正的尖刀班，让小鬼子闻风丧胆！"

"好，我相信你！今晚就成立尖刀班，开始训练！"

"是！"

"不过，营长我还想做您的警卫员！"

自从侯天明、陈涛相继牺牲后，欧阳波平心情很沉重，他数月内没有给自己配备专职警卫员。这次，肖启明来到身边，他从内心深处喜欢这个孩子。

"那好吧，兼任我的警卫员！不过，你重点是带好尖刀班！"

"太好了，谢谢营长！"

欧阳波平带着肖启明在全营各连中一共选出 10 名体格健壮的战士，正式成立尖刀班，由肖启明任班长，当晚开始操练起来。

杨店子战斗伪治安军惨败的消息传到日军华北司令部，冈村宁次震惊了，他认识到依靠治安军独立确保冀东治安是不可能的。他任命铃木启久少将担任 27 师团北部防卫区司令官兼 27 步兵团团长，从平津地区抽调大量日军火速驰援冀东，由铃木启久统一调度各县日伪军，开始大

规模扫荡。

唐山日军兵团司令部，铃木召集驻各县鬼子中高级军官及伪治安军团长训话。

"冀东治安军统统饭桶，令皇军失望！号称'以剿共为己任'的治安军，实际不堪八路军一击，无法完成所担负任务!随着八路军势力不断扩展，冀东治安逐渐恶化，冈村将军十分震怒！"铃木鼓着乌黑的腮帮子咆哮着。

"目前，冈村将军已派27师团精锐部队增援，与我部联合行动！冀东地区是帝国的后方基地，这里拥有帝国工业的重要资源长芦盐和开滦煤矿，切望全体将士为确保和加强治安而奋斗，以达成师团驻屯目的！今后，各县驻屯军要扩大扫荡兵力，延长扫荡时间，同时在扫荡间隔中进行讨伐，杀光！烧光！抢光！"铃木恶狠狠地说。

"嗨！"

"嗨！"鬼子伪军大小头目领命而去。

铃木与鬼子司令部参谋长继续商讨军事部署。

铃木说："冀东与满洲国接壤，我们治安情况好坏，直接影响满洲国的治安。通知关东军大本营，请速派精锐部队密切配合关内皇军，全力围剿长城一带八路，特别是八路匪首欧阳波平神枪队！"

"将军，围剿八路神枪队，兵贵精而不贵多！治安军人数那么多不是连遭败仗嘛！关东军第8师团原田中队是一支常胜部队，中队有很多帝国优秀的狙击手。尤其是中队长原田东两大尉十分凶悍，参加过第一次世界大战！请以师团名义向军部提出申请，让原田中队入关内配合迁安罗家屯中鸠大队沿长城沿线进行围剿，同时入关扫荡常态化，重点对付匪首神枪手欧阳波平部！"

"妙计，马上办！"铃木摇着脑袋阴笑着。

"嗨！"

在鬼子加紧对冀东地区扫荡围剿过程中，十二团团部奉军分区命令，部队再次以营或连为单位，分散行动，向长城以北转移。欧阳波平带领一营连夜百里急行军，从白羊峪跨越长城，转战到口外山区。

欧阳波平带领一营转战在口外深山老林中，部队不断遭到驻承德的关东军和驻青龙的伪满洲军的围堵，一营只好以连为单位分头突围。

午后，二连长张顺带领小分队在雪峰山山坡上与一股敌人遭遇，他迅速组织战士们还击。谁知，这支鬼子部队火力十分凶猛，不仅枪打得

准，而且还有山地炮轰击，战士纷纷倒地。

原来，这支凶悍的鬼子部队正是号称"常胜军"的原田东两中队。中队长原田东两身躯肥大，他穿着厚厚的军大衣，脚蹬皮靴，一嘴八字胡，两只火轮眼冒着凶光。这次，原田奉师团司令部命令从承德赶来，准备入关配合冀东鬼子围剿八路军，途中遇到张顺的突围小分队。

"抓活的！"原田拔出指挥刀吼着。在密集炮火掩护下，鬼子"嗷嗷"叫着冲上山坡来。眼看子弹快打完了，腿部受伤的张顺清楚很难突围，他将一班长王海叫到身边，命令道："我和受伤战士掩护，你带领大家迅速向后山转移，找营长会合！"

"连长，我留下掩护，你先走！"

"服从命令，再不走就来不及啦！"

王海含泪将手榴弹和子弹留下来，带领十几个战士沿一条隐蔽山道向山后撤去。

此刻，阵地上只剩下张顺和两个受伤的战士，子弹全部打完了，一个战士牺牲。张顺向敌群甩出最后一颗手榴弹，伴随"轰隆"一声，走在前边的几个伪满洲军士兵倒地毙命。

原田带领荷枪实弹的鬼子迅速包围上来，用指挥刀指着雪地上张顺和受伤战士，吼道："快说，八路主力逃哪里去啦！匪首欧阳波平在哪里？"

张顺轻蔑地看了他一眼，没有回应。突然，张顺猛地站起身向原田扑过去，想夺他的指挥刀。身边的鬼子狙击手见状，一枪击中张顺的头部。张顺鲜血直流，倒在雪地里。

"连长！"受伤战士使出全身力气扑向最靠近的一个鬼子，想去拉响鬼子腰上的手雷，不料，被原田甩出的指挥刀刺中心脏栽倒雪地里。

原田余怒未消，他拔出指挥刀恶狠狠地一挥，将战士的头颅砍下。随后，他又残忍地将张顺的头颅砍下。

"把这些八路的头颅统统割下，挂在县城城墙上！将皇军勇士的尸体运回县城火化！"

在恶魔般的号叫声中，鬼子将躺在雪地里的六个战士的遗体头颅一一割下挂在刺刀上，然后耀武扬威地向青龙县城走去。

清晨，王海带领突围战士来到雪峰山西侧三岔口，在一个山坳里找到欧阳波平率领的一连战士，他含泪汇报了小分队与敌人遭遇的经过，欧阳波平决定立即带人救援。

"营长，来不及了！这支鬼子人很多，都是胡子兵，太凶啦！他们

枪法特别靠准，张连长恐怕凶多吉少！"

欧阳波平听后分析说："看来这是关东军一支凶悍的部队！"

正说着，马骥带领另一支小分队赶来，同来的还有青龙县城的地下情报人员。

"营长，地下交通员来报，今天下午张连长小分队遭遇的是从承德来的关东军原田东两中队，异常凶悍，张连长和七名战士都牺牲啦，而且头颅被敌人割去挂在青龙县城城墙上。"

"啊，这些畜生！"欧阳波平怒目圆睁，"找他们算账去！"

"营长，原田已经带人入关啦！鬼子走后，地下工作者做通了县城伪警备队队长的工作，将牺牲战士们的头颅送回，我们都带来了。"说着，几个地下工作者打开身上包好的八个包裹。

欧阳波平看到八位战友熟悉的面庞，心里刀割一样，眼泪滚滚落下。

"营长，将战友们的头颅安葬吧！"

"不，去雪峰山，找回他们的尸首，让他们完整地走。"

欧阳波平安排马骥及地下工作者继续筹粮，他带领战士们在王海和一个猎户引导下来到雪峰山阵地，寻找牺牲战友余下的肢体。

寒风呼啸，霞光映照在冰冻的白雪上刺得人睁不开眼。费了很大工夫，大家才找齐八具残肢断体，每具遗体腹部惨不忍睹，五脏六腑全部被掏出，只剩下躯干和四肢，"战士们的遗体夜间被狼吃过！"猎户痛心地说。

"营长，分不清谁是谁的，一起掩埋吧！"王海含泪说。

侯天亮想起了自己哥哥牺牲时的惨状，他呜呜痛哭起来。

肖启明更是牙咬得直响，"小鬼子，太缺德了，连尸体也不放过！"

"用雪水清洗干净，尽量完整缝合在一起！"

欧阳波平爱兵如子，他对很多战士印象深刻，有的战士受伤他还包扎过。凭着对战友特征的熟悉，欧阳波平和大家一一识别出战友肢体，与各自头颅缝合在一起，然后集体掩埋在雪地里一棵大松树下。

"记住这棵青松，打完鬼子多来陪陪他们！"

欧阳波平说着，声音哽咽了。

祭奠完牺牲战友，欧阳波平带领大家返回三岔口。

路上，肖启明伤感地说："营长，一个个活蹦乱跳的人，最终成这样，太惨了，我身后会不会也这样？好可怜啊！"

心情沉重的欧阳波平没有回答，继续向前疾行。

午后，马骥带领筹粮的战士也回到山坳，他递过一个小布袋，"营长，这里人烟稀少，鬼子控制严密，半天才筹到这点儿玉米渣，地下工作者已经尽力了，这里百姓十分贫困，他们经常一天只吃一顿稀饭。"

"交给炊事班战士，赶紧生火熬粥给大家充饥。"

"老马，这样下去不是办法，战士们饥寒交迫，不饿死也得冻死，我们还是想办法返回关内！"

"可关内敌人重兵扫荡啊！"

"战死在沙场，总比憋屈冻死好吧！再说，关内根据地巩固，吃饭问题更容易解决！这样，你先带领大家潜伏在山坳一带。我带启明去找石明书记，请他再想办法保障部队粮食和过冬军装鞋袜供应。"

"现在关内到处是敌人，太危险了！"

"没事，我们轻车熟路。如果区委正常运转，相信粮食很快就会通过地下交通道转运过来。情报显示，敌人这次大规模扫荡将持续到春节。切记，不要和敌人正面冲突，注意隐蔽，能够坚持到春节后就是胜利！"

"好的，这里请放心，祝你们一路顺利！"

雪山禁区破极限

　　傍晚，欧阳波平安排战士们分散隐蔽，他带领警卫员肖启明穿过擦崖子关口，准备到肖家庄找李方州商量一营的物资保障及春节后重返长城口内反击日伪"集家并村"的问题。

　　山上布满积雪，风吹在脸上，刀割似地疼。即将见到李方州，两人格外兴奋，回到李家，就像回到自己家里一样，这是两人共同的感受。

　　"营长，咱这儿腊七腊八，冻死寒鸦，今冬格外冷！您从南方来，还没领教北方寒冬滋味吧，夜里零下几十度，能冻死人哩！"

　　"长征爬雪山，比这儿还冷！很多战友被埋在积雪中了。过草地，有的战友走着走着，就陷入泥沼中，连一句话都没来得及说。当时，不仅自然环境恶劣，还四处遭受敌人围剿，随时可能面临牺牲！"欧阳波平伤感地说。

　　"营长，您能够来到冀东第一线打鬼子，太不容易了！真佩服您！"

　　"我们要完成牺牲战友未竟的事业，早日赶走小鬼子！加快速度！"

　　"是！"

　　两人甩开步子，沿着山路向前走去。

　　突然，远处传来一声枪响，顺着枪声望去，欧阳波平发现山路西南侧山坳里火光冲天。

　　"不好，敌人又在扫荡。走，过去看看！"

　　欧阳波平拔出双枪，带着肖启明迅速摸进山坳里村东口。这是一个依山而建的山庄，从东向西绵延几华里，被鬼子抢劫一空的一排草房正冒着浓烟。

　　在村口，两人悄悄干掉鬼子岗哨，潜入村中广场。广场正中一棵一搂粗的核桃树下，绑着一个中年汉子，脚下躺着一具具尸体，大都是老

人、妇女和儿童的。四周站着荷枪实弹的鬼子。这支讨伐队正是驻罗家屯鬼子真方小队，刚血洗了村子。此刻，真方在汉奸翻译邱作星陪同下，审问着中年汉子。

"快说，粮食的藏在哪里？"一个鬼子抡起枪托一边拷打一边吼着，中年汉子怒而不答。真方使了个眼色，鬼子上前晃着明晃晃刺刀吼道："不说的，死啦死啦的！"

邱作星假惺惺地劝道："快说出来吧，那八路匪给你啥好处了，值得为他们受罪！"

中年汉子大骂："狗汉奸！认贼作父！你不会有好下场！"

在距离核桃树几十米远的墙角处，欧阳波平悄悄地对肖启明说："我将鬼子吸引过来，你乘机去解救老乡，然后到东山神仙洞跟我会合！"启明点了点头。

两人正说着，审问不耐烦的真方突然举起指挥刀，朝中年汉子的肩部劈来，欧阳波平手疾眼快，拔出手枪就是一枪。子弹击中真方的手腕，指挥刀落地。随即，欧阳波平挥起双枪向鬼子射击，鬼子纷纷倒地，真方吓蒙了，慌忙趴在地上，叫嚷着还击。欧阳波平一边射击一边向村东撤去，真方从地上爬起来，带领汉奸鬼子追去。

肖启明绕过院墙，跳到核桃树前，一个锁喉，结果了两个看守鬼子的性命。他迅速解开中年汉子身上的绳索说："我们是八路军，正好路过这里！"

"乡亲们大都被鬼子赶往沙涧的人圈，留在村里的被杀光了。区干部将粮食转往红峪口根据地了。"

"赶快逃吧！"

"不，我要跟随你们打鬼子！"

"你先将这里的情况汇报给乐府（肖家庄）的石明书记！我去接应营长！"中年汉子点点头，撒腿向村西跑去。肖启明提着枪跟在鬼子后边追过去。

欧阳波平不愧为神枪手，弹无虚发，在运动中不浪费一颗子弹，追在前边的鬼子纷纷倒地。他脚下生风，三转两转，就攀上松柏茂密的群山峻岭之间，将鬼子甩下。

肖启明接近鬼子，从后面连续投出两颗手榴弹，然后开枪射击。真方命令鬼子掉头向肖启明射击。肖启明杀鬼子心切，伏在岩石下不断向鬼子射击，还故意高喊："一营在左，二营在右，同志们，狠狠打！"

真方以为遇上八路军主力部队，不敢贸然前进。一会儿，肖启明估计子弹快打完了，他想起欧阳波平的话，赶紧跳起身向南侧的将军帽山跑去。

真方发现只有一个人，知道上了当，气得"哇哇"直叫，命令鬼子要捉活的，一群鬼子疯狂扑过来。肖启明施展自己的前滚翻功夫，左躲右闪，子弹"嗖嗖"从他耳边飞过。突然，一颗子弹击中启明的右腿膝盖部，他感觉一阵钻心的痛，差点摔倒在地上。

肖启明咬牙继续向前跑着，很快跑进山谷中。这时，天空飘起雪花来，邱作星跑上前汇报："太君，这座山叫将军帽山，与东山玉皇顶相连，人称'鬼见愁'，海拔很高，山上常年积雪，动物罕至，一旦大雪封山，我们就出不来了。这俩八路匪逃入大山，这么冷的天气是没法活着出来的，不饿死也得冻死。再说，我们人员伤亡大半，一旦中了八路主力埋伏可就麻烦了！"

真方听后，眼珠子转了几下，命令剩下的鬼子撤回罗家屯据点。

欧阳波平见鬼子没有追上来，便攀上玉皇顶悬崖上的神仙洞，等候肖启明。过了一阵工夫，枪声停下来，也不见启明到来，他不由得担心肖启明的安危来。欧阳波平估计肖启明袭击完敌人应该从南山绕过来会合，于是，他走出神仙洞，沿着山路翻过一道道山梁来到南山寻找启明。天色暗了下来，欧阳波平跋涉在积雪中，轻声呼唤着，"启明，你在哪里？"寒风呼啸，没有任何回应。

雪越下越大，欧阳波平走了好长一段山路，突然，他发现前面一棵松树前似乎有个人影。"启明，是你吗？"

"营长，是我！"欧阳波平大喜，跑过来抱住启明，"好小子，可找到你了！你要是有个三长两短，我咋跟方州大哥交代！"

"营长，没事！"他刚要迈步子，一下摔倒在地上。这时，欧阳波平注意肖启明的腿受伤了，他不容分说，背起启明向东山神仙洞走去。

两人回到神仙洞，洞里的情况相当熟悉，他们不止一次与李方州等地方干部在这里商讨打鬼子。欧阳波平从洞里找出一堆干柴，掏出身上火柴，燃起篝火。他赶紧给启明包扎伤口。

此刻，肖启明腿上的绑带浸透着血迹，已经凝注成红色冰块。欧阳波平抱着启明的小腿靠近篝火，血块融化后，他慢慢解下绑腿，用洞口干净的积雪将启明的伤腿擦洗干净。然后，欧阳波平撕下身上内衣一块布条，小心翼翼地包扎起来。包扎完伤口，欧阳波平从衣袋里掏出一块

玉米馍塞到启明手里。

"先填饱肚子，天亮雪停后我们想办法下山。"

肖启明知道这是两人唯一的食物，从口外疾行赶路，两人已经两天一宿没吃东西了，他说什么也不肯吃。

"营长，您先吃！"

"我刚才吃过了！你受伤身子虚，快吃吧！"

"您不吃，我也不吃！"

"吃掉馍！这是命令！"启明眼睛湿润了，他将玉米馍放进嘴里咀嚼起来。

篝火很快燃尽，洞中一片漆黑，洞外寒风呼啸。肖启明的腿冻得麻木了，感觉不到疼痛，他渐渐睡着了。

欧阳波平靠着石壁坐在启明旁边，睡意全无，他担心严寒导致启明伤腿感染，于是解开棉上衣，将启明冰凉的双腿放入怀中，紧紧贴在腹部捂着。

第二天凌晨，肖启明睁开眼，发现欧阳波平用体温呵护着自己的伤腿，泪花夺眶而出。欧阳波平想背着启明下山，他来到洞口，雪花还在飘，山路全部被覆盖。无奈，他只好回到山洞，坐在启明身边给他讲述长征时过雪山的故事。

"极寒天气要靠超强毅力征服！长征时，草根、树皮都吃过，等到方州大哥家我们就吃上美味佳肴了。"

欧阳波平一边讲着故事，一边望梅止渴式地安慰着启明。

洞里的可燃干柴很少了，欧阳波平不敢再燃火取暖。他清楚，一旦最后的火熄灭，没有人及时营救，两人都无法走出大山。欧阳波平再也拿不出一粒可以吃的食物来充饥，他来到洞口，捧起一把洁白的雪花，让启明解渴。这时，启明从衣袋里取出半块玉米馍，原来，他乘欧阳波平不注意，咬了两口后悄悄藏在身上。启明将半块玉米馍递给欧阳波平，"营长，您再不吃，我宁愿渴死！"

欧阳波平流下热泪，心想，多好的孩子，难怪方州大哥总想将他送到自己身边。

欧阳波平接过玉米馍，"好，咱哥俩一人一口，吃下去！坚持就是胜利！"

正午，雪花渐渐停下来，欧阳波平兴奋地说："启明，雪停了，我们有救了！我这就去找食物。说不定能打一只野兔来，咱俩好好吃一顿美

餐！"

"营长，我跟您一起去！"启明想站起身，但两条腿怎么也不听使唤。

"别动！"欧阳波平耐心给他按摩了一下冻麻的双腿，说："你就在这里等着，我出去了！"

"营长，找不到食物就早点回来，注意安全！"

欧阳波平走出山洞，群山峻岭白茫茫一片，不见任何动物踪影。他转了一个下午，也没有发现任何食物。山路全被积雪覆盖了，寒风中，欧阳波平犯起愁来，天色渐晚，他担心山洞里的启明伤口恶化，急忙往回赶，一不小心，踩进一个没膝盖的雪坑，费了好长工夫，才将双腿拔出。

傍晚，欧阳波平失望地回到山洞，他从棉袄里抽出一些棉絮，蘸着雪花递给启明，"启明，先用这个填充肚子！"说着，他带头吃下一口棉絮，"真香，就像方州哥家的水饺一样！"启明笑了，接过棉絮咽了下去。

"我们再熬一宿，明天方州大哥一定会带人来救咱俩！"欧阳波平掩盖内心的焦虑，安慰着启明。启明点了点头。

深夜，刺骨的寒风灌进山洞，启明开始发高烧，他感觉眼前冒金星，山洞在转，"先生，我到家了！"

"先生，我想给您当儿子。"

欧阳波平抱起启明，一摸他的额头，感觉很烫，赶紧用双手给启明揉搓着额头，"冷、冷，"启明不住哆嗦着，欧阳波平脱下身上的棉衣，给启明紧紧裹上。

"我不想死！我要杀鬼子……"黑暗中，启明甩开棉衣，恐惧地喊着。欧阳波平索性脱掉内衣，紧紧抱着启明，用自己体温温暖着他，渐渐地，启明睡着了，传来均匀的呼吸声，欧阳波平抱着启明的头，靠在山洞石壁进入半睡眠状态。

"我饿，我想吃栗子！"午夜，启明又开始说胡话，胡乱地抓着，突然，他抓住欧阳波平的手"啃"了起来"好吃！"欧阳波平意识到启明在梦呓，赶紧用棉衣盖好启明的上半身，随即将启明冰凉的双脚放在自己的怀里。

启明折腾一会儿又睡着了。

清晨，洞口透进来的亮光撕破洞中黑幕。启明高烧退去，醒后看到欧阳波平用体温呵护着自己的伤腿。

"营长，您又冻了一宿！"见启明清醒过来，欧阳波平微笑着说："你

小子终于醒啦，昨晚我差点让你吃啦！"当欧阳波平讲起他梦中吃"板栗"情景，两人哈哈大笑起来，"营长，你一脚把我踹醒不就行了吗？"

"看你嚼得津津有味，我不忍打扰你的营养美梦啊！"

"对不起啊！营长，我一点儿也不记得！"

"下次别咬手了，没肉！我脚掌肉厚实，今晚给你洗干净，好好'充饥'一下！"欧阳波平风趣地说。正说着，他突然摔倒在地上。

饥寒交迫，欧阳波平实在支撑不住了。启明想站起身，但两腿不听使唤，他急忙爬到欧阳波平身边，将棉衣披在他身上。

"营长，部队不能没有您！我的责任是保护您啊！"

"不要紧，休息一会儿就好。总算熬过这一宿，今天一定想办法下山。"

"营长，这大雪封山，根本出不去。在山洞再坚持几天，先生一定会来救我们！我们救出那位中年汉子会送信的！"

"咱俩已经三天三宿没吃东西了，再撑下去不冻死也得饿死。还是想办法下山！"启明清楚，虚弱的欧阳波平没有力气背着自己走太远的山路。

这时，启明从刚才欧阳波平一番玩笑话意识到什么，他盯着欧阳波平郑重地说："营长，请满足我一个要求好吗？"

"你和方州师徒情同父子，我和方州情同手足，咱们胜似一家人，怎么客气起来？"

"营长，只要有吃的，就可以再坚持几天。等大雪融化些，先生一定会来营救，那时就能活着出去。"

"是啊，可是往哪里去找食物呢？这里连动物的踪迹都看不到！"

"我不能拖累您了，听说人肉可以吃，我死后您把我吃掉吧！"

"什么？吃了你？"

"对！这样，您一个人可以走出大山！"

欧阳波平以为启明又在发烧说胡话，笑着说，"你这么发达的肌肉，我倒真想尝尝，可我舍不得啊！"

"我伤成这样，反正也活不了了，死了腐烂在这里也怪可惜的，说心里话，我特别崇拜您。活着未能赶走小鬼子，死后与您融为一体，继续打鬼子，这是我的心愿！"启明一本正经地说。

"你胡说什么？狼和小鬼子才吃人肉呢！背我也要把你背下山，方州大哥把你交给我，打完鬼子，我还要把你完好送回去！"

"营长，我说的是真心话！也是我慎重考虑的。我们没有别的出路了，先生也会同意这样做的，活这么大，我最佩服就是您和先生！你们给我第二次生命，我知道您喜欢干净，别嫌弃我，用积雪好好清洗一下，我常年习武，身上肌肉结实，特别是小腿，都是腱子肉，怎么也比棉絮味道好吃吧，这样，您坚持几天没问题，先生和地方同志一定会来的。正好洞里还有些干柴，火柴在我衣袋里。"

"启明，你别瞎想了！咱俩都能走出深山！"

"您一定要答应我，营长，永别了！"

说着，启明从身下取出手枪对准自己的太阳穴想扣动扳机。

"慢着，好，我答应你！"在启明迟疑瞬间，欧阳波平扑上去，夺过手枪，他抱住启明的头流下热泪。

"孩子，你这是何苦啊？要死也我先死啊，要吃也应该你吃我啊！你太傻了，你以为这样能救我吗？这样做，即便活下去，你让我一辈子良心受谴责！我们都不能死！红军长征那么艰难都熬过来了，还愁眼前困难！别再犯傻了！"

"营长，这是绝境求生的最好选择！"

"这不是绝境，凭咱俩的体格，都能突破极限存活下去！你如果这样做，我就陪你一起去，我们对不起方州大哥！"

"营长！"两人紧紧抱在一起，热泪盈眶。

旭日东升，洞口洁白的雪花上格外耀眼。雪后的清晨更加寒冷，空气凝固似的。

"走！我背你下山！我们不能在这里等死！"

说着，欧阳波平将枪别在腰带上，背上启明缓慢走出山洞。

"营长，我能走！放下我！"

"少啰唆！天寒路滑，搂紧我！"

欧阳波平沿着白雪覆盖的崎岖山路艰难行进着，他坚信，一定能走出雪山。身后，雪地留下一串清晰的足迹。翻过一道又一道山梁，两人来到一个岔道口，前边望见三棵古松。山路蜿蜒，不时遇见寒风卷起的雪堆，极度虚弱的欧阳波平累得气喘吁吁。

"营长，放下我，咱们歇一会吧！"

"到那棵松树下再休息！"

正说着，欧阳波平脚下一滑，他右脚感觉软绵绵的，身子开始下陷，"不好！"欧阳波平踩空了山路，他用尽浑身力气将启明向上一甩，启明

摔倒在山路雪地上，欧阳波平向山坡滑下去，"孩子，好好活着，走出大山，找方州哥！"

瞬间，欧阳波平消逝在坡下皑皑白雪中。

"营长！"启明趴在雪地上呼喊着，除了呼啸的寒风没有任何回应，泪水模糊了启明的双眼。

"都是因为我拖累了您——我陪您去！"

启明想滚下雪坡，但想到欧阳波平的嘱咐，他犹豫一下。于是，启明一瘸一跛地挪到路边一棵小栗树前，用力折断一段树干，然后返回欧阳波平滚落的地方。

"营长，您不能这样走，无论如何我也要把您带回去！"说着，他用木棒支撑着，缓慢地向山坡滑下去，滑到几十米的沟底，除了白雪还是白雪，看不到欧阳波平的任何踪迹。

"营长，您在哪里？"启明急哭了，他拼命用木棍扒拉着积雪，希望奇迹出现。

玉皇顶神仙洞西侧山路上，行进着一支商人装扮的骡马队，有十几个人，来者正是李方州带领的区小队成员。李方州接到获救中年汉子的情报，知道欧阳波平和启明被困雪山，心急如焚，他带领警卫员李黑子等人，装扮成到口外运皮货的骡马队，连夜赶往擦崖子。大家一路风餐露宿，通过敌人几道封锁沟，终于在傍晚时分赶到擦崖子山口。当时，鬼子真方小队早已撤走，由于大雪封山，马队无法进山。雪一停，李方州带领队员进山搜寻。

"这么冷的天气，他们能撑得住吗？"

"欧阳营长和启明一定隐藏在东山玉皇顶神仙洞，那里可以御寒。我们赶紧过去看看！"李方州命令。

大家翻山越岭来到神仙洞。李方州看到洞内燃烧过的痕迹，证实了自己的判断。

"他们去哪里了呢？"

"先生，脚印！"李黑子指着雪地上一行向东南延伸的脚印喊道。

"对！是他们！"说着，李方州带领队员沿着脚印找下来，当大家来到岔道口的三棵松前，发现山谷中处于绝望的启明。

"启明，我们来救你们啦！欧阳营长呢？"说着，李方州带领队员小心翼翼滑到山沟底，"先生，可把您盼来了！快救营长！"

启明见到李方州，激动得热泪盈眶。

"营长在哪里？"

"他为了救我不小心掉进沟底的雪坑，就埋在附近！有一刻钟了！"

"铲除沟底所有积雪，也要把营长找到！"李方州心急如焚，他迅速命令队员沿不同方向，手挖棍扒，寻找欧阳波平。

大家在沟底积雪搜寻了几百米远，也没有发现任何踪迹。李方州急出了汗，他清楚被积雪埋这么长时间再健壮的人也很难存活，但他不相信自己的结义兄弟就这么走了。李方州反复询问启明欧阳波平滑落的位置，"进一步扩大搜索面积！"

李方州无意向山坡望了一眼，发现山坡中间一个坡坎，隐约有一顶军帽。他急忙攀上坡坎，靠近一看，果然是一顶八路军军帽。李方州欣喜若狂，他确信欧阳波平就在下面，赶紧用双手扒开积雪，扒着扒着，果然摸到硬东西，像是人的一双腿，凭着感觉，他知道这就是欧阳波平。李方州急切清除着周边的积雪，李黑子等队员也赶过来紧急清除积雪。

很快，欧阳波平熟悉的面庞呈现在大家的眼前。此刻，他双眼紧闭，嘴唇紫黑，意识昏迷，全身僵硬。李方州来不及伤心，脱下身上棉袍，平铺在雪地上，吩咐李黑子等人将欧阳波平平放在上面。李方州伏下身子，迅速解开欧阳波平衣服，小心翼翼地按摩胸腹，给他做心肺复苏，按了好长时间也没有反应。看着这健硕充满朝气的躯体，李方州相信一定能救过来，他双手不停地挤压着，汗珠从脸颊流了下来。

终于，欧阳波平的胸部开始微微起伏，渐渐地，欧阳波平睁开双眼，见是李方州，"哥，这是做梦吧！"

"不是梦！好弟弟，你可急死哥啦！"欧阳波平想站起来，激动得说不出话来。李方州示意他不要动，吩咐李黑子拿来装满温水的水壶，递到欧阳波平嘴前。

"营长的双脚和双手冻的时间太长了，大家轮流给他恢复体温。"说着，李方州带头解开内衣，将欧阳波平冰凉的双脚放进自己的胸口，然后挪到腹部。启明高兴得流下眼泪，也扑上前将欧阳波平的右手插入自己的怀里。李黑子将左手插入自己的胸口处。焐了一阵儿，欧阳波平黝黑的脸色渐渐恢复红润。大家给欧阳波平穿好衣服，李方州特意将棉袍裹在他身上，亲自将他背到马背上。随即，李方州拿出干粮，让饿了几日的欧阳波平、启明简单填充一下肚子。李方州带着驮马队迅速向就近的红峪口根据地转移。

到了红峪口根据地堡垒户老孙家，欧阳波平额头发烫，意识开始模

糊。李方州将他背进草屋，吩咐老孙烧一锅温水，倒入一个大浴盆中。李方州脱掉欧阳波平衣服，小心翼翼将他放入浴盆中，逼退他体内的寒气。李方州嘱咐李黑子和老孙不断往浴盆添加温水，直到欧阳波平体温恢复正常为止。

"切记，不要触动营长的耳朵等脆弱部位，不要烫伤他的身体！"说完，李方州站起身来到堂屋精心为启明治疗腿上的枪伤。

李方州凭着精湛医术，为启明做了伤口感染处理，涂上消炎止血的中草药，然后包扎起来。

"幸好没有伤及骨头。在这么严寒的情况下，没有冻伤痕迹算奇迹了！"

"深夜睡在山洞，营长总是把我的伤腿抱在他怀中，营长掉进雪坑也是为了救我。先生，您一定要救活营长！"

"放心吧，营长体质好，御寒能力强，不会有大问题！你先吃点东西，我再去看看营长。"

李方州走进草屋，此时浴盆的水已经满了，欧阳波平全身浸泡在其中，头露在水面上，李方州测试了水的温度，不烫不热正好。他蹲在浴盆前，耐心为欧阳波平搓洗着，从头搓到脚，渐渐地，欧阳波平微微睁开双眼，叫了声："哥，你歇会吧！"

看到欧阳波平醒过来，李方州格外高兴，"好兄弟，到家了。放心，我不会让你身上留下一块冻伤疤！"欧阳波平笑了，"谢谢哥，保住我的双脚和双手能打鬼子就行！"

"没问题！现在感觉怎样？"

"手脚有些疼！"

"这就对了，知觉恢复，很快康复！"

说完，李方州吩咐老孙头烧热火炕，熬好姜汤，又让李黑子铺好被褥。李方州将欧阳波平从浴盆中背出，擦干身子，放在炕头盖严被褥。

姜汤熬好了，李方州将热气腾腾的姜汤一勺一勺送到欧阳波平嘴边。

"趁热喝，比吃药还管用哩！"

欧阳波平喝着姜汤，望着李方州，眼角闪着晶莹泪花。

"哥，我快成婴儿了，让你如此呵护！"

"老乡家比较困难，等到肖家庄，哥给你好好补一下身子。"

欧阳波平点了点头，"哥，你又救了兄弟一命！"

"你客气了，咱俩生命是一体的，谈什么救不救的。"

"哥，我得赶紧回部队，战士们正在口外挨冻受饿呢。我这次带启明来找你就是解决部队的粮食问题。"

"放心吧，接到情报后，我紧急筹集六百斤小米和玉米，另有八百双棉鞋，早就运往口外一营驻地了。我已经征得部队首长的同意，你和启明随我到家里休养一段时间。"

"哥，你想得真周到！"

"荡寇亲兄弟，军民鱼水情，客套什么！"

"对了，我的枪在哪里？"

"我替你保存着呢？放心吧！"

欧阳波平激动得无语泪流。

傍晚，李方州带着李黑子等区小队队员悄悄绕过敌人封锁线，将欧阳波平和肖启明转入李家大院。到了李家，他严密安排四周暗哨，然后嘱咐嫂子王氏做好饭菜招待亲人，为两个兄弟补充营养。

一会儿，王氏端来热气腾腾的白菜馅蒸饺，还有炖鸡汤，饿了几天的欧阳波平、肖启明终于吃上了他们做梦都吃不到的佳肴。

在李方州精心呵护下，欧阳波平、肖启明两人很快恢复体力。这天清晨，肖启明在大枣树下拉开架势，练了几趟拳脚功夫。欧阳波平和李方州欣赏着，微笑着。

"哥，启明这孩子心太善良了！在我们陷入饥寒绝望之际，他甚至想让我吃他腿上的肉活下来！"

"这孩子是个孤儿，不仅有一身好功夫，而且忠厚仁义，富于牺牲精神，乐于帮助别人，心地特别善良，我也非常喜欢他！"

"哥，部队整天行军打仗很危险，启明有个三长两短我没法跟你交代，我想启明还是回到你身边，对你也是个照顾。"

"我把他送到部队就是为了更好发挥他的专长，将你的神枪技术传授给他，又是一只让鬼子闻风丧胆的小老虎！你们俩都是我的亲兄弟，谁出了问题我也受不了！"

"好！哥我听你的！等打完鬼子，我一定将启明完好交给你！"

这时，启明似乎听到两人谈话，他收住招式，跑过来说："先生，营长，你们都是我最崇敬的人，我生死都要永远跟随你俩，老天保佑你们平安无事！等打完鬼子，我还要开武馆，发扬中华武术，请您两位带领我参加世界比赛！"

"好！不过，战争残酷，枪弹无眼。我们仨今生约定，谁最后活下来，全权处理先牺牲者的身后事宜。"

"不求同日生，但求死后埋在一起！大哥，我和启明永远陪伴你！"

"好兄弟！"李方州紧紧将两人搂在一起。

"哥，我和启明完全康复了，今晚就准备归队！"李方州点头同意。

"今冬天气极寒，你们这么快就恢复，完全依赖你们自身的身体素质，太棒了！"

"哥，说心里话，我和启明都属于肌肉类体型，身上没点脂肪，最怕严寒。来到冀东，我曾设想多种牺牲方式，比如被敌人炮弹炸飞，被敌人酷刑折磨死，与敌人同归于尽，就没想过会被冻死、饿死。这次是我经历的第二次长征，多亏大哥及时相救！"

"你俩突破饥饿与严寒的生命极限。关键时候，意志力很重要。有了这种顽强抗敌意志，一定会将小鬼子赶出冀东，赶出中国！"

"对！我们一定会取得抗战胜利！"

"马上就春节了，走前，今儿中午咱们吃一顿团圆饭！"

说完，李方州安排家人杀猪宰羊，做了一顿丰盛的午餐。

吃过午饭，李方州沿着龙架山山路，将两人秘密送出村子。临行，他将两件皮袄交给两人，嘱咐他们在外行军注意御寒。

"晚上宿营，有条件的话用温水多泡脚！"

"哥，敌人又要进行疯狂扫荡了，你一定要保重！春节过后，主力就会打回来。"

"先生，多保重，我一定多杀鬼子，为您争气！"

"我等你们平安回来！"

山脚下，兄弟三人依依惜别。

漫漫长夜播火种

  欧阳波平和肖启明返回长城口外一营驻地，带领战士继续活动在人迹罕至的群山峻岭之间，经常出其不意袭击小股伪满洲讨伐队。

  春节期间，因李方州等长城内外地方干部及时保障后勤供应，战士们不仅穿上棉鞋，而且吃上热乎乎的黍米干饭炖粉条。

  午后，欧阳波平率领一营战士在一个山洞里庆祝春节。

  "同志们，今年春节来得晚，我们终于熬过来了！严冬过后绽春蕾！今年是马年，让我们跃马长城，将小鬼子赶回老家去！"

  联欢会上，欧阳波平简短有力的开场白赢得战士们热烈掌声。随后，各连有文艺特长的战士竞相上台表演，唱歌、数快板、表演话剧，整个山洞内好不热闹。

  战士们正欢天喜地庆祝着，侦察员领着地下交通员走进山洞，他们来到欧阳波平跟前。交通员递上一封信。欧阳波平打开一看，顿时惊呆了。只见上面写着：

  昨日，冀东军分区副司令员兼十三团团长、政委包森，在遵化县野瓠山同日满军作战中被冷枪击中，不幸牺牲，今后敌对冀东之争夺必将更加剧烈，斗争必将日益残酷！各部化悲痛为力量，迎接更残酷抗战环境的挑战。军分区决定主力继续转移外线，寻机为牺牲战友复仇，地方干部和游击队在基本区坚持反"扫荡"斗争！

  .欧阳波平摇晃一下身子，差点摔倒在地上。包森的音容笑貌浮现在他眼前，特别是白草洼伏击战中沉稳果敢的战斗精神给他留下深刻印象。

  "包司令，波平一定为您报仇！"欧阳波平吼道。山洞立刻安静下来，欧阳波平眼含热泪向大家公布包森牺牲的消息。

  战士们发出怒吼："为包司令报仇！"

"杀鬼子，报血仇！"

……

喊声在山谷回荡着，山坡上松柏树枝上的积雪震落下来。

天气渐渐转暖，欧阳波平带领战士杀回关内，与敌人周旋在长河川一带。

这天，欧阳波平率部队驻在后韩庄。一大早，他带领战士们来到滦河支流长河边祭奠牺牲的烈士。

欧阳波平端着一碗白酒说："同志们，今天是清明节，这是我到冀东5年来唯一一个没有战事的清明节。让我们静下心来，好好与地下战友聊一聊：一年来，我们冀东八路军遭到重创，多位优秀指挥员捐躯。十二团全团减员十分严重，很多亲爱的兄弟们先后离开我们，有的还不到20岁，正值人生青春旺季。为了家园完整，为了救百姓于水火，他们前仆后继，慷慨捐躯，英魂化作了山脉，化作了星辰，在护佑我们奋勇杀敌！让我们踏着牺牲战友的足迹，早日将小鬼子赶出去！"

"守我家园，捍我国土，为烈士报仇！"

"为烈士报仇！"

战士们群情激奋，欧阳波平将酒缓缓洒入河中。

晚上，村北一间废弃草房内，欧阳波平铺开地图，与三位连长商量下一步行动部署。

"据可靠情报，日、伪军5万余人将对我们实行第四次大围攻。为避敌精锐，保存实力，军分区命令，冀东主力部队再次转移到外线作战。我们需要渡过滦河，转移到长城北部山区！"

"营长，我们连续走山路，急行军，战士们的鞋子几乎都磨掉了底，光着脚板走山路很麻烦，影响行军速度。"一连连长马骥说。

"我想到了，已经派启明同志去找石明书记，按计划他后半夜就能赶回来。石书记总能想到办法保障我们的后勤供应！"

正说着，肖启明带着三总区粮秣委员刘香普走进来。

"营长，先生安排人员连夜给我们送鞋来了！这是地方的刘主任！"

"您好！欧阳营长，我们接到情报之前，石书记就已安排各村妇救会组织群众给战士做鞋了。这不，800双一个下午就筹集到位，石书记紧急派我送过来！"

"好啊，刘主任，替我好好感谢石书记！他总是考虑在先，是战士们的贴心人啊！请你告诉石书记，让他注意安全，尽早转移到长城沿线

基础较好的村庄隐蔽。主力暂时转移到口外。"欧阳波平握着刘香普的手说。

"放心吧，欧阳营长！时候不早了，我得回去了。"

送走刘香普，欧阳波平吩咐司务长："将布鞋分发下去。休整一会儿，凌晨出发！"

"是！"

大家离开草屋后，欧阳波平特意将肖启明叫回屋里，询问李方州的情况。内心深处，欧阳波平格外担心李方州的安全，他对李方州有一种特殊的牵挂。

肖启明噘着嘴说："营长，特别遗憾，我没见到先生。刚过滦河，就遇见送鞋的同志。"

"本想让你将方州大哥带来跟随部队行动，唉，但愿他能照顾好自己！"

"营长，要不我再去一趟！"

"来不及了！上级命令部队凌晨三点出发！启明，就在这儿跟我眯一会儿吧！"

"好的。营长，我出去一趟就来！"

一会儿，肖启明端来一盆水走进来。

"营长，洗洗脚吧！"欧阳波平笑了，他指着肖启明说："你啊，快成了我肚子蛔虫了！来，咱一起洗，换新鞋！"

肖启明知道欧阳波平爱干净，只要不是打仗，每到一地宿营，他都有洗脚的习惯，还喜欢冲冷水浴。在营长带动下，全营战士都养成了好的卫生习惯。

"我给您洗吧！"

"你跑一天了，又立了一功，我先给你洗！"

说着，欧阳波平让肖启明坐在土炕沿上，弯腰帮他脱下鞋子，卷起裤管。

"营长，这有点不合适吧！哪有长官给战士洗脚的！"

"咱八路军向来官兵一致嘛。再说，咱俩可都是方州大哥的兄弟。"

"营长，说心里话，我特别崇拜您。先生待我像父亲，您待我像哥哥！"

"哥哥给弟弟洗洗脚正合适嘛！"

肖启明咧嘴笑了，将双脚泡在水盆中，欧阳波平蹲下来用力搓洗起

来。

"启明，你这小腿肚子跟个球似的，肌肉太发达了，赶超我这走过万里长征的双腿了！"

"营长，我虽然个子矮点儿，但体型跟您还真相似。就说这小腿吧，不仅轮廓跟您相似，肤色也一样，都没什么汗毛。算命先生说，腿上没毛的人命苦。"

"命运在我们自己手中掌握！不赶走小鬼子建立新中国，中国人的命都是苦的！"

"听先生说，大城市有健美比赛，等打完鬼子，咱俩一起登台比赛，展示我们中华男儿阳刚健美的形象！"

"好啊！到时候，咱俩包揽金奖、银奖，看谁还敢说咱是东亚病夫！"

欧阳波平站起身，找来毛巾将启明的腿脚擦干，启明眼眶湿润了。

"营长，我是个孤儿，长这么大，在我记忆中，只有先生和您为我洗过脚，您身上处处有先生的影子。"

自从上次雪山神仙洞在极端寒冷饥饿环境下，肖启明表现出来的牺牲精神，欧阳波平被深深感动，他觉得这个孩子太善良淳朴了。

"启明，到冀东以来，你是我第三位警卫员，侯天明、陈涛先后牺牲了，非常壮烈，你悟性比较高，我要把各类枪法的射击术都传授给你，加之你的功夫，以后一定能承担重任！"

"营长，他们都是我的榜样！给您做警卫员我很幸福！我决不会辜负您厚望！"

"我相信你！方州大哥视你为亲兄弟，你同样是我的亲弟弟！"

"哥！"肖启明站起身来紧紧搂住欧阳波平，眼泪禁不住流淌下来。

欧阳波平轻轻给他擦拭着脸颊上的泪花，说："好兄弟！这辈子，我最大遗憾就是没留下自己的孩子。你既是我弟弟，也是我和方州哥的孩子。别忘了，如果我和方州哥哪天都牺牲了，你要将我们埋在一起！"

"哥，我来部队就是为你挡子弹的。你和先生命大，老天保佑，战场上子弹都躲着你俩！我坚信，咱三兄弟都能活到百岁，享受新中国再不受列强欺负的幸福生活！"

看着肖启明认真的样子，欧阳波平笑了，他转移话题说："对了，启明，尖刀班的培训还得抓紧！"

"放心吧，战士们长进很快！"

"我们是革命队伍，正式场合不能称兄道弟！"

"是！"

欧阳波平给肖启明洗完脚，自己也清洗一遍，两人穿着衣服躺在炕上休息。

凌晨三点多钟，欧阳波平接到地下交通员送来的情报，上面写着：今天上午金厂峪据点将有鬼子物资车辆送往太平寨、罗家屯据点。

欧阳波平命令部队紧急集合，带领战士们沿公路向北出发。队伍走到距离金厂峪据点两华里处停下来，欧阳波平命令三个连分别隐蔽在公路两侧山沟里。

这时，天蒙蒙亮，早春季节，战士们隐蔽在山背阴，身上感觉有点儿冷。太阳出山时，机枪射手侯天亮想到阳光下暖和一下，欧阳波平示意他不要动。

忽然，金厂峪方向传来汽车轰响，工夫不大，通往太平寨据点公路上，三辆鬼子的汽车开过来。

埋伏在山坡卡塄下的欧阳波平举起望远镜察看，发现车上装满面粉、桌椅板凳及其他物资，共有 30 余名押车鬼子。

三辆车全进入埋伏圈后，欧阳波平命令："打！"顿时，子弹、手榴弹飞向押车的鬼子群，惊慌失措的鬼子开始乱放枪。

"天亮，瞄准第三辆车驾驶室，三点一线——射击！"在欧阳波平指导下，侯天亮扣动扳机，子弹直奔鬼子驾驶室，穿透玻璃窗正中鬼子太阳穴，这个鬼子一声未吭倒在方向盘上。

"好！"随后，侯天亮端起机枪射个不停，车厢鬼子瞬间倒下五六个，最后一辆车被打翻了。

"冲锋！"欧阳波平一跃而起，带领一连战士冲下山坡。

在中间设伏的二连从路边、山上一起开火，机枪一阵猛烈扫射，前两辆车被打翻在路边。肖启明一跃而起，带领尖刀班战士冲下山坡，与鬼子展开肉搏。他将长枪交给身边战友，一顿拳脚，打死几个负隅顽抗的鬼子。剩下的三个鬼子拖着机枪往南逃走，结果全部被正面堵击的三连截住。仨鬼子又往回跑，被随后追来的肖启明三拳两脚送上西天。

战斗仅用半个小时就结束了，肖启明清点完战场，跑到欧阳波平面前报告。"营长，共歼敌 30 名，缴获轻机枪一挺，步枪 10 余支，活捉了两个司机，一营无一人伤亡。"

"好！启明，这挺轻机枪就归你们尖刀班了！"

"谢谢营长！"肖启明敬完礼，接过机枪，他抱着枪跳了起来。欧阳

波平命令战士将三辆汽车炸毁，部队迅速转移。

接到求救信号的罗家屯、太平寨、兴城、金厂峪等四面据点鬼子紧急来增援，发现一营行踪后穷追不舍，伺机报复。一营辗转杏儿岭、南团汀等滦河两岸的村庄，在地下交通员帮助下，与敌人兜了几个圈子，终于将敌人甩掉。

欧阳波平吩咐战士们就地休整。山脚下，肖启明带领尖刀班战士紧张有序地进行功夫训练。

"目光平视前方，左手抱拳于腰间，左脚向左迈成弓步状，右拳前冲成平拳……"肖启明边示范边解说着。一招一式，他讲得起劲儿，战士们学得认真。

这时，欧阳波平带领侯天亮等几名战士从杨树林走出来，他刚给几名射手示范狙击要领。欧阳波平看到尖刀班热火朝天的训练场面，微笑着点了点头。

肖启明做完一整套训练动作，让战士们自己训练。转过身，他发现欧阳波平等人站在附近旁观，赶紧跑过来，乐呵呵地说："营长，还请多指点啊！"

"我的功夫小子，拳脚上功夫我哪敢指导你啊！我还得向你这铁拳头求教呢！"

肖启明挠着脑袋不好意思地笑了，说："营长，谁不知道你文武全才啊！对了，麻烦你给我讲讲狙击要领吧！面对狡猾的狙击手，我的拳脚不好用。"

"好，那咱俩就切磋一下。"

"让尖刀班战士一起听听吧！"欧阳波平点头同意。

正在训练的尖刀班战士听说营长传授神枪狙击术，一下子围拢过来。还没等欧阳波平开讲，侯天亮出了个主意，他说先与肖启明比试一下伪装射击，现场演练容易发现问题，大家记忆深刻。

在侯天亮内心深处，总想找机会挽回长城烽火台前与肖启明比武惨败的面子。肖启明心领神会，心想："这小子想以专长为难我？嘿，你想错了，这回我让你输得心服口服！"于是，他爽快地答应了。

欧阳波平看着两人执着要强的样子，笑着点点头。他安排战士在山坡灌木丛与杨树林之间划出比赛场地，同时设计好比赛规定：即两人分别运动 500 米距离，沿标识路线到达两个不同的射击位置，对 70 米处杂草丛的致命区域靶、100 米处的灌木丛潜伏持枪靶分别进行射击。

　　比赛场地布置好，两人开始对决。在一片加油声中，侯天亮首先出场，只见他瞬间跑到杂草从，识别出目标，果断射击，正中靶心。当他跑到小树林附近，却怎么也找不出灌木丛中的目标，担心比赛过时，他心不在焉地开了一枪，脱靶了。暴露自己目标，侯天亮被对手发现，"阵亡"了。

　　肖启明胸有成竹地提起枪，像猴子一样，眨眼工夫锁定乱草丛中目标，扣动扳机，子弹不偏不斜，正中靶心。他悄悄接近灌木丛，仔细搜寻目标，没有发现，他灵机一动，蹿上身后一棵杨树，俯视到灌木丛中的目标，凝神聚气，果断击发，"砰！"的一声，启明手中步枪子弹破膛而出，正中目标！

　　子弹卷起的气流猛烈冲击着树梢。在一片欢呼声中，启明兴奋地跳下树干，边跑边举枪庆祝。

　　肖启明跑回沙滩上，欧阳波平严肃地说："启明，当你爬上杨树时，就已经暴露自己。你虽然击中目标，但在真正的战场上，你也挂了！鬼子狙击手不是木牌子，他也在绞尽脑汁寻找你，今天这情况，只能与敌人同归于尽！"

　　战士们面面相觑，沙滩上一下子安静下来。

　　"血性不仅是冲锋时的豪情，也是潜伏时的忍耐！一个成功狙击手必须擅长两件事，一是用好手中的狙击枪，另一个就是藏好自己，别被敌人发现。战场上，一个不善于伪装的狙击手，等待他的必然是死亡。狙击手不仅要有一枪毙敌的硬功，还要具备毙敌于无形的伪装技能，与周边环境浑然一体。今天，你们俩表现出来的突出问题都是不善于伪装，缺乏耐心。当然，启明略胜一筹，他显得机灵些，以牺牲自己的代价达到毙敌目的。"

　　欧阳波平语重心长地点评着，他从一名战士手中拿过来一把长枪，边演示边解释："战场瞬息万变，最重要的就是要保持沉稳冷静！揣测对方心理，最大程度迷惑敌人。狙击手讲究的是精确打击。有时仅仅凭听觉判断目标方位，要迅速占领观察位置，隐蔽观察敌情。一般在 3 秒内，完成瞄准、锁定和射击动作，丝毫不能犹豫！"

　　肖启明、侯天亮心悦诚服地点头。

　　讲授结束，侯天亮走到肖启明身边，说："启明哥，我服你了！我练几个月枪法，还是败给你啦。今后请你多教我拳脚功夫！"

　　"天亮，咱俩谈不上输赢。如果是战场，我们今天都牺牲了。营长

说得对，决不能浮躁气盛，一定要成熟起来，减少伤亡，最大限度地消灭敌人！"

侯天亮点着头，两个人攥紧拳头。

夕阳西下，欧阳波平带领战士们来到喜峰口附近的滦河边。由于鬼子连日扫荡，滦河南岸村庄被敌人洗劫一空，附近村庄找不到一条渡船。

"看来只能徒步过河了！"欧阳波平拿起一块石头用力丢进滦河中，石块很快淹没在水流中。望着奔流不息的滦河水，欧阳波平犯难了，"这河水深浅不一，有的地方可能没头顶，很多战士不会游泳。如果向东走大岭峪出关，很可能遭遇敌人围剿，不妥！"

欧阳波平正琢磨着，肖启明走过来说："营长，我下去试探一下！"

启明刚想下水，被欧阳波平拽住了，"这水里功夫你比不上我，我是湖边长大的，还是我下去试试。"

"那可不行！我是你的警卫员，任何时候都要冲在前。再说，我也会游泳。"

说着，肖启明挣脱欧阳波平的手，跳入水中。过了一会儿，肖启明游到河中间，他特意在水中站立一下，很快被一个水浪卷入水中，欧阳波平心怦怦直跳，为他捏了把汗，"如果启明有个三长两短，我无法跟方州大哥交代！"

欧阳波平正想跳下去施救，突然，启明的头又从水面上探出来，欧阳波平悬着的心落了地。一刻钟工夫，启明探明比较浅的地段，他站起身正没胸口，挥着手向岸边喊道："营长，这里比较浅，让大家蹚过来吧！"

欧阳波平命令战士们收拾好行装和武器，准备过河。有的战士脱掉鞋，卷起裤管要下河。突然，欧阳波平意识到，每人只有这一身军装，这样下去衣服都得湿了。于是他说："脱掉衣服过河，小心武器和衣服淋水！"

起初，战士因没穿内裤有些不好意思，欧阳波平笑着说："好，我带头！"他率先脱掉衣服包好，高举枪支和衣服迈进河中，战士纷纷效仿跟在后面。启明蹚河上岸后，浑身湿漉漉，看到大家赤身裸体蹚河过来，哈哈大笑，"我也当回裸体战士！"他索性甩开湿衣服，在沙滩上做了个后空翻动作。

等战士们都上岸后，欧阳波平命令大家迅速穿好衣服。他走到肖启明身边，将自己未沾水的军装递给他，然后从沙滩上捡起启明的湿军装。

"咱俩换穿吧！"

"那可使不得！"

"服从命令，赶快穿上！"

启明只好穿上欧阳波平的军装，欧阳波平也将肖启明湿漉漉的军装拧干水珠，穿在身上。

冷风吹来，欧阳波平打了个冷战。"营长，你身体要紧，腿受过伤。"

"没事，经常洗冷水浴，再说，漯一会儿就干了。军装漯干后，咱俩再换回来，你这身军装我穿着有点小。等抗战胜利了，我给你多发几身军装，包括内衣内裤，都会有的！"

"营长！"启明眼眶湿润了，他靠近欧阳波平悄悄地说："哥，我最想要的就是你这身军装，穿着舒服。"

"你这嘎小子！"

战士们被欧阳波平的直率与爱兵如子的情怀深深感动了。

"营长人太好了！"

"他对每个战士都像亲兄弟一样，跟随他打仗死也值！"

"我们今天见到最坦诚的营长，他无论穿军装还是不穿军装都是最帅的，难怪那么多姑娘追求她！"

战士们窃窃私语。

欧阳波平带领大家渡过滦河，趁着暮色，从喜峰口出了关。

罗家屯据点日军大队部办公室，大队长中鸠少佐又在臭骂伪治安军1团长于得水。

"废物，你的地下情报大大地差，昨天皇军的运输车又遭八路袭击，全部被劫！混蛋，给我滚！"

于得水走后，中鸠怒气未消，拿起电话，拨通伪治安军唐山行营，称罗家屯据点位置至关重要，近期八路在滦河两岸活动猖獗，治安军兵力虚弱，要求调换一支战斗力强的队伍。

于得水挨了中鸠一顿臭骂，回到办公室拿手下撒气，扇了偷袭高古庄惨败的伪军连长两个耳光。

第二天，治安军唐山行营调整驻迁安的治安军驻防，伪治安军1团移驻兴城据点，驻防三屯营的伪治安军2团与伪治安军20团残部、10团残部合编成立伪治安军独立第20团，进驻罗家屯。独立20团在作战上归属伪治安军第一集团司令部指挥，行政系统直接隶属华北治安军总署，享有特殊权力。团长高首三先后进驻迁安河北庄、三屯营，杀人不眨眼，被百姓送外号"高阎王"。

中鸠亲自主持欢迎仪式迎接新任独立 20 团团长高首三。

高首三身着伪军少校军官服，骑着黑马，腰挎指挥刀，脚蹬皮靴，耀武扬威地走过来。

走到近前，中鸠吓了一跳，只见这高首三四十岁，肥头大耳，满脸横肉，三角眼，塌鼻梁，蛤蟆嘴，一颗大龅牙露在嘴角。

中鸠暗想："这支那人怎么跟鬼似的，长得比我还丑！"

高首三跳下马直奔中鸠走来，站稳后立正敬礼。

"太君，首三带队前来报到！"

"高君，成绩大大的。滦东共匪非常猖獗，需要你协助皇军彻底将其剿灭！"

"愿为太君效力，愿为大东亚共荣赴汤蹈火！"

"高君相貌真是出众，'阎王'见了也惧三分啊！"

"谢谢太君欣赏，卑职绰号'高阎王'！"

中鸠翘起小胡子狂笑起来，高首三也咧开蛤蟆嘴。

说着，两人走进中鸠办公室，商量防区划分、人员调整以及如何彻底消灭八路军及中共地下组织。

"高先生，滦东地区八路匪主要首领是一个叫欧阳波平的飞毛腿神枪手，他来无影去无踪，经常带队偷袭皇军。上峰悬赏万元索取他的人头，一年未果，而且不断有皇军优秀指挥员命丧他手！前天皇军运输队被劫，探子报告又是这个欧阳波平干的！你要发动特务情报组织，想尽一切办法将其剿灭！"

"嗨！谢谢太君信任！属下定将匪首欧阳波平碎尸万段！"

"不！最好给我抓活的，我想将他做个活体解剖，割下他的头，挖出他的心，研究一下他的神枪术是怎样练成的！"中鸠瞪着饿狼般眼睛，阴笑着，令人毛骨悚然。

"太君，没有人能扛得住我高阎王的酷刑，什么飞毛腿，抓住这个欧阳波平，我要剥掉他的皮，将其大卸八块，煮好后任凭太君下酒享用。"

"哟西，高先生，大大的好！"

清晨，部队来到口外长城脚下一个山坳。欧阳波平接到军分区传来的紧急电报："前日，十二团刘诚光政委率二营在遵化甲山被敌人重兵包围，刘政委等 200 余名干部战士壮烈捐躯，命令一营转战关内开展复仇战役！"

欧阳波平想起与刘诚光在一起战斗的一幕幕，团长陈群牺牲后，他

与刘诚光共同承担起全团的军政重担，以营为单位分散活动，纵横驰骋冀东，没想到，又一位团主要领导舍身先去。欧阳波平看着电报，眼含热泪，暗暗发誓一定要报仇。

"同志们，陈团长和刘政委先后离我们去了。一营是十二团保存的八路火种，星星之火可以燎原！让我们踏着团长和政委的足迹，完成他们未竟的事业，赶走小鬼子！十二团，永不消逝的番号！播撒火种，捍我团魂，为团长政委报仇！"

"播撒火种！捍我团魂！"

"报仇！报仇！"

战士们群情激昂，呐喊声回荡在长城边。

北京华北日军司令部，冈村宁次召集兵团长会议，重点部署冀东作战任务。冈村宁次戴着一副黑框粗腿眼镜，瞪着一双三角眼，射出阴冷的寒光。他沉着脸训示。

"目前，南方广大海域激战正酣，我们必须尽可能以少数兵力确保大陆，不使南方战线有后顾之忧！然而，作为后方基地本方面军军管内，特别是冀东地区的治安，情况十分严峻！单凭讨伐和剔决手段维持不了治安。 如此下去，是目前形势所不许的！ 27师承担保卫京津及津浦、京山等铁路的重大治安任务，本区域是皇军在大陆活动的重要据点。而冀东地区是京津地区的后方基地与满洲国的重要接壤地，其治安情况好坏，直接影响满洲国的治安。因此，确保冀东地区治安乃27师团重中之重！冀东八路军屡遭严重打击，而我们还不能保持治安，都因管辖区内有他们退避、休息、休整的根据地！与满洲国交界的长城沿线地区距皇军驻地较远，交通不便，而且是山林地带，溪谷虽少，但土地较肥沃，这里有许多大小不同村庄，适合八路军来保持和加强战斗力。情报显示，他们已经窜到这里开展活动，务必将这块地区的根据地消灭!与关东军密切合作，把长城沿线的区域划为无人区，彻底颠覆八路的根据地！"

"嗨！"

"嗨！"

"下面由参谋长来布置具体任务。"冈村训示完，日军驻华北方面军参谋长站起来宣读战略部署。

"铁路要道两侧十公里左右和皇军驻地最大限度三公里左右为准治安区，其他地区，特别是靠山地带，为非治安区。第一，在治安区、准治安区交通要道两侧构筑深两米以上、宽四米以上的壕沟，最大限度

以四公里一间隔，配以监视兵力，使敌人不能乘夜间避开监视通过。而且，还要建筑比较坚固的瞭望楼。第二，沿长城线，距离长城线四公里的遵化、迁安两线地区的居民一律撵走，严禁在此地区耕种或通行。此地区划为'无人区'，与关东军接壤的现地警备部队密切联系实行之。第三，无人区设定要尽快完成，遮断壕年底以前结束！"

冈村走到墙上悬挂的军事地图前，在地图上沿遵化、迁安的长城沿线划了一线，命令："这条线以里作为无人地带！必须在9月前完成！彻底消灭冀东八路军！"

"嗨！"

"嗨！"

27师团长原田雄吉及所属第27步兵团团长铃木启久等高级将领站立领命。

铃木启久返回唐山后，将自己的战斗司令部设在唐山交大院内。他亲自指挥两个联队实施迁安长城沿线无人区计划。

欧阳波平带领战士们星夜兼程，午后，部队从擦崖子口入关，来到迁青平三总区红峪口根据地。一百多个战士绝大多数是20岁左右的棒小伙儿，身着灰军装，胸前戴着"八路军"标牌，人人都打着裹腿，走路步调一致，精神抖擞。村民们伸出大拇指赞道："这才是咱们自己的队伍。"家家户户像迎接亲人一样，腾房子，烧洗脚水，杀猪宰羊，为战士们做好东西吃。

"八路好，八路强，八路军打仗为哪桩……"全村到处洋溢着欢快的歌声。

这时，村南口山路上，两匹枣红马飞奔而来，骑在前面的是一位儒商打扮的年轻人，后边像是伙计。来人正是迁青平三总区区委书记李方州和他的警卫员李黑子。两人下了马，直奔村南靠山脚村支书孙峰家。原来，一营入关来到三区根据地，早有长城沿线村庄的八路军办事员汇报给正在小关村开展抗日工作的李方州。李方州思念欧阳波平心切，专程从小关村赶来。

欧阳波平听村干部说李方州来了，他异常兴奋，急忙跑到院子。

"方州大哥！"

"波平弟！"

两人紧紧搂在一起。

欧阳波平讲述了长城外鬼子正搞"集家并村"，统治严密，部队不能

站脚，于是转移到口里，准备在滦河两岸活动。李方州也介绍了长城内的严峻形势，特别是鬼子在罗家屯据点进一步加强驻军的情况。

"鬼子的'集家并村'计划正在向长城南扩展，我们面临最残酷的斗争环境！"李方州说。

"是啊！前不久，全团又遭重创，刘诚光政委牺牲了！十二团首任团职干部只剩下我这个参谋长和政治处曾辉主任了。"

"县委传达了这个不幸消息！我们要化悲痛为力量，一定要为牺牲战友报仇！波平弟，只要我活着，决不会让你出事！今后，我带领地方同志确保滦河两岸的地下情报搜集工作，全力配合你打伏击！"

"有大哥相助，我们一定痛击小鬼子，将其嚣张气焰打下去，走出抗战低谷！另外，大哥还需要为部队挑选些战士，数月内，全团减员太严重了！"

"放心吧！这没问题！到三区就到家了，吃的、住的及人员都有保障！对了，启明现在咋样？没担任你的警卫员吗？"

"启明的伤早好了。他表现非常优秀，不愧为大哥培养的战士。启明给我当一段时间的警卫员，说心里话，我挺喜欢他的，但不能为保卫我耽误他个人进步。杨店子歼灭战后，为发扬他的武术专长，部队专门成立一个尖刀班，不久前扩成排，现在他是排长了！今天，他率一排从榆木寨入关，傍晚与我们在二拨子一带会合！"

"太好了！这小子有出息。到你身边真是如虎添翼啊！"

"大哥，我和启明都是你亲兄弟，我们都很担心你的安全。部队行军虽然艰苦，但毕竟有我们俩在你身边，你的'背包政府'跟随一营行动吧！"

"我跟随你们行动，部队后勤保障就不及时啦！放心，我在这里人熟、地熟，有商铺老板、教书先生等多重身份掩护，不会有事的。"

"大哥，我尊重你的意见。但你一定注意安全！爸妈都很好吧！团部要收拢部队统一开展复仇战，这次我就不去家探望了，替我问候二老！"

"老人都很好，放心吧。我一会儿安排地下交通员将你们送到二拨子，过了滦河支流沙河，就是北屯。情报显示：明天迁安守备队队长滕川和中原小队长带领宣抚班从新集回县城，将途经北屯，具体时间不详。"

"太好啦！打他一家伙，为牺牲战友报仇！部队马上出发，争取明天凌晨到达北屯！"

"兄弟，我在肖家庄为你接风洗尘！"

"好！打完鬼子，我就去看望咱爸妈！"

日军联队长小野在迁安县城（今迁安市）召开各据点宪兵队、治安军联席会议。

"冈村宁次将军警告我们，对冀东应有再认识！他连续派重兵返回冀东，要彻底消灭八路匪！"小野翘着八字胡说。

在座的军官立即鼓起掌来，罗家屯伪治安军独立20团团长高首三更是使劲地拍着肥手掌。

小野瞟了一眼高首三说："将军之所以派重兵返回冀东，就是因为治安军剿共不力！"

高首三慌忙站起来，"请大佐恕罪，首三定将从严治军，荡尽八路流寇！将通匪人员斩尽杀绝！"

小野示意他坐下，板着面孔继续训示。

"冈村将军对我们冀东地区的肃正极为关心。前不久，他亲自赴唐山，视察了师团战斗司令部、治安军行营等，予以鼓励。在铃木启久将军周密指挥下，我们取得第一期作战的辉煌战果，共匪主力十二、十三团损失甚大。目前，残匪越过长城线逃窜满洲国境内。这次冀东肃正工作，关东军几个大队归属于我们师团指挥，参加沿长城线山岳地带的肃正讨伐，特别是常胜军原田东两中队给予我们有力配合！"

正说着，副官进来报告，称关东军原田东两"扫荡"进关赶到迁安县城，原田中队隶属关东军第8师团步兵第17联队全是胡子兵，异常凶残狡猾。中队长原田东两与白草洼被消灭的骑兵中队长武岛齐名。

小野自然不敢怠慢，率日伪军大小头目亲自出城门迎接，在众人簇拥下，身材健壮、留着八字胡的原田东两与小野等走进会议室继续开会。

"各位，中国有句话'说曹操曹操就到'！这位就是战功累累的原田君！他率领的中队是名副其实的'常胜军'，所有将士均参加过第一次世界大战，武器装备精良。原田君和他的神勇士兵，关里关外所向披靡，匪寇闻风丧胆！下面，请原田君训示！"

小野说完，原田站起身来，用双手扶了一下眼镜，瞪大三角火轮眼，挺着大肚子傲慢地说道："各位，关内剿匪不力，计谋不足，屠杀不够，我是来救火的！"

小野随后宣布作战命令。

"华北司令部与关东军联合命令：在长城沿线大规模制造'无人区'！东迄冷口、西到古北口，长城两侧八至十华里内禁止住人、耕种，

民房全部烧毁，居民集中于指定地区建立部落。'无人区'边缘地带修封锁沟，封锁沟沿途修筑炮楼！这是帝国一项军事天才计划，就是为了扼杀八路共匪人力物力的动员工作，对其实施致命打击！滦东地区长城沿线向来是共匪活跃地区，原田队长、中鸠队长等诸位要密切呼应，'竭泽而渔'，挖出八路共匪头目！现已探明，活动在迁安长城以南的八路匪首是十二团的参谋长，叫欧阳波平，他的游击战术十分厉害，而且他本人还是个优秀的狙击手，很多皇军将士死于他手。师团长及铃木将军十分震怒，限定我们想尽一切办法将其消灭！现宣布：将其活捉者赏大洋一万；割掉其人头者，赏大洋五千；卸掉其一只胳臂或一条腿者，赏大洋三千！只有将他除掉，我们才能彻底将冀东抗日武装一网打尽！"

小野还没说完，原田插话："我此番进关就是擒拿匪首欧阳波平！两年前，他在白草洼打死我的好友武岛君，我是来找他报仇的！抓住他我一块大洋不要，必须把他大卸八块，剔骨剥皮，祭奠武岛君！"说着，原田恶狠狠地拔出明晃晃的战刀。

小野最后说："驻县城滕川队长、汤鹏举大队长、罗家屯中鸠大队长、高首三团长，要密切配合原田君，活捉欧阳波平！"

"嗨！"

"嗨！"日伪军官纷纷起立应诺。

兄弟情深一诺言

欧阳波平告别李方州，带领战士急行百里，傍晚到达二拨子，与肖启明带领的一连一排聚集。同时，马贤率二连也从喜峰口赶来。部队集合后，深夜渡过滦河。

第二天早晨六点，一营到达北屯，欧阳波平命令一连、二连分别在北屯西山、东山坡上设伏。战士们潜伏整整半天，也没有看到敌人来。

一连长马骥问："情报是不是不准确？都等了半天了，要不撤吧！"

"再等等！"欧阳波平耐心地说。

午后，驻迁安县城（今迁安市）日军守备队长滕川带着鬼子沿马路从北向南大摇大摆地走来。欧阳波平心里一阵兴奋，"方州哥的情报从来都是十拿九稳啊！"

等敌人完全进了包围圈，"打！"欧阳波平一声令下，瞬间，枪声大作，一颗颗手榴弹不断在敌群中开花，有的鬼子还没愣过神来就上了西天。

司号员吹起冲锋号，战士们从东西两侧冲下山坡。

肖启明一马当先，像下山的猛虎，带领尖刀排战士冲入敌群。骄横的鬼子，一边"嗷嗷"叫着，一边端起刺刀与战士们拼杀起来，刺刀撞击声、喊杀声混成一片。

肖启明挥舞着大刀一阵拼杀，刀锋卷刃，他索性扔下刀，赤手空拳格斗，鞭腿精准有力，直拳迅疾如风，打得身边鬼子东倒西歪。一个鬼子端着明晃晃的刺刀恶狠狠刺向肖启明胸部，肖启明向旁边一闪，躲过刺刀，随即飞起一脚，正踢中鬼子的右腕，鬼子"嗷嗷"直叫，枪支落地。肖启明上前照着鬼子头部"唰"地来个鹰勾掌，鬼子"扑通"一声倒地毙命。

中原小队长挥舞着指挥刀扑过来，肖启明上面闪身下使绊脚，来个"后扫堂腿"，将中原摔个大跟头。肖启明乘机将中原踩住，他瞪大眼睛，额头冒着青筋，双拳像弹簧般地猛击中原，中原一声未吭就毙了命。

尖刀排的战士舞动手中大刀，刀片闪电般地舞动，刀光过后，人头削瓜似地落地。滕川早被这阵势吓呆了，他脱下军官服，趁着混乱，骑上一匹快马狼狈向县城方向逃去。

战斗结束后，打扫战场，除滕川和一个鬼子逃走外，50余个鬼子被消灭，同时缴获一卡车枪支弹药。

在一片欢呼声中，战士们抬起肖启明，一次次做着上抛动作。

欧阳波平率部队返回山洞内休整，命令通讯员迅速给李方州送去情报，同时将一部分武器支援给三总区武装基干队。

肖启明靠在山洞口，打着绑腿，谁知刚一用力，绑腿断了。

欧阳波平走过来，递过一副崭新的绑腿。

"启明，这条绑腿我带在身上有些时间了，是我让后方兵工厂特意给你做的，别人都是一米五，你这条两米。"

肖启明接过绑腿，高兴地说："营长，你咋这了解我。"

"你这功夫小腿咱营独一无二，是杀敌'宝贝'，当然要享受特殊待遇了。"欧阳波平幽默地说。

"哥，谢谢你这么关心我。你光看我小腿肚子轮廓膨大，下部跟腱很长哩，明显纤细，用不了这么长的绑腿！"肖启明看身边没人，笑着说。

"你这腿健美与力量兼具，肉结实。长点就长点吧，避免绑腿再断了不好用。"

"哥，我这两条小腿跟你小腿轮廓一模一样，只是没你腿长罢了。我这大脑要和你一样发达该多好！"

"你很聪明嘛！咱们滦东最有智慧的是方州哥！"

"我要是你俩的儿子就好了，你们的智慧都会遗传到我身上。"

说着，两人都笑了。

"说实在的，启明，你比我小十来岁，我倒真希望将来你传承我的一切，这次伏击战，我们以零伤亡的代价取得如此胜利，多亏你的尖刀排，我们启明尖刀排真正做到让敌人闻风丧胆了！"

"奋勇杀敌，舍我其谁！"

"好样的！不愧我和方州大哥带出来的兵！"

"对了，我很想先生。"

"我们今晚就到肖家庄，与大哥好好聚聚！"

"呀！太好了！我要回家啦！"

肖启明兴奋得来一个前空翻动作。

这时，侦察员领着一个地方交通员走来，交通员送来一封信件。欧阳波平接过信拆开一看，原来是日伪要重兵扫荡滦河东的消息。

欧阳波平转身命令肖启明："通知战士们，连夜渡滦河转移！"

"你不说去肖家庄看先生吗？"

"情况有变，大哥通知我们迅速撤到滦河西！"

"是！"

欧阳波平踏着晚霞，带着队伍渡过滦河，沿长河川向南部一带山区转移。

北屯伏击战，有力地打击了迁安城北敌人嚣张气焰。李方州带领滦东根据地的地方武装与欧阳波平一营密切配合，彻底粉碎了敌人在迁安城北、滦河东的大规模"扫荡"。

罗家屯中鸠大队部，中鸠拿着一份情报，正对高首三大发雷霆。

"你他妈就会吹！滦东共匪头目到底是谁，你们这些饭桶依然查不出来！"

说着，中鸠将日军驻县城守备队队长滕川的手令扔给高首三，只见上面写着："昨夜，迁安城北提岭寨炮楼被共匪地方武装袭击，皇军伤亡十余人，八路匪部到处流窜，却在滦东扎根，均得益于共匪地方干部的秘密支持！情报现已查明，共匪在滦东的最高指挥叫石明，经常出入滦东的八路匪欧阳波平部的物资主要是他提供。一周前，我在北屯差点丢了性命，就是这个飞毛腿欧阳波平带人伏击的。上峰重奖擒拿的匪首欧阳波平，居然就在我们眼皮下，且如此嚣张。限令罗家屯中鸠队长一个月内，务必将欧阳波平、石明二人一举擒获，彻底消灭一切抗日力量！"

"抓不住欧阳波平和石明，上峰怪罪下来，我就拿你是问！"中鸠叫道。

"太君息怒，卑职亲自出征讨伐滦东，全力剿灭匪首欧阳波平、石明！"说着，高首三献计，"共匪搞的是发动民众路线，与皇军作对。我们也要在乡村广泛设立我们的眼线，在城镇广贴布告，悬赏缉拿！"

中鸠转怒为喜，"哟西，我对这个欧阳波平很感兴趣，他神枪百发百中，行踪敏捷，这是支那人中的良种，我要生吞他的心！目前，原田那家伙也在捉他，这老东西依赖过去战功，目中无人，他算老几！？我们

一定要抢先！"

"嗨！属下一定活捉，亲自给您挖出来，请您吃个鲜！"

中鸠翘起八字胡，抬头一阵狂笑。

傍晚，李方州带着警卫员李黑子在小关开展抗战工作。会议结束后，他俩搬一捆玉米秆来到山上，住进阴冷潮湿的山洞。

深夜，一阵冷风吹来，李黑子打了一个冷战，李方州脱下布褂，给他披上。

"一个挎包一颗章，一双脚板一支枪，早出东来晚宿西，敌来我往捉迷藏……我们这叫'背包政府'。夏天，夜宿青纱帐，天当被，地做褥，听蛐蛐唱曲儿，任蚊虫叮咬；冬天，睡山洞，听着北风吹，看洞外雪花飘……等将小鬼子赶出去，革命胜利了，建立新中国，我们到宽敞明亮的房间办公，甚至住上楼房！"

"先生，那该多好啊！我们能赶上吗？"

望着洞口外的星空，李方州沉默了一会儿，转过头对黑子说："能！"

两人正谈着话，山洞外传来接头信号声，李方州赶紧站起身来到洞口，发现村干部郭平东带着一个人跳下洞。李方州抬头一看，惊喜万分，来人正是义弟欧阳波平。

"大哥！"

"小弟！"

兄弟俩紧紧搂在一起。

"波平，你又瘦了！"

"哥，你也是！"

"你来怎么不提前递情报告诉我一声！"

"我刚从红峪口过来，安排好战士们宿营，特意来找你。北屯伏击战后，敌人疯狂扫荡滦东，我一直放心不下你和爸妈。目前，整个冀东抗战形势日趋严峻，敌人即将举行新一轮大规模扫荡，军分区要求一营暂时避敌锋芒，隐蔽到滦河西一带山区，掩护活动在那里的行署及联合县委机关。我这次来就是想让你跟我一起转移！"

"不行，我是地方干部，必须坚守在这里。条件越恶劣，三区的地方工作越不能停滞，我们可以完全转入地下，这里的群众基础比较好，放心吧。"

"三区向来是敌人的眼中钉肉中刺，你坚守在这里实在太危险！"

"我有教书先生、皮铺掌柜多重身份掩护，人地熟悉，不会有事的！"

"你总是这么说！"

"我在这里牵制着一部分敌人，正好减轻滦河西一总区、二总区的压力，毕竟行署、县委等机关常驻那里。再说，所谓安全与危险都是相对的，这里看似危险实则最安全。只要你掩护好行署、县委机关，自己平安无事，我就放心啦！"

……

不管欧阳波平怎样劝说，李方州坚决选择留守。

看着欧阳波平噘着嘴，李方州拍着他的肩膀，说："走，兄弟，趁夜咱回家吃顿老妈做的长寿面去，保佑我们平安打鬼子！"

"上次未能看望爸妈，一直很遗憾。我很想他们！"欧阳波平说。

李方州带着欧阳波平、李黑子急行半个多小时山路，回到肖家庄李家大院。李方州吩咐侄子李丛林到院门口站岗。

李庆合与苏氏等见欧阳波平回来了，格外高兴，苏氏抚摸着欧阳波平的头嘘寒问暖。

李方州说："妈，波平还没吃晚饭呢！"

"好！你爷几个聊着，我和你三嫂给你们做饭去！"

过了一会儿，苏氏和儿媳王氏端来三碗热乎乎的面条，每碗都放了两个鸡蛋。

"快趁热吃吧！"

"爸、妈、三嫂，你们也吃吧！"

"我们都吃过了！"

李方州、欧阳波平、李黑子一人一碗，津津有味地吃起来。

吃完饭，李黑子也到门口放哨去了。李方州将欧阳波平带到自己的房间，两人研究下一阶段部署，不知不觉已经是深夜两点了。

"兄弟，不早了，洗洗脚赶紧休息吧！"

"好！哥，敌人嘲讽我们一身虱子两脚泡。总算到家了，我们一起洗个澡吧！"

李方州笑了，他知道这个弟弟特别爱整洁，于是从堂屋取出一个大浴盆，倒满温水。

"哥，你先来，我给你洗！"

"明天你又要钻山洞去了，还是我先给你洗吧。"

欧阳波平不再客气，脱掉内衣，露出线条流畅的肌肉块，灯光下，黝黑的皮肤散发着青春光泽。

"哥，失礼了，我又在你面前春光乍泄。"

"亲兄弟，没什么。这不像你开朗活泼的性格啊！"

"你是我最尊敬的大哥，当然要考虑你的感受！"

"从你发达匀称健美的体型中，我感受到一种血性男儿的雄浑力量！看脸庞你略显瘦，没想到拥有如此好身材！"李方州笑着说。

"谢谢哥鼓励！说心里话，上次在咱家疗伤感受浓浓的亲情，就像童年回到父母身边一样，在你面前没有任何拘束感。"

欧阳波平泡进浴盆温水中，李方州耐心地帮他搓洗着背部。

"这里就是你冀东的家。"

"是的，有你这样一位大哥，感到特别自豪，不瞒大哥说，在国军军校读书，上美术人体肖像课，老师找不到参考模特，我就自告奋勇让大家画，有时还需要脱掉衬衣，在讲台前一站就是一个小时。我觉得，把男人的阳刚力量展示给大家没什么不好！"欧阳波平回忆说。

"有勇气，弟弟很自信嘛！打鬼子就需要自信心啊！"

"对，我本来活泼好动，但这种经历磨炼了我的耐性，培养了自信心。没有特殊的耐心与细心，很难训练出好枪法。"

"难怪兄弟神枪百发百中。"

"哥，人生一世，应该按自己的天性，活出潇洒个性，可惜，我们身处乱世，山河破碎，别说活出个性，明天都不知道会不会长眠在哪里！"

"兄弟，好人天助，神枪护佑，要珍惜当下。"

李方州安慰着，欧阳波平认真点着头。

"大哥，有时我想，如果咱哥俩都不留下直系后人牺牲了，确实有些遗憾，哪怕是收养个孩子，好传承我们的精神啊！"

"赶走鬼子，该成个家，只要我活着，决不让兄弟受到伤害！战场冲锋时你要照顾好自己！"

"啥时候拍张照片，即便有一天牺牲了，也让孩子看看咱们的青春样子！"

"好啊，你驰骋滦河边、长城脚下英姿，都给你拍下来，不过，战争残酷，拍照片不容易，可以给你画像！"

"大哥会作画？"李方州笑着点点头。

"你真是多才多艺，好，现在就画吧，咱哥俩聚一次也挺不容易的！"欧阳波平兴奋地说。

"画你这个坦诚样子？"李方州微笑着问。

　　这时，欧阳波平才意识到自己全身赤裸，他哈哈大笑起来，然后悄悄地说："画出这个样子，让我们的'老左'看到，还不把我当成国军兵痞流氓枪毙了！"

　　"是啊，我们一些人思想僵化，观念保守，撼山易，撼保守观念难啊！"

　　"大哥，只要对社会有益，对别人有利，我就做天下第一个吃螃蟹的人！"

　　"好样的！弟弟，哥支持你！敢为天下先，一蓑烟雨任平生，有魄力！"

　　"知我者，大哥也！"

　　"今晚不早了，抓紧时间休息，你的形象早刻在大哥脑海中了。等敌人扫荡过后，我给你多画几幅，穿国军、红军、八路军军装的，一个都不少！"

　　"盼望大哥画出咱哥俩在长城上打鬼子的画，我再配上诗，那该多有意义啊！"

　　"好！一定满足弟弟心愿。兄弟这身肌肉越来越结实了！"

　　"在咱家养伤期间吃得好！"

　　"小腿伤恢复咋样？"

　　"完全康复了！"

　　说着，欧阳波平抬起右腿，李方州仔细检查后说："愈合挺好，疤痕不明显。"

　　"那是哥医术高，手术做得好！"

　　"谈不上医术高明，不过是感兴趣，自学点医书罢了。"

　　"哥，你原本经商、教书，咋对医学产生兴趣？"

　　"国家贫弱，老百姓没钱治病，很多普通的病便夺去一个人的性命，看着不忍心啊！如果不是小鬼子入侵，我说不定要读医科大学，真正成为一名治病救人的医生呢！可惜，我们国家的医学技术太落后了，有些人行医大半辈子，不仅对一般疾病无法确诊，连最基本的手术也做不了。也难怪，他们缺乏临床经验，连起码的人体结构都不了解。"

　　"其实医生这个职业救死扶伤，既实用又崇高，需要一种奉献精神！"

　　"对！学医要从人体解剖学起，这本身就需要有人身后做出奉献！人们的观念太保守了，身体发肤，受之父母，不敢毁伤啊！"

"哥，这没什么啊！人死后两腿挺直，就是物品了，与其埋了烂掉还真不如捐出来做点贡献。刚才我就说要做第一个吃螃蟹的人，包括捐遗体，我第一个捐！如果我哪天牺牲了，只要不被小鬼子炸没，遗体留给哥解剖研究。以前，我就想牺牲后什么也不带走，军装鞋袜都留给活着的战友，以一种原始自然状态融入冀东热土，给百姓农田做肥料。既然遗体还有医学研究价值，就应该好好利用了！"

李方州听了欧阳波平爽快的话有些吃惊，他没想到这个兄弟如此达观坦荡。

"好兄弟，我可舍不得解剖你啊！不过，你身后捐躯的念头倒是跟我想一块去了。我们共产党人活着都可以献出生命，何况死后捐躯！"

"好！咱哥俩约定好，无论谁走在后边，就做前者的执行人！启明是咱俩都看好的孩子，就让他完成后者的心愿！咱哥俩生前并肩战斗，死后也永远在一起！"

"哎，残酷战争，我们恐怕没有条件实现这个朴素愿望。"李方州有些伤感，"现在最迫切的不是献身医学，治病救人，而是尽快赶走小鬼子，唤醒自强的民族精神，医治我们这个病态社会，建立一个新中国，这样才能实现我们的愿望！如果咱哥俩都活到抗战胜利建立新中国那一天，就按你说的办，我们活着为革命做贡献，死后为医学做贡献！如果我等不到那一天，兄弟能保证我的遗体及时入土，不被鬼子汉奸侮辱就够了。"

欧阳波平使劲地点着头。

"兄弟，我最想嘱咐你的是，我们内部存在一股'左倾'歪风，有的地方干部对富户心存成见，常借政治运动无情打击。李家曾为迁安首富，如果我不在了，李家人的命运就靠你啦！"

"哥，我说过，别说你不会有事，万一你真有个三长两短，只要我活着，决不让李家受到半点伤害！你的亲人就是我的亲人，我生死都是李家人！"

李方州紧紧握着他的双手，忽然觉得眼前这个兄弟与自己有一种特殊的心灵默契，这种彼此之间的信任超越一切。

"对啦，启明这孩子还好吧？"

"表现很棒，我准备提他当连长！这孩子身上有咱俩的特点。"

"对！启明完全可以做我们的后人，继承我们的一切！兄弟，很多人知道启明与你我的关系，不宜过快提升职务。而且，启明年龄还小，需要磨炼。"

欧阳波平点了点头。

李方州一边给欧阳波平搓洗着身子，一边聊着。

清洗完毕，李方州将毛巾递给欧阳波平。

"擦干身体快休息吧！"

欧阳波平想给李方州搓洗一下身子。

"我昨晚刚洗过。"

"我在大哥面前这么随便，大哥怎么跟我客气起来！"

"好，下次再来家中，你给我洗。"

"一言为定！"

为了让欧阳波平能放松好好休息一下，李方州表面显得平静，但内心一刻也不敢松懈，他担忧鬼子夜里进村讨伐。

这时，李方州发现欧阳波平的双脚磨出一个个血泡，他找来消炎药水，轻轻地帮他滴点着。然后，李方州拿起剪刀，想帮欧阳波平修复脚趾甲。

欧阳波平赶紧站起来，用手拦住，"哥，我自己来吧！"

"哥俩如此袒露心扉，咋还客气？来，我先帮你修剪一下这双神枪手，再修剪铁脚。"

看着李方州像父亲一样的慈祥目光，欧阳波平眼睛里闪动着泪花，他再次坐在炕沿上，全身彻底放松了，伸出双手。

油灯下，欧阳波平的双手手掌宽厚，手指粗壮有力，手背静脉轮廓明显，手掌和手指布满枪茧，但运动十分灵活。

李方州认真修剪完十个手指，抬起他的双脚放在自己膝盖上。只见这双脚足弓明显，脚背青筋隆起，脚掌厚实坚硬，脚趾次第排列，很整齐，与黝黑的腿部肌肉相比，足跟显得红润。

"到冀东后，这双腿脚也晒黑了，跟脸一个颜色啦。"

"皮肤黝黑更健康！真不愧是一双爬雪山过草地的铁脚，常年行军奔波，居然保养得这么好！"

"嘿，拜托敌人的子弹躲着它。长征时，草鞋打得厚厚的，遇到水就清洗。否则，早磨成马掌了！这双腿脚支撑我踏遍大半个中国，也算立下汗马功劳。特别是战场肉搏的关键时候，比子弹好使，一脚能结束小鬼子的狗命！"

欧阳波平笑着说。

"厉害，长城边，你这铁脚神枪威震敌胆啊！"李方州感慨地说。

"哥，这不算什么，多亏你一次次相助。关键时候，还得靠你头脑的智慧。"

李方州耐心帮欧阳波平剪着脚趾甲。

欧阳波平心中涌动着一股说不出的激动。此刻，他感受到童年时父爱、母爱的温馨。

李方州出去倒水，欧阳波平像个孩子似的跳上炕仰面躺下，情不自禁地说："好舒服！"

李方州回到屋子，"难得睡个安稳觉，快睡吧！"

欧阳波平坐起身说："哥，今晚重逢兴奋，睡不着了！"

李方州笑了，"来！你躺下，我给你做下安眠按摩！"

欧阳波平躺在炕上，李方州顺着欧阳波平头部、手臂、小腿内侧的反射区，用手指反复按摩着。

"真舒服！没想到哥还有这医术。"

"这叫全身反射区疗法，依据《黄帝内经》辩证整体学说，很容易操作。"

"我们中医真是博大精深！"

"是的。有条件，你自己可以尝试。行军打仗环境恶劣，特别要注意消化不良。反射区就在你的腹部肚脐右上侧区域。"

"哥，告诉我眼睛反射区在哪里？鬼子狙击手非常狡猾，善于伪装，必须有超常视力才能锁定目标！"

"主治视物不清的反射区在额角发际这个位置。"

李方州一边讲解，一边示范着。

按摩结束，欧阳波平觉得格外轻松，说："哥，你也睡吧。"

"好！"

李方州熄灯后躺在炕上，欧阳波平很快睡着了。

李方州毫无睡意，他放心不下院外情况。过了一会儿，李方州坐起来，他轻轻给欧阳波平盖好被子，披上衣服去查岗哨。

霞光从窗子照进屋子，欧阳波平睁开眼，看到李方州正坐在炕上打着盹，他顿时明白，为自己睡个安稳觉，李方州一夜未眠。欧阳波平的眼眶湿润了。

看到欧阳波平醒来，李方州微笑着说："睡得咋样！"

"从没有睡得这样踏实！就像小时候在父母身边一样，苦了哥为我守一夜！"

"休息好就行，精力充沛，杀鬼子也有力气！"

说着，李方州将一块怀表塞给欧阳波平。

"行军打仗，这个作用大哩！"

"哥，我收下这个，但你无论如何也要接受兄弟一个要求！"

欧阳波平从腰间拔出一支驳壳枪递给李方州。

"哥，这把枪是我从敌人那儿缴获来的，你留下！"

"枪你留着更有用。"

"你忘了，我还有一支，你给的！"

"你不是使双枪吗？"

"哥，我还会从敌人那里缴获！如果哥不收下枪，必须跟我走！"

李方州不好再说什么，只好收下手枪。

"好，枪我留下，有这个，我的安全就不要担心了！"

堂屋内，李庆合与苏氏琢磨给欧阳波平介绍对象。他吩咐伙计李忠将李方州叫过来商量。

李方州走进来。

"义香，波平这孩子你爸我俩打心眼喜欢。我们合计着，想给他找个对象。挑来选去，没有太合适的，我看你媳妇小梅姊妹很多，你给物色一个吧。"

"爹，小梅去世后，我跟她妹妹没有联系。我们主要精力都用于打鬼子，这事以后再说吧。再说，波平是八路军干部，部队有规定，要自由恋爱。"

"你不找，也不帮人家找！"李庆合生气地说。

这时，欧阳波平走进来，听到李庆合、李方州父子的谈话，他笑着说："爸，哥说得对，部队有规定，不能随便谈恋爱。现在忙于打鬼子，哪有时间啊？"

"你都当这么大干部了，部队还不允许吗？你咋跟义香一样啊？说话都一个调儿。"

"是啊，孩子，男大当婚，你岁数也不小了。"

"爸、妈，我永远是你们的儿子，打完鬼子我就定亲！在肖家庄定居，给你们生孙子。"

欧阳波平拉着两位老人的手认真地说。

两位老人笑了，说："我们要是有个小女儿嫁给你就好了！"

简单吃过早饭，欧阳波平乔装改扮成货郎，与李家老少一一告别。

苏氏知道欧阳波平爱吃板栗，特意炒了一塑料袋板栗仁塞给他手中。

李方州将欧阳波平送到村东口的王家山，将王家山的隐蔽山洞一一介绍给欧阳波平。

"哥，留步吧！自己一定要保重！"

"兄弟，你也要多保重！"

"我们一定会相聚！"

"我等你打回来！"

"下次你一定跟我随部队走！"

"好，这里情况好转，区委就随部队行动！"

"哥，别忘了，下次我给你洗澡、按摩，让你也睡个安稳觉。"

"忘不了，还要给弟弟作画！"

"我们生死在一起，今生我不能没有哥！"

"我也离不开弟弟！"

两人搂在一起久久不肯松开，此刻，哥俩谁也没意识到这是他们生前相聚的最后一面。

长城沿线，从长河川到冷口沙河，驻罗家屯中鸠大队与关东军原田东两中队，从东西两个方向联合扫荡，寻找八路军主力部队作战。所经村庄，到处烧杀抢掠，百姓尸骨遍地。

在石门村，原田带领一群鬼子将村里没有跑出去的十几个村民圈在村东大柳树下严刑审讯。

"快说！八路匪首欧阳波平在哪里？滦东共匪头子石明藏在哪里？"

原田晃着明晃晃的指挥刀吼个不停。村民怒视着，没有人回应。

突然，原田从人群中拽出一个老人，命令鬼子将其捆在板凳上，逼问道："八路匪主力逃哪里去了？"

"不知道！"

原田恼羞成怒，捏住老人的鼻子，一个鬼子将辣椒水混着洋油不停地灌进老人嘴里，时间不长，老人被活活折磨死在板凳上。

人群中，老人的儿媳妇凄惨地叫了一声："爹！"原田听到喊声，将怀抱婴儿的年轻妇女拉出来，吼道："说出八路匪藏在哪里？饶你不死！"

"呸！"妇女一口吐在原田脸上。

原田勃然大怒，夺过妇女手中的婴儿，狠狠向山沟底下摔去，妇女

发疯似的怒骂着，原田命令几个鬼子将妇女扒光衣服准备轮奸，妇女拼命挣扎着，她猛地咬舌自尽。

村民怒不可遏，涌动起来，原田挥手命令鬼子向人群射击。

这时，一个小伙子站出来说："我知道八路军在哪里，你们放了老百姓！"

"哟西，你的良心的好！"原田凑过来，问道："快说，匪首欧阳波平在哪里？"

"老子就是八路军！"说着，小伙子飞起一脚踢向原田的裆部，疼得原田咧嘴"嗷嗷"叫，小伙子刚想夺原田手中的指挥刀，几个鬼子蜂拥而上，几把刺刀一起扎进小伙子的腹部，小伙子硬是用双手掰掉一杆长枪上的刺刀，甩向一个鬼子的胸膛，这个鬼子倒地毙命。

原田猛地挥起指挥刀，劈掉小伙子的右胳膊。原田依然不解气，他用指挥刀削尖一个树橛子，命令两个鬼子将伤痕累累的小伙子抬起来，狠狠坐插在树橛子上，"啊！"小伙子一声惨叫，瞪着双眼停止呼吸。

"跟畜生拼吧！"人群一声呐喊，大家捡起地上石块冲向鬼子，还没来得及与鬼子摔打在一起，鬼子架在四周的机枪扫射起来，十几个村民纷纷中弹倒地。

屠杀结束，原田命令鬼子放火烧掉所有房屋，然后率领这群老鬼子穿过长城白羊峪，回青龙县城休整。

鬼子撤走后，藏在山洞里的村民赶回村子，见小山庄浓烟滚滚、烈火熊熊，村东大柳树下尸横遍地、血流成河。村办事员率领大家赶紧灭火，派地下交通员将鬼子屠杀情况火速汇报给肖家庄区委书记李方州。

李方州接到情报，骑上枣红马与警卫员李黑子赶到石门村，看到乡亲们惨不忍睹的尸体，他眼含热泪，一具具清点着。

当他清点到被鬼子活活戳死的小伙子遗体时，眼泪"唰"的一下落下来。小伙子叫王启生，是石门村的武装班长，李方州刚发展他为预备党员，准备送他到欧阳波平的一营参军入伍。

李方州将王启生的遗体清洗干净，小心翼翼地将他被砍下的胳膊与躯干缝合在一起，"启生，好样的！我没有看错人，你身上涌动着长城戍边军人不屈的血液！石门乡亲们都是好样的！我们一定要为死难的乡亲们报仇！"

"先生，交通站刚传来情报，制造石门屠杀的是原田东两关东军！"石门村办事员说。

"这个原田东两与罗家屯的中鸠都是杀人恶魔，异常凶残，他们欠下冀东人民累累血债！这两股鬼子武器装备精良，消灭他们只能靠欧阳波平一营主力！做好情报侦察工作，配合欧阳营长找机会彻底消灭他们！"

"先生放心吧！全村这么多群众遇难，我有责任，没能及时妥善转移群众。"

"要注意汲取教训，敌强我弱，要避敌锋芒，保存实力，最大限度保护乡亲们的生命安全！"

"是！"

午后，迁安县（今迁安市）城西南数十里远的松山峪一个山洞里，欧阳波平正在与部下研究反扫荡的行动计划。

"入夏以来，敌人重兵扫荡，蚕食抗日基本区，部队粮饷紧缺，战士时常食不果腹，通知地下交通站，希望各区千方百计搞到一些粮食。"

这时，侦察员领着一个人气喘吁吁走进来，大家一看，是地下交通员老赵。老赵顾不上喝口水，焦急地说："欧阳营长，大事不好，敌人要有重大行动，这次从唐山、迁安两方面截获敌人行动计划，他们将全力蚕食抗日基本区，重点目标锁定长城沿线的迁青平联合县三总区，迁安县（今迁安市）城北的地下交通站已经联系不上了。"

欧阳波平看过情报，心里一惊，他为李方州捏了一把汗，不仅是哥俩兄弟情深，而且冀东军分区机关首长不久前秘密转入三总区。

欧阳波平想不惜一切代价赶往三总区，那里有更多的亲情牵挂，他特别担心李方州的安危。

"最严峻的是，地下交通站被破坏，情报传递不过去！我们必须保证在敌人行动前将情报送达。现在，只剩下 24 个小时！从这里深入三总区区委乐户（肖家庄）有二百余华里，要穿过十几道封锁线，还要渡滦河，如果靠步行，星夜兼程也办不到啊，派谁去呢？"杨教导员忧虑地说。

"我去！我对三区地形熟悉，特别是对乐户轻车熟路！"欧阳波平说。

"不行，作为军事主官，部队离不开你！现在敌人到处围剿我们，要保存我们的有生力量，不能让敌人包饺子啊！"杨教导员表示。

两人正商量着，滦河西地下交通站的小刘送来鸡毛信。原来，活动在长河川的冀东行署部分机关干部遭到敌人围困，需要一营解救。

"都是受困战友，不带队解围受困于长河川机关的地方干部不妥，

毕竟长河川距离这里较近啊！作为一名指挥员，如果感情用事，方州大哥不会原谅我。"

思考片刻，欧阳波平决定，部队开赴长河川营救受困同志，派一名战士火速赶往三区传递情报。

"去三区送情报至关重要，敌占区碉堡林立，部队又没马匹，只能靠双腿爬山路。"

"必须派一名机警强壮的战士才能保证完成这项艰巨任务！"

"让启明去吧，他是石明书记的学生，机警过人，还有一身功夫！对地形也熟悉。"欧阳波平说。

杨教导员说了声："好！"

欧阳波平吩咐身边战士通知连以上干部，召开紧急会议。

会上，欧阳波平神色凝重地对大家说："近日，鬼子伪军 5 万余人倾巢出动，掀起'第四次治安强化运动'高潮，妄图扩大'治安圈'，实现其'确保大东亚兵战基地华北新体制'。驻迁安县城（今迁安市）日军守备队长滕川、伪警备大队汤鹏举、驻罗家屯大队中鸠、伪治安军独立 20 团高首三等率 1000 余名日伪军，对长城沿线建昌营以西县城以北二百余个村庄进行疯狂'扫荡'！目前，军区'01''02'号首长、迁青平县委县政府领导及部分机关人员都活动在这一区域，危在旦夕！部队集体行动无法通过层层封锁线，百里驰援已经来不及了，我们准备派一名战士将情报准时送达石明书记，让他掩护军区机关、县委区委迅速撤离！另外，冀东行署机关与丰滦迁联合县机关干部在长河川一带告急，需要我们紧急救援！"

散会后，欧阳波平掏出李方州送他的那支袖珍钢笔，迅速写好一封短信。这时，肖启明走进山洞，欧阳波平郑重向他介绍这次执行任务的艰巨性，随后将情报和写给李方州的信用塑料袋包好，交给肖启明。

"切记，一边是部队首长，一边是县委领导，还有你的恩师方州大哥，都不能出任何闪失。200 华里的路，穿越敌占区，必须赶在明天傍晚前送达，你只能靠两条腿！现在就出发！"

"是，营长、教导员放心，保证完成任务！"

肖启明"啪"的一声，两腿一并，行了个标准军礼，欧阳波平与杨教导员也庄重地举起右手。

肖启明转身回到宿营地进行简单化装。听说李方州有危险，他焦急万分，恨不得飞到李方州身边。

离开恩师已经半年多了，肖启明因杀敌勇敢，屡立战功，此时已被提为排长，他想把这个消息告诉李方州。

肖启明塞好信件，打扮成商人模样，踏着午后的阳光，带着部队领导的重托上路了。

欧阳波平单独将肖启明送出一段山路，再次叮嘱说："启明啊，这次一定要劝方州大哥跟随部队行动，他的处境很危险！"

"哥，你放心吧！完不成任务我就不回来！"

"启明，咱俩都是方州大哥的弟弟，大哥将你交给我，他依然牵挂着你，每次见面他都特意跟我询问你的情况，你在部队进步非常快！见到他，把你的战绩跟他说一下，他会高兴的。还有别忘了，替我问候他和家人！"

"哥，你放心，我知道你对先生和李家的感情，我也一样，李家都是我的亲人，我一定不会让先生和军区首长出现任何闪失！请相信我！"肖启明坚定地说。

欧阳波平点了点头，"祝你早日归队！"

"哥，你也多保重！"

在肖启明内心深处，李方州和欧阳波平俨然就是一个人，都值得他用生命来掩护。

"哥，我看得出您和先生的生死兄弟情谊！因为我没保护好师母，导致师母怀孕流产，师母去了，先生也没有个儿子，我想给他当儿子，你能不能跟他说一下！"欧阳波平一听笑了，"给大哥当儿子你年龄偏大，我看做兄弟挺好！"

"可意义不一样，儿子可以给他养老，延续他的生命。再说，他到现在还孤身一人！"

"我不也是光棍嘛！我也很想当回爸爸！"肖启明笑了，"我给你和方州大哥做后人，延续你们的生命！不过，总感觉咱俩做兄弟更合适，咱俩体型这么相似，也许老天早把你的基因给我了呢！"

"经历雪山神仙洞那次遇险，咱俩的生命就融为一体了，好兄弟，残酷战争，我们脑袋都掖在裤腰带上，谁也不能保证明天发生什么。不管怎样称呼，我和方州哥都是你最亲的人，我们早就约定，你就是我俩共同的后人！"

"哥，我是个孤儿，从小就没有人疼爱，直到遇到方州哥。长这么大，还没接触过女孩子，哥，是不是接了吻就能生孩子？"

肖启明的一番话把欧阳波平逗乐了。战争残酷，这个青春生命也许来不及享受完整人生就会定格在某一天，欧阳波平心里不是滋味。

说着，欧阳波平将肖启明紧紧搂在怀里，"只要你活着，你需要的一切，哥都会给你！我和六哥的身后事，还等你处理呢。"

肖启明激动地说："哥！"

"孩子，闭上眼睛！"

肖启明闭上双眼，欧阳波平用嘴唇轻轻吻着他的额头，肖启明突然产生一种莫名的冲动，他流下幸福的眼泪。

"哥，我真想变成两个启明，分别守护在你和方州哥身边！"

"这次回去，想办法让方州哥跟随部队一起行动！"

欧阳波平说着，掏出两块玉米馍塞给肖启明手里，"带上，在路上吃！"

肖启明知道全营官兵粮饷紧张，还有伤病员需要伙食保障，他趁欧阳波平不注意，悄悄将玉米馍放回欧阳波平的衣袋里。

"哥，我一定将大哥给你带回来！"说着，他飞快地跑开了。

"记住，好好保护自己！"

欧阳波平望着肖启明远去的背影久久没有移动，在他内心深处，他觉得这个孩子就是自己生命的一部分。

血刃仇敌干河草

正午，烈日下的唐山火车站显得很安静，大楼矗立正中，中间顶端竖着"唐山站"几个大字。从车站到日军驻唐步兵团司令部，三百米沿路上布满了全副武装的鬼子，手持带刺刀的长枪守卫在街道两侧，周围50米内禁止行人走动。

一列冒着黑烟的火车缓缓抵达车站，日军驻唐防卫司令官铃木启久带着十余个军官远远迎接上来，车厢中陆续走下来几个日军高级军官。走在前面的军官中等个子，身材肥胖，乌黑脸膛，戴一副黑框粗腿眼镜，一双阴冷的三角眼放射着凶光，神情傲慢。此人正是华北方面军司令官冈村宁次大将。跟随冈村宁次身后的分别是第27师团长原田吉雄和独立混合旅第15旅团长田中信雄少将。冈村一行在刺刀垣墙中乘汽车来到坐落在唐山交大的兵团司令部。

在铃木启久引领下，冈村等来到二楼办公室。冈村坐在沙发上，透过敞开的窗子向外望去，杨柳随风摇摆。

沏完茶后，铃木就丰润、迁安讨伐战果及目前情况作汇报。

冈村满意地点点头，说："八路军主要活动在京山线北部山区，这里的剔决工作，做得不彻底，情报搜集还有许多缺点。要好好利用治安军，加大发展特务密探监视力度！对此地区要实施经济封锁，严格限制食物输入，特别是严禁盐和日用必须杂货输入！"

"嗨！"

傍晚，冈村将唐山附近部队的全体日军中高级军官召集到他的宿舍举行会餐。冈村搂着两个军妓，一边举杯豪饮，一边喋喋不休地唱着日军军歌。唱罢，他特意向铃木启久询问制造潘家峪惨案的佐佐木少佐。

两人耳语一番后，冈村走到佐佐木跟前，举起酒杯，"喂，来一杯！"

佐佐木受宠若惊，急忙端起酒杯一干而尽。第一联队长田浦介绍说："佐佐木君现任大队长，一年前铲除潘家峪功不可没。今年4月，又在丰润讨伐中歼灭八路军70人，他始终战斗在最前线！"

"哟西！皇军的榜样！"为犒赏佐佐木的战功，冈村特意将一枚一等旭日勋章挂在他胸前。佐佐木弯腰鞠躬："谢谢将军抬爱！属下定将协助各位将军剿共再立新功！全力剿灭冀东八路匪！"冈村满意点点头。

"我听铃木将军介绍，冀东八路最令人头疼的是一个善于打伏击的神枪手，杀伤力非常大。很多优秀皇军将士死于他手，关东军和驻屯各部队始终抓不住他。"

"他叫欧阳波平，是八路主力十二团的营长。此人非常狡猾，行踪不定，常隐藏在暗处闪电式出击，挨上他一枪肯定没命。不过，将军放心，我一定将他活捉，割掉他的头颅，来祭奠殉难勇士！"

"哟西！抓住欧阳波平，我再奖你一枚勋章！"

"谢谢将军！"

"要尽快！"

"嗨！"

第二天，冈村带着原田熊吉和田中信雄等人，在铃木启久陪同下，乘汽车赴唐山郊区一带视察。一路上，他不时向铃木启久提问题，铃木启久毕恭毕敬解答着。午后，视察结束，冈村等返回北京。

欧阳波平带领一营解救长河川一带地方干部群众安全转移后，部队潜入上屯休整。为了不打扰百姓，他与战士留宿在山坡谷子地里。成熟的谷子和满树的栗花散发出诱人的清香。欧阳波平闻着沁人心脾的栗花香，意识到自己战斗在迁安已经一年了。他安排好岗哨，开始教侯天亮枪法。

"营长，我很想去尖刀排，可启明排长总看不上我。武功我比不上他，枪法要赶超他！我还要和他比一下射击术！"

"好！看你们战场上谁杀鬼子多！好好练，只要枪法准，他一定会收你的！"

这时，侦察员带来一名地下交通员。交通员递上情报，欧阳波平打开纸条一看，上边写着：波平弟，军分区首长和迁青平主要领导及时转移到口外，我继续坚持在滦东根据地开展地下活动。已派启明归队，在上屯与你会合。辖区一切安好！勿念！方州大哥。

见到纸条，欧阳波平悬着的心落了地，他决定率部队在上屯休整两

日，等肖启明归队后再想办法动员李方州一起离开敌人重点扫荡的滦东根据地。

一整天过去了，傍晚，还没有见肖启明回来。欧阳波平有些担心，他想派人去寻找一下，虽然上屯距离太平寨、罗家屯据点不算太远，可敌人封锁严密，容易暴露全营行踪。

正犹豫着，侦察员来报，罗家屯、太平寨、三屯营几个据点千余名鬼子伪军联合讨伐，分三个方向正向上屯一带移动。

"以连为单位，分头突围！注意利用地形掩护，穿过鬼子空隙。"

欧阳波平下达命令后，部队迅速行动，神不知鬼不觉地绕开鬼子包围圈。

拂晓，中鸠率鬼子爬上欧阳波平等宿营的山坡，一个八路军影子也没发现。

欧阳波平带领一部分战士来到滦河边与一连会合，然后渡过滦河，星夜急行军，返回松山峪根据地。二连、三连也陆续赶到松山峪。

午后，欧阳波平在山洞察看军事地图，研究下一步行动部署，侦察员走进山洞："报告，有一名自称石明书记派来的区小队队员来报到！"

"快让他进来！"来人是擦崖子民兵杨海。

"营长，我找部队找得好苦啊，总算找到你们！"说着，他将李方州的信拿出来。

欧阳波平对李方州的字迹太熟悉了，他打开信件一看，手足之情跃然纸上。看着看着，欧阳波平惊呆了，他日夜盼望归队的肖启明壮烈牺牲了，欧阳波平摇晃一下，差点摔倒在地上。

"营长，我和启明曾一起关在罗家屯据点监狱。在监狱，他忍受酷刑，严守部队和地方组织秘密，启明本来有机会逃走，为了救我才壮烈牺牲的，他死得太惨了！"杨海哽咽着，"鬼子把他扒光绑在大槐树上，用乱刀在他身上扎了几十下，启明的心脏被鬼子剜出来煮了，差点被这群畜生吃掉，幸好先生带人抢回他的遗体！"

杨海含泪讲述牺牲的经过。原来，肖启明完成任务后归队途中，瞒着李方州深入罗家屯据点锄奸不幸被捕，在监狱中遇见被捕的杨海。后来，汉奸揭发出肖启明的八路身份，肖启明惨遭杀害。

"小鬼子，我要将你们碎尸万段！"欧阳波平听后，气得直跺脚，两眼冒金星。

平静下来后，欧阳波平仿佛心被摘了似的，他呆呆地望着洞口，两

行热泪顺着脸颊不停流淌着，启明的音容笑貌不时浮现他眼前。

"营长，真羡慕您有这么好的枪法，我长这么大最佩服的就是您和先生。"

"营长，打完鬼子，咱俩参加健美比赛！"

"哥——我给你和方州大哥做后人，延续你们的生命！"

"好兄弟——启明，你是我和大哥的心头肉啊！"

许久，欧阳波平问："启明埋在哪里了？"

"侯台子村东一棵大栗树底下！"

"这孩子什么也没留下就走了！"

"先生让我参加八路军，就是为了报仇！营长，我虽然没有启明那身好功夫，但我也会像他那样，誓与小鬼子拼到底！营长，收下我吧！"

"好孩子！让我们踏着启明的足迹，完成他未竟的事业！"

杨海不住地点着头。

"先生还好吗？启明牺牲，他更痛心。"

"先生一夜头发白了好几根。"

"我们争取早日打回去，让他随部队一起行动！"

欧阳波平心中默念着："兄弟没了，方州大哥不能再出意外了！"

"五月的鲜花开满山坡，鲜花掩盖了志士的鲜血……"

傍晚，白天的暑热渐渐散去，滦河西山坳里的崇家峪，松涛阵阵，凉风习习，欧阳波平带领一营与团长曾克林相聚在一起，开展军民联欢活动。各连战士可劲地唱歌，做游戏，乡亲们围着看热闹。

联欢会结束后，欧阳波平回到自己的临时驻地，他郁郁寡欢，始终无法从失去启明的悲伤中走出来，脑海中努力寻找着启明的音容笑貌。

"哥，我这两条小腿跟你小腿轮廓一模一样……"欧阳波平坐在石块上，解开绑腿，挽起裤管，久久凝视着小腿，仿佛从这里看到启明的影子。

这时，侦察战士带着地下情报交通员走过来，交通员递给欧阳波平一份情报，欧阳波平一看，顿时握紧拳头。

欧阳波平重新打好绑腿，站起身，他来到团部宿营地，找到曾克林，说："团长，沙河驿的鬼子正在征集大车，准备往上五岭据点运粮食。"说着，他将情报递给曾克林。

曾克林看完情报，稍做沉思，问："你的意思呢？"

"打他一家伙！情报显示，这次押送粮食的鬼子指挥官是佐佐木这个恶魔，为潘家峪遇难乡亲复仇的机会来了，现在我们兵力集中，又有青纱帐掩护，战士们报仇心切，特别是敌人必经之地干河草一带非常适合打伏击！"

"我同意，你布置吧！"

"今晚一营、二营从崇家峪出发，连夜插到王店子以南，重点埋伏在干河草公路边！团部和警卫连随后出发！"

布置完，两人又继续商讨伏击战细节问题。

部队紧急行军，晚上10时许，战士们全部潜入到公路南面的王店子、韩辛庄、孟家店子一带。曾克林率团部临时驻孟家店子。此刻，丰滦迁联合县的县区干部带区小队也赶来。

第二天太阳一出山就烤得人喘不过气来，庄稼正在打苞，大高粱蹿得一人多高，谷子也有半人高，青翠欲滴。

二营长杨思禄、教导员刘光涛带领战士埋伏在干河草公路边上。

时近中午，太阳火辣辣地炙烤着，高粱叶纹丝不动，战士们趴在地上小声咒骂："这狗日的磨蹭啥，还不快来送死？"

正说着，传来车队的吆喝声，敌人过来了！两个营的伪治安军走在前面，紧跟着是一百四十多辆大车。鬼子穿着白不拉茬的衣服，坐在大车上，膝盖上横隔着枪支，两条腿在车辕上晃悠着，大车队后面又跟着几百个治安军士兵。

战士们舔了舔焦躁的嘴唇，兴奋得心"扑扑"直跳。治安军进入干河草村，车队来到设伏战士跟前，"打！"子弹、手榴弹瞬间从高粱棵子纷纷飞向大车队，鬼子慌忙勒住车辆，有的来不及还击就毙命。

伴随嘹亮的冲锋号声，战士们奋身跃起。六连连长梁振宇率领战士冲到公路上，把鬼子和伪军分割开了。伪军慌忙中打了几枪向上五岭据点方向逃窜，枪支弹药丢了一路。战士紧追不放，边追边拾捡枪支器械。

队伍中部大车上的鬼子还没弄清发生什么事，大车堆到一块儿。五连连长张纯带领一个排兜头拦住，其他两个排沿公路展开猛烈射击。跟在车队后面的伪军一听枪响，转身回窜，退守到三里开外的七家岭村大山上。

鬼子"哇哇"叫喊，坐在中间一辆大车上的佐佐木拔出战刀，"快，集合队伍，抢占路南那座山！"说完，他带领一群鬼子疯子似的冲向路边的南山坨，企图抢占制高点负隅顽抗。

　　张纯一挥手，命令七班长蔡长青，"快！带着你们班，抢占南山坨！"蔡长青个高腿长，拎着三八枪向山顶跑去，17个战士带着一挺轻机枪，"唰唰"紧跟上去。七班抢先占领南山坨，集中火力向鬼子射击，佐佐木带着鬼子退到公路上射击。

　　杨思禄站在干河草村村东的土坎上，手持望远镜观察这股敌人，命令集中掷弹筒向鬼子射击。一时间，弹片、硝烟、黄土飞起，遮住了太阳。

　　佐佐木带着鬼子慌忙离开公路，退到路南一个大坟圈土坎里，疯狂射击。

　　硝烟弥漫，尘土飞扬，战士们嗓子眼都冒烟了。忽然，电闪雷鸣，密集的雨点在地上溅起一片燥热的烟尘。阵雨过后，越发燥热，鬼子拼命顽抗，战斗胶着起来。

　　一营临时驻在韩辛庄一带，离战场五里，枪声传来，侦察员急忙跑来报告："营长，二营全冲上去了，战斗打响了！"

　　"马上集合，出发！"欧阳波平命令道。

　　出发哨音没落，一营、警卫连的战士们撂下饭碗，操起大枪，直奔干河草村。

　　天气热得喘不过气来，战士们撒开两腿，健步如飞，希望尽快投入战斗。

　　欧阳波平带领战士们赶到五连阵地。杨思禄、刘光涛走过来，向欧阳波平简单汇报了情况。欧阳波平拿起望远镜，观察完地形和敌情后说："今天鬼子领头的就是制造潘家峪惨案的佐佐木，一定要活捉这个恶魔，为潘家峪乡亲们报仇！"

　　大家点了点头，欧阳波平继续分析说："周围青纱帐密密丛丛，战士们可以隐蔽接近敌人，敌人火力不能发挥。而且，我们有两个营兵力，士气高，又占据有利地形。沙河驿、榛子镇的敌人是不敢离开据点出来增援的。哪怕鬼子再凶，也可以快速结束战斗，全部消灭这股敌人，活捉佐佐木！"

　　欧阳波平的话给全团指挥员树立了信心，随即，各营教导员、连指导员作简短战斗动员，战士们个个"嗷嗷"叫，齐声呐喊："杀鬼子！活捉佐佐木！"

　　"一营从干河草西面的马家村河沟向北潜伏到大、小高庄，五连要坚决把敌人钉住，一连、二连和警卫排顺南山坡潜伏敌人后边去，随时

向团长发报，等候总攻命令！"

欧阳波平布置完，三面包围的形势迅速展开。

路南坟圈里不时跳起几个鬼子，奔到大车旁边搬运弹药。欧阳波平命令战士用掷弹筒、重机枪对准几辆弹药车猛烈射击，鬼子一个个栽倒在车前。

炮火、机枪一阵紧似一阵，鬼子拼命顽抗。烈日炙烤，硝烟弥漫，战士们嘴唇焦裂，张着嘴喘气。干河草村干部叫过来几个小伙子，吩咐道："快，搞水来！"小伙子们很快将凉水运到阵地，战士们顾不上喝一口。

留守临时团部的曾克林估计打包围的部队已经到达预定攻击地，吩咐司号员发出询问号。欧阳波平让战士发来肯定回答号音。曾克林迅速率警卫连部分战士赶到阵地，见时机成熟，下达总攻命令。司号长鼓足劲吹起号声，各营各连的号声也一起吹起来。

洪亮号声响彻云霄。刹那间，杀声四起。欧阳波平率领一营战士从河里爬上来，奋勇当先，由北向南朝鬼子冲来。当距离鬼子200米时，鬼子几挺重机枪一起疯狂扫射起来，封锁战士前进。欧阳波平和侯天亮分别将两个机枪射手击毙，但第三挺机枪依然在疯狂扫射。欧阳波平在地上机智地翻了个滚，一个点射，机枪成了哑巴。战士们刚要起身再冲锋，鬼子另一挺机枪又叫起来。这时，侯天亮从侧面绕过去，他奋不顾身扑向鬼子机枪射手，鬼子射手调转枪头对着侯天亮想射击，欧阳波平瞅准机会，举枪扣动扳机，一颗子弹正中鬼子射手额头，侯天亮趁机冲上去，一脚踢开鬼子尸体，捡起打得通红的重机枪。

敌人阵脚一片大乱，欧阳波平紧跟冲上来，一营和警卫连战士们像潮水一般涌进坟圈。欧阳波平冲在最前，靠近时，他发现很多鬼子都有小胡子，认出这是最初侵入中国的凶残"老鬼子"，想起肖启明、陈涛、侯天明惨烈的遭遇，他在敌群中手脚并用，左右开弓。瞬间，鬼子在他周围倒下一大片。

杨海举起长枪与一个鬼子拼起刺刀，因枪短，在对刺过程中眼看鬼子刺刀扎向他胸口。欧阳波平手疾眼快，紧急射出一颗子弹，正中鬼子心脏，鬼子晃了一下肥胖的身躯倒下去。

"海子，注意安全！"

"是！营长！"

说着，两人又冲入敌群。

肉搏中，侯天亮抱着重机枪与一个鬼子扭打在一起，两人互相撕咬

对方的耳朵、鼻子，最后，侯天亮将鬼子压在身下，抡起枪托向鬼子头部猛击。一个鬼子端着刺刀想从背后袭击侯天亮。旁边战士跳起来截住鬼子，他举起长枪，用刺刀扎进鬼子的心窝。

佐佐木看到八路军猛虎一般，个个不要命拼杀，他知道末日到了，躲在尸体堆中放冷枪，想乘机逃跑。一个战士发现佐佐木，抡起大刀冲上来，佐佐木连续射击，击中战士胸部，战士瞪着眼睛，挺直身躯向前倒下去。

欧阳波平活捉佐佐木心切，瞪大眼睛搜寻着。不料，四个鬼子一起将欧阳波平围住。欧阳波平子弹打完了，他把枪别在腰带上，赤手空拳将其中一个鬼子撂倒，顺势飞起一脚，将第二个鬼子踢出老远。谁知，第一个被欧阳波平拳头击倒在地的鬼子猛地从地上扑起，死死抱住欧阳波平的右小腿不放，嘴里"哇哇"直叫。另一个鬼子趁机端着刺刀从背后刺来，刺刀直刺欧阳波平的脖颈部位。欧阳波平意识到耳朵旁一股凉风，凭借强劲的八块腹肌力量，身体扭转一百八十度，腾起左脚，一脚踢翻鬼子的刺刀，随即补上一枪，背后偷袭的老鬼子一声不吭，倒地毙命。

欧阳波平左脚还没落地站稳，右前方又冲来一个鬼子，锋利的刺刀向腰腹部刺来。欧阳波平右腿被缠住，左腿悬空，想躲已经来不及了，他用力收紧腹部，刺刀扎进欧阳波平腰带以上军装，鬼子用力一挑，挑开欧阳波平的上衣。欧阳波平倒吸一口气，他乘机拽住长枪，用力掰掉刺刀，向鬼子前胸甩去，这个鬼子"嗷"一声摔倒在地上。

此刻，扑在地上的鬼子还在抱着欧阳波平的右小腿像狗一样疯狂撕咬，绑腿已经被他咬断，欧阳波平来个力劈华山，双掌猛击小鬼子头部，小鬼子立马毙命。

欧阳波平摘下鬼子的短枪，抽出腿，刚要站立起来。突然，他发现一个鬼子军官正向自己瞄准射击，子弹飞来，欧阳波平急中生智，做了个后仰翻动作，随即扣动手中的短枪扳机，子弹贴着欧阳波平胸腹和脸部飞过，而欧阳波平射出的子弹正中鬼子军官的额头，这个鬼子军官正是佐佐木，佐佐木一声未吭倒地毙命。

肉搏战将结束时，忽然谷子地传来"噼里啪啦"的乱响声。杨海赶上去，只见一个战士正抱着鬼子在地上翻滚。杨海瞅准机会，用刀刺死鬼子，将地上的小战士拉起来。小战士抹抹嘴唇，深吸了一口气，自豪地说："又一个！"原来，他连挑三个鬼子，这一个却把他难住了。

鬼子的尸体横在公路上、马车下、高粱棵里，有一百多。一个侦察战士发现一具身着少佐军服的尸体，他踢着尸体喊道："看，佐佐木，潘家峪惨案的祸首！"

大家围了上来，佐佐木死猪似的瘫倒在地上。团长曾克林赶过来，看到这个面目狰狞的鬼子军官胸前戴着一枚六角银质勋章。

"是佐佐木！这个恶贯满盈、沾满冀东人民鲜血的大魔头终于被击毙啦！"他转身问："谁击毙的，我要好好奖励他！"周边战士没有人回答。

"谁击毙的不重要了，关键是这个家伙已经死了！没有活捉让他跪在死难乡亲的坟前死去，算便宜了他。"欧阳波平清楚佐佐木是自己刚才击毙的，他欣慰地说，"我们终于为潘家峪死难同胞们讨还了血债！"

战士们顿时振臂高呼："报仇啦！"

"报仇啦！"

"胜利啦！"

"胜利啦！"喊声此起彼伏。

战士们开始打扫战场，战利品堆满了一百辆大车，共歼灭日伪军300余人。

欧阳波平站在山坡上，累得筋疲力尽，他擦着脸上的汗珠，抿着干裂的嘴唇，默默地说："启明、天亮、陈涛兄弟，我给你们报仇了！方州哥，今天真痛快，佐佐木上了西天，180个小鬼子见了阎王！"

他望着潘家峪方向，激动地喊："乡亲们，终于为你们报仇了！"

"营长，您的上衣被挑成布条了，快看看伤了没有？"杨海走过来关切地问。

"没事！"欧阳波平说着脱下被鬼子刺刀挑开的军装，腰腹部没有一丝伤痕，他拍着腹部，苦笑着说："幸亏腰细，小鬼子的刺刀走偏，否则，这肌肉块再结实也被穿透了。"

阳光下，欧阳波平黝黑健美的肌肤冒着汗珠，像淬火一般闪闪发亮，杨海仿佛看到了临终前的肖启明。杨海走上前盯着欧阳波平线条清晰的腹肌块，羡慕地说："营长，您这体型真棒，这腹肌跟启明哥一样，太发达了！"

想起启明，欧阳波平不禁一阵伤感，他默默地说："我没有保护好他啊！如果我能活下来，以后一定以启明的名字参加一场健美比赛，给他拿个冠军，圆他生前愿望！"

"营长，我们今天真痛快，算给启明哥报仇了！换身军装吧！"

"缝缝还能穿！海子，赶紧打扫战场，团部一会儿要转移！"

"是！"

杨海转身向山下走去。

虽然取得巨大胜利，欧阳波平总感觉内心深处有一种莫名的烦躁，他突然隐隐感到右小腿发痛。

欧阳波平走到一个土塄坐下来，发现绑腿有些松了，他解开绑腿，卷起裤腿，露出线条匀称肌肉发达的小腿，腿上隐隐有被鬼子咬红的牙印。欧阳波平揉着有些酸痛的腿肚子，想起李方州为自己疗腿伤的一幕幕。

"方州哥，这条腿是你给的，看现在恢复得多好！"

欧阳波平打着绑腿，但不知咋的，往常瞬间就能打好的绑腿此时打了几遍总觉得不满意，他心不在焉地一圈圈反复裹着。

打完绑腿，欧阳波平从衣袋里掏出李方州送给他的那支袖珍钢笔，将一个小本子垫在膝盖上写道："哥，今天我们取得重大胜利，终于为潘家峪村死难同胞讨还了血债，也为启明弟报了仇！"

写了一会儿，欧阳波平拿起笔仔细端详着，李方州的影像立刻浮现在眼前，他接着又写下去：

"哥，分别两月，你过得还好吗？家里一切都好吗？好想回家看看，兄弟重逢话别情……

欧阳波平站起身来，眺望着滦河东肖家庄方向。这时，天空阴沉沉的，铁块般的乌云，同山尖连在一起。

欧阳波平虽然隐隐有一种不舒服的感觉，但他此刻做梦也没想到，自己最亲密的战友、最佩服的哥哥李方州就在当天午后惨遭敌人游街示众后杀害了。

战士们赶着一百多辆大车返回崇家峪，一路上，鞭子抽得山响，笑语歌声响成一片。老乡们挑水担罐迎了上来，将一碗碗凉水送到战士手里。看着战士一个个痛饮清凉的水，一位老大娘笑眯了眼睛。

挺拔的大叶杨，在微风中摇曳着，叶子一翻一闪，像笑脸罗汉裂开的大嘴，在头顶上哗哗欢笑。

曾克林召开军事政治会议，首先对干河草伏击战进行总结，表扬了全团官兵。经过与欧阳波平、曾辉等讨论后，布置下一步军事行动。

"根据军分区要求，我团今后分散活动，波平同志率一营渡过滦河，向东发展，作为武力开辟新滦东的突击组。二营两个连活动在丰滦迁中心区，其余两个连挺进都山、平泉地区；我带团直在都山以南地区活动。今夜就开拔！走前不要惊扰百姓！"

"是！"

"是"

晚上，欧阳波平睡不着觉，他心中一直在牵挂着义兄李方州。

"大哥，我很快带队东渡滦河，咱哥俩又将并肩作战啦！"

深夜，突然下起暴雨来。十二团干部战士们冒雨陆续离开崇家峪。

干河草伏击战两天后，铃木从铁路沿线搜罗好几百个鬼子，在四辆坦克掩护下，将鬼子尸体运回去。

"十二团有个神枪飞毛腿欧阳波平，子弹长了眼睛，专揭皇军的天灵盖……"这一战，给唐山一带守敌带来极大恐慌，东西百里内据点各自闭关紧守。伪军们交头接耳，惶惶不安，吵架时，赌咒说："要是坏良心，进门碰到十二团，出门遇见飞毛腿！"

日军驻天津司令部，冈村召开驻华北高级军官会议。

"自从今年4月摧毁了鲁家峪窑洞阵地，取得甲山战斗胜利，击毙八路军十二团匪首刘诚光，自以为八路军大部队已被歼灭了。然而，最近冀东八路活动日趋猖獗，皇军损兵折将，最优秀的大日本勇士佐佐木君不幸遇难，这是全师团的耻辱！你们都是一群饭桶！"冈村大发雷霆。

"卑职治军不力！请将军恕罪！"

"属下该死！"原田熊吉、铃木启久等慌忙检讨。

"冀东八路匪首非常狡猾，他们四处逃窜，一年多没有消息！我们通过支那人的伙会组织多方刺探情报，总没有确切消息！"铃木汇报说。

"冀东八路匪首一个叫包森的团长和一个叫欧阳波平的参谋长最善于打伏击，他们是皇军最大的克星，尤其是飞毛腿欧阳，他还是个神枪手！今年春季我们打死了包森，可是这个欧阳始终抓不到。密探来报，这次干河草伏击战就是欧阳波平和曾克林指挥的，大大的坏！"原田熊吉补充说。

"这个欧阳真是让皇军伤透了脑子！一定要将其活捉！割头之前先卸掉他的四肢，让他死前明白与皇军为敌的下场！只有这样才能摧毁支那人的抵抗意志！另外，加紧实施长城沿线无人区计划，彻底铲除八路匪的立足根基,将他们一网打尽！"冈村敲着桌子咆哮着。

"嗨！"

"嗨！"

原田熊吉、铃木启久返回唐山后，命令冀东各据点鬼子昼夜不停地驱赶居民修筑壕沟工事，老人孩子也不放过。由于供给不良，没有卫生

设备和过度疲劳，很多百姓惨死在壕沟中。

驻沙河驿的第三联队小野负责迁安地区，统一协调驻迁各据点日伪军在长城北一带疯狂扫荡。由于迁青平三总区区委书记李方州遇难，其他区干部撤离辖区，无人有效组织群众有序撤离，根据地居民遭到空前杀戮。鬼子每到一个村就将全村房子烧掉，强迫居民进入圈定好的人圈，稍有反抗的就被杀掉。

这天，铃木启久和原田熊吉乘飞机从上空观察，命令鬼子将残留的民房全烧掉，不留一人！顿时，长城沿线一带浓烟滚滚，各村尸横遍野，迁安从冷口至喜峰口 100 公里内 400 平方公里地区，15700 多间房屋全部被烧毁，居民死伤无数。

欧阳波平带领一营北上，正准备东渡滦河，他接到军分区电报，称冀东日伪军正倾巢出动，扫荡迁安城北一带，制造"无人区"。要求一营在开辟滦东过程中，灵活机动袭扰敌人，吸引敌人注意力，以减轻迁青平联合县口内三个总区根据地的压力。

欧阳波平看着电报，他不时为李方州的安危捏把汗，恨不得飞到三总区。他后悔没有劝服李方州随部队一起行动。欧阳波平知道，自己无法直接去营救，只有加大伏击敌人的力度，才能缓解迁安城北一带的抗战压力。于是，每天他都带领战士在公路、铁路沿线一带出其不意地袭击鬼子。

这天下午，欧阳波平带领战士们在林西一带袭击榛子镇日军的联络运输汽车，截获大批粮食。一营转移到沙河驿西赵店子一带。

傍晚，丰滦迁地下工作人员送来情报。

"据可靠消息，明天中午鬼子高官要到赵店子至沙河驿一线进行视察。"欧阳波平眼睛一亮，"擒贼先擒王，机会来了！"他迅速召集连以上军事会议，商讨伏击事宜。

"同志们，明天鬼子数名高官视察途经赵店子，我们就在村西公路两侧玉米地里，打他个伏击！"

"这里距离榛子镇、林西、沙河驿据点太近了，特别是离沙河驿据点只有十余华里，弄不好会被敌人包饺子！"团总支杨书记不无忧虑地说。

"是啊，营长，我们的主要任务是东渡滦河，开辟滦东新区！"二连连长马贤说。

"现在，小鬼子在长城沿线大搞'集家并村'，这是敌人预谋已久蚕食我根据地、切断军民联系的毒辣计划，迁青平辖区遭遇空前危机，根

据地不断被蚕食。我们在这里成功袭击敌人，实际是拖延敌人实施'无人区'，粉碎敌人阴谋。何况，这次情报显示视察中有鬼子高层军官。我们袭击敌人视察团后，力求速战，然后迅速向北转移到迁安城西一带，绕开东侧沙河驿据点敌人堵截。"

"这样正好在预定时间内东渡滦河，到达迁青平地区，开辟城东一带。"一连连长马骥首先表示赞成，大家也纷纷点头。

于是，欧阳波平迅速部署战斗任务。

"一连、二连埋伏在公路南北两侧玉米地，三连从北侧迂回西侧策应，以截住敌人向唐山方向逃窜，我带领尖刀排占领东侧丘陵高地，从正面伏击敌人。切记，我们装备落后，要速战速决！"

"是！"

第二天一大早，欧阳波平带领战士们按计划埋伏到位。等了半天，也没见敌人来。火辣辣的太阳炙烤着大地，战士们脸和胳臂被玉米叶子划出道道痕迹，汗水淌过，钻心地痛。

侯天亮有些泄气，想站起身来透一口气。欧阳波平急忙打了个手势，让他不要动，"沉住气，很快就来了！"

欧阳波平伏在灌木丛中，一边举起望远镜侦察，一边嘱咐大家耐心隐蔽。

"来了，等鬼子全部进入包围圈再打！"

这时，一队日伪军大摇大摆地走过来，随即是骑着战马的指挥官，中间一辆高级轿车缓缓驶来，后边跟着摩托车队。轿车里边乘坐的正是师团长原田吉雄和步兵团长铃木启久，他们陪同的是日军华北驻军顾问官高羽麻二少将。

欧阳波平暗示一连、二连放过步行的鬼子伪军和轿车。最后一辆摩托车驶入包围圈后，欧阳波平吩咐杨海发出伏击信号。顿时，公路两旁玉米地和正前方丘陵灌木丛中飞出密集的子弹和手榴弹，伴随着"轰轰"巨响，鬼子人仰马翻。

铃木大惊失色，急忙组织鬼子抬出掷弹筒和机枪还击。同时命令电报员迅速向沙河驿第三联队小野联队和驻丰润的第一联队长田浦竹治紧急求援。

"三联队本部，本部，我们在沙河驿东北方约 8 公里处，遭遇八路军袭击，请火速救援！"

鬼子的重机枪和炮弹黄蜂一样倾泻到丘陵灌木丛中和两边的玉米

地，庄稼和草木瞬间被炸翻，战士缺乏掩体，纷纷倒下，机枪射手侯天亮也负了重伤。

欧阳波平端起机枪，不断变换着方位向敌人的炮手射击，很快将鬼子炮手和机枪射手击毙，鬼子的机枪和钢炮成了哑巴。

"冲锋！"欧阳波平一声令下，杨海吹起冲锋号，三个连战士一跃而起，端起枪从不同方向冲上马路中央，与鬼子伪军展开肉搏。眼看着鬼子伪军被消灭差不多了，只有隐藏在轿车附近鬼子在不断射击。

欧阳波平冲到熊熊燃烧的轿车前，准备活捉鬼子军官。这时，东侧传来枪炮声，原来，驻沙河驿的小野带领一个中队鬼子和一个团的治安军赶到了。敌人在机枪、步兵炮掩护下疯狂冲过来，一营腹背受敌。欧阳波平不敢恋战，只好命令战士们向西撤出战斗。

眼看到手的鸭子要飞，欧阳波平有些不甘心，在撤退之际，他拔出手枪，对准车厢副驾驶位置连续射出两个点发。子弹穿过车窗玻璃，正好击中高羽麻二的额头，高羽麻二死猪一样栽倒在座位上。后边的原田吉雄、铃木启久慌忙上前抢救，见高羽麻二已死，两人吓得面如土色，跳下车命令小野一定要抓住射击高羽麻二的狙击手。

欧阳波平顾不上仔细看，带领战士顺利撤出战斗，向北转移。转移前，欧阳波平将身负重伤的侯天亮托付给地方老乡家，嘱咐他养好伤后迅速到滦东地区寻找部队。

侯天亮握着欧阳波平的手说："营长，迁安城北环境险恶，您一定要多保重！""放心吧，我等你早日归队！"

在小野联队的救护下，原田熊吉和铃木启久逃出险地，但一个小时内付出军官以下数十人死亡的代价，特别是高羽麻二毙命，这是冀东战场上第一个被八路军打死的将军。原田熊吉和铃木启久犹如热锅上的蚂蚁，不知怎样向冈村复命。原田熊吉让日军抬着高羽麻二和数十个鬼子的尸体，垂头丧气地运到沙河驿据点火化。

原田熊吉、铃木启久逃回唐山交大司令部，命令参谋长通知关东军有关方面部队，加大长城沿线扫荡力度，全力推进"无人区"进程。

"能如此精准射击的一定又是八路匪首神枪欧阳波平！请求关东军第8师团步兵第17联队司令部速派原田东两中队支援！务必配备精锐狙击手，返回长城口内，不惜一切代价，寻找机会铲除欧阳波平部，为高羽将军报仇！"

原田熊吉声嘶力竭地吼着。

险象环生祭义兄

　　欧阳波平带领一营战士，从赵店子百里急行军，来到滦河西岸的河滩上，准备东渡滦河转移到迁安城北一带，巩固扩大迁青平三总区根据地，配合地方开辟新的滦东区。

　　"禁止休息和搞东西吃，连夜渡河，必须赶在拂晓前进入滦东宿营地！"欧阳波平命令战士。

　　凌晨，欧阳波平带着战士们从迁安县城附近的西坝渡过滦河。城乡要道遍布敌人据点炮楼，为免遭敌人包围袭击，部队每天都要转移驻地。

　　深夜，欧阳波平带领战士沿大杨官营龙山一带急行军，很多战士极度困乏，困得迈不开步子。战士高立忠是平林镇人，由地方区小队入伍不久，走着走着就掉队了，靠在一棵杨树上站着睡了起来。

　　欧阳波平下达行军报数口令，发现队伍缺员。这时，一名战士跑过来报告："通讯员高立忠掉队了！"

　　欧阳波平转身寻找，走了一百米，发现一棵杨树前靠着一个人影，走上前一看，正是高立忠。欧阳波平将他身上的长枪接过来，挎在自己肩上，递给他一个辣椒，"小高，咬一口，别犯困，快跟上队伍！"

　　"是！"高立忠被欧阳波平长兄般的关怀深深感动了，他边跑边请求："营长，您太好了！对每个战士都像大哥一样关心，我能给您当警卫员吗？每天伺候您我感到荣幸！"

　　警卫员侯天明、陈涛先后牺牲，肖启明承担欧阳波平一段时间警卫工作。启明任尖刀排排长后，主要精力都在训练战士。启明牺牲后，因人员紧缺，欧阳波平没有明确专职警卫员。

　　看着这个纪律有些松散的高立忠，欧阳波平想多些机会教育引导他，就点了点头。

"好，以后你就做我的警卫员！不过，咱们讲好，生活上我可不需要你伺候，咱八路军官兵平等，这是纪律！以后，你要注意严格要求自己，尽快成长为一名成熟的八路军战士！"

"是！"

两人追上队伍，欧阳波平带领大家绕过龙山。黎明前，部队到达郎家庄宿营地。郎家庄距离县城鬼子据点较远，抗日热情高，乡亲们听说十二团回来了，纷纷奔走相告，扶老携幼走出家门热情迎接。

欧阳波平命令战士们留宿庄头，尽量不打扰百姓，但村干部说啥不干。

"首长，你们冒死来打鬼子，到了家门口还睡在街头，这可不行！"

"大家长期过着行军战斗的紧张生活，今天总算到家了，休整一下吧！养精蓄锐有助于下一步军事行动！"区干部也劝说着。

盛情难却，欧阳波平只好笑着说："那我就代表全营官兵谢谢乡亲们啦！同志们，我们是纯粹的冀东子弟兵，穿百家鞋，吃千家饭，走万里路。今天我们就住乡亲们家，洗洗衣被，抓一抓'革命虫'（虱子）！"

"太好了，我们要过'苏联生活'（美好生活）啦！"

战士们欢呼着，各连司务长号开始房子。

欧阳波平转身命令各连队战士集合拉歌，抓紧时间进行抗日宣传，与乡亲们一起联欢。在文化教员小张指挥下，全营战士迅速集中到村庄最开阔的场院路旁，一排排坐在自己的背包上唱起抗日歌曲。村抗日青年救国会小伙子、妇女救国会姑娘、儿童团员也跟着唱起来。

这时，不知谁喊了一声，"让咱们营长来一个！"现场一下沸腾起来，纷纷要求欧阳波平唱歌。欧阳波平自幼聪颖，不仅能作诗，写一手漂亮的字，还有一副天生好嗓子。他走到广场中央，笑着说："恭敬不如从命了。今天，我给大家唱一首《八路军和老百姓》。"

欧阳波平清了一下嗓子，迎着旭日唱起来。

"在晋察冀每一个村庄里，都住着八路军的父母兄弟，八路军保卫自己的家乡，八路军和老百姓永远在一起……"

清晰浑厚富有磁性的声音感染着在场每一个人，不时传来喝彩声。

"真没想到，咱营长还有这一手，与战场上猛虎形象完全两样！"

"这才叫多才多艺呢！"战士们窃窃私语。

"对了，咱们营长有对象没有？哪个女孩嫁给他太幸福啦！不仅人长得帅气，文武全才，神枪手，会武功，还有文艺天赋。"

"你信不，这回准有姑娘主动给营长送布鞋，我要是他，早就挑选

一个娶了！"

"你想得倒美，部队纪律规定不能在驻地谈对象。"

"那是指战士，人家营长是副团干部，早够格了！"

"你们别瞎起哄了，欧阳营长不会找的！他心思都用在打鬼子上了。我从平西跟欧阳营长一路走来，每到根据地姑娘追求他，都被他婉言谢绝啦！"

"那是他没遇见中意的，营长也食人间烟火，体格那么精壮，哪能不需要解决生理需求。"

"你真无聊！对了，我知道欧阳营长一个秘密，他对咱迁安特别有感情，迁安姑娘肯定能吸引他！"

妇救会一位叫小芳的漂亮姑娘被欧阳波平的歌声迷住了，听到战士们的议论，脸上泛起红晕。她悄悄走到村妇救会主任郎英身边，将一双军鞋递给她。

"大姐，麻烦您将这双鞋转交给那位唱歌的营长！"说完，转身走了。

郎英笑着摇着头。

在一片热烈掌声中，欧阳波平唱完歌又给大家讲解了当前抗日形势和对敌斗争的策略。

联欢结束后，老乡们纷纷走上前，将战士们领进家中，拿出全家一年最好的饭菜招待子弟兵。由于条件艰苦，最好的饭无非是吃煮白薯或喝"破米粥"。

欧阳波平被安排到村报国会成员郎太岩家，他跟随郎太岩走在街上。这时，郎英走过来，"营长，您这魅力太大了！这不，我们村一位叫小芳的姑娘亲手做的，让我转交您，她不好意思走了！"

欧阳波平来到冀东战场快三年了，每到一个村子，只要他在军民联欢会上露面，都会收到妇救会姑娘送的礼物，有求爱信件、有布鞋、有袜子，还有绣花手帕，有时也不知道是哪个村子姑娘送来的，把一向幽默开朗的欧阳波平弄得很尴尬，他明白姑娘的意思，不便直接退回，伤害姑娘的感情，就将礼物交给地方工作人员，请他们帮忙退回去。有的女孩很执着，欧阳波平只好写下不打完鬼子不成家的字条；实在没办法拒绝，他就说自己老家已经有心上人了，退不回去的鞋和袜子，他索性留给身边战士穿了。

"长得帅一点儿真麻烦！"他自嘲地说。

欧阳波平看着郎英手中的鞋，鞋底非常厚，看得出姑娘下了一番功

夫。他犹豫一阵儿，抬起脚，说："您看，我这球鞋不是挺好吗？"

"姑娘一片心意，您退回去她会伤心的。"说着，郎英将布鞋塞给欧阳波平手里。

"那好吧，我先拿着，替我谢谢人家！"欧阳波平想起潘凤，他实在不愿意伤害任何姑娘的感情。

"欧阳营长，你答应了！"

"不，不，部队棒小伙挺多的，遇到合乎条件的我给她介绍一个！"

"人家追求的是你！"

"这事等赶走鬼子再说吧！反正我会留在冀东的！"欧阳波平笑着说。

欧阳波平跟随郎太岩到了家，郎太岩父母热情迎上来，将热气腾腾的红薯和玉米粥端上来请欧阳波平吃。

吃过早饭，欧阳波平坐在炕沿上，耐心给郎太岩讲着抗日道理。他那带有湖南口音的文雅谈吐，深刻的革命道理，刻在郎太岩的心中。

"营长，您面容清瘦，不像带兵打仗的指挥员，却像一个很有修养的知识分子。同志们都说您能打仗，今天听您讲述，果不其然。如果不了解底细，真不会想到您还是个经历过长征的老同志。"

欧阳波平微笑说："是吗？我身上可不瘦，全身都是肌肉。"

"不会吧？"欧阳波平见郎太岩有些不信，流露出孩子气来，他干脆解开上衣，露出坚实的臂膀和腹部。令郎太岩一下子惊呆了，"营长，没想到您如此强健，我从没见过这么好的体形！"

"小郎，一定要注意强身健体，别让小鬼子说我们是东亚病夫！跟小鬼子拼刺刀，既靠大脑，也要靠四肢！我们吃不饱，就多运动，在行军打仗中磨炼一副好身板！"郎太岩认真地点头。

正说着，警卫员高立忠走进来，"营长，这里距离我家平林镇不太远，我离开家一年了，想回去看看老爸。"

"也好，路上一定要注意安全，速去速回，部队明天清晨就要转移！"

高立忠绕开建昌营据点，从山道回到平林镇已经是傍晚了，他跨进村子，感觉村民看到他有些异样感觉，甚至故意回避他。高立忠参加八路军村里很多人都知道，往常回来乡亲们见到他都很热情，今天怎么会这样呢？

高立忠来到村东自家院子，院子大门紧锁着，母亲去世早，家里只剩下六旬老父亲，天快黑了，老人能去哪呢？正纳闷，邻居二愣子将他叫到一边，"立忠，你可回来了！你爸让人活埋了？"

"什么？"高立忠简直不相信自己的耳朵，"你说什么？我父亲咋的啦？"高立忠急切地问。

二愣子嚷道："你爸死了，被人活埋了！"

"是谁？谁害了我爸，是鬼子还是伪军？"

"是八路！"

"你开什么玩笑？我就是八路！"

"对，就是你效命的地下党八路！"这时，村子反共伙会会长高洋走过来说："是三区干部刘青带人埋的，我亲眼看见的！他们硬说老人是特务，给建昌营鬼子送情报，不问青红皂白就埋了，在西山脚下，坑还是自己挖的，老人死得好冤啊！老人并没有向鬼子告密，可惜我没能保住他的命啊！"

高立忠知道高洋以前是甲长，两面应付，既给八路办事也给鬼子做事。他并不清楚高洋此时完全沦为驻罗家屯伪治安军独立 20 团高首三、反共自卫团团长秦海清的走狗。高立忠的父亲高鹏就是他们施用诡计使得三总区组织委员"老左"刘青中计，未经严密调查就将高鹏当作汉奸处决了。本来高立忠对高洋没有好感，但一听说刘青埋了自己父亲，气得咬牙切齿，"刘青这个王八蛋，早听说他乱埋人，我一定饶不了他！"

"大伯、二楞，麻烦你们带我到父亲遇害地方祭奠一下。"在高洋引领下，高立忠来到村西山脚下高鹏被埋的地方，高立忠跪在地上发誓："爹，我一定给您报仇！这就去找石明书记去，让他给我们做主！"

高洋悄悄地说："大侄子，你找不到石明了，石明早被罗家屯秦团长毙掉了，他真名叫李方州。现在城北地下党是刘青说了算,这几个泥腿子四处乱窜，根本找不到他们！"

"我回部队找欧阳营长，让他替我做主，正好我给他当警卫员呢！"

"什么，你给那个八路神枪营长欧阳波平当警卫员？"高洋像发现新大陆一样眼睛泛着亮光，高立忠点了点头。

"侄子，这回你发财机会来了！"

"您什么意思？"

"这欧阳波平是皇军的克星，杀了很多皇军将士，皇军恨不得把他活吞了，你如果把他杀了，割下人头，不仅给你父亲报了仇，而且会得到一万大洋，一辈子享受不尽荣华富贵！"

"可欧阳营长对战士们特别好，我下不了手！"

"八路共匪都是一群暴徒，共产共妻。现在是皇军天下，识时务为

俊杰，再说，你不先下手，一旦刘青遇见欧阳波平，汇报你是汉奸的儿子，欧阳波平能饶了你？"

在高洋劝诱下，高立忠渐渐动摇了。

"你如果杀掉欧阳波平，我会带你去见秦团长，让他向罗家屯皇军大队长中鸠少佐推荐，你可就是反共大英雄啦！一定能在反共自卫团混个连长、营长当，那该多神气！"

"可他警惕极高，又有功夫，我即便杀掉他也逃不出来！"

"你可以趁他睡觉时下手，或者制造枪走火事故，被抓住就说不是故意的，暂时保住性命。我通知皇军、治安军迅速营救你！欧阳波平的人头值一万大洋，卸下一条胳膊或腿也值几千啊。情报说，欧阳波平反应特别灵敏，行动极为迅速，是飞毛腿。记住，动作要麻利，一定要把人头带出来，那可是我们到皇军领赏的凭证！"

高立忠眼中露出凶光，恶狠狠地说："好，高叔，我就听您的，不仅割下他的头，把他的飞毛腿也砍下，一起献给皇军！"

"这才叫聪明！咱们留下联系暗号，事成后，我派人接应你！"

"一言为定！"

"只要你干成这件大事，秦团长会亲自迎接你！"说着，高洋将一把锋利的匕首交给高立忠。

清晨，高立忠返回郎家庄驻地，正赶上部队准备出发。高立忠谎称家里一切都好，跟随队伍一起上路了。

傍晚，部队在古松庄村头宿营。由于这里距离县城较近，欧阳波平让战士们睡在田野，营部设在村西一间废弃草屋内，村地下工作人员送来水和晚饭充饥。

夜深了，欧阳波平依然与几位连级干部研究次日行军路线以及与地方工作人员的交接问题。高立忠挎着长枪在门口走来走去，他在寻找刺杀欧阳波平的机会。

散会后，大家退出屋子，欧阳波平收好军事地图。由于连日的急行军，他不由自主地打个哈欠，"立忠，给我打点水来，洗洗脚赶紧休息一会儿。凌晨我们出发。"

"好嘞！"高立忠很快端来一盆清水放在地上，"营长，我帮您洗吧！"

"不用，自己来！小高啊，你也要养成洗脚习惯，对身体健康很有利！"

"好的！"

"不早了，你歇会吧！"

"我还得在门口给您站岗呢！"

"不用，村口杨海等多名战士在执勤，安全有保障！"

"谢谢营长！"

欧阳波平解开绑腿，将双腿放进水盆，用力搓洗起来，"这双腿脚刻着我和方州哥、启明弟的深情啊！"欧阳波平回忆起与肖启明和李方州在一起的一幕幕。

高立忠盯着欧阳波平发达的小腿，心里敲着鼓，心想：这腿肌肉太发达了，一刀根本剁不下来，他故意找话题说："营长，都说您是飞毛腿，看您小腿这么光滑，没有啥汗毛！"

"那都是鬼子编的。我跑得快倒是不假，飞毛腿不一定长满毛。腿上汗毛细微，夏天少招蚊子咬。"

暑气熏蒸，一会儿，汗珠沿着脸颊不停地流下来，汗衫湿漉漉的。

"这鬼天气，太热了！"欧阳波平索性甩开褂子，露出结实的倒三角胸背和八块线条清晰匀称的腹肌。油灯下，黝黑的皮肤渗出汗珠，闪闪发亮。高立忠看着欧阳波平阳刚健美的身材发呆，不敢挪动一步，许久才醒过神来。

看着欧阳波平俯身洗脚，高立忠把手伸进怀里，握着匕首，几次想照着欧阳波平脖子扎去。高立忠做贼心虚，惧怕欧阳波平的铁脚功夫，他双手不住颤抖着，始终不敢拔出匕首。

欧阳波平洗完脚，两人在地上铺好干草准备入睡。从侯天明到肖启明，欧阳波平对自己的警卫员充满特殊的信任。他不自觉地将眼前的高立忠与三个壮烈捐躯的警卫员同等对待。

"立忠，天热，把衣服脱了，今晚睡个踏实觉。"

"不，营长，我替您站岗！"

"不用，我不是告诉你外边岗哨都布置好了吗？这里是我们最巩固的根据地，群众觉悟高，安全没问题，好好休息一下吧！来，别捂那么严实，把褂子脱掉！"

匕首就藏在高立忠的长袖中，他顿时慌了起来，"不不，我怕冷！"

"这天怕冷？你没发烧吧。"

"不是，我瘦得一把骨头，怕您见笑。"

看着高立忠的窘状，欧阳波平笑着说："马上就立秋了，找方州书记搞点肉，给大家贴贴秋膘！"说着，他怕打着自己的腹肌，"让战士们都

练成我这样！"

盯着欧阳波平健硕身材，高立忠心里发怵，他不断给自己壮胆。

"贴秋膘？你没机会了！我要割下你的头去找日本人领赏了！"高立忠心中暗暗盘算着。

看着高立忠沉闷拘束的样子，欧阳波平想起了乐观开朗的启明。他自言自语地说："哎，多好的孩子，牺牲太惨了。"启明机灵活泼，作为警卫员，战场上、生活中与欧阳波平配合得非常默契。战斗间隙，两人像兄弟一样做俯卧撑、秀腹肌，晚上，睡在一起，无所不聊，欧阳波平觉得眼前这个警卫员实在太古怪了，跟随自己有段时间了，还像个陌生人一样拘束。他想，高立忠也许是童年没有良好生长环境，养成了孤僻封闭的性格。

"小高，有什么事一定跟我讲出来。革命队伍是个大家庭，要勇于融入集体中。"欧阳波平拍着高立忠的肩膀，耐心地说，"时间不早了，我们睡觉吧！"

说完，吹灭了油灯，两人一起躺在干草上。

高立忠将匕首压在身底，黑暗中，他辗转反侧，几次坐起来想袭击欧阳波平，但他没有把握一刀结束欧阳波平的性命，担心欧阳波平即使受伤自己也不是他对手。另外，村口、院外都有岗哨，即便行刺成功，也逃不掉。

不知不觉，天色发白。欧阳波平睁开眼，注意到高立忠有些不对劲儿。

"小高，你是不是有什么心事？"

"没有，营长，我挺好的。可能不太习惯睡草垛吧。"

"你小子站着都能睡着，不习惯睡草垛？你不困,心里有事！"

高立忠心中一惊，他意识到欧阳波平警觉性太高了，自己偷袭肯定弄巧成拙，弄不好还要搭上性命，"他是会武功的'战神'啊，多么凶残的鬼子都逃不过他的枪法！"

高立忠暗自庆幸，幸亏没有动手，自己根本不是他对手。于是，他乘欧阳波平不注意，赶紧将匕首丢到院子后面草丛中。

"看来，别说他的头我割不下来，就连一个手指头我也拿不到。这大洋不好挣，从长计议吧！"

凌晨，部队发出急行军的口令。欧阳波平带领一营转移到迁青平三总区彭家洼一带。营部和一连驻扎北戴营，二连驻扎东戴营，三连驻扎

南戴营，营部设在北戴营一个废弃的民房内。

"同志们，在村外青纱帐休息，不要进村打扰百姓！"

"是，营长！"

乡亲们知道是八路军回来了，不约而同来到营部，有的送来小米，有的拿来鸡蛋。

"大娘，你们也不容易！我们这些小伙子年轻力壮，饿上几顿不算什么，这些留着乡亲们吃！"欧阳波平握着一个老大娘的手说。

"那咋行！没力气咋打鬼子！石书记每次来村子都嘱咐我们一定要保障好子弟兵的供应！"

老人执意将鸡蛋和小米留下，欧阳波平激动地说："大娘，谢谢您，谢谢乡亲们！"

身旁的北戴营村干部介绍，这位老人觉悟非常高，石明书记来村开展工作常留宿她家。欧阳波平与村干部并不知道，这位朴实的老太太就是李方州三嫂王氏的母亲。

"老王，近日有石书记的消息吗？"

"没有，石书记很长一段时间没来村子了，敌人扫荡频繁，他可能隐蔽到长城沿线山庄了。"

自从踏上滦东地区，欧阳波平每到一个村子，都要跟村干部了解李方州的信息，他心中总有一种担忧。

欧阳波平送走老人，亲自带领战士们泡石灰，往墙上刷写标语。

"全民团结起来，驱逐日本帝国主义出中国！"

"都来打鬼子，粉碎敌人治安强化运动！"

"坚壁清野，不给鬼子当汉奸！"

……

"营长，你这字太漂亮了！有气势！"

"字如其人，跟营长人长得一样漂亮！"

围观战士们啧啧称赞。

"我这字还不算什么，告诉你们，咱滦东石明书记的字比我的字好多了，他才是真正的书法家，大才子！"欧阳波平谦虚地说。

"听说石书记以前是教书先生。"

"还是大老板呢！"

"我见过他，长得挺像咱营长，特随和。"

战士们小声议论着，他们并不清楚石明就是李方州，与欧阳波平早

已结为生死兄弟。

夜里，北戴营简陋的营部。欧阳波平想到纵横驰骋滦河两岸伏击敌人的一幕幕，不禁诗兴起。他从衣袋里掏出李方州送的袖珍钢笔，在土炕上铺开一张纸，挥笔写道："征马蹀躞彭家洼，血刃仇敌干河草。驱倭热血铸英魂，荡尽阴霾天破晓！"欧阳波平站起身，不由自主地吟诵起来。

由于长时间急行军，欧阳波平的布鞋露出脚趾头，他脱下一看，鞋掌也断裂了。

欧阳波平从背包里拿出李方州送给他的那双"双钱"球鞋来，他一直带在身上，舍不得穿。

欧阳波平倒了半盆冷水，将脚冲洗干净，穿上球鞋，在马灯下走来走去。

"真舒服，太合适了！方州哥，我们又要并肩战斗了。这次我送你个惊喜，制造潘家峪惨案的刽子手被我们消灭了。"

"方州哥严谨细心，地下情报工作搞得非常出色。往常只要我带队来到滦河附近，总有情报员与部队联系，为什么这次不见人来？难道地下情报站出了问题？大哥还不知道我们要武力扩大滦东地区？"

欧阳波平陷入了沉思，一个月前，日伪疯狂扫荡三总区，半个月没有李方州的消息，他有一种不祥的预感。

"没关系，凭方州哥的机警与智慧，无论遇到什么危险情况都会化险为夷的。"

欧阳波平躺在炕上自我安慰着，但他怎么也睡不着觉。

过了一会儿，欧阳波平从炕上坐起来，他叫警卫员高立忠将三连战士杨海找来。

"营长，有啥任务？"

"海子，我们又回到三总区了，这里群众基础好，有一种回家的感觉，很想念方州书记。日伪疯狂进行四次治安强化运动，在长城沿线制造'无人区'，妄图割断我们和百姓的关系，彻底消灭我们，敌人的阴谋之所以没有得逞，离不开地方同志的全力支持啊！方州书记带领根据地人民坚持在这里太不容易了，明天跟随我去看看他，看看老人。另外，祭奠一下启明烈士，他是一位优秀战士啊，牺牲得太惨烈了，启明是方州书记一手培养起来的，我们欠李家太多了！"

"营长，我带您去！我知道启明哥的坟埋在哪里。"

"敌人频繁扫荡，形势严峻，注意乔装改扮。"

欧阳波平嘱咐着，杨海点了点头，转身走出屋子。

这时，高立忠进屋来报："营长，三区派人来了！"

"快让他进来！"

欧阳波平抬头一看，来人正是三区基干队队长郑香林、副队长赵冬青。

欧阳波平上前握着郑香林和赵冬青的手说："你们可来了！"

"欧阳营长，敌人封锁严密，反共伙会特务遍布各村，地下联络站中断。总算把你们盼来了！"

"是啊，香林，冬青同志，你们也让我们找得好苦啊。方州书记咋没来，他还好吗？"

"营长，方州书记，他！"郑香林哽咽起来。

欧阳波平抓住郑香林的手，急切地问："他怎么啦？"

"他牺牲了！"

欧阳波平犹如遭遇晴天霹雳，五雷轰顶，他不相信自己的耳朵，大喊着："你说什么？再说一遍！"

"营长，方州书记三周前被汉奸出卖，惨遭敌人杀害了！"

欧阳波平身子一晃，重重栽倒在地上。

郑香林、赵冬青赶紧将欧阳波平抬到炕上，捶胸捶背，过了一会儿，欧阳波平苏醒过来，像个孩子似的痛哭起来。

"大哥，我说这些日子心里咋这么烦，我来晚了！你能原谅弟弟吗？"

欧阳波平渐渐平静下来，质问道："方州大哥被捕，你们为啥不通知我？区武装队为啥不去组织营救？"

郑香林、赵冬青详细介绍李方州牺牲的经过。当听说是汉奸秦海清出卖李方州，刘青、于啸延误营救时机，一向儒雅的欧阳波平气得大骂："他妈×的，狗日的秦海清我一定亲手宰了他！刘青、于啸这俩混蛋执行'左倾'错误路线，打击报复区主要领导，我饶不了他们！抓起来送军法处！"

"营长，您消消气，等抗战环境好转，我们向军分区、县党委汇报实情，相信组织会合理处理的。"

"警卫员，给我找一匹马，我要连夜去肖家庄！"

"是！"

"营长,不可!自从方州书记遇害后，我们很长时间不敢进村了！您去太危险！"

"是啊，从这里到肖家庄要过敌人几道封锁线，太危险了！"

郑香林、赵冬青苦苦相劝。

"别说啦，你们回到宿营地待命！"

"要去，我们带您一起去！"

"人多目标大！就我一人去，你们回去休息！"

"营长，天黑路远，你怎么也得带上警卫员啊！"

"别啰唆啦！那是我的家！"欧阳波平吼道。

郑香林、赵冬青只好退出屋子。

屋里，欧阳波平伤心欲绝，他回忆着与李方州相聚的一幕幕……

警卫员高立忠将马牵到院子，欧阳波平嘱咐说："加强夜间岗哨，我天亮前就回来！"

"营长，我跟您一起去吧！"

欧阳波平不容分说，飞身上马，踏着夜色向西北方向的肖家庄奔去，欧阳波平穿越山路，子夜时分来到肖家庄东王家山。

村庄静悄悄的，欧阳波平将马牵到山洼里的一棵核桃树下系好。他两腿生风，绕道进村，来到李家大院后院。

大门紧闭，院里静悄悄的。欧阳波平上前敲门发出信号，院子里没有回应。

胡同里突然走过来一个黑影，欧阳波平警觉地拔出手枪。

"我是方州的侄子李丛林！"

"林头！"

欧阳波平将枪插回腰间，李丛林听到暗号知道是自己同志来了，但他做梦也没想到是欧阳波平。

"叔叔，您可来了！"他抱住欧阳波平抽泣起来。

欧阳波平示意李丛林不要出声，两人打开门跨进院子。

李丛林将欧阳波平带到客厅，飞快跑进里屋，兴奋地喊着"爷、奶、妈，快出来，你们看谁来啦！"

一会儿，李庆合与老伴苏氏、儿媳王氏分别从东西两个房间走出来。灯光下，大家一看是一身戎装的欧阳波平，简直不敢相信自己的眼睛。

"平儿，是你吗？"李庆合揉着眼睛说。

"爸、妈，是孩儿，我回来了！"

说着，欧阳波平"扑通"一声跪在地上，李庆合赶紧上前将欧阳波平扶起来，紧紧搂住他，顿时老泪纵横。

"爸、妈，我都知道了，我来晚了，让你们受苦了！都怪我，我没能够劝方州哥跟部队一起行动，我对不起他！"

说着，欧阳波平捶胸跺脚，这个刚强汉子失声痛哭起来，一家人陷入悲恸之中。

在缓慢的诉说中，欧阳波平进一步了解李方州牺牲的经过。

"孩子，你哥牺牲那天数头伏，农历六月初四。"

欧阳波平想起那正是干河草伏击战大捷的日子。

"是方州哥在地下保佑我们消灭潘家峪惨案的刽子手佐佐木啊！"

"叔叔，老叔死得好惨啊，后脑被子弹射掉大半部分，肠子都让秦海清挑出来了，我当时就趴在山梁上，目击敌人杀害老叔的经过。"

欧阳波平心像刀剜一样，他拍打着额头痛心地说："我们哥俩内心深处有一种特殊感应，我当时小腿隐隐发痛，哥，原谅弟弟，未能保护好你！"

"方州哥用生命掩护了整个十二团干部战士，他是我们的榜样！我发誓，一定端掉罗家屯据点，亲手宰掉大汉奸秦海清和高首三！为他报仇雪恨！"

欧阳波平擦着李丛林脸上的泪水，握紧拳头说。

"叔，我怀疑向敌人告密的还有肖家庄的任凰楼，他父亲通敌被马区长活埋不久，老叔就遇害了。自打老叔出事后，为躲避汉奸特务盯梢，我们都搬到印阶（李方州侄孙）那院了。晚上，我和印阶轮流到门口值班，接应不知情的地下同志，以免遇到危险！您来得正巧，今天是老叔三七祭日，大家搬回来住祭奠老叔！"

欧阳波平含泪点着头。

李庆合突然想起什么，对孙子说："林头，你赶紧到门口放哨！"

李丛林应声跑出去了。

欧阳波平来到李方州的房间，凝视着熟悉的房间，想起哥俩灯下促膝长谈的一幕幕，想起李方州为自己搓澡疗伤的一幕幕。

"哥，你不是说等我给你搓个澡吗？我还等着你给我作画呢！"

欧阳波平再也抑制不住内心悲恸，他抱紧李方州穿过的衣服，泪水夺眶而出。

欧阳波平端起满满一杯酒洒在李方州的灵牌前，然后抱起李方州的照片贴在脸上，再次失声痛哭："哥，都怪我没带你一起走！"

李庆合安慰说："孩子，你哥是好样的！他饱受酷刑，至死也没有泄露党的任何秘密！"

"爸，妈，我为方州哥感到骄傲！今后我替哥尽孝，将小鬼子赶走后，我就来肖家庄定居，给您二老养老！"

"孩子！好男儿志在四方，你有这份心我们就知足了！"

"爸、妈，我老家没有啥牵挂，孩儿生死都是李家的人！"

"孩子，你身上有方州的影子，你爹我俩为有你们这样的好儿子自豪！"

苏氏端详着欧阳波平，抚摸着他的头，仿佛眼前的欧阳波平就是李方州。

"妈，我和方州哥早已融为一体了，我就是方州！我永远是你们的亲儿子！"欧阳波平紧紧抱住老人。

"爸、妈，我这次奉上级命令，东渡滦河，武力扩大滦东抗日根据地。肖家庄这个任凰楼我饶不了他！今晚就把他宰了！"

"不可！平儿，我们只是怀疑他告密，还没有证据，先不要杀他！"

"好，暂时先留着他的狗命！早晚我要查清，铲除告密汉奸，告慰哥哥的英灵！"

"爸、妈，部队正在北戴营待命。我不能久留，得赶紧回去，研究攻打罗屯据点计划。后天晚上，我再来看你们，同时到方州哥坟前跟他唠唠！"

"你吃完饭再走吧！林头他妈，快给他平叔做饭去！"

李庆合吩咐王氏。

"爸、妈，我必须趁夜回去！"

临行，欧阳波平来到王氏的屋子，看望一下熟睡的孩子。这时，李方州侄女李丛艳、李方州的养子、小侄儿李丛生醒来，看到他们熟悉的欧阳叔叔回来了，立刻从炕上蹦了下来。

"平叔！"

欧阳波平将两个孩子搂在一起亲个不停。

"好孩子，听妈妈的话！等叔叔赶走鬼子，带你们到城里玩，去叔叔的老家湖南玩儿！"

"叔叔，湖南在哪儿？"

"湖南在长江以南，离这里很远哩！"

"叔叔，您多杀鬼子，为爸爸报仇！"

"好！叔叔一定多杀鬼子！"

"叔，您穿军装真威武！"

"我们生儿长大也当八路！"

欧阳波平转过身，对王氏说："三嫂，您辛苦了！看我能不能将林头带走，让他参加八路！"

"他叔，父母年迈，你三哥在天津音信皆无，你方州哥牺牲后，家里什么事主要靠他了，以后有机会再说吧！"

"好！我的想法不妥，部队行军艰苦，危险重重，我不能再让侄儿冒这个险了！"

"你在屋里待着，我给你做饭去。"

"三嫂，不必了，我赶紧走！"

欧阳波平走出屋子，与李家老少依依不舍道别，苏氏将一袋炒熟包好的花生栗子塞到欧阳波平的衣袋里。欧阳波平眼里噙着泪花，久久握着老人的手。

"平儿，你抽空照张相给我们寄来，你爸我们俩还准备给你张罗着找对象呢！方州你哥总算留下一张照片，但他没有留下自己的骨血，启明连张照片都没留下来。"说着，苏氏老泪纵横。

欧阳波平轻轻帮苏氏擦去眼泪。

这时，李庆合走过来，嘱咐道："你和义香、启明天然相似，看到你我就想起他俩。平儿，战场子弹不长眼睛，你可千万要小心啊，我们可不能再失去你这个儿子了，我还等着抱孙子呢！"

"爸、妈，等有机会我一定拍一张最英俊的照片给二老寄来！打完鬼子，我给你们多生几个小八路，把方州哥和启明的骨血也补上，都是最帅的！"

"好！我们等着，林头，将你平叔送出村子！"

"不用了！爸、妈，我永远是你们的儿子，等孩儿回来！"

说着，欧阳波平郑重地向李庆合等人行了个标准的军礼，然后转过身，迈开步子向村东走去，消失在茫茫夜色中。

欧阳波平来到王家山山洼大核桃树下，解开缰绳，飞身上马，向北戴营疾驰而去。

一路上，欧阳波平心潮起伏，他默念着："方州哥，原谅我匆匆一别，我一定好好活下去，为你和启明报仇，延续你们的生命！假如弟弟明天消逝在炮火中，必将魂驻长城滦水边！在鲜花盛开、莺飞草长的季节，我们兄弟浴火重生！"

凌晨三时，欧阳波平顺利返回北戴营驻地。

英雄喋血彭家洼

第二天上午，欧阳波平召集连以上干部及三总区基干队负责人军事会议，研究部署攻打罗家屯据点的计划。

"石明书记遇害，我们失去一位优秀领导人！三总区地方政权几近瘫痪，有的区干部不见了踪影，情报传递不过来，更谈不上保障部队后勤供应！某些地方干部对牺牲战友的善后工作做得很差劲，愧对烈士及其亲属！建议区武装队负责同志立刻向县委、冀东党委汇报，调整并充实三总区地方领导力量，总结我们在反扫荡中遭受的重大损失，反思失利的教训！"

"请营长放心！我们一定及时向上级党委汇报！"

"今夏，敌人疯狂扫荡，三总区抗战工作遭遇重大挫折，各村反共伙会纷纷成立。若想巩固滦东根据地，必须彻底清除罗家屯日伪据点，这是敌人在滦东设置的大本营。明天是立秋，据情报反映，罗家屯鬼子大队主要兵力赴兴城镇参加秋季整训活动，防备空虚。为贯彻军分区武力扩大滦东根据地的指示精神，打击敌人的嚣张气焰，我决定，集中兵力，展开一次大规模军事行动，端掉罗家屯据点。同时，这也是一场复仇战役，为石明书记报仇！大家有信心没有？"

"有！"

"为石书记报仇！"

……

屋子里情绪激愤。

"好，大家养精蓄锐，今晚好好睡一觉。明天早晨出发，穿越滦河东岸山区，午后到达清河、沙河一带，争取傍晚向罗家屯据点发起攻击！"

"是！"

　　大家走出屋子，欧阳波平拿出李方州送给自己的那支华孚钢笔，痛苦回忆着与李方州最后分别时情景，"大哥，为什么你和启明弟都离开了我？"

　　这时，战士杨海走进来。

　　"营长，您昨天说带我去肖家庄看望先生。我们什么时候动身？"

　　"我昨夜已经去过了，方州书记牺牲了！"

　　杨海是李方州教的学生，听说老师遇难，惊呆了，泪水夺眶而出。

　　"营长，我一定要为先生报仇！"

　　"海子，坚强些！我们明天攻打罗家屯据点，就是给你老师报仇！等把敌人据点端了，我们一起到方州书记坟前好好哭一场，昨晚太仓促，我没来得及去坟前祭奠他！"

　　杨海抬起泪眼，点着头。

　　"海子，托付给你一件事，我和你方州老师是生死兄弟，他的离去我好像心被摘掉了，我曾答应为他尽孝，如果我也牺牲了，你要替我照顾好老人，暂时不要告诉老人，他们经受不了再失去亲人的打击了！"

　　"营长，您是神枪手，不会出事的！"欧阳波平摇摇头，说："明枪易躲，暗箭难防，战场上情况十分复杂。我和你老师有约定，想为医学做点贡献，身后捐献遗体。可身处乱世，我们这个朴素愿望无法实现，如果我倒在阵地上，把军装脱下来留给庆合老伯，算是给义父留下的念想。我的遗体清洗干净，用白布裹好，不要再浪费新军装，有条件最好埋到你老师的坟前。还有，把启明的遗骨也迁过来，我们哥仨在一起不寂寞，我南征北战，无法给亲人留下任何东西，只能如此而已。我身上这支枪，留给你继续打鬼子！"

　　杨海听着欧阳波平平静的嘱托，泪如雨下，他一边点着头，一边说："营长，您这么好的人，老天会保佑您平安无事，谁牺牲您也不会牺牲！"

　　"海子，我近日发现高立忠有点不对劲，自从他回了一趟家就像变了一个人似的，问什么也不说。看他心不在焉，有些军事秘密回避他了。你有空跟地方干部了解一下他家里的情况。"

　　"好，您放心！"

　　"早点回去休息吧！"

　　"好的。"

　　杨海刚走，侦察员带着一个人走进来，"营长，您看谁来了？"欧阳波平抬头一看，是侯天亮。

"营长，总算找到你们啦！"

"天亮，你的伤好了吗？"

"完全恢复啦！"

"好，归队！找一排长报到！明天我们去攻打罗家屯据点！"

"太好了，营长，我就盼着这一天呢！不打鬼子手都发痒！"

两人讲述着分别后的情况。听说李方州、肖启明遇害，侯天亮也十分悲伤，"营长，您放心，我一定给先生报仇！给启明哥报仇！给我哥报仇！"

"对！给所有牺牲的战友报仇！"

"天亮，每次看到你我就想起天明你哥，你决不能有个三长两短，否则，我对不起他。明天攻打罗家屯据点是一场硬仗，战场上要格外小心，不能再受伤了！"

"营长，我哥牺牲前嘱咐我，战场上时刻想着为您挡子弹，如果为掩护您牺牲，那是我的光荣！"

"我们都要好好活着，为牺牲的战友好好活着！"

侯天亮点着头。

8月8日一大早，天气阴沉沉，驻扎北戴营的战士正准备开饭。饿了一天一宿的欧阳波平因悲伤吃不下一粒饭，他思考着队伍即将开拔罗家屯的具体行军路线及攻打罗家屯可能遇到的困难。

侦察员跑来报告："营长，有一股敌人从建昌营出发，沿着迁（安）建（昌营）公路向我开来！情报显示，这股敌人是日寇关东军原田东两中队与一个伪满讨伐中队，经长城冷口关进入迁安境内'扫荡'。这批鬼子兵号称'常胜军'，曾参加过第一次世界大战，全是胡子兵，凶残狡猾，武器装备精良。"

"管他妈的什么常胜将军，我正想找他们呢，没想到送上门来了！狠狠打一下儿，再端罗家屯鬼子老巢，为石书记报仇！"

欧阳波平迅速部署战斗任务。

"命令一连集合队伍，整装待命！通知三连，抢占彭家洼村东南龙子山高地设伏！"

"是！"

这时，村子东南陶辛庄传来密集的枪声和手榴弹爆炸声。原来，密密麻麻的鬼子沿着迁建公路耀武扬威向迁安县城进发，行至陶辛庄时，遭到迁青平联合县韩少敏的游击大队迎头痛击。韩少敏带领队员从长城

口外杀回关内，夜宿陶辛庄，听说李方州遇害，想起与李方州配合游击队协调作战以及引导三哥"铁血团"成员走上革命道路的一幕幕，他悲痛万分，寻找机会为李方州报仇。获悉原田东两讨伐队经过，他率先打起了伏击。

老奸巨猾的原田用个金蝉脱壳，留下伪满讨伐中队对付韩少敏大队，将鬼子分成两股，绕开陶辛庄，向北戴营、彭家洼一带流窜。

原田万没想到，他带领这股日军刚接近北戴营，就遇到欧阳波平带领的一连阻击。

这时，另一股鬼子占领彭家洼，两股鬼子对一连形成南北夹击之势。欧阳波平带领战士，依托院落、街头有利地形，向鬼子展开猛烈射击。由于敌人武器精良，一连被挤出北戴营。欧阳波平重新组织队伍，很快将阵地夺回来。还没站稳脚跟，敌人又一个冲锋，北戴营得而复失，战士们与鬼子进行三次拉锯式激战，终于将原田中队赶出北戴营。

枪声响起，驻扎南戴营的三连连长吴作全紧急集合队伍。营部通讯员跑来传达命令："营长命令你连迅速抢占彭家洼东南龙子山！"

三连接到命令，战士们跑步赶到龙子山。此时，一股鬼子爬上龙子山南面半山腰一片洼地。

原田被一连赶出北戴营，带着鬼子窜向东南，想抢占龙子山负隅顽抗，未到山顶，三连捷足先登。

欧阳波平指挥一连战士，在原田后紧追不舍。他命令一连将前面的小股敌人吃掉，又派二连迂回到大股敌人屁股后面，随即带领一连、三连冲上山，从正面猛烈射击。

一排排长带着杨海、侯天亮等战士，端着机关枪，迂回到敌人左侧一个高坎子上，这里是一小块高粱地，易于隐蔽，观察敌人阵地清清楚楚。

排长举起小旗一挥，"打"字刚出口，鬼子一颗子弹击中他的手腕，小旗掉在地上。杨海等战士的机枪怒吼起来，朝敌群喷出复仇的火舌，战士们的步枪也向敌人猛烈射击，手榴弹像冰雹似地倾泻敌群。

原田带领鬼子想从三连占据的高地冲出去。轻重机枪、小炮一起向阵地开火，高坎上，硝烟弥漫，子弹和炮弹片从战士们头顶"扑扑"飞过，像飞蝗一样落在阵地上，顷刻，几个战士负伤。

杨海、侯天亮各自抱着机枪，冒着密集弹雨"嗒嗒嗒"向敌群猛扫。

这时，欧阳波平来到杨海身边，"海子，把机枪给我！"

"营长，鬼子的枪打得特准，这里太危险！"

"少啰唆，准备子弹！"

"是！"

杨海知道欧阳波平不仅是一位出色的指挥员、身经百战的老红军，而且是一名优秀机枪射手、神枪手。

鬼子被一连、三连压缩在一块谷子地里，成瓮中之鳖，但仍困兽犹斗。

欧阳波平端起机枪，向敌群猛地扫了一梭子，故意暴露一下自己的火力点，随即迅速拖着机枪转移位置。鬼子上了当，轻重武器一齐开火，欧阳波平看准敌人重机枪位置，连着几个点发，击毙鬼子射手，重机枪成了哑巴。

隐藏在谷子地深处的原田见对方射来的子弹如此精准，他吓了一跳，"莫非遇上了神枪匪首欧阳波平？终于找到他了，活捉欧阳波平！"

原田挥舞着指挥刀，对身旁鬼子吼道。

一营阵地冲锋号刚响起，原田开枪打伤司号员，带着鬼子像疯子一样冲上来。

欧阳波平将机枪交给杨海，拔出腰间的驳壳枪一挥，喊了声"冲"带头冲下山。

战士们端着刺刀，一跃而起，猛虎一样冲向敌群，与敌人展开白刃肉搏战。

喊声、枪声、枪刺撞击声混成一片，整个山洼里刀光剑影，杀声震天，欧阳波平冲进敌群，他怀着复仇的怒火，双手左右开弓，两支驳壳枪不停地叫着，在他的周围，鬼子瞬间倒下一片。

驳壳枪子弹打完了，欧阳波平飞起一脚踢倒一个鬼子，夺过其手中上着刺刀的长枪，狠狠向其扎去。

侯天亮跟随肖启明习武数月，加之身体强健，在与鬼子拼刺刀过程中大显身手。他报仇心切，几乎杀红了眼，机枪子弹打完了，他顺手捡起一把长枪，施展功夫，如下山猛虎，连挑带刺，一口气挑死了七个鬼子。

侯天亮抽回长枪，跳到坎塄子下面一棵松树旁，发现一个身负重伤的鬼子正呻吟着。鬼子看见侯天亮，慌忙举起双手，用生硬的汉语喊着"饶命"。侯天亮放下长枪，俯下身给他包扎起来。冷不防，受伤鬼子从身底下抽出明晃晃的刺刀，猛地扑上侯天亮，狠狠扎下来。侯天亮躲闪

不及，刺刀深深扎进腹部，鬼子乘势用力向上一挑，侯天亮的肚子被挑开一个大口子，顿时鲜血涌出。

侯天亮咬紧牙关，飞起一脚，将鬼子踢倒在地，然后上前用枪托砸死这个鬼子。

侯天亮站起身，全身被鲜血浸染了，此刻肠子已经流出一大截。他咬咬牙，抓起肠子想将其塞回肚子，因伤口太大，怎么也塞不回去。他只好用手托着，踉踉跄跄地在阵地上寻找着欧阳波平。

旁边，与鬼子拼杀的杨海抓起一个矮墩墩的鬼子向一块岩石上摔去，随即一枪结束他的性命。这时，他发现鲜血淋淋的侯天亮，赶紧上前搀扶，撕下布条想给他包扎。侯天亮摆摆手喘着气说："我不行了，比我哥幸运，留下一具完整的遗体，地下爹妈还能认得我。麻烦你告诉营长，我没给他丢脸，遗憾的是没能为他挡子弹而死，请部队把我的尸体运回老家，让我去陪爹妈！"

杨海含泪点着头，侯天亮说完，捂着肚子的右手垂下来，瞬间，肠子全都流出来。

谷子地旁边山坡上，杀红眼的原田挥舞着指挥刀连续砍倒两个战士。他刚要挥刀向另一名战士后背砍去，欧阳波平一个箭步冲上来，飞起一脚将原田踹出几米远。原田打了个趔趄，差点摔倒在地。

看着原田身上的大尉军衔与凶神似的火轮眼，欧阳波平知道这就是原田东两。

仇人见面分外眼红，欧阳波平怒火中烧，厉声喝道："我就是八路军营长欧阳波平！血债血还，原田，今天你插翅难逃！"

"欧阳波平！我要把你大卸八块，用你的人头祭奠我的好友武岛君！"原田面目狰狞，号叫着。

"你这畜生不配死在我枪下，今儿让你尝尝铁脚滋味，我不浪费一颗子弹要你的狗命！"

原田瞪着血红的火轮眼，抽搐着腮帮子，翘起八字胡，举起指挥刀"嗷"的一声向欧阳波平猛扑过来，疯狂地左砍右劈。欧阳波平机警地闪来闪去，军装被锋利的指挥刀划开一道口子。欧阳波平瞅准机会飞起右脚，踢掉原田手中的指挥刀，随即又来个连环霹雳弹踢，将原田踢倒在地，原田疼得"哇哇"直叫。

狡猾的原田借趴在地上之际，从腰间拔出手枪开枪射击，欧阳波平本能地一闪身，子弹擦着肩部飞过。刹那间，欧阳波平飞起一脚，踢起

地上的指挥刀向原田的脖子扎去，刀尖不偏不斜，正刺中原田的咽喉部位，原田肥大的身躯滚了两下不动了。

经过三个小时激战，战斗结束。韩少敏县大队也在陶辛庄全歼伪满讨伐中队。战士们开始打扫战场。

欧阳波平站在冒着浓烟的山坡上，遥望肖家庄所在西北方向，悲愤地高呼："方州哥，你安息吧，弟弟为你报仇了！"

这时，他发现龙子山脚下的高粱地卡塄子大栗树旁，藏着两个人，走上前一看，原来是一个十多岁的儿童和一个驼背老人。两人都是彭家洼村民，老人姓杜，上山捋榆树叶子。孩子叫赵玉山，是个放牛娃，当天正在山上放牛。敌我开起火来，两人被困在山脚下，吓得不敢吭声，伏在沟底庄稼地里听着震耳欲聋的枪炮声和喊杀声。

"大爷，鬼子都被消灭了，赶紧回村吧！"

"谢谢首长！谢谢首长！"

欧阳波平吩咐身边战士送老人和孩子回村。

战士们将牺牲的战友遗体排放在一起。欧阳波平让通讯员打来一桶清水，俯下身逐一清洗每具遗体。他小心翼翼地解开牺牲战士的衣扣，擦去伤口处的血迹，为每名战士擦洗着脸部。

欧阳波平端详着一张张熟悉的面庞，眼里噙着泪花。当他清理到侯天亮的遗体时，看到惨状，眼泪顺着脸颊流下来，"天亮，我没保护好你啊！"

欧阳波平亲自将侯天亮的腹部缝合起来，细心包扎一番，听杨海介绍侯天亮临终前意愿，他吩咐道："一定将天亮的遗体运回老家！其他牺牲战士，集中安葬在彭家洼村附近，不要过多打扰乡亲们。"

这时，有战士来报，"报告，山坡上一个化了妆的鬼子逃跑了，是否追赶？"

"留个报信的吧！"

逃跑的鬼子混乱之际脱掉军装，换上牺牲八路战士的服装，然后甩掉皮靴，光着脚一路向建昌营据点疯跑。午后的阳光炙烤着大地，鬼子嗓子渴得冒烟。突然，他看到路边有西瓜地，地中间有个瓜棚，于是慌忙跑过去。

看瓜棚的是一个60多岁的老人，鬼子用不熟练的汉语说："老乡，我的是到平林镇送情报的，八路，路上遇到鬼子追击，太渴了，给个西瓜吃吧！"

老人见他狼狈状，怎么看也不像八路军，刚才远处不断传来枪炮声，该不会是逃跑的鬼子吧。老人端详了一下眼前这个人，见他大汗淋漓，嘴角留着整齐的八字胡，心想，这不可能是八路军，听他那生硬的汉语，加上这个小胡子，分明就是个乔装改扮的鬼子，老人计上心来。

"同志，看您是太渴了，先喝点水再吃西瓜，那滋味才爽呢！"说着，老人从棚里提来一壶水递给鬼子，鬼子举着水壶咕噜咕噜灌个不停。随后，他扔下水壶，抱起一个大西瓜就啃，狼吞虎咽地嚼起来。

嚼着嚼着，突然，这个鬼子晕厥在地上，脑袋一歪，浑身抽搐，两腿伸了伸毙命了。原来鬼子猛跑了十几里，水喝得太急，喝完水，又啃西瓜，他的肺炸开了，老人上前扒开鬼子的内衣，发现里面果然是日军的标志，他赶紧回村招呼乡亲们一起处理掉这个鬼子的尸体。

中午，战士们打扫完战场，带着缴获的战利品集合到南戴营。高立忠鬼鬼祟祟地跟在队伍后面，他不时盯着欧阳波平的一举一动。

"原田东两的常胜军中队只有一个鬼子漏网逃回，中队长原田东两等75个鬼子全部被歼，缴获一挺重机枪，一门小钢炮，六挺歪把子机枪和几十支长短枪。"司务长清点着战果。"营长太厉害了，他一人就打死30多个鬼子。"一连连长马骥说。

"报告，平林镇地下情报员来报，逃跑的鬼子在路边瓜棚暴饮暴食毙命了！"

"好啊，这才叫完胜啊！"欧阳波平兴奋地说。

乡亲们纷纷前来慰劳，有人送来甘甜的香瓜，有人送来煮熟的鸡蛋。大家烧水的烧水，做饭的做饭。

欧阳波平站在队伍前，高兴地说："我们今天消灭的是最凶残的老鬼子，打了个漂亮仗，威震滦东！也算给石明书记报了仇！"

说完，欧阳波平双手拿着军用地图看起来，考虑部队下一步进攻罗家屯的行动计划。

这时，高立忠拿着一支王八盒子枪，跑到欧阳波平面前，咧着嘴喊道："营长，我缴了支王八盒子枪！给你吧！"

欧阳波平抬起头刚要接枪，只听"啪"的一声，枪膛里飞出一颗子弹，直接射进欧阳波平的胸膛，随着"啊"的一声，欧阳波平倒在血泊中，鲜血瞬间染红了脚上那双洁白的"双钱"球鞋。

战士们惊愕得不敢相信自己的眼睛，赶紧将欧阳波平抬进村南一户村民家抢救。

"一定要救活他！"一连连长马骥命令战士看住高立忠，转身发疯似的向部队卫生员喊着，随即他对三总区基干队队长郑香林说："快，将附近村庄最好的医生请来！"

郑香林应声向外跑去。

此刻，欧阳波平胸膛浸满了鲜血，黑脸膛显得有些发黄，双眼微睁着，卫生员解开欧阳波平的衬衣，发现子弹正好击中欧阳波平的心脏部位，鲜血汩汩涌出，怎么也止不住，他无奈地摇摇头。

"必须救活营长！"马骥吼着。

欧阳波平的嘴唇微微动了一下，鲜血溢出，扬了扬手。

马骥握住他的手，"营长，你一定要挺住！挺住！"

欧阳波平喘着气，断断续续地说："攻打罗家屯据点计划暂停，赶紧，带队伍和百姓转移，长城门里（小关），下一步行动请示团长……我，不行了，别再浪费医药了，把我埋乐户（肖家庄），陪，陪明哥和明弟去！"

说着，欧阳波平的手垂下来，那颗充满旺盛生命力的心脏停止了跳动。

"营长！"马骥失声痛哭起来。

郑香林抱着一个卫生箱，带着一名医生跨进屋门，见此情景，卫生箱"啪"的一声从胳膊上掉下来，"欧阳营长！"郑香林扑上前喊着。

马骥吩咐战士打来一盆清水，他和郑香林含泪清洗着欧阳波平遗体。

"三区是欧阳营长的家啊，他多次有惊无险，为什么没躲过这一劫？"郑香林念叨着。

"明哥是谁？欧阳营长不是湖南人吗？"

"是他义兄，就是我们三区的区委书记石明同志，也牺牲啦！"

"石明书记不就是方州书记吗？"

"对！他真名叫李义香，号方州！"

"天妒英才啊，不到一个月，我冀东党军地痛失两位文武全才的杰出领导同志，苍天无眼，山河有泪。"

马骥仰天长叹，"临终前，营长交代，把他埋在乐户，他要陪明哥明弟！"

"乐户就是肖家庄的化名，距离这儿有二十余华里。"

"可明弟又是谁呢？"

"明弟是一排长肖启明同志，李方州收养的孤儿，他们情同手足，

自然是营长的义弟！"

"时间紧迫，我们先就近安葬吧，抗战胜利再完成营长的遗愿，将兄弟仨埋在一起。"

"营长爱干净，多洗两遍。"

擦洗着欧阳波平雕刻一般的遗体，两人痛惜万分。

这时，在路口执行警戒任务的杨海闻讯跑进屋子，他说什么也不肯相信营长这样走了，扑上前抱起欧阳波平的头，喊着："营长，我们还要去肖家庄祭奠先生呢！你可不能走啊！"

"营长命大，他饱经枪林弹雨，一般枪伤根本要不了他的命，他冻僵都被救活了，你们看，营长胸口在跳动！"杨海发疯似的叫着。

"海子，冷静点，我们都想用自己的生命换回营长的命，他的命比我们全营官兵的命还重要。这回，营长是真的离我们去了，我们必须接受这个残酷现实！"

"我们要继承营长的遗志，早日将鬼子赶走，为他报仇！"

渐渐地，杨海从悲恸中冷静下来。三个人反复搓洗着欧阳波平挺拔矫健的躯体。欧阳波平胸部伤口的血已经止住，擦洗干净后，健硕的胸肌、线条清晰的腹肌黝黑发亮。三人有些不甘心，继续做着各种按摩动作，幻想着奇迹发生，但欧阳波平闭着眼睛，一动不动，嘴角似乎带着一丝微笑。

清洗完毕，马骥拿出一身新军装和一双新布鞋，准备给欧阳波平换上。他刚想换下欧阳波平脚上那双带血的球鞋，郑香林拦住说："马连长，这双鞋是营长大哥方州送给他的，他们感情深厚，就别换了！"

"好！给营长洗洗脚吧，他特别爱干净，每到宿营地，都有洗脚的习惯。对待战士像长兄一样，经常给战士洗脚，但从不让别人给他洗。"马骥含泪念叨着。

大家解开欧阳波平绑腿带，褪下军裤和球鞋，将双脚放入水盆，认真清洗着，欧阳波平两条发达小腿隐隐呈现青筋，修长的肌腱上部，腿肚子绷得紧紧的。

"这双踏遍大半个中国的双腿，爬雪山，走草地，踩荆棘，蹚泥水；小鬼子还没打完，怎么就停在这儿呢！？这子弹咋不长眼呢，如果打腿上，多少枪也要不了营长的命啊！"

"可惜营长连个孩子都没留下来！"马骥、郑香林痛惜地说。

杨海抱起双腿痛哭："营长还说等抗战胜利替启明哥参加健美比赛

拿冠军呢！"

　　"营长什么也没留下来，我们把他穿过的带血军装留给后人作纪念吧！"马骥说。

　　"对，不仅教育后人，也算给他的亲人留点念想吧！"郑香林表示赞同。

　　杨海突然想起欧阳波平生前嘱咐，说："营长曾交代他牺牲后将旧军装留给庆合老伯。他至死也在想着战友，不想在他身上浪费新军装，要求遗体用布裹一下就行。"

　　"不行，我们不忍心让他光着身子走！"

　　"营长心胸像大海一样，我知道他跟方州书记生前约好的秘密：如果战争结束能活下来，两人都准备去世后无偿捐献自己的遗体做医学院解剖标本，为医学做贡献！这是怎样的情怀啊，他们的捐躯精神天地动容！可惜战乱年代，这么朴素造福他人的愿望也无法实现！"

　　"他们都很伟大，永远值得后人铭记！"

　　最后，三人决定，给欧阳波平穿上一身新军装，重新穿上那双带血的白球鞋。身着戎装的欧阳波平像睡着一样，笔直地挺在炕上。看着那伟岸的身躯，在场的人无不潸然泪下。

　　房东老人拄着拐杖走进来，眼含热泪说："用我那口栗木棺材安葬欧阳营长吧！"马骥点着头说："谢谢老人家！"

　　突然，有战士进屋汇报，称警卫员高立忠想开枪自杀，被人发现制止。马骥向郑香林简单了解高立忠的情况。郑香林介绍，高立忠是平林镇人，早年由区小队补充到一营。

　　"石明书记牺牲后，敌人在各村成立反共伙会组织。区组织委员刘青做事武断，在锄奸中存在打击对象扩大化现象。前不久，在平林镇除掉一个叫高鹏的特务。"郑香林说。

　　"营长前天晚上跟我交代，高立忠回乡探亲回来有些不正常。营长让我了解一下高立忠的情况，我还没来得及，唉，都怪我！"杨海自责地说。

　　马骥转身命令战士："看好高立忠，调查清楚原因，等待团部处理！"

　　"是！"

　　天空阴云密布，突然飘起了蒙蒙细雨。

　　村民给战士们做了丰盛的午餐，小米饭，大葱拌豆腐。因为是立秋，还蒸了包子，但战士们没有一个人吃。

部队转移前，马骥嘱咐村干部说："欧阳营长是团魂，是战魂，老团长和政委牺牲后，他实际担负团长职务，带领大家走出低谷，直至军分区派来新团长。他担负一营军事工作后，顾全大局，从不计较个人得失。他的神枪术和伏击术，令鬼子闻风丧胆！鬼子汉奸对营长恨之入骨，多年悬赏重金抓捕未果，一定要封锁营长牺牲的消息，保护好营长的遗体！"

马骥明知欧阳波平不可能再醒来，但还是不甘心营长就这样走了。马骥刚要跨出屋子，又不由自主地停下来。他想起一年前一位身负重伤的小战士，大家都确认已经没呼吸了，将小战士遗体放在棺材里，整整放了一宿，第二天早晨小战士居然醒了过来。马骥幻想着奇迹再次发生，他说："营长生命力特顽强，麻烦乡亲们先把营长的遗体保留两天再掩埋。天气闷热，想法通风，用凉水降温。"

南戴营、北戴营、彭家洼三个村的办事员和乡亲们含泪点着头。

马骥来到南戴营村南口集结队伍，他眼含热泪，用发颤的声音宣布："欧阳营长不能随部队出发了，要到'后方养伤'，由我暂时代理营长。"

部队出发了，当大家走到村西头时，街上停放着一口大栗木棺材。顿时，战士们什么都明白了，大家心如刀绞。

"棺材里就是咱们的营长啊！"

"欧阳营长喜欢吃冀东板栗啊。"

"赶走鬼子，在他墓前多栽点栗树！"

战士们小声嘀咕着。

雨淅淅沥沥地下，杨海泪水掺合着雨水，流满两颊，他再也抑制不住内心悲痛，轻声抽泣起来。

不知谁唱起了欧阳波平最爱唱的歌曲《五月的鲜花》，回荡在细雨中。

"营长，您不是说好带我去祭奠先生吗？"杨海默默念叨着。

马骥了解情况后，特批杨海去肖家庄走一趟，了却营长未竟心愿，自己带着队伍向北面长城脚下的小关村转移。

部队转移到石门一山洞内，马骥命令战士将高立忠秘密带入山洞审讯。起初，高立忠百般狡辩，称是枪走火不小心导致子弹射出。

"你父亲叫什么？"

"高鹏！"高立忠不知道马骥已经调查到刘青活埋高鹏之事，顺嘴说了出来。

马骥心中一惊，顿时明白什么似的。

"你已经不是新兵，枪里有无子弹上膛难道你不知道？"

"我当时只顾高兴了，不知道子弹上膛！"

"如果你是无意的，为何递枪把枪口对准营长心脏？"

"这！"高立忠一时语塞。

"你别再演戏了，你父亲叫高鹏，因通敌被地下工作者活埋，你泄私愤故意杀害营长！是不是？"马骧严厉地说。

高立忠按捺不住了，他大声喊叫起来："我父亲没投敌，是刘青乱埋人！"马骧也听说这个刘青很"左"，石明书记几次处分过他。

"即便你父亲被冤杀，你可以找组织反映！组织会给说法的，也不能谋害营长啊！营长像兄长一样照顾你，你如此残忍，居然下得了手！？"在马骧厉声谴责中，高立忠趴在地上哭起来："我坦白，是我财迷心窍，受了伙会会长高洋指示，让我杀掉营长，能得到一万大洋，我原想制造这起'枪走火'事件后，在部队转移过程中找机会脱队，回彭家洼割下欧阳营长的头去罗家屯据点领赏。反共自卫团团长秦海清已经安排特务暗中接应我！"

马骧等人听后大吃一惊，按高立忠提供线索，派一排排长带人抓住前来彭家洼附近村庄接应的高洋等特务，当场处决。

审讯完高立忠，马骧紧急召开连以上干部会议，与总支书杨春垠、二连连长马贤、三连连长吴作权研究决定，就地处决高立忠，为欧阳波平报仇。马骧吩咐电报员给团部发去紧急电报，汇报彭家洼大捷及欧阳波平不幸牺牲消息以及就地正法高立忠的请示，但怎么也联系不上。

天色已晚，不能再拖延了，马骧命令战士将高立忠执行纪律处决。

"注意隐蔽，节省子弹！"

"是！"两名战士带着高立忠来到山坡小树林，用刺刀将他挑死。

处决高立忠后，部队进驻根据地小关村。

小关村是区委书记石明生前常驻地，百姓觉悟高。见子弟兵来了，家家户户做黍米饭炖粉条，热情招待战士们，但战士们怎么也吃不下饭。很多战士不仅一粒米饭咽不下去，而且将缴获鬼子的饼干都分给了儿童团的孩子们。战士们低着头，默默擦拭着刺刀上的血。大家心中只有一个念头，重上战场，找小鬼子算账，为营长报仇。

马骧和杨春垠商量决定：由杨春垠带领营部、二连一个排，回到敌人正在大扫荡的滦河西去，找团长曾克林汇报情况。马骧带领一、二、三连继续东进，完成开辟滦河以东地区的任务。当晚，一营分成两支队

伍，按预定计划行动。

傍晚，杨海越过擂鼓台伪军炮楼，来到肖家庄李家大院，院子大门紧闭，杨海上前敲了几遍没人开门，他心中疑惑。

"跟我来！"一个戴草帽的青年走过来，来人正是李丛林，他带着杨海转了几个胡同，来到李庆合大儿子之孙李印阶家。李庆合带着李家老少暂居在这里。

"老伯，先生咋遇害的？"

"唉！"

李庆合一声长叹，介绍李方州的牺牲经过，杨海失声痛哭起来。

"对了，海子，你们营长咋没来？"

"营长他让我替他来看您老！"

杨海知道欧阳波平与李家的感情，担心李庆合经受不住连续失去亲人的打击，他欲言又止。

稍后，杨海介绍了彭家洼战斗经过，大家对战斗胜利感到欣慰。

"太好了！平儿带兵就是厉害！"李庆合高兴地说。

"快把这个消息告诉义香啊！前晚波平从这里走时，说今儿还来，咋打了胜仗却不来了！"

"老伯，营长他，他！"

从杨海的神态中，李庆合觉得有些不正常，追问道："欧阳营长怎么啦？快说！"

"欧阳营长，他，他牺牲了！"

杨海含泪诉说营长欧阳波平意外身亡的事。

听说欧阳波平出了事，李庆合"哎呀"一声，当即晕倒在地。

许久，李庆合苏醒过来，"义香、平儿啊！唉，我的命咋这样苦啊！"

这时，老伴苏氏从里屋走出来，听说欧阳波平遇害，也放声大哭起来。

李家老少一片哭声，大家一边叹息一边劝慰着两位老人。

"营长本想亲自看望你们啊，他很想念你们！"说着，杨海将欧阳波平带血的军装从包里拿出来，"老伯，营长什么也没有给您二老留下，这是他留给你们的礼物！"

"平儿，你可痛煞为父也！"

李庆合来到厢房，郑重地给欧阳波平立了个灵牌，然后带着大家一起在屋里摆下贡品。老人眼含热泪，点燃一炷香，连洒三杯酒，祭奠李

方州、欧阳波平、肖启明。

"义香，平儿，你们都写一手漂亮的字，你们都喜欢整洁，你们做事干脆、果敢，你们同样孝老爱幼。如今，你们团聚了，却抛下了思念你们的亲人。咋不让我这白发人替你们去死啊？难道这就是命运安排？苍天都为你们这对悲情兄弟垂泪啦！孩子们，你们是抗日英雄，为了冀东人民流尽最后一滴血，值，为父为你们骄傲！"

李庆合一边洒着酒一边念叨着，杨海和李家老少热泪直流。

"老叔牺牲后，肖家庄处于一片白色恐怖中，八路军干部、地下党不能进村。各村反共伙会相继在附近各村成立，很多村的保长、甲长都投靠鬼子怀抱了。伙会的人监视很严，我们只有深夜才回大院看看，避免有不知道情况的同志前来遭遇危险。"李丛林说。

"营长生前嘱咐我替他到先生坟前祭奠一下！我想完成他的遗愿。先生的坟埋在哪里了？"

"老叔的墓在村北龙架山的山坡上，我带你一起去！"

说完，两个小伙子带着祭品来到李方州的墓前，含泪祭拜。

"营长临终前嘱咐我们将他埋在先生身边。但环境残酷，这个简单愿望都不能满足他！"

"等抗战胜利了，我把平叔、启明的遗骨都集中到这里，建一个石碑，让后人永远记住他们！"

"是的，英雄身后不寂寞！他们地下会有伴的！"

两人回到村子，李庆合对杨海说："孩子，这里不可久留，特务经常搜捕八路，你吃完饭就走吧！"

"好，部队在小关休整，今晚转移。我赶紧走了！"

正说着，王氏给杨海端来一碗面。杨海吃完面汤，匆匆与李家老少告别。

李丛林送杨海到村东口，"告诉老伯，保重身体，抗战胜利我一定会看你们来！"

说完，杨海消逝在茫茫夜幕中，奔向长城脚下的小关村寻找部队。

两年后，杨海牺牲在惨烈的杨家铺突围战中，再也没能回到李家。

李方州、欧阳波平这两位传奇人物在不到一个月内壮烈牺牲，细心的村民发现，李方州牺牲地肖家庄距欧阳波平牺牲地南戴营22华里，他们牺牲的时间相隔22天，一个是数头伏的日子，一个是立秋，都是吃包子的日子，两位英雄牺牲的当夜，当地都下起了雨。

"柏林迎日出，波涛万里平；白头常相伴，同心固如磐；日月同生辉，燕山濡水间……"

滦河岸边的一位拆字先生根据欧阳波平和李方州的化名石明，就两人的战友情谊及抗日捐躯的传奇故事编起了诗句传唱。

"他们本是孪生亲兄弟，是上天派来拯救冀东百姓的，有这哥俩保佑，小鬼子迟早要滚出冀东，滚出中国！"

长城脚下悲壮双雄的故事在民间流传开来。

驱散阴霾海波平

原田东两中队全军覆没的消息传到关东军和冀东日军第 27 师团司令部，高层鬼子军官十分震怒。原田熊吉命令第 27 步兵团铃木启久实施疯狂报复计划，要求迁安所有驻屯鬼子在小野联队长统一率领下，反复扫荡，实施"三光"政策！

迁安县城，小野联队长与迁安县城守备队队长滕川一起召开军事会议。

"帝国最引以为自豪的原田大尉不幸为国捐躯，这次对手又是八路军神枪营长欧阳波平！将军阁下要求我们梳篦清剿，辗转剔抉，竭泽而渔，确保治安！情报显示，这股八路匪向彭家洼北侧长城沿线撤去。"

小野讲完话，滕川歪着疤瘌脖子宣布命令。

"驻罗家屯中鸠大队与满洲关东军及各团治安军，对长城沿线进行拉网式清剿，一个不留！彻底消灭这股八路！另外，派两个大队兵力，赴彭家洼将阵亡皇军骨灰运回国！"

"嗨！"鬼子汉奸领命后分头行动。

战士们撤走后，彭家洼、北戴营、南戴营等附近村庄的乡亲们连夜将牺牲战士埋在彭家洼村东沙地上，整整埋了五排土坟。为了区分，地下工作人员特意在土坟前竖立了小木牌。

欧阳波平的遗体被藏在南戴营村东地下党老周家地窖里。老周和彭家洼村民彭诚整整守护一宿，欧阳波平也没有醒过来。凌晨，大家只好含泪将欧阳波平遗体与牺牲战士埋在一起。担心鬼子来报复，没敢立坟头，埋好后平整了一番，然后，村干部组织群众转移。

清晨，驻迁守备队长滕川、迁安伪警备队大队长汤鹏举带领日伪军三百余人乘汽车直扑彭家洼，进行野蛮报复。

滕川等气势汹汹冲进村子，看到遍地躺着血肉模糊的日伪军尸体，气得暴跳如雷。他拔出战刀吼着："统统地杀掉，鸡犬不留！"

村民大部分已经转移。鬼子看见村西一个宅院屋门角落里一位没来得及转移的七十多岁老大娘，老人怀里抱着一个两岁的孩子。滕川上前夺过"哇哇"哭叫的孩子，吼道："八路哪里去了？快说，不然我摔死他！"

"我不知道！还我孩子！"老人冲上前想夺孩子。丧心病狂的滕川一刀刺进老人的心脏，老人摇晃着身子倒在地上。滕川一手抢起孩子，恶狠狠向地上一块石头上摔去，孩子脑浆迸裂……

村民裘明听到枪声，知道鬼子来了，赶紧向村东藏着区小队伤员的裘玉书家跑去。裘明跑进院子，急切喊道："大哥，不好了，我们被鬼子包围了！"

裘玉书正打算隐蔽到山上，他迅速从屋子里背出区小队伤员小王。三人来到后院准备翻墙，滕川带领鬼子特务闯进院子。

"抓住他们！"

小王拖着伤腿走过来说："我就是你们要找的八路军，与百姓无关，放他们走！"

"快说，八路大部队跑哪里去了？"

"你放他俩走，我带你们去找！"

狡猾的滕川阴笑着说："哟西。"说着，他一挥手，示意鬼子放行。

"小王！"裘玉书喊了一声。

"快走！"

小王见裘玉书、裘明跨出门口，猛地上前抱住一个鬼子，拉响他身上的手雷，随着"轰隆"一声巨响，小王和两个鬼子同归于尽。

滕川吓得趴在地上，爬起来后，急忙命令鬼子追赶裘玉书、裘明。

裘玉书、裘明跑到大街上，正碰上汤鹏举带着伪军走来。

"抓住他们！"

后面追过来的鬼子"屋里哇啦"乱叫，汤鹏举拔枪射击，两人应声倒地。

"将各家各户的门窗、房梁檩木拆下来，运到大街上，火化阵亡皇军的尸体！"滕川命令。

很快，鬼子、伪军将山上、街头鬼子的尸体集中到彭家洼村东一片平地上，挖了70多个长坑，搭起木架板，然后将70多具面目狰狞的鬼子尸体逐一放在木板上，倒上汽油一起点燃。

伴随浓浓烈火，鬼子尸体化为缕缕黑烟，散发出浓郁的臭味。燃烧罢，滕川命令鬼子用骨灰盒收好骨灰，在焚尸处竖起一座木牌。随后，滕川率鬼子爬到龙子山上，用水泥筑了一个写满日文的纪念碑。

"将村里的财物、牲畜统统带走，烧掉未拆毁的民房！"顿时，整个彭家洼陷于一片火海之中。

滕川带领鬼子乘车扬长而去。

滦河岸边罗家屯据点鬼子大队部，大队长中鸠正在召集各中队军官及伪治安军头目军事会议，传达上级剿共计划。

中鸠翘着小胡子，给室内鬼子军官及各类汉奸头目训话。

"前不久，皇军最精锐部队原田中队，在彭家洼惨遭八路匪欧阳波平部伏击，损失惨重，这与原田的一贯骄横轻敌有关。这个欧阳波平实在令皇军头痛，很多皇军精锐将士命丧其手！上级下达指示，务必除之！各位反共勇士，要多方探听八路匪首欧阳波平的下落，及时汇报！为确保交通治安，今后，辖区公路两边一律禁止种高秆植物！让我们继承'反共烈士''反共先觉'之遗志，检讨过去，策励将来，以实现冀东安居乐业！"

"请太君放心，我们一定不辱使命！"

"按铃木将军部署，这次大扫荡，不仅规模大，而且持续时间长，我们要彻底摧毁八路在滦东地区的立足根基！"

"少佐阁下，您放心，无论是八路还是刁民，我们一个不留，全面消灭干净！"伪治安军独立20团团长高首三恶狠狠地做着砍头姿势。

"太君，处决滦东匪首李方州，共匪那些乌合之众如鸟兽散，没人组织传递地下情报！我已布置了很多眼线，绝大部分村庄都设立了伙会组织，抗日分子全在我们手心中掌握着呢。我建议，搞一个集体大屠杀！"罗家屯反共自卫团团长秦海清眨着三角眼说。秦海清这个塌鼻子、尖嘴巴，曾是西陈庄八路区办事员，叛变投敌后因杀害李方州被中鸠、高首三任命反共自卫团团长。

"哟西，秦先生、高先生，皇军的良种！"

"嗨，谢谢太君抬举！"

"嗨，感谢太君栽培！"

"滦东区剿共情况大大地好，秦团长要利用自己的关系网络加强招抚投诚工作，巩固成臬！"

"嗨，愿为皇军效犬马之劳！"秦海清立正哈腰。

散会后，秦海清回到反共自卫团团部办公室，肖家庄反共会会员任凰楼正在门口等候他。

秦海清将其带进屋子。

"秦团长，在您的安排下，我派伙会职员密切监视李家动静，始终没有发现共匪八路再来。时间长了，职员麻痹，昨晚两个家伙去赌钱了，早晨见李家大院门紧闭，人都不见啦！"

"混蛋，真是无能！肯定是八路将他们转移了，本想放长线钓大鱼，却让他们跑掉了，不斩草除根，必有后患！"秦海清瞪着三角眼、皱着眉说。

"秦团长放心，李家除了李方州，都是平庸之辈。其兄李井香常年在外经商，胆小懦弱。李庆合虽有头脑，但花甲残年，大字不识，掀不起什么浪来。至于小崽子们，更是不足患！另外，向秦团长汇报一个特大喜讯，八路匪最能打仗的飞毛腿神枪营长欧阳波平在彭家洼被打死了，他的部下都逃跑了！听说，这个欧阳波平是李方州的结拜兄弟。"

"太好了，前天少佐还让伙会职员寻找他下落呢！他杀了关东军的精英，引起皇军高层震怒，恨不得把他活剥了！"秦海清说着，从椅子上跳了下来，"你哪来的消息？"

"我是听南戴营一个唱皮影的好友说的。"

"看来，大功告成啦！我用反间计，使得共匪泥腿子处决了一个八路的父亲，平林镇反共职员高洋已经策反了这个八路。但后来一直没消息，前天，去刺探消息的高洋被泥腿子发现活埋了！"

"秦团长英明。八路匪保密工作做得严密。据说，彭家洼战斗当天欧阳波平就被高洋策反的八路打死了！那个八路正好是欧阳波平的警卫员。这还多亏了您的计谋，嘿嘿！"

"哈哈！欧阳波平、李方州这两个共匪头子被铲除，我们终于可以睡安稳觉啦！这个欧阳波平来历不小，枪法出神入化，据说他打死皇军一位将军，皇军司令部悬赏一万大洋要他的人头！你赶紧打听到欧阳波平的尸体埋在哪里？明天去彭家洼，挖出他的尸体，割下脑袋去领赏！"

"是，我这就去准备！"

秦海清跑到中鸠办公室，中鸠与高首三正嘀咕着扫荡的事。秦海清吐着白沫汇报："太君，大大的好消息！我们收买的八路军警卫员，将飞毛腿欧阳波平打死了！"

起初，中鸠还不相信，听完秦海清吐沫星子乱溅的讲述后，兴奋得

手舞足蹈。

"哟西，这个欧阳波平是冀东八路指挥官中最厉害的，大大地坏，与李方州一样，是皇军在迁安最大的克星！帝国最优秀的高羽麻二将军、佐佐木少佐、武岛上尉，中岛少佐、原田大尉都被他打死了！皇军争着要活吃他呢！"

"将他的尸体挖出来剁碎，让我们出出气！"高首三为没跟秦海清抢到头功沮丧不已，他鼓着腮帮子叫着。

"我已经派人去彭家洼寻找他的埋葬地，很快就将他的头颅给太君送来！"秦海清抢着说。

"不，欧阳波平和李方州是帝国军人尊重的对手。按你们中国文化习俗，给他留下全尸，在地下安息吧！"

"太君，您还记得上次我们想活体解剖那个功夫小八路吗？"

中鸠点了点头，"很遗憾，没吃掉他鲜嫩的心，好险没丢了命！"

"那小子是李方州和欧阳波平的兄弟，叫肖启明，他们仨感情深厚。论功夫，这欧阳波平比肖启明还厉害！吃掉欧阳波平的心脏，您肯定会成为百发百中的神枪手！趁他的尸体还没烂掉，赶紧挖出来美餐一顿！"

中鸠淫笑着点了点头，"知我者，秦先生也！没料到你们支那人对待自己同胞更毒辣！"

"我做梦都想成纯粹的皇军种。"

"你和高团长速去彭家洼寻尸！回来后，赶快实施秋季大扫荡计划！"

"嗨！"两个汉奸齐声应道。

走出中鸠的办公室，高首三和秦海清急忙带领伪治安军三营和反共自卫团成员向彭家洼扑来。

一路上，高首三骂道："秦海清，你他妈的比我还会给你日本人拍马屁，中鸠还真被你忽悠转了，小心有一天你那颗黑心也被中鸠吃了！"

"团座息怒，我原打算让大佐把李方州吃掉，哪知他食人成性却很尊重对手！竟然给李方州留个全尸！这个欧阳波平无论如何也不能放掉了，关键是他那颗人头最值钱啊！割下来，我们甚至能见到冈村司令，嘿嘿，多美，一万大洋啊，到时咱哥俩一分，一辈子享受不尽！"

"算你识时务！别忘了，你的自卫团得到皇军信任，都是高某的功劳！"

"团座，您是我的指路人，我哪敢背叛您啊！"

　　说完，高首三与秦海清一阵狂笑。

　　高首三、秦海清带领治安军、特务汉奸走进彭家洼。全村刚被滕川洗劫一空，只剩下烧焦的废墟，不见人的踪影。高首三、秦海清无奈，只好洗劫了邻村北戴营、南戴营。两个大汉奸命令治安军、特务将两村没有逃出去的村民赶到村中央，逼问大家八路军主力哪里去了？谁家窝藏过八路军伤员？欧阳波平的遗体埋在哪里？

　　"告诉我们，前不久在这里与皇军打仗的八路匪首就埋在附近，谁能说出埋在哪里，赏大洋一百！"

　　村民敢怒不敢言，没有一个人回应。高首三恼羞成怒，命令治安军将彭家洼附近几个村的祖坟都刨了一遍，也没有发现欧阳波平等八路军遗体。于是，高首三命令治安军将人群中十来名青壮年全部带走，作为讨伐成果，献给县城据点的滕川。

　　路上，秦海清又向高首三献毒计，两人将其中一个长得结实的小伙子拉到玉米地里杀害，残忍地剜出他的心脏，带回来献给中鸠，谎称这就是欧阳波平的心脏。狡猾的中鸠没有见到欧阳波平的人头，将信将疑，不仅没有给两个汉奸一分赏钱，而且还质问他们将欧阳波平的人头弄哪里去了？两个汉奸惊慌失措，担心事情败露引起中鸠震怒，只好主动坦白实情，称并没有找到欧阳波平的遗体，自己受部下蒙蔽了，秦海清拉出一个反共自卫团特务做了替罪羊，被中鸠以欺骗皇军之罪劈成两半。

　　敌人撤走后，彭家洼村民陆续返回村子，修整破败的家园。大家满腔怒火，冲上山把鬼子竖立的纪念碑拆掉。同时，将山顶上烈士鲜血染过的一块巨石用草和松树枝覆盖起来，以防鬼子再来破坏。

　　一个月后的一天中午，滕川、中鸠带领鬼子伪军，将在迁安城北扫荡抓来的312名抗日群众押到县城南大杨官营老牛圈集体屠杀，制造了震惊冀东的大杨官营惨案。

　　秋风萧瑟，滦水呜咽。整个老牛圈横七竖八地填满了尸体，惨不忍睹，血水沿着小河流淌出十几华里远。

　　傍晚，滦河西的长城喜峰口关。杨春垠、马贤带领部分战士找到十二团团部，向团长曾克林汇报彭家洼大捷的经过及欧阳波平不幸遇难的消息。尽管全歼原田东两关东军精锐部队，取得冀东抗战以来的重大胜利，但由于欧阳波平牺牲，大家谁也高兴不起来。政治处主任曾辉与欧阳波平在一起战斗时间比较长，听说欧阳波平牺牲了，痛心地哭起来。

　　沉默许久，曾克林说："波平同志是我军优秀的指挥员，在陈团长牺

牲后，他带领全团纵横长城内外、滦河东西，在地方干部密切配合下，为丰滦迁、迁遵兴、迁青平等联合县的开辟立下汗马功劳！他的神枪与山地伏击术令鬼子闻风丧胆，波平遇难是我军的重大损失！为深切表达对他的怀念，激发战士们冲破黑暗的顽强斗志，团部决定召开追悼会，通知与他一起战斗过的地方同志参加！"

第二天上午，松涛阵阵，翠色欲滴。十二团官兵、迁青平联合县的部分县区干部，聚集在山脚下追悼欧阳波平。会上，当曾克林念完祭文后，战士们回忆欧阳波平随和而又果断的音容笑貌，无不低声啜泣，杨海和尖刀排战士更是失声痛哭。

"同志们，欧阳波平同志永远活在我们的心中！我们要化悲痛为力量，继续武力开辟滦东，冲破黑暗，迎接黎明，粉碎敌人毒辣的长城沿线无人区计划！目前，铃木启久再次纠集重兵，对冀东抗日根据地进行第五次清乡扫荡，并强制推行壕沟堡垒政策。根据上级指示，我们转到外线作战，深入到都山一带开辟新区。寻找机会为欧阳波平同志报仇！"

"为营长报仇！"

"报仇！"

战士群情激奋，口号声在山谷中回荡着。

祭奠完欧阳波平，曾克林带领战士们从喜峰口出关转移到长城外线继续战斗。

日伪的疯狂扫荡屠杀没有令根据地人民屈服。迁青平三总区辖区李方州、欧阳波平两位传奇英雄人物殉难，进一步激发了全民的抗战热情，村民纷纷自发行动起来，反扫荡、反屠杀。彭家洼伏击战后，当地百姓为了纪念这次战斗，缅怀欧阳波平，将龙子山更名为常胜山。长城脚下、滦河岸边，根据地各村儿童团的孩子们一边站岗放哨、一边传唱着顺口溜：

八路军，胆子大，开火就在彭家洼。

彭家洼，北戴营，我与鬼子打成疯。

小鬼子，真逞凶，机枪大炮一劲儿崩。

一个鬼子漏了网，精着屁股跑向建昌营，中途把命丢。

迁安县，鬼子多，（第）二天发来九汽车。

八路军本是游击战，着意转到抚宁县。

爬高山，越大岭，歪把子。

掷弹筒，三八重机得一挺。

得了重机真高兴，王八盒子望远镜。

手表钢盔划拉净，中国又去一块病！

唐山交大鬼子大本营司令部，铃木启久坐在椅子上听驻迁第三联队长小野汇报。

"将军，如今迁安城北长城以南的共军已全部肃清，成了王道乐土。据罗家屯中鸠大佐可靠情报，最令我们头痛的八路匪首欧阳波平在彭家洼大捷后被我们策反的八路警卫员除掉！八路四处逃窜，已无战斗力。"

铃木听到除掉欧阳波平的消息，兴奋得从椅子上跳了起来，"哟西！赶紧把他的头送来啊！总算给帝国最优秀的武岛、佐佐木、原田君报仇了！"

"部下清乡彭家洼，刁民与八路匪很狡猾，他们将尸体秘密处理掉，我们实在找不到他尸体埋在哪里。"

"除掉神枪欧阳，等于消灭冀东八路军主力十二团！快将这个天大好消息上报华北司令部！重奖你和中鸠大队长！"

"将军，除掉欧阳波平驱散冀东八路主力，罗家屯治安军独立20团团长高首三、反共自卫团团长秦海清这两个人功不可没！是他们秘密买通欧阳波平的警卫员才得以实现的！"

"多给点赏钱，好好利用这两个家伙！说实在的，我内心佩服的是欧阳波平的军事才能，他将八路军的游击战术运用得出神入化。他的枪法更是神秘莫测，帝国最优秀的狙击手都不是他对手！八路有这样的指战员，我们在冀东无法立足啊！回去，你召集迁安所有少佐以上军官和罗家屯伪治安军、反共自卫团支那头目，大摆筵席，好好庆祝一番！除掉欧阳，我终于可以睡个安稳觉，外出视察再也不必担心飞来的神秘子弹揭掉天灵盖了！"

"是！"小野鞠躬答道。

正当迁安敌伪汉奸喧嚣一时，得意忘形地陶醉于胜利美梦的时候，曾克林率十二团由长城冷口东侧回到关里。这天，部队进驻迁安县东部青山院、大贤庄一带村庄。

傍晚，曾克林在青山院听取马骥关于口外青龙东部和口内卢龙一带的开辟工作，并调整了一营主要干部，由杨树元任营长、马骥任副营长。

"由于彭家洼大捷对关东军和冀东敌人的强大震慑，新区开展顺利，迁卢抚昌联合县构建完毕。"

马骥汇报着，曾克林满意地点点头，他指示："恢复基本区和开辟新

区的任务依然紧迫。找机会，按波平同志的霹雳风格，再打他一次伏击战！让鬼子知道十二团战魂犹在，神枪犹在！"

"是！"

第二天拂晓，建昌营据点鬼子50多人，在中队长山本带领下，气势汹汹来大贤庄一带清乡扫荡。曾克林得到情报后，命令各连迅速投入战斗，务求全歼。

大贤庄南街，四连战士们正在吃饭，连长赖大标接到命令后，扔下饭碗说："同志们，为欧阳营长报仇的机会来了！抢占制高点！"说完，带领战士向村北后背山跑去。

大贤庄村北头，五连战士埋伏待命。一会儿，鬼子大摇大摆地踏上进村小桥，连长张纯一声令下，战士们向敌群开火。布设在一个独立院内的机枪怒吼着，密集的子弹向鬼子射去，走在桥上的鬼子应声倒下，有的一头栽进河里。

鬼子遭到突然袭击，猝不及防，立马乱了阵脚，有的窜进沙滩地的柳棵子里顽抗，有的退缩到河岸边，利用河堤做掩护仓促还击。张纯指挥战士全线出击，与鬼子展开激战。

后背山上，四连战士也投入战斗。杨树元来到山西侧阵地上，命令四连由西山坡迂回到山东侧，从敌人阵地背面夹击敌人。

"营长，这里危险，您撤下去吧！"赖大标说。

"每次战斗，欧阳营长总是冲在最前线，将阵地变成军事课堂。我没有他的神枪术，必须继承他的勇气与血性啊！欧阳营长是我们的战魂，战魂犹在，一营番号永存！十二团的番号永存！这是进关的头一仗，一定要打好，为欧阳营长报仇！"

"战魂犹在！一营永存！十二团永存！"

"为欧阳营长报仇！杀倭寇舍我其谁！"战士们怒吼着。

当四连绕到山东侧时，鬼子重机枪正向五连射击。赖大标带领两个排战士沿山麓向鬼子冲过去。山本腹背受敌，吓得趴在山坡坎塄子下，命令通信兵发出救援信号。

沙河驿小野联队获悉山本被袭情报，命令罗家屯中鸠大队、县城滕川守备队紧急出动营救。

大贤庄东向邻村青山院村北清风寺山头上，曾克林正在指挥战斗，他接到敌人派来援兵的情报，立即命令通讯排到青山院南侧的妈妈山担负警戒任务。随即，曾克林指挥特务连战士从山上往下压，沿河边向鬼

子阵地冲过去，将鬼子包围在河滩上。

鬼子如无头苍蝇乱撞，做垂死挣扎。冲锋号声响起，战士们如猛虎下山一般，端着明晃晃的刺刀同敌人展开肉搏战。河滩上，刀光血影，杀声震天。

混战中，一个骑白马的鬼子向东南方向狼狈逃窜，杨海朝他开了数枪但未击中，这个鬼子侥幸逃掉。"要是欧阳营长在就好了！"杨海遗憾地说。

三个鬼子涉过冷口沙河，朝鸡鸣庄逃窜。杨海等几名战士紧追不舍，一直追到鸡鸣庄，进村后鬼子不见了。战士们逐院搜索，搜到村西一家院内时，女户主指着红薯窖，向战士伸出三个手指，暗示三个鬼子藏在里边。一个战士将两颗手榴弹一起扔进去，"轰"的一声，三个鬼子毙命。

一个小时后，战斗结束了，河滩摆满了鬼子的尸体。

这时，妈妈山上担负警戒任务的通讯排长带伤走过来，向曾克林汇报。

"报告团长，我排全歼迁安县城（今迁安市）先头部队驰援敌人，缴获轻重机枪3挺、长短枪20余支、战马2匹，全排一个班战士在阻击战中壮烈牺牲！"

"好样的！敌人大批救援部队很快就会到来，安置好群众转移和牺牲战士遗体的掩埋，迅速撤离战场！出刘家口，到关外去！"

"是！"

战士们打扫完战场，将和鬼子身上的装备和枪支弹药收拾好，很快分头撤走。

当中鸠、滕川等救援鬼子赶到大贤庄时，连八路军的影子也没有看见。鬼子的尸体被扒光了军装，横七竖八地躺在村子前面的小河滩上。山本光着身子，龇着牙、咧着嘴，面目狰狞。由于严寒，很多尸体都变成了瘆人的黑色并浮肿起来，中鸠吓得一激灵。

"八路军巧妙娴熟地运用其得心应手的伏击战法，鬼子一个中队不剩地全部报销了，只有欧阳波平才有这样的打法！看来，欧阳波平的魂不散啊！难道这个令我们恐怖的支那战神没有死？"

滕川歪着疤癞脖子说："中鸠君，你吃了那么多支那人的心脏，胆子怎么越来越小了？皇军小部队被八路军全歼的事例时有发生，这是因为八路军得到民众的支持，在情报上占据绝对优势地位的结果。探子的情报是准确的，八路匪首欧阳波平不可能复活，只是他带出来的八路个个不怕死。我们消灭了欧阳波平肉体，却铲除不了他的精神啊！"

"队长所言极是！这八路太可恶了，皇军的衣服也抢！"

"你连八路的尸体都不放过，你吃八路心脏可不是为了充饥的！八路后勤保障太差了，这么冷的天气很多士兵光着脚、穿单衣，他们扒光皇军的衣服是为了御寒。"中鸠哑口无言，心中骂道："这个歪疤瘌杀人如麻倒假慈悲起来啦！"

一阵寒风吹来，中鸠、滕川同时打了个冷战。两个鬼子头子似乎意识到眼前河滩上这些糁人的尸体就是自己不久将来的下场。他们命令鬼子将尸体倒上汽油焚烧，然后带着骨灰狼狈逃回据点。

三天后，小野率第三联队从沙河驿来到建昌营，指挥所属部队在长城两侧持续扫荡。

"把这些八路赶到无人烟的深山里，把他们冻死、饿死！"小野狂吼着。

彭家洼伏击战、大贤庄伏击战，十二团越战越勇，特别是一营，依然打着飞毛腿神枪欧阳波平的旗号，纵横长城内外，滦河东西，很多抗战部队以神枪欧阳波平大队的名义出其不意地袭击敌人。1944年夏、秋，一营先后两次回到彭家洼设伏，再次取得歼灭日伪军数百人的战果。敌人哀叹彭家洼是他们的葬身之处。战士们感慨地说："是欧阳营长在保佑我们战无不胜！"

1945年春，冀东十二团等主力部队迅速壮大，由小团开始扩充为大团，地方武装升级为主力部队，队伍达到万余人。整个冀东地区日伪军如丧家之犬，陷入人民战争的汪洋。

迁安辖区联合县经过多次变更名称、调整区划后，原迁青平联合县大部分辖区改为迁卢青联合县。军分区部队在迁卢青县大队、区小队配合下，将罗家屯、太平寨据点层层包围。罗家屯据点，鬼子、伪治安军人心惶惶。高首三被调离迁安后，秦海清失去靠山，带着亲信逃到迁安县城，投靠伪警备大队大队长汤鹏举。

这天，军分区部队在区小队配合下，从东西两个方向夹击，一举端掉鬼子伪军盘踞7年之久的罗家屯据点，击毙杀人魔王中鸠大佐。

日本帝国主义宣布无条件投降的消息传到迁安，全县乡村沸腾起来，人们含着激动的泪花，敲锣打鼓扭起秧歌，欢庆抗战胜利。

不久，迁安县城（今迁安市）光复，滕川、汤鹏举等鬼子汉奸头目逃走。大汉奸秦海清被抓获，政府在罗家屯召开万人公审大会后将其处决。

长城脚下、滦水之滨，红旗飘扬，飞鸽盘旋。

后　记

喝着滦河水、在长城脚下度过童年时代的我，从小根植深厚的英雄情结，大学毕业后成为一名记者，痴迷文学、历史。近年，抗日战争口述史引起社会各界越来越多的关注。往事因亲历而鲜活，历史因细节而生动，抢救时代记忆，探求历史真相，可以弥补由于战乱及其他诸多原因造成历史书写的偏颇或遗漏。抗日战争胜利 70 多年了，从硝烟中走出的那群悲壮雄浑的身影渐渐远去。

真实再现抗战史，需要孜孜不倦地追寻与多途径地阐释。《铁腿神枪》是在史料缺憾中寻求历史真实与艺术真实有机结合的尝试，是《长城证明》（花山文艺出版社，2005 年版）的兄弟篇，微观冀东抗战，聚焦悲情烈士。我以为，随着时光流逝，新闻与历史遗漏的东西，文学可以真实再现。因为，追求真相是人的本能。一个民族，需要英雄精神生生不息地传承；一个社会，需要真相与良知的时代拷问。在冀东抗战最黑色的 1942 年盛夏，主人公欧阳波平与李方州（化名石明）青春生命双双化为永恒。他们都没有留下直系后人，无论有无烈士名分，身后均孤寂无名，他们没有看到最后胜利，没有看到新中国冉冉升起的五星红旗……但可以告慰英灵的是，给迁安抗战带来重大损失的铁杆汉奸先后受到应有惩罚。

据史料档案记载：1945 年 11 月，迁（安）青（龙）平（泉）抗日政府在罗家屯召开万人公审大会，处决反共自卫团团长秦海清（号登波）。1952 年 9 月 21 日，迁西法院在罗家屯召开万人公审大会，处决伪治安军独立 20 团团长高首三。高首三坦白"最忠实日本的特务是秦登波"，而高杀人如麻，群众送其绰号"高阎王"。1959 年 3 月，迁安县（今迁安市）法院在城关镇举行万人公判大会，宣判伪警备大队长汤鹏举死刑。

汤鹏举被枪决前交代：鬼子汉奸最恨最怕八路神枪欧阳波平。一次，他与日军驻迁守备队长滕川等带领宣抚班途经北屯一带，遭到欧阳波平一营伏击，被击毙数十人。在援兵救护下，汤鹏举带领残兵逃回县城……公审三个铁杆汉奸期间，群众均要求政府将他们千刀万剐，可见其罪孽深重、民愤极大。冀东抗日根据地汉奸特务众多，给抗战造成极大破坏，很多开辟地区干部和主力部队优秀指挥员均牺牲于汉奸告密，这是民族深处的创痛。

　　我们没有条件在硝烟中与前辈们一起冲锋，用镜头拍下他们慷慨赴死的悲壮瞬间。但我们能够拂去时光尘埃，用笔头书写他们气吞山河的诗篇，以艺术真实还原他们浴血长城驱倭寇、荡气回肠的壮举。

　　在我对四姥爷李方州抗战捐躯被尘封的调查走访中，欧阳波平这位传奇人物开始走进我的视野。关于他的史料记载零散模糊，即便在其牺牲地迁安内部史料里记载也不多。通过多年实地调查走访，遍查冀东各地抗战史料档案，我基本了解这位前辈的主要情况：湖南人，早年为国军十九路军军官，浴血"一·二八"淞沪。因不满国民党反动政府的卖国政策参加红军，历经二万五千里长征。1937年到延安入抗日军政大学学习，1938年抗大毕业后来平西，任冀热察挺进军随营学校军事教育科科长、军事教员。1939年12月，冀东部队组建最早主力团十二团，欧阳波平任团参谋长。欧阳波平从平西一路走来，征战蓟县、玉田、丰润、滦县、遵化、迁西、迁安，足迹遍布冀东大部分县。在抗战最艰苦的1941年至1942年夏，他与迁青平三总区区委书记李方州密切配合，浴血长城，开创出迁安早期抗日根据地。1942年8月8日，欧阳波平率一营在三总区彭家洼设伏，全歼日本关东军第8师团步兵第17联队原田东两王牌中队，不幸在打扫战场时遭自己的警卫员刺杀牺牲。

　　打捞散落民间的模糊记忆，挖掘残缺不全的尘封史料，发现欧阳波平前辈不仅捐躯方式令人痛惜，而且其身后孤寂悲情，存在太多的遗憾。这样一位立下赫赫战功的英雄人物，在迁安牺牲地连个独立墓碑都没有。冀东烈士陵园、华北军区烈士陵园均没有他的纪念雕像。1946年5月20日，冀东抗日联合会主任张治全倡导，在丰润县（今丰润区）池家屯村建立冀东二十五县烈士陵园（冀东烈士陵园前身）。烈士碑上刻记着牺牲的冀东领导121位，欧阳波平的名字赫然在列，排在第十位。然而，在1994年版《迁安县志》、2013年版《迁安市志》中，别说人物立传，即便烈士英名录中也没有欧阳波平的名字。1999年版《唐山英烈》同样没

有收录欧阳波平。难道仅仅因为欧阳波平没有生在迁安？但他的血肉之躯实实在在融入迁安这片热土！

70多年，欧阳波平前辈的墓前，没有迎来一位老家亲人……他牺牲后，与捐躯的战士遗体一起就地安葬，建成烈士墓群。后来，他的遗骨迁到石家庄华北军区烈士陵园，并在唐山冀东烈士陵园建有虚墓。1986年7月，迁安县委、县政府将彭家洼烈士墓群迁至邻村北戴营村西北处，建成抗日烈士纪念碑，碑上没有任何烈士名字。见证烽火岁月的大舅李丛林始终将北戴营纪念碑视为波平姥爷的墓碑。每逢路过此地，他总要跟身边儿女念叨："这里埋着方州老叔的弟弟欧阳波平，他俩可好啦！如果平叔活下来，李家不会划为富农，方州老叔不会连个烈士名分都没有。唉，太可惜了。"

走近这位可敬的抗战前辈，追寻青春生命的辉煌足迹，发现其身上留下诸多难解之谜。他究竟牺牲于警卫员意外伤害还是被故意谋杀？官方记载警卫员"枪走火"，民间则流传警卫员被敌人收买故意害之，华北军区烈士陵园管理处关于欧阳波平的简单档案记载："当时按纪律处决了警卫员"，档案材料来源于冀东十二团老战士付文祥的口述。1956年3月23日，河北省冀东烈士陵园筹委会审批烈士名单档案有这样记载："因枪走火而亡是否算为烈士？"虽然未提欧阳波平，但按当地党史内部资料"欧阳波平牺牲于枪走火"记载，显然是在质疑他的烈士名分及入园资格。我采访到多位与欧阳波平直接接触的抗战老人、冀东老革命后代知情子弟，都说他"人长得帅，热爱生活，喜欢整洁，儒雅随和，办事干净利落，特别能打仗，霹雳伏击出其不意，神枪弹无虚发，牺牲太可惜"，但至今没人讲清他籍贯到底是湖南哪里，甚至有党史工作者认为欧阳波平这个名字不排除化名的可能。

欧阳波平前辈身上诸多谜团与遗憾更加激发了我的创作冲动。无法用史料作答，错过最佳时机寻访，就用文艺来回答，也算对前辈的一种告慰。我关注欧阳波平前辈，源于他与四姥爷李方州的战友兄弟情谊，但更多是他生前的悲壮与身后的悲情，当我为他寻亲多年未果后，从内心深处认定这位似曾相识却从未谋面的"姥爷"。每年春节、清明节之际，都要到陵园祭奠他，已经坚持5年了。执着守候的背后，我觉得自己与这位抗战前辈结缘实属必然。是四姥爷李方州悲情故事现实无奈，还是童年八路军英雄情结归宿？总之，我们之间存在一种跨越时空、超越血缘的亲情，他已然复活在我的内心深处，悲情双雄血洒滦水滨，两位抗

战姥爷，一位是今迁安辖区首个总区级抗日政权首任区委书记，一位是冀东部队最早组建的主力团首任参谋长，作为军地主要领导人，他们捐躯后都孤寂无名，我有责任、有义务挖掘两位抗战前辈的传奇故事，最大限度减少遗憾。无论是化名还是真名，只要世人记住他们的名字则足矣。

就像《长城证明》并非迁安抗战先驱李方州的个人传记一样，《铁腿神枪》也非冀东战神欧阳波平的个人传记。因为，悲情英雄背后是众多被埋没的无名烈士，他们的遭遇折射出整个冀东抗战在史学界、文学界被边缘化的现实尴尬。"只解沙场为国死，何须马革裹尸还！"《铁腿神枪》聚焦冀东八路军十二团众多烈士，从团首长到普通战士，他们慷慨赴死，撼天动地，在冀东军民十三年悲壮雄浑的抗战过程中，无论是开辟地区的地方干部群众，还是部队干部战士，很多人牺牲时根本没有条件结婚成家，这些"光棍"烈士大多没有留下名字。有的虽然有名，但因没有直系后人，缺乏亲情守候，渐渐消逝在岁月长河中。像欧阳波平这样的烈士全国有很多，他们为了抗战没有传承下来自己的骨血，以血肉之躯推动民族解放进程，成就了千家万户子孙绵延，我们有什么理由忘记他们呢！？

历史关注过去，新闻面对现在，文学则沟通过去、现在和将来。真实不仅是新闻的生命，也是历史、文学的生命。当然，文学真实的内涵在于生活与艺术真实的融合，自然流露作者的感情。因此，《铁腿神枪》在尊重主体史实的基础上，细节不拘泥历史，而是遵循艺术真实。欧阳波平雄健阳光的形象，其独特鲜明的个性塑造，注入一定的个人感情色彩，蕴含时代理想成分。但人物形象主体特征源于烽火岁月真实人物，有事实根据。与波平姥爷一起战斗过的多位冀东老革命如是说："欧阳波平不但是一位年轻的优秀指挥员，而且是一位百发百中的优秀机枪射手，是有名的'神枪手'，那沉着、果敢劲儿真叫人佩服！""他胸怀开阔，达观，爱护战士胜过爱护自己。""他能作诗，字写得也很漂亮，能够写好几种体，他打仗、办事干净利落，穿着打扮也挺注意，喜欢整洁漂亮，一双球鞋穿在脚上，一天不知看多少遍！"只有最大程度还原真实的抗战前辈，才能"复活"在后人心中。

滦河岸边，长城脚下，有欧阳波平、李方州两位抗战姥爷的魂，他们的躯体化作了山脉，他们的精神永驻天地间！"铁脚徒步走泥丸，烽火青衿到延安。山河失色狼烟疾，跃马黄河战幽燕。但闻滦河水长啸，不

求马革裹尸还。霸蛮神枪多奇志，霹雳伏击惩凶顽。长城兄弟生死依，文武相济敌胆寒。龙子山下荡倭寇，将星陨落天公叹。燕赵有幸埋忠骨，滦水悲歌孤影还。青春生命化彩虹，紫色花开满燕山。"这是波平姥爷浴血长城荡倭寇的真实写照，是冀东亲人绵长的思念，是长城燃烧不尽的思念。如今，当年的主战场龙子山已更名为"常胜山"，山顶上，一棵苍劲的古松成为那场伏击战的唯一见证物，像姥爷的伟岸身躯一样挺拔屹立着。

"一个没有英雄的民族是可悲的民族，一个拥有英雄而不知道爱戴他的民族则更可悲！"近年来，日本右翼势力虎视眈眈，历史虚无主义肆意泛滥，英雄形象不断被丑化，现实警示人们，雕塑民族之魂刻不容缓！社会浮躁，抗战历史匮乏症任重道远！心存感恩，珍惜英雄，守候无名烈士，让尘封的勋章重现，让埋没的英雄家喻户晓！

感谢中国文史出版社的大力支持，感谢河北省委党史研究室提供的无私帮助，使得书稿在欧阳波平前辈捐躯 75 周年之际顺利出版。同时感谢在我调查走访过程中，秦皇岛市党史专家杜士林先生、冀东烈士陵园张艳明女士、华北军区烈士陵园娄月女士提供的帮助。

由于水平所限，时间仓促，书中缺陷在所难免，敬请专家学者及广大读者给予批评指正。

图书在版编目（CIP）数据

铁腿神枪 / 董连辉著. -- 北京 ： 中国文史出版社，
2017.8

ISBN 978-7-5034-9518-2

Ⅰ. ①铁… Ⅱ. ①董… Ⅲ. ①长篇小说－中国－当代
Ⅳ. ①I247.5

中国版本图书馆 CIP 数据核字（2017）第 224587 号

责任编辑：全秋生
封面设计：徐　晴

出版发行：中国文史出版社
网　　址：www.chinawenshi.net
地　　址：北京市西城区太平桥大街 23 号　　邮编：100811
电　　话：010－66173572　　66168268　　66192736 （发行部）
传　　真：010－66192703
印　　装：廊坊市海涛印刷有限公司
经　　销：全国新华书店
开　　本：787×1092　　1/16
印　　张：16.75　字数：260 千字
版　　次：2018 年 1 月北京第 1 版
印　　次：2018 年 1 月第 1 次印刷
定　　价：42.00 元